KB127022

조선시대

한시
읽기

下

조선시대

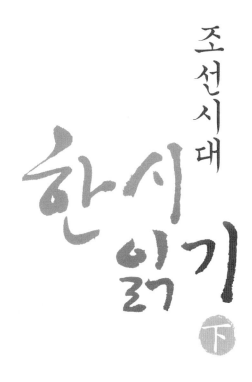

한시
읽기
下

원주용 지음

이담
Books

머리말

　漢文學의 白眉는 漢詩이다. 조선시대의 漢詩史에 대해 金萬重은 『西浦漫筆』에서, "본조의 詩體는 네다섯 번 변했을 뿐만 아니다. 국초에는 고려의 남은 기풍을 이어 오로지 蘇東坡를 배워 성종, 중종조에 이르렀으니, 오직 李荇이 대성하였다. 중간에 黃山谷의 시를 참작하여 시를 지었으니, 朴誾의 재능은 실로 삼백 년 詩史에서 최고이다. 또 변하여 황산곡과 陳師道를 오로지 배웠는데, 鄭士龍・盧守愼・黃廷彧이 솥발처럼 우뚝 일어났다. 또 변하여 唐風의 바름으로 돌아갔으니, 崔慶昌・白光勳・李達이 순정한 이들이다(本朝詩體 不啻四五變 國初承勝國之緖 純學東坡 以迄於宣靖 惟容齋稱大成焉 中間參以豫章 則翠軒之才 實三百年之一人 又變而專攻黃陳 則湖蘇芝 鼎足雄峙 又變而反正於唐 則崔白李 其粹然者也)."라 하여, 宋風에서 唐風으로의 변천에 대해 언급하였다. 이어서 허균은 『惺叟詩話』에서, "조선의 詩는 中宗朝에 이르러 크게 성취되었다. 李荇이 시작을 열어 訥齋 朴祥・企齋 申光漢・冲庵 金淨・湖陰 鄭士龍이 一世에 나란히 나와 휘황하게 빛을 내고 金玉을 울리니 千古에 칭할 만하게 되었다. 조선의 시는 宣祖朝에 이르러서 크게 갖추어지게 되었다. 盧守愼은 杜甫의 법을 깨쳤는데 黃廷彧이 뒤를 이어 일어났고, 崔慶昌・白光勳은 唐을 본받았는데 李達이 그 흐름을 밝혔다. 우리 亡兄의 歌行은 李太白과 같고 누님의 시는 盛唐의 경지에 접근하였다. 그 후에 權韠이 뒤늦게 나와 힘껏 前賢을 좇아 李荇과 더불어 어깨를 나란히 할 만하니, 아! 장하다(我朝詩 至中廟朝大成 以容齋相倡始 而朴訥齋祥, 申

企齋光漢金冲庵淨鄭湖陰士龍 竝生一世 炳烺鏗鏘 足稱千古也 我朝詩至宣廟朝大備 盧蘇齋得杜法 而黃芝川代興 崔白法唐而李益之闖其流 吾亡兄歌行似太白 姊氏詩恰入盛唐 其後權汝章晚出 力追前賢 可與容齋相肩隨之 猗歟盛哉)."라 하여, 穆陵盛世에 대해 언급하고 있다. 李德懋는『靑莊館全書』에서, "宣祖朝 이하에 나온 문장은 볼만한 것이 많다. 시와 문을 겸한 이는 農巖 金昌協이고, 시로는 挹翠軒 朴誾을 제일로 친다는 것이 확고한 논평이나, 三淵 金昌翕에 이르러 大家를 이루었으니, 이는 어느 체제이든 다 갖추어져 있기 때문이다. 섬세하고 화려하여 名家를 이룬 이는 柳下 崔惠吉이고 唐을 모방하는 데 고질화된 이는 蓀谷 李達이며, 龜峯 宋翼弼은 濂洛의 풍미를 띤 데다 色香에 神化를 이룬 분이고, 澤堂 李植의 시는 정밀한 데다 식견이 있고 典雅하여 흔히 볼 수 있는 작품이 아니다(宣廟朝以下文章 多可觀也 詩文幷均者 其農岩乎 詩推挹翠軒爲第一 是不易之論 然至淵翁而後 成大家藪 蓋無體不有也 纖麗而成名家者 其柳下乎 痼疾於模唐者 其蓀谷乎 龜峯 帶濂洛而神化於色香者 澤堂之詩 精緻有識且典雅 不可多得也)."라 하여, 그 이후의 漢詩史에 대해 언급하고 있다. 이렇게 明의 문학사조를 받아들여 學唐에 기울었다가 實學이 대두한 英祖 이후 淸의 사조를 받아들여 시풍이 크게 변한다. 이어서 李用休·李家煥 父子와 李德懋를 비롯한 後四家에 의해 奇詭하고 尖新한 詩風(神韻說)이 등장한다. 正祖에 이르러 杜甫의 영향을 많이 수용하고 그 위에 道學思想을 잘 반영한 陸游를 階梯로 삼은 '由

陸入杜'가 學詩의 正道라 믿었다. 申緯는 후사가의 뒤를 이어 그들의 장점을 계승하는 한편 淸의 詩學思潮도 직수입하여 '由蘇入杜'를 詩學의 正道라 믿었다. 또한 丁若鏞은 우리나라가 우수한 문화를 가진 민족임을 자부하고 中國詩를 흉내 내려 하지 않고 朝鮮詩를 지었던 것이다.

이 책은 이렇게 漢詩史에 주목받는 인물들을 바탕으로 조선 중기 鄭澈에서 金澤榮까지(이전 成石璘에서 李珥까지는『조선시대 한시 읽기(상)』에 수록되어 있음) 45家의 詩 200여 首를 모아서 註釋을 달고 國譯과 간략한 鑑賞을 적은 것이다. 鑑賞은 선행 연구 결과들을 많이 참조하였으며, 책의 구성상 참조한 연구 결과들을 하나하나 밝혀두지 못한 점 양해를 구한다. 이 외에도 많은 훌륭한 詩人들의 작품들이 있으나, 다 싣지 못한 점이 못내 아쉬움으로 남는다.

모쪼록 이 책이 조선시대 漢詩에 관심 있는 사람이나 任用考查를 준비하는 학생들에게 작게나마 보탬이 되었으면 한다.

2010년 8월 龜山 기슭에서
元周用 謹書

차 례

머리말

1. 「秋日作」鄭澈[1]

山雨夜鳴竹	산비가 밤에 대나무를 울리니
草虫秋近床	풀벌레가 가을에 침상에 다가오네
流年那可駐	흘러가는 세월을 어찌 잡으랴?
白髮不禁長	백발이 자라는 것을 금할 수 없다네

---

[1] 鄭澈(1536, 중종 31~1593, 선조 26) 자는 季涵, 호는 松江·蟄菴居士. 仁宗의 貴人이 된 누이를 보러 東宮에 자주 드나들어 明宗과 친했다. 1545년(인종 1) 을사사화로 맏형이 죽고 부친은 유배를 당했다가 1551년(명종 6)에 풀려났다. 이후 부친을 따라 전라도 담양에 내려가 살았다. 김인후·송순·기대승 등에게 수학하고, 이이·성혼·송익필 등과 교유했다. 1562년 문과에 장원급제 했다. 명종으로부터 사헌부 지평을 제수받았으나 처남을 살해한 景陽君의 처벌문제에서 강직하고 청렴한 자세를 고집하여 명종의 뜻을 거슬러 말직에 머무르다 1567년에 지평이 되었다. 이어 곧 북관어사가 되었으며 1568년에는 이이와 같이 讀書堂에 피선되고 수찬·좌랑·종사관·교리·호남어사 등을 지냈다. 1571년 부친상을, 1574년 모친상을 당하고 주로 경기도 고양에서 지냈다. 1575년 심의겸과 김효원 사이의 일로부터 시작된 동인과 서인의 분쟁에서 서인의 편에 가담했다. 분쟁에 휘말려 고향인 전라도 창평에 내려와 있다가 1578년에 조정에 다시 나와 장악원정·직제학·승지 등을 지냈다. 1580년 강원도관찰사가 되어 강원도에 1년 동안 머무르면서 「관동별곡」과 시조 16수를 지었다. 1581년에 병조참지·대사성을 지내다 노수신에의 批答이 論劾에 가깝다고 비방하는 사람들이 있어 관직에서 물러나 창평으로 돌아갔으나 곧 전라도관찰사를 제수받아 1582년까지 1년간 역임했다. 1584년에 대사헌을 제수받고 寵馬를 하사받아 총마어사라는 이름을 얻었다. 1585년 兩司의 논핵이 있자 스스로 퇴임했다. 이후 약 4년간 고향인 창평에서 은거하면서 「성산별곡」·「사미인곡」·「속미인곡」 등을 지었다. 1589년 정여립의 모반사건이 일어나자 우의정에 특배되어 최영경의 옥사를 다스렸다. 1590년(선조 23) 좌의정이 되고, 寅城府君이 되었다. 1591년 이산해의 배후책동에 빠져 파직된 뒤에 명천·진주·강계 등지로 유배생활을 했다. 1592년 임진왜란이 일어나자 조정에서 석방논의를 해 5월에 풀려났다. 평양에 있는 왕을 알현하고 의주까지 호위했다. 관찰사가 되어 강화에 머무르다가 1593년에는 명나라에 사신으로 다녀오기도 했다. 같은 해 12월 강화에서 58세의 나이로 죽었다. 청주 근처 寬洞에 산소와 사당이 있다. 강직하고 청렴하나 융통성이 적고 안하무인격으로 행동하는 성품 탓에 동서 붕당정치의 와중에 동인으로부터 간신이라는 평까지 들었다. 정치가로서의 삶을 사는 동안 예술가로서의 재질을 발휘하여 국문시가를 많이 남겼다. 시호는 文清이다.

<주석> 〖床〗 침상 상 〖駐〗 머무르다 주

<감상> 이 시는 가을날 지은 것이다.

산에 내리는 밤비가 대숲을 울리니, 가을날 풀벌레 소리가 침상 가까이에서 들린다. 벌써 가을이라, 이번 해도 얼마 남지 않았구나! 흘러가는 세월을 누가 잡을 수 있겠는가? 백발이 자라 머리가 성성하구나.

홍만종의 『詩評補遺』에 의하면, 정철이 이 시를 지어 중국 종이에 써서 成渾에게 보이면서 작자를 알 수 없다고 하니, 성혼이 여러 번 보더니 晚唐의 시라고 했다고 한다.

正祖는 『弘齋全書』「日得錄」에서 정철에 대한 평을 다음과 같이 싣고 있다.

"松江 鄭澈은 호방하고 준걸스러워 群鷄一鶴처럼 우뚝 뛰어난 사람이다. 牛溪와 栗谷 등 제현이 추대하였고, 심지어 '얼음처럼 맑고 옥처럼 깨끗하며 赤子의 마음을 가지고 나라를 위해 일한' 사람이라고 칭송하였다. 그의 문집은 한 권뿐이지만 준걸스럽고 통창스러운 맛이 흘러넘치고 자연스럽게 격을 이루었다. 이것으로 보면 그가 명재상이었음을 가히 알 수 있다(鄭松江豪爽俊邁 卓立不羣 爲牛栗諸賢所推詡 至以冰淸玉潔 赤心奉公稱之 其文集雖是一卷 俊爽飛動 自然成章 以此觀之 可知其名宰相矣)."

2. 「息影亭雜詠」 十首 鄭澈

其七 「平郊牧笛」

飯牛煙草中	안개 낀 풀밭에서 소를 먹이고
弄笛斜陽裏	기우는 햇살 속에서 피리를 부네
野調不成腔	촌스러워 곡조라 가락이 맞지 않아도
清音自應指	맑은 소리 저절로 손가락에 응하네

<주석> 〖息影亭(식영정)〗 전라도 昌平縣에 있음. 金成遠이 전남 담양군 芝谷里에 스승이자 장인인 林億齡을 위해 식영정을 지었다. 당시에 임억령, 高敬命, 鄭澈 등과 함께 '식영정 四仙'이라 불렸는데 이들이 함께 지은 「息影亭二十詠」이 유명함. 〖笛〗 피리 적 〖調〗 곡조 조 〖腔〗 가락 강

<감상> 이 시는 식영정에서 읊은 여러 시 중에서 들판 목동의 피리소리를 노래한 것이다.

목동이 안개가 낀 풀밭에서 소를 먹이면서 지는 햇살 아래에서 피리를 불고 있다. 가락이 촌스럽기는 하지만 그 노래를 듣자니, 절로 흥에 겨워 손가락이 움찔 어깨춤이 절로 나온다.

申欽은 『晴窓軟談』에서, "의주 통군정은 세 나라의 경계에 위치하면서 경치가 장관이니 온 세상에서 다 찾아보아도 그 짝을 구하기가 힘들 것이다. 그래서 예로부터 시인들이 이곳을 주제로 읊은 시가 많지 않은 것이 아니지만 그 형세와 기상을 제대로 표현할 수 있는 사람이 없었다. 그런데 송강 정철이 연소한 나이에 遠接使의 從事官이 되어 절구 한 수를 짓기를, '내가 강을 건너가서는, 곧바로 송골산에 오르고 싶네. 서쪽에서 華表柱의 학(漢나라 丁令威가 죽은 뒤에 학으로 변해 고향인 遼東으로 돌아와서는 성문의 華表柱에 앉았다는 고사임. 화표주는 백성의 불만을 듣기 위해 세

워 놓은 게시판임)을 불러내다가, 구름 속에서 서로 한번 놀아보려
네.'이라 하였는데, 이 시가 大作은 아니라 하더라도 스스로 기발
하여 뒤에 전할 만하다 하겠다. 그 뒤에 시인 묵객들이 와서 읊은
것 가운데 거기에 미치는 자를 아직 보지 못하였다(義州統軍亭
臨三國之界 山川奇壯 求之天下 亦鮮其儷 自古韻人題詠非不多
無能道其形容氣象者 鄭松江澈少年時 爲遠接使從事官 有一絶
曰 我欲過江去 直登松鶻山 西招華表鶴 相與戲雲間 雖非大作
亦自奇拔 可傳 其後詞客之來詠者 未見有及之者)."라 히여, 정칠
이 젊은 시절부터 시재가 뛰어났음을 제시하고 있다.

3. 「棲霞堂雜詠」四首 鄭澈

其二 「蓮池」

山中畏逢雨	산속이라 비를 만날까 걱정되지만
淨友也能喧	깨끗한 벗이야 요란하겠지
漏泄仙家景	선가의 풍경을 새어 나가게 해서
清香滿洞門	맑은 향이 마을 입구에 가득하길

<주석> 〖棲霞堂(서하당)〗金成遠(1525~1592)의 號이자 堂號로, 임진왜란 때 同福縣監으로 각지의 의병과 제휴하여 현민들을 보호하였음. 〖淨友(정우)〗깨끗한 친구로, 연꽃의 별칭 〖喧〗시끄럽다 훤 〖漏〗새다 루 〖泄〗새다 설

<감상> 이 시는 서하당에 대해 읊은 4수 가운데 두 번째로 蓮池에 대해 노래한 것이다.

서하당은 산중에 있어 가다가 비를 만날까 걱정이지만, 연꽃에 떨어지는 빗방울은 요란할 것이다. 仙家라 할 수 있는 연꽃의 맑은 향기가 마을 입구까지 퍼졌으면 좋겠다.

4. 「山寺夜吟」 鄭澈

蕭蕭落木聲	우수수 낙엽 지는 소리에
錯認爲疎雨	성근 비라고 착각했네
呼僧出門看	스님 불러 문을 나가 보게 했더니
月掛溪南樹	달이 시내 남쪽 나무에 걸려 있다네

<주석> 〖蕭蕭(소소)〗 초목이 흔들려 떨어지는 소리 〖錯認(착인)〗 착각함 〖掛〗 걸다 괘

<감상> 이 시는 산사에서 밤에 읊조리며 지은 것으로, 山寺에서 속세를 떠나 수도하는 모습이 연상되는 隱逸的인 시로 유명하다.

산속 가을, 낙엽 지는 소리가 요란하여 비가 내리는 것으로 착각했다. 옆에 자는 스님을 불러 문을 열고 나가 비가 얼마나 내리는지 보게 했더니, 스님이 나갔다가 돌아와서는 "달이 시내 남쪽 가지에 훤히 떠 있던데요."라고 말한다.

낙엽 지는 소리인 聽覺과 달이 떠 있는 視覺이 잘 어우러져 있는 시이다.

5. 「題雙溪雪雲詩軸」鄭澈

未到雙溪寺　　쌍계사에 이르기 전에
先逢七寶僧　　먼저 칠보암 스님을 만났네
僧乎從我否　　"스님, 저를 따르시겠소?
春入白雲層　　봄이 층층의 흰 구름 속에 왔다오"

<감상> 이 시는 雙溪寺 설운 스님의 시축에 쓴 것이다.

쌍계사에 이르기도 전에 칠보암 스님 설운을 만났다. 스님이 시를
써달라고 하니, 정철이 스님에게 말한다. "스님, 저나 따라오시지
요. 저 층층의 흰 구름 속에 봄이 왔는데, 시를 써달라니요."
마지막 구절에 스님의 이름인 雲자를 사용하여 영달을 상징하는
靑雲이 아니라 은자를 상징하는 白雲을 쓴 데 묘미가 있다.

6. 「書懷」 鄭澈

披垣南畔樹蒼蒼 궁궐 담 남쪽 가에 수풀만 울창한데
歸夢迢迢上玉堂 아득히 멀리 돌아간 꿈속 옥당에 오르네
杜宇一聲山竹裂 두견새 울음소리 산 대나무 찢어지는 듯
孤臣白髮此時長 외로운 신하 흰 머리털 이때 길어지네

<주석> 〖披垣(액원)〗 궁궐의 담 〖畔〗 가 반 〖迢〗 아득하다 초 〖玉堂(옥
당)〗 弘文館 〖杜宇(두우)〗 蜀나라 望帝의 이름. 죽은 후 그의 혼
이 두견새가 되었다는 고사에서 杜鵑의 異稱으로 되었음

<감상> 이 시는 자신의 회포를 노래한 것이다.

정철이 해직되어 궁궐에서 멀리 떨어진 곳에서 잠을 자며 다시 성
안 옥당으로 돌아가는 꿈을 아득히 꾸고 있는데, 두견새가 대나무
찢는 듯한 울음소리를 내어 옥당에 오르던 꿈이 깨어 버렸다. 그
바람에 머리가 더욱 세어 버렸다.

『청창연담』에, "정송강이 해직되어 남쪽 지방에 있을 때 시를 짓기
를, ……이라 하였는데, 그 표현이 사람의 정신을 번쩍 들게 한다
(鄭松江解職在南中時 有詩曰 披垣南畔樹蒼蒼 歸夢迢迢上玉堂
杜宇一聲山竹裂 孤臣白髮此時長 語甚警策)."라 평하고 있다.

7. 「對花漫吟」鄭澈

花殘紅芍藥	붉은 작약꽃이 시들고
人老鄭敦寧	정돈녕이 늙었네
對花兼對酒	꽃을 대하고 아울러 술을 대하니
宜醉不宜醒	마땅히 취해야지 깨서는 안 되네

<주석> 〖芍〗 작약꽃 작 〖敦寧(돈녕)〗 왕실의 친척

<감상> 이 시는 시든 꽃을 대하고서 느낀 심정을 노래한 것이다.

　　鄭澈이 마주하고 있는 대상은 주위에서 흔히 볼 수 있는 붉은 작약꽃이다. 그런데 그가 지금 보고 있는 것은 아름답게 피어난 싱싱한 꽃이 아니라 아무도 관심을 두지 않을 시든 꽃이다. 꽃으로서의 제 기능을 상실해 가는 시든 꽃에서 그는 자신의 모습을 본다. 파란만장했던 정치적 顚頓을 겪고서 쇠해 버린, 따라서 더 이상의 현실적 가능성을 모색하기 어려운 처지의 자신을 발견한 것이다. 이와 같은 시각에서 바라볼 때 자연 경물의 의미 또한 道學的 의식 속의 그것과는 달라질 수밖에 없다. 주지하다시피 조선 전기 도학적 이념에 기반을 둔 시의식에서 형상화되는 自然은, 우주 만물과 인간에 내재하는 '理'의 구현태이면서, 그 자체로 거대한 하나의 조화를 이루는 형상이었다. 따라서 자연 경관과 사물을 대하는 자세에 더 큰 관심이 있었다. 반면에 松江의 작품에서는 그러한 形而上學的 의미가 거의 눈에 띄지 않는다(박종우, 「송강 정철의 시세계와 정치현실」).

8. 「西山漫成」鄭澈

明時自許調元手	밝은 때라 스스로 정승감을 자부했는데
晩歲還爲賣炭翁	늘그막에 도리어 숯을 파는 노인이 되었네
進退有時知有命	진퇴는 때가 있어 운명이 있음 알겠고
是非無適定無窮	시비는 일정이 없어 끝이 없구나
膏肓未備三年艾	고황병에 삼 년 묵은 쑥 갖추지 못하고
飄泊難營十畝宮	뜬 생활에 열 이랑 집 마련하기 어렵네
惟是老來能事在	오직 늙어서 할 수 있는 일이 있으니
百杯傾盡百憂空	백 잔의 술잔을 다 기울여 온갖 근심 없애는 것이라네

<주석> 〖調元(조원)〗 陰陽의 元氣를 조화시키는 솜씨, 즉 국가의 大政을 주관하는 정승의 경륜을 말함 〖炭〗 숯 탄 〖適〗 전일하다 적 〖膏肓(고황)〗 명치로, 전하여 전부터 내려오는 고치기 어려운 誤謬 〖三年艾(삼년애)〗 좋은 약으로, 『孟子』 「離婁上」에, "今之欲王者猶七年之病 求三年之艾也"라는 말이 나옴 〖飄泊(표박)〗 정해진 행동거지가 없음 〖十畝(십무)〗 『莊子』 「讓王」에, "孔子謂顔回曰 回來 家貧居卑 胡不仕乎 顔回對曰 不願仕 回有郭外之田五十畝 足以給飦粥 郭內之田十畝 足以爲絲麻 鼓琴足以自娛 所學夫子之道者足以自樂也 回不願仕"라는 말이 보임. 뒤에 '耕十畝田'은 벼슬을 버리고 전원으로 돌아감을 의미함

<감상> 이 시는 宣祖의 뜻을 거스르자, 東人들의 탄핵을 받아 江界로 圍籬 安置되었을 때 심경을 노래한 것이다.

지금은 어진 임금이 통치하는 밝은 때라 스스로 정승감을 자부했는데, 여러 번의 유배를 겪고는 늘그막에 도리어 숯을 파는 노인

신세가 되었다. 진퇴는 때가 있어 운명이 있음을 알겠고 시비는 정해진 길이 없다. 오직 늙어서 잘할 수 있는 일이란 술잔을 다 기울여 온갖 근심 없애는 것뿐이다.

이후 정철은 임진왜란의 발발로 석방되었다가 58세에 관직에서 물러나 강화에 내려와 지내다가 그해 12월에 삶을 마친다.

이 외에도 『성소부부고』에는 정철의 시에 대해 다음과 같은 내용이 실려 있다.

"松江 鄭澈은 우리말 노래를 잘 지었으니, 「思美人曲」 및 「勸酒辭」는 모두 그 곡조가 맑고 씩씩하여 들을 만하다. 비록 異論하는 자들은 이를 배척하여 陰邪하다고는 하지만 문채와 풍류는 또한 엄폐할 수 없는 것이다. 그리하여 그를 아까워하는 사람들이 연달아 있어 왔다(鄭松江善作俗謳 其思美人曲及勸酒辭 俱淸壯可聽 雖異論者斥之爲邪 而文采風流 亦不可掩 比比有惜之者)."

9. 「望浦亭八景(卽盧相公稙江舍)」白光勳[2]

「三叉松月」

手持一卷蕊珠篇	손에 한 권의 『예주편』을 들고 나가
讀罷松壇伴鶴眠	소나무 단에서 다 읽고 학을 짝해 잠들었네
驚起中宵滿身影	한반중 몸에 가득한 그림자에 놀라 일어나니
冷霞飛盡月流天	찬 노을이 다 흩어지고 달빛이 하늘에 흐르네

<주석> 〖叉〗 엇갈리다 차 〖蕊珠篇(예주편)〗 蕊珠는 仙宮으로 예주편은
道家의 경전을 일컬음 〖伴〗 짝 반 〖宵〗 밤 소 〖霞〗 노을 하

<감상> 이 시는 盧稙의 여주 망포정 팔경을 노래한 것 가운데, 세 갈래로
갈라지는 남한강 곁에 있는 소나무 위에 뜬 달을 보고 노래한 것
이다.

망포정에 올라 신선들이 읽는다는 『예주편』을 독파하고 나니, 신

---

2) 白光勳(1537, 중종 32 ~ 1582, 선조 15). 최경창·이달과 함께 三唐詩人이라 불린다.
자는 彰卿, 호는 玉峰. 원래 관향은 수원이지만 선조가 海美로 귀양 와 대대로 머물
러 살았으므로 해미가 본관이다. 박순에게 수학했으며 22세에는 진도에 귀양 와 있
던 노수신에게 배웠다. 28세인 1564년 진사시에 합격했으나 과거를 포기, 정치에 참
여할 뜻을 버리고 산수를 방랑하며 시와 書道를 즐겼다. 그가 과거를 포기하게 된
구체적 이유는 확실하지 않지만 한미한 가문과 당대의 정치적 상황에서 연유한 것이
아닌가 짐작된다. 36세인 1572년 명나라 사신이 오자 노수신의 천거로 白衣製述官
이 되어 시와 글씨로 사신을 감탄하게 해 명성을 얻었다. 1577년 宣陵參奉이 되었
으며, 이어 昭格署의 참봉을 지내면서 서울에 머물렀다. 그에게 관직생활은 만족스
러운 것이 아니었지만 토지를 바탕으로 하는 경제적 기반이 미약했기 때문에 유일한
호구책으로 계속 관직에 머물러 있을 수밖에 없었다. 그는 삼당시인으로 불리는 만
큼 唐風의 시들을 남겼다. 그의 시는 대부분 순간적으로 포착된 삶의 한 국면을 관
조적으로 그리고 있는데, 전원의 삶을 다룬 작품들은 자연과 조화를 이루는 안정과
평화로 가득 찬 밝은 분위기로 이루어져 있다. 이는 현실에서 오는 고통과 관직생활
의 불만에 의해 상대적으로 강화되어 나타나기도 한다. 李廷龜는 그의 문집 序에서
"시대와 맞지 않아 생기는 무료·불평을 시로써 표출했다."고 하면서 특히 絶句를
높이 평가했다.

선이 된 것 같아 학과 짝이 되어 소나무 단 아래에서 잠이 들었다. 한참을 자다가 일어나 보니, 한밤중이다. 달빛이 온몸을 환하게 비추고 있고 차갑던 노을은 다 흩어지고 맑은 달빛은 온 세상을 비추고 있다.

백광훈은 팔문장가의 한 사람으로("首與友善而推許者 李山海, 崔慶昌, 白光勳, 崔岦, 李純仁, 尹卓然, 河應臨也 時人號爲八文章" 宋時烈이 지은 「墓碣文」), 홍만종은 이 시를 두고『소화시평』에서 "시가 맑아서 아무런 찌꺼기가 없다(瑩澈無滓)."라 평하고 있다.

백광훈은 金萬重의 『西浦漫筆』에서 "본조의 시체는 네다섯 번 변했을 뿐만 아니다. 국초에는 고려의 남은 기풍을 이어 오로지 蘇東坡를 배워 성종, 중종조에 이르렀으니, 오직 李荇이 대성하였다. 중간에 黃山谷의 시를 참작하여 시를 지었으니, 朴誾의 재능은 실로 삼백 년 詩史에서 최고이다. 또 변하여 황산곡과 陳師道를 배웠는데, 鄭士龍·盧守愼·黃廷彧이 솥발처럼 우뚝 일어났다. 또 변하여 唐風의 바름으로 돌아갔으니, 崔慶昌·白光勳·李達이 순정한 이들이다. 대저 蘇東坡를 배워 잘못되면 왕왕 군더더기가 있는데다 진부하여 사람들을 만족시키지 못하고 江西詩派를 배운 데서 잘못되면 비틀고 천착하게 되어 염증을 낼 만하다(本朝詩體 不啻四五變 國初承勝國之緒 純學東坡 以迄於宣靖 惟容齋稱大成焉 中間參以豫章 則翠軒之才 實三百年之一人 又變而專攻黃陳 則湖蘇芝 鼎足雄峙 又變而反正於唐 則崔白李 其粹然者也 夫學眉山而失之 往往冗陳 不滿人意 江西之弊 尤拗拙可厭)."라고 언급한 것처럼, 唐風의 영향을 받았다.

10. 「憶崔孤竹」 白光勳

相思脈脈掩空齋	텅 빈 서재 닫아 둔 채 서로 생각하며 응시할 뿐
千里人今碧海西	천 리 밖 사람 지금 벽해 서쪽이네
孤夢不來秋夜盡	가을밤이 다가도록 외론 꿈도 안 꿔지는데
井梧無響月淒淒	샘가 오동 소리 없이 지고 달빛은 차갑구나

<주석> 〖脈脈(맥맥)〗 응시하는 모습 〖淒〗 차갑다 처

<감상> 이 시는 고죽 崔慶昌을 그리워하며 지은 시이다.

그리운 벗 최경창을 만나서 서재에 앉아 시도 짓고 술도 마시고 싶은데, 그럴 수 없어 서재를 닫아 둔 채 천 리 머나먼 황해도 벽해로 간 친구를 생각만 할 뿐이다. 꿈에서라도 보고 싶은데, 가을밤이 다 가도록 잠이 오지 않아 볼 수 없다. 문을 열고 서재 밖을 보니, 샘가에 오동잎은 소리 없이 지고 있고 달빛은 차갑게 비추고 있다.

허균은 『惺叟詩話』에서 백광훈을 포함한 조선의 詩史에 대해서 다음과 같이 언급하고 있다.

"조선의 詩는 中宗朝에 이르러 크게 성취되었다. 李荇이 시작을 열어 訥齋 朴祥·企齋 申光漢·冲庵 金淨·湖陰 鄭士龍이 一世에 나란히 나와 휘황하게 빛을 내고 金玉을 울리니 千古에 칭할 만하게 되었다. 조선의 시는 宣祖朝에 이르러서 크게 갖추어지게 되었다. 盧守愼은 杜甫의 법을 깨쳤는데 黃廷彧이 뒤를 이어 일어났고, 崔慶昌·白光勳은 唐을 본받았는데 李達이 그 흐름을 밝혔다. 우리 亡兄의 歌行은 李太白과 같고 누님의 시는 盛唐의 경지에 접근하였다. 그 후에 權韠이 뒤늦게 나와 힘껏 前賢을 좇

아 李荇과 더불어 어깨를 나란히 할 만하니, 아! 장하다(我朝詩
至中廟朝大成 以容齋相倡始 而朴訥齋祥, 申企齋光漢金冲庵淨
鄭湖陰士龍 竝生一世 炳烺鏗鏘 足稱千古也 我朝詩 至宣廟朝
大備 盧蘇齋得杜法 而黃芝川代興 崔白法唐而李益之闡其流 吾
亡兄歌行似太白 姊氏詩恰入盛唐 其後權汝章晚出 力追前賢 可
與容齋相肩隨之 猗歟盛哉)."

11. 「題楊通判應遇靑溪障」白光勳

簿領催年鬢	관청 문서 귀밑털을 재촉하더니
溪山入畫圖	시내와 산 그림 속에 들어와 있네
沙平舊岸是	모래 평평한 옛 언덕 바로 여긴데
月白釣船孤	달 밝은 채 낚싯배만 외롭구나

<주석> 〖障〗칸막이 장 〖簿領(부령)〗관청의 문서 〖鬢〗귀밑털 빈 〖釣〗
낚시 조

<감상> 이 시는 양통판 응우의 청계 그림 가리개를 소재로 쓴 것으로, 고
향에 대한 회상을 노래하고 있다.

공문서를 처리하느라 귀밑머리가 세어도 모를 정도로 바쁘게 생활
하다 보니, 고향 생각을 잊었다. 그런데 淸溪 그림 속에 내 고향의
시내와 산이 들어와 있다. 그림 속 모래가 평평하게 깔린 언덕이
바로 옛날 내 고향의 언덕인데, 달이 환히 밝은 밤에 낚싯배만 외
롭게 떠 있다.

12.「富春別墅」白光勳

夕陽湖上亭	석양에 비친 호수 위의 정자에서 볼 때
春光在湖草	봄 풍경이 호수 풀밭에 있네
明月山前榭	밝은 달빛 산 앞 정자에서 보니
花陰看更好	꽃그늘 바라볼수록 더욱 좋구나

<주석> 〖墅〗 농막 서 〖榭〗 정자 사 〖更〗 더욱 갱

<감상> 이 시는 부춘에 있는 별장에서 지은 것으로, 봄을 맞은 별장의 풍
경을 노래하고 있다.
　　석양에 비친 호수 위의 정자에서 부춘을 바라보니, 봄 풍경이 온
통 호수 풀밭에만 있나 했더니, 밤이 되어 밝은 달빛이 비치는 밤
산 앞의 정자에서 바라보니, 봄 풍경이 꽃그늘에도 있어 바라볼수
록 더욱 좋다.

13.「懷崔嘉運(名慶昌)」白光勳

庭靜水空去	뜰 고요히 물만 부질없이 흐를 뿐이고
草深虫亂鳴	풀은 수북이 벌레 어지럽게 울어대네
今宵有明月	오늘 밤에 밝은 달 있으니
應照洛陽城	응당 낙양성을 비춰 주겠지

<주석> 〖宵〗 밤 소

<감상> 이 시는 친구 최가운을 그리워하며 지은 것이다.

　　가을이 깊어가는 어느 날, 뜰에는 물만 흘러가고 수북이 쌓인 풀 속에는 벌레가 울어댄다. 오늘 밤에 밝은 달이 떴으니, 친구가 있는 서울에도 틀림없이 비춰 줄 것이다(여기서 달은 친구와 나를 연결시켜 주는 매개체로서, 저 달을 보고 있을 친구도 마땅히 나를 그리워하고 있을 것이다).

14. 「弘慶寺」 白光勳

秋草前朝寺	가을 풀, 전 왕조의 절
殘碑學士文	남은 비석에 한림학사의 글이로다
千年有流水	천 년 동안 흘러온 물이 있어서
落日見歸雲	지는 해에 돌아오는 구름을 본다

<주석> 〖弘慶寺(홍경사)〗 고려 顯宗이 稷山 북쪽 15리 지점에 승려 逈
兢에게 명하여 사찰을 건립하게 하고, 병부상서 姜民瞻 등에게
감독을 명하여 2백여 칸의 巨刹을 세우게 한 뒤 奉先弘慶寺의
이름을 내렸는데, 그 뒤 절은 없어지고 翰林學士 崔冲이 글을 지
은 비석만 남아 있게 되었음(『新增東國興地勝覽 卷16 稷山縣』).

<감상> 이 시는 가을에 홍경사에 올라 느낀 감회를 노래한 것으로, 人口
에 많이 膾炙되었던 시이다.

여름에 화려했던 풀은 가을이 되자 시들어 가는데, 그 풀처럼 예
전에 화려했을 홍경사가 지금은 퇴락한 채 예전 한림학사가 새긴
글만이 동강나 굴러다니는 비석에 남아 있다(그 글을 쓴 한림학사
도 지금은 없다). 홍경사 앞에 흐르는 물은 천 년 동안 변함없이
한결같은 모습으로 흘러갔으나 언제나 그 자리에서 흘러가고, 그
위로 흐르는 구름은 잠시도 그대로 지속하지 못하고 정처 없이 흘
러간다(세상의 모든 것은 이처럼 흘러 흘러가도 결국은 다시 또
그대로인 것이다).

洪萬宗은『小華詩評』에서 이 시에 대해, "옥봉 백광훈의 「홍경사」
시에, ……라 하는데, 매우 우아하여 옛 시에 아주 가깝다(白玉峰
光勳弘慶寺詩曰 …… 雅絶逼古)."라 평하고 있다.

이 외에도『성소부부고』에는 최경창과 백광훈의 시에 대해 다음
과 같은 내용이 실려 있다.

"崔孤竹의 시는 悍勁하며 白光勳의 시는 枯淡하다. 모두 唐詩의 노선을 잃지 않았으니 참으로 천 년의 드문 가락이다. 李益之는 이들보다 조금 크다. 그러므로 최·백을 함께 뭉쳐 스스로 대가를 이루었다(崔詩悍勁 白詩枯淡 俱不失李唐跬逕 誠亦千年希調也 李益之較大 故苞崔孕白而自成大家也)."

15. 「映月樓」崔慶昌[3]

玉檻秋來露氣淸	옥을 새긴 난간에 가을이 오니 이슬 기운 맑은데
水晶簾冷桂花明	수정 발은 차갑고 계수나무 꽃은 밝네
鸞驂不至銀橋斷	난새가 끄는 수레 오지 않고 은빛 다리 끊어졌으니
惆悵仙郞白髮生	슬프다, 선랑은 흰머리만 자라나네

<주석> 〖映月樓(영월루)〗 전라남도 長城에 있음 〖檻〗 난간 함 〖簾〗 발 렴 〖鸞驂(란참)〗 신선이 타는 수레 〖銀橋(은교)〗 唐나라 현종의 도사인 羅公遠이 인도를 받아 月宮을 갈 때, 나공원이 짚고 있던 지팡이를 던져 만든 다리(傳說中仙杖變化而成的大橋 橋可通月 宮 典出前蜀杜光庭『神仙感遇傳』"玄宗於宮中玩月 公遠奏曰 '陛下莫要至月中看否？' 乃取拄杖 向空擲之 化爲大橋 其色如 銀 請玄宗同登 約行數十里 精光奪目 寒氣侵人 遂至大城闕 公 遠曰'此月宮也'") 〖惆〗 슬퍼하다 추 〖悵〗 슬퍼하다 창

<감상> 이 시는 영월루에 올라 쓴 시이다.

옥으로 새긴 것 같은 난간에 가을이 되니 이슬이 맑은데, 수정처럼 맑은 주렴은 가을이라 서늘하고(맑은 이슬이 맺힘을 의미), 계수나무의 꽃은 밝다(달빛이 밝다는 의미). 신선이 타는 수레인 난새가 끄는 수레를 타고 영월루에 가고 싶지만, 다리가 끊어져 갈

3) 崔慶昌(1539, 중종 34～1583, 선조 16) 조선 중기 시인. 자는 嘉雲, 호는 孤竹. 본관 은 海州. 1568년(선조 1) 증광문과에 급제, 大同道察訪・종성부사를 지냈다. 朴淳 의 문인으로 문장과 학문에 뛰어나 李珥・宋翼弼 등과 함께 8문장가로 불렸다. 唐 詩에도 능하여 白光勳・李達과 함께 三唐詩人으로 불렸으며 시・서화에 뛰어났고 특히 피리를 잘 불었다. 숙종 때 청백리에 녹선되었으며 저서로 『고죽유고』가 있다.

수가 없다. 슬프다, 영월루에 갈 수 없는 신선은 세월이 흘러 흰머리만 자라고 있다(이 누각은 奇氏의 것이라고 하는데, 아마도 사랑을 나누던 여인이 죽은 것을 노래한 것으로 보인다).

최경창은 팔문장가의 한 사람으로("首與友善而推許者 李山海, 崔慶昌, 白光勳, 崔岦, 李純仁, 尹卓然, 河應臨也 時人號爲八文章" 宋時烈이 지은 「墓碣文」), 金萬重의 『西浦漫筆』에서 "본조의 시체는 네다섯 번 변했을 뿐만 아니다. 국초에는 고려의 남은 기풍을 이어 오로지 蘇東坡를 배워 성종, 중종조에 이르렀으니, 오직 李荇이 대성하였다. 중간에 黃山谷의 시를 참작하여 시를 지었으니, 朴誾의 재능은 실로 삼백 년 詩史에서 최고이다. 또 변하여 황산곡과 陳師道를 배웠는데, 鄭士龍·盧守愼·黃廷彧이 솥발처럼 우뚝 일어났다. 또 변하여 唐風의 바름으로 돌아갔으니, 崔慶昌·白光勳·李達이 순정한 이들이다. 대저 蘇東坡를 배워 잘못되면 왕왕 군더더기가 있는데다 진부하여 사람들을 만족시키지 못하고 江西詩派를 배운 데서 잘못되면 비틀고 천착하게 되어 염증을 낼 만하다(本朝詩體 不啻四五變 國初承勝國之緖 純學東坡 以迄於宣靖 惟容齋稱大成焉 中間參以豫章 則翠軒之才 實三百年之一人 又變而專攻黃陳 則湖蘇芝 鼎足雄峙 又變而反正於唐 則崔白李 其粹然者也 夫學眉山而失之 往往冗陳 不滿人意 江西之弊 尤拗拙可厭)."라고 언급한 것처럼, 唐風의 영향을 받았다.

16.「奉恩寺僧軸」崔慶昌

三月廣陵花滿山	삼월이라 광릉에는 꽃이 산에 가득한데
晴江歸路白雲間	맑은 강 따라 돌아가는 길은 흰 구름 속에 있네
舟中背指奉恩寺	배에서 등지고 봉은사를 가리키니
蜀魄數聲僧掩關	소쩍새 몇 소리에 스님은 빗장을 내리네

<주석> 〖奉恩寺(봉은사)〗 서울 삼성동 수도산에 있는 절 〖廣陵(광릉)〗 漢城의 古號 〖蜀魂(촉혼)〗 두견새(相傳蜀主名杜宇 號望帝 死化爲鵑 春月晝夜悲鳴 蜀人聞之曰 我望帝魂也 故稱) 〖掩〗 닫다 엄

<감상> 이 시는 봉은사 스님의 시축에 쓴 것이다.

봄 3월, 광릉은 꽃이 만발한데 봉은사의 스님과 헤어져 흰 구름이 떠다니는 맑은 강을 따라 배를 타고 돌아가고 있다. 배를 타고 등을 지고서 스님과 이별한 봉은사를 돌아보니, 소쩍새가 봄이 가는 것을 슬퍼하며 우는데 스님은 절간의 빗장을 닫고 있다.

唐詩集에 넣어 두어도 唐詩인지 최경창의 시인지 구분하기 어려울 정도라 하겠으며, 허균은 『惺叟詩話』에서 최경창을 포함한 조선의 詩史에 대해서 다음과 같이 언급하고 있다.

"조선의 詩는 中宗朝에 이르러 크게 성취되었다. 李荇이 시작을 열어 訥齋 朴祥·企齋 申光漢·冲庵 金淨·湖陰 鄭士龍이 一世에 나란히 나와 휘황하게 빛을 내고 金玉을 울리니 千古에 칭할 만하게 되었다. 조선의 시는 宣祖朝에 이르러서 크게 갖추어지게 되었다. 盧守愼은 杜甫의 법을 깨쳤는데 黃廷彧이 뒤를 이어 일어났고, 崔慶昌·白光勳은 唐을 본받았는데 李達이 그 흐름을 밝혔다. 우리 亡兄의 歌行은 李太白과 같고 누님의 시는 盛唐의 경지에 접근하였다. 그 후에 權韠이 뒤늦게 나와 힘껏 前賢을 좇아 李荇과 더불어 어깨를 나란히 할 만하니, 아! 장하다(我朝詩至中廟朝大成 以容齋相倡始 而朴訥齋祥, 申企齋光漢金冲庵淨鄭湖陰士龍 竝生一世 炳烺鏗鏘 足稱千古也 我朝詩 至宣廟朝大備 盧蘇齋得杜法 而黃芝川代興 崔白法唐而李益之闡其流 吾亡兄歌行似太白 姊氏詩恰入盛唐 其後權汝章晚出 力追前賢 可與容齋相肩隨之 猗歟盛哉)."

17. 「楚調」崔慶昌

楚國傷讒日	초나라에서 참소에 슬퍼하던 날
懷沙怨屈原	「懷沙賦」로 원망하며 죽은 굴원아
湘江流不歇	상강의 물은 흘러 마르지 않는데
千載寄遺魂	천 년간 남긴 원혼만 붙여 놨구나

<주석> 〖調〗가락 조 〖傷〗불쌍히 여기다 상 〖懷沙(회사)〗「회사부」로 楚나라 屈原이 한을 품고 汨羅水에 몸을 던져 죽을 때에 지었다는 시 제목으로 『楚辭』에 수록되어 있음 〖歇〗마르다 헐

<감상> 이 시는 초나라 노래를 읊은 것으로, 영원한 충신 屈原의 충성심을 추모하며 지은 것이다.

굴원이 초나라에서 靳尙 같은 간신들에게 참소를 받아 귀향을 가던 슬픈 그 당시, 굴원은 멱라수에 몸을 던지기 전에 「회사부」를 지었다. 저 상강의 물은 흘러 흘러 쉬지 않는데 죽으며 남긴 그 충성과 억울함은 천 년 뒤인 지금까지 이 물결에 붙여 놓았으며, 앞으로도 계속 쉼 없이 붙어 있을 것이다.

18. 「白苧辭」 崔慶昌

憶在長安日	서울에 있을 때를 추억해 보니
新裁白紵裙	새로 하얀 모시 치마 지었네
別來那忍着	이별한 뒤 어찌 차마 입을 수 있겠습니까?
歌舞不同君	노래와 춤을 그대와 함께할 수 없는데

<주석> 〖苧〗 모시 저 〖紵〗 모시 저 〖裙〗 치마 군

<감상> 이 시는 하얀 모시 노래로, 사랑을 잃은 여인의 상황을 노래하고 있다.
서울에 있을 때를 상상해 보니, 그때 하얀 모시 치마를 지었다. 그
모시 치마는 임과 함께 노래하며 춤출 때 입기 위해 지은 것인데,
지금 이별한 뒤라 임과 함께 노래와 춤을 출 수 없으니, 어찌 차마
입을 수 있겠습니까?
홍만종은 『소화시평』에서 崔慶昌 詩의 唐風에 대해 다음과 같이
언급하고 있다.
"나는 선배들에게 '우리나라 시인 중에 고죽 최경창만이 시종 당
풍을 배워서 송시의 풍격에 빠지지 않았다.'고 들었는데, 이 말은
진실이다. 고죽시는 품격이 높은 것은 무덕·개원에 출입하고, 낮
은 것이라 해도 장경(당나라 穆宗의 연호) 이하의 시어는 말하지
않았다. '봄 시냇물은 오래된 성곽을 감싸 흐르고, 들불은 높은 산
으로 올라간다.'는 중당시와 비슷하고, '강에서 멀리 떨어진 곳이
라 인가가 드물고, 관문에 가까워지니 눈보라만 치는구나.'는 성당
시와 비슷하고, '산에는 태곳적 눈이 아직도 남아 있고, 나무에는
태평시대의 안개가 자욱이 끼어 있네.'는 초당시와 비슷하다. 오늘
날 세상에 이 같은 곡조와 음향이 다시 나타날 것인지 모르겠다
(余嘗聞諸先輩 我東之詩 唯崔孤竹終始學唐 不落宋格 信哉 其

高者出入武德開元　下亦不道長慶以下語　如春流繞古郭　野火上
高山　則中唐似之　人煙隔河少　風雪近關多　則似盛唐　山餘太古雪
樹老太平煙　則似初唐　不知今世復有此等調響耶)."

19.「高峰山齋」崔慶昌

古郡無城郭	옛 고을이라 성곽은 없고
山齋有樹林	산집이라 나무숲만 있네
蕭條人吏散	쓸쓸히 사람과 관리 흩어진 뒤
隔水搗寒砧	물 건너엔 겨울옷을 다듬이질하네

<주석> 〖蕭條(소조)〗 쓸쓸함 〖搗〗 다듬이질하다 도 〖砧〗 다듬잇돌 침
<감상> 이 시는 고봉의 산속 집에서 지은 것으로 최경창의 대표작 가운데
하나이다.

늦가을 오래된 마을이라 성곽은 보이지 않고, 다만 산속에 있는
집이기에 나무숲만 주변에 펼쳐져 있다. 이 집에서 밖으로 시선을
돌리니, 거리는 사람들이 흩어진 뒤에 쓸쓸한데 물 건너에는 어느
여인이 겨울옷을 다듬이질하는 다듬잇돌 소리가 들려온다.

이 외에도 『성소부부고』에는 최경창의 시에 대해 다음과 같은 내
용이 실려 있다.

"孤竹의 시는 편편이 다 아름다우니, 반드시 갈고닦아 마음에 걸
림이 없는 다음에야 내놓기 때문이다. 최경창과 백광훈의 시를 나
는 골라서 『國朝詩刪』에 넣은 것이 각기 수십 편인데 그 시들은
음절이 正音에 들어맞을 만하나, 그 밖의 것은 雷同함을 면치 못
하고 있다(孤竹詩 篇篇皆佳 必鍊琢之 無歉於意 然後乃出故耳
二家詩 余選入於詩刪者 各數十篇 音節可入正音 而其外不耐雷
同也)."

그리고 『성소부부고』에는 최경창과 백광훈의 시에 대해 다음과
같은 내용이 실려 있다.

"崔孤竹의 시는 悍勁하며 白光勳의 시는 枯淡하다. 모두 唐詩의
노선을 잃지 않았으니 참으로 천 년의 드문 가락이다. 李益之는

이들보다 조금 크다. 그러므로 최·백을 함께 뭉쳐 스스로 대가를
이루었다(崔詩悍勁 白詩枯淡 俱不失李唐跬逕 誠亦千年希調也
李益之較大 故苞崔孕白而自成大家也)."

20. 「采蓮曲 次大同樓船韻」 李達[4]

蓮葉參差蓮子多	연잎은 들쭉날쭉 연밥도 많은데
蓮花相間女郎歌	연꽃을 사이에 두고 아가씨들 노래하네
來時約伴橫塘口	돌아갈 때 짝과 횡당 입구에서 만나기로 약속하고
辛苦移舟逆上波	힘써 배를 저어 강물을 거슬러 올라가네

<주석> 〖參差(참치)〗 들쭉날쭉한 모양 〖伴〗 짝 반

<감상> 이 시는 대동강 누선의 詩인 鄭知常의 시에 차운한 연밥을 따는 사랑 노래이다.

---

4) 李達(1539 ?~1609 ?) 자는 益之이고, 호는 蓀谷이다. 崔慶昌, 白光勳과 함께 唐詩에 뛰어나 三唐詩人으로 불렸다. 문장과 시에 능하였고, 서자 출신이어서 과거에 응시하지 못하고 제자 교육에 일생을 바쳤다. 麗末鮮初에 雙梅堂 李詹의 후예로, 강원도 원주시 富論面 蓀谷里에서 출생, 일찍부터 문장에 능하고 글씨에 造詣가 깊었다. 그러나 어머니가 賤人 身分이었기에 庶孽로서의 한계를 느낄 수밖에 없었고, 따라서 그 능력 또한 쉽사리 세상에서 빛을 볼 수가 없었다. 金萬重이 "蓀谷의 작품 「別李禮長」은 조선을 통틀어서 五言絶句의 최고작"이라고 논평할 만큼 詩才와 문장력이 뛰어났기에 선조 때 司譯院의 漢吏學官이 되기도 했으나, 자신의 뜻에 맞지 않는다는 이유로 곧 사직하고는 향리에 은거했다. 蓀谷은 孤竹 崔慶昌 · 玉峯 白光勳과 함께 뜻을 모아 詩社를 조직한 후, 孤竹과 玉峯의 스승인 思庵 朴淳을 만나 唐代의 여러 詩集들을 접하게 되면서 詩의 正法이 唐詩에 있음을 깨닫고 唐詩人의 詩體를 탐구하는 한편, 律詩와 絶句를 지어 내기 시작해 5년 동안 오로지 시법의 연구에만 몰두한 결과, 신라와 고려를 통틀어 唐詩에서 아무도 蓀谷을 따를 수 없다는 평이 사람들 사이에 膾炙되면서 孤竹과 玉峯을 제치고 三唐詩人의 일인자로 꼽히게 되었다. 한편, 蓀谷의 명성과 고결한 인품에 대한 소문을 듣고 당시의 명문 귀족이었던 草堂 許曄이 자식들인 許楚姬와 許筠을 보내 제자로 삼아 줄 것을 부탁하자, 蓀谷은 그들 남매에게 평민시인으로서의 자신의 이상을 전수시켰는데, 훗날 허균이 庶子를 주인공으로 내세운 『洪吉童傳』을 쓴 것이라든지, 嫡庶 打破를 주장한 것이라든지, 양반 사회에 대한 반항적인 자세와 함께 풍자적이면서도 서민 생활을 옹호했던 許蘭雪軒의 시 정신은 蓀谷의 정신적 영향 때문이라고 할 수 있을 것이다. 蓀谷은 許筠이 반역죄로 참형당했던 그해에 역시 57세의 나이로 한 많은 생을 마쳤다.

크고 작은 연잎이 늘어선 가운데 연밥이 많이도 달려 있다. 그 연
꽃들 사이로 연밥을 따는 아가씨들이 연밥을 따면서 사랑노래를
부르고 있다(採蓮曲의 蓮은 戀과 同音으로 사랑 노래임). 연밥을
따고 집으로 돌아갈 땐 횡당 입구에서 임과 만나기로 하였기에 힘
써 배를 저어 강물을 거슬러 올라가고 있다. 이 시에 대해 『임하
필기』에서는 "악부의 최고 명작으로 일컬어진다(稱爲樂府第一)."
라고 언급하고 있다.

李達은 金萬重의 『西浦漫筆』에서 "본조의 시체는 네다섯 번 변했
을 뿐만 아니다. 국초에는 고려의 남은 기풍을 이어 오로지 蘇東坡
를 배워 성종, 중종조에 이르렀으니, 오직 李荇이 대성하였다. 중
간에 黃山谷의 시를 참작하여 시를 지었으니, 朴誾의 재능은 실로
삼백 년 詩史에서 최고이다. 또 변하여 황산곡과 陳師道를 배웠는
데, 鄭士龍・盧守愼・黃廷彧이 솥발처럼 우뚝 일어났다. 또 변하
여 唐風의 바름으로 돌아갔으니, 崔慶昌・白光勳・李達이 순정
한 이들이다. 대저 蘇東坡를 배워 잘못되면 왕왕 군더더기가 있는
데다 진부하여 사람들을 만족시키지 못하고 江西詩派를 배운 데서
잘못되면 비틀고 천착하게 되어 염증을 낼 만하다(本朝詩體 不啻
四五變 國初承勝國之緒 純學東坡 以迄於宣靖 惟容齋稱大成焉
中間參以豫章 則翠軒之才 實三百年之一人 又變而專攻黃陳 則
湖蘇芝 鼎足雄峙 又變而反正於唐 則崔白李 其粹然者也 夫學眉
山而失之 往往冗陳 不滿人意 江西之弊 尤拗拙可厭)."라고 언급
한 것처럼, 唐風의 영향을 받았다.

21. 「次尹恕中韻」李達

京洛旅遊客	서울에 와서 나그네로 떠도는 객이여
雲山何處家	구름 낀 산 어느 곳이 그대 집인가?
疏煙生竹逕	성근 연기 대숲 길에 피어오르고
細雨落藤花	가랑비에 등나무 꽃이 지는 곳일세

<주석> 〖逕〗좁은 길 경 〖藤〗등나무 등

<감상> 이 시는 윤서중의 시에 차운한 것으로, 自問自答의 형식을 통해 자신의 불행한 운명을 슬퍼하며 지은 것이다.

서울에 와서 나그네가 되어 떠도는 나, 구름이 껴 있는 산중에 어느 곳이 내 집인가? 성근 연기가 대나무 숲속으로 난 길에서 피어오르고, 가랑비가 내려 등나무 꽃이 지는 곳이 내 집이다.

許筠의 『성소부부고』의 「答李生書」에서는 우리나라의 詩史를 언급하면서 李達에 대해서 언급하고 있는데, 예시하면 다음과 같다. "우리나라는 외져서 바다 모퉁이에 있으니 唐나라 이상의 문헌은 까마득하며, 비록 乙支文德과 眞德女王의 詩가 역사책에 모아져 있으나, 과연 자신의 손으로 직접 지었던 것인지는 감히 믿을 수 없소. 新羅 말엽에 이르러 崔致遠 學士가 처음으로 큰 이름이 났는데, 오늘로 본다면 文은 너무 고와서 시들었으며 詩는 거칠어서 약하니 許渾·鄭谷 등 晚唐의 사이에 넣더라도 역시 누추함을 나타낼 텐데, 盛唐의 작품들과 그 技法을 겨루고 싶어 해서야 되겠습니까? 高麗시대의 鄭知常은 아롱점 하나는 보았다 하겠지만, 역시 晚唐 詩 가운데 穠麗한 시 정도였소. 李仁老·李奎報는 더러 맑고 奇異하며 陳澕·洪侃은 역시 기름지고 고우나 모두 蘇東坡의 범위 안에서 벗어나지 못하지요. 급기야 李齊賢에 이르러 倡始하여, 李穀·李穡이 계승하였으며, 鄭夢周·李崇仁·金九

容이 고려 말엽의 名家가 되었지요. 조선 초엽에 이르러서는 鄭
道傳・權近이 그 명성을 독점하였으니 文章은 이때에 이르러 비
로소 達했다 칭할 만하여 아로새기고 빛나곤 해서 크게 변했다 이
를 만한데 中興의 공로는 李穡이 제일 크지요. 중간에 金宗直이
圃隱・陽村의 文脈을 얻어서 사람들이 大家라고 일렀으나 恨스
러운 것은 文竅의 트임이 높지 못했던 것이오. 그 뒤에는 李荇 정
승이 시에 入神하였으며, 申光漢・鄭士龍은 역시 그 뒤에 뚜렷
하였소. 盧守愼 정승이 또 애써서 문명을 떨쳤으니, 이 몇 분들이
中國에 태어났다면 어찌 모두 康海・李夢陽(明의 前七子로 詩文
에 능함) 두 사람보다 못하다 하리오? 당세의 글 하는 이들이 이때
를 당하여 文은 崔岦을 추대하고 詩는 李達을 추대하는데, 두 분
모두 천 년 이래의 絶調지요. 그리고 같은 연배 중에서는 權韠이
매우 婉亮하고, 李安訥이 매우 淵沉하며 이 밖에는 알 수가 없소
(吾東僻在海隅 唐以上文獻邈如 雖乙支, 眞德之詩 彙在史家 不
敢信其果出於其手也 及羅季 孤雲學士始大厥譽 以今觀之 文菲
以萎 詩粗以弱 使在許, 鄭間 亦形其醜 乃欲使盛唐爭其工耶 麗
代知常 足窺一斑 亦晚李中穠麗者 仁老, 奎報 或淸或奇 陳澕,
洪侃 亦腴爽 而俱不出長公度內耳 及至益齋倡始 稼, 牧繼躅 圃,
陶, 惕 爲季葉名家 逮國初 三峯, 陽村 獨擅其名 文章至是 始可
稱達 追琢炳烺 足曰丕變 而中興之功 文靖爲鉅焉 中間金文簡
得圃, 陽之緖 人謂大家 只恨文竅之透不高 其後容齋相詩入神
申, 鄭亦暄乎其後 蘇相又力振之 玆數公 使生中國 則詎盡下於
康, 李二公乎 當今之業 文推崔東皐 詩推李益之 俱是千年以來
絶調 而儕類中汝章甚婉亮 子敏甚淵沉 此外則不能知也)."

22. 「無題」 李達

處處多逢馬跡	곳곳에서 말 발자국 많이 만나는데
行行且避車塵	가며 가며 또 마차 먼지 피하네
長安陌上花柳	장안의 거리 위 꽃과 버들 속엔
半是高官貴人	반이 고관과 귀인들이네

<주석> 〘跡〙 자취 적 〘陌〙 거리 맥

<감상> 이 시는 6언시로, 어느 봄날 서울 거리에서 겪은 일상적인 경험을 노래함을 통해서 은근한 풍자를 드러내 보이고 있다.

곳곳에서 말을 탄 고관과 귀인들을 많이 만나는데, 가다가 고관과 귀인이 탄 마차를 피하고 가다가 또 피한다. 그렇게 절반의 고관과 귀인들을 피했다. 그런데 서울의 거리엔 봄이 와서 꽃과 버들이 한창 늘어졌는데, 꽃과 버들 속에 놀고 있는 사람은 또 나머지 절반인 고관과 귀인들이다. 결국 서울의 거리엔 온통 고관과 귀인들뿐이다.

李達은 許筠과 아주 친했는데, 洪萬宗의 『小華詩評』에 이에 관한 逸話가 실려 있다.

"손곡 이달이 젊은 시절에 하곡 허봉과 친했는데, 손곡이 하루는 하곡의 집을 방문하였다. 때마침 허균도 하곡을 찾아왔는데, 손곡을 깔보고서 예우하는 태도를 전혀 보이지 않은 채 泰然自若하게 시에 대해 이야기하였다. 그러자 하곡이 '시인이 자리에 계시는데 아우는 일찍이 소문도 듣지 못했는가? 내 아우를 위해 시 한 수를 부탁드리겠소.'라 하고, 곧 그가 운자를 부르자, 이달은 운이 떨어지자마자 절구 한 수를 지었는데, 낙구는 '담 모퉁이 작은 매화 피고 지기 다 끝나자, 봄의 정신은 살구꽃 가지로 옮겨 갔구나.'였다.

이것을 보고 허균은 깜짝 놀라 얼굴빛을 바꾸며 사죄하고 마침내 맺어 시벗이 되었다(蓀谷李達少 與荷谷相善 一日往訪焉 許筠適 又來到 睥睨蓀谷 略無禮容 談詩自若 荷谷曰 詩人在坐 卯君曾 不問知耶 請爲君試之 則呼韻 達應口而賦一絶 其落句云 墙角 小梅開落盡 春心移上杏花枝 筠改容驚謝 遂結爲詩伴)."

23. 「題金悅卿寫眞帖」李達

悅卿道高下　　열경이 높은 도로 내려왔다가
留影在禪林　　영정만을 절에다 남겨 놓았네
一片水中月　　한 조각 물속의 달이요
千秋鍾梵音　　천 년 두고 울릴 종범소리네

<주석> 〖悅卿(열경)〗金時習의 字 〖帖〗표제 첩 〖禪林(선림)〗절 〖鍾梵
(종범)〗절의 종소리와 불경을 읽는 소리

<감상> 이 시는 김열경의 사진첩에 쓴 것으로, 生六臣의 한 사람인 金時
習을 칭송하고 있는 시이다.

　　김열경이 높은 도를 가지고 세상에 태어났다가 영정만을 절에 남
겨 놓고 사라졌다. 한 조각 물속에 비추는 맑은 달이요(고결한 인
품과 고상한 지조를 상징함), 천 년 두고 울릴 종소리와 불경 소리
다(천 년의 역사 동안 전해질 김시습의 명성을 상징함).

24. 「夜坐有懷」 李達

流落關西久	관서지방에 떠돈 지 오래되었건만
今春且未還	금년 봄도 또 돌아가지 못하네
有愁來客枕	객의 베개로 찾아드는 시름만 있고
無夢到鄕山	고향 산천에 이르는 꿈은 없네
時事干戈裏	당시 일은 전쟁 속에 있고
生涯道路間	생애는 도로 사이에 있네
殷勤一窓月	은근히 한 창 안에 드는 달빛만
夜夜照衰顔	밤마다 늙은 얼굴 비추어 주네

<주석> 『流落(유락)』 외지를 떠돎 『關西(관서)』 평안 남북도 『干戈(간과)』
전쟁

<감상> 이 시는 밤에 앉아 있는데 회포에 젖어 지은 것으로, 고독과 향수
를 읊고 있다.

관서지방으로 떠돈 지 오래되었는데, 올해는 고향에 돌아갈 수 있
는가 했더니 또 돌아가지 못했다. 고향으로 돌아가지 못하는 시름
이 베개로 찾아들어 고독하고 향수에 젖었으며, 고향으로 가고 싶
은데 꿈도 못 꾸고 있다. 당시는 전쟁 속이라 삶이 어떻게 될지 모
른다. 그런 상황에서도 은근한 달빛이 창 안으로 들어와 밤마다
늙은 얼굴을 비추어 주고 있다.

25. 「題金養松畵帖」李達

一行兩行雁	기러기 줄이 한 줄인가? 두 줄인가?
萬點千點山	산이 만 점인가? 천 점인가?
三江七澤外	삼강과 칠택 밖인가?
洞庭瀟湘間	동정과 소상 사이인가?

<감상> 이 시는 김양공의 화첩에 쓴 題畵詩로, 확신이 아닌 의문의 수사
를 활용하여 미묘한 분위기를 자아내고 있는 시이다.

기러기 떼가 날아가는 데 한 줄인 듯도 하고 두 줄인 듯도 하다.
그 아래 산이 있는데 천 점인지 만 점인지 명확하지 않다. 산 밑에
흐르는 강과 못은 謝朓가 동쪽으로 가서 배를 띄워 놓고 놀고 싶
다던 삼강인지, 사조가 서쪽으로 떠서 찾아가고 싶다던 칠택인지,
즉 삼강이나 칠택 밖의 어느 곳인가 싶기도 하고, 동정호와 소상
강의 사이 어느 곳인가 싶기도 하다.

26. 「畵梅」李達

擁腫古槎在	울퉁 오래된 등걸만 있나 했더니
寒香知是梅	찬 향기가 매화인 걸 알겠네
前宵霜雪裏	어젯밤 눈과 서리 속에서도
尙有一枝開	오히려 한 가지가 피어났구나

<주석> 〖擁腫(옹종)〗부풀어 오름 〖槎〗나뭇가지 사 〖宵〗밤 소

<감상> 이 시는 매화 그림을 보고 노래한 題畵詩이다.

날씨가 찬 겨울, 뜰에 나무가 서 있다. 울퉁불퉁 혹이 달린 오래된
죽은 고목 등걸이라고 생각했는데, 차가운 향기가 풍기는 것을 보
니 매화임을 알겠다. 어젯밤에 눈과 서리가 몰아쳤는데도, 차가운
날씨를 이겨내고 매화 가지 하나가 피어났다.

27. 「回舟」李達

宿鷺下秋沙	자려는 해오라기 가을 모래에 내려오고
晩蟬鳴江樹	저녁 매미 강숲에서 울어대네
歸舟白蘋風	흰 마름꽃 바람결에 배 돌리며
夢落西潭雨	꿈속에서도 서담 비 속 맴돌고 있네

<주석> 〖鷺〗 해오라기 로 〖蟬〗 매미 선 〖蘋〗 개구리밥 빈

<감상> 이 시는 가을 어느 날, 어느 타향에서 배를 돌려 고향인 서담으로
돌아가면서 지은 시이다.

배를 돌려 출발하려는 곳에서는 해오라기가 잠을 자려고 모래로
날아 내려오고, 저녁 무렵 매미가 강가 숲 속에서 울어대고 있다.
흰 마름꽃이 피어 있는 곳에서 가을바람에 돛을 맡기고 배를 돌려
한강의 서쪽인 西潭으로 돌아가자니, 그리운 집이 꿈에서도 그리
워 벌써 비 내리는 서담을 찾아 맴돌고 있다.

28.「山行關外作」李達

近水疏籬紅杏花	물 가까이 성근 울타리에 붉은 살구꽃 피었고
掩門垂柳兩三家	문을 가린 드리운 버들 두세 집이네
溪橋處處連芳草	시내 다리 곳곳엔 향기로운 풀 이어졌고
山路無人日自斜	산길엔 인적 없이 해만 저절로 기우네

<감상> 이 시는 관문 밖에서 산길을 가며 지은 것으로, 李達이 함경북도
어느 지역을 유랑하면서 봄을 맞아 지은 시이다.

봄이 오자 개울물 가까이에 있는 성근 울타리에 살구꽃이 피었다.
그리고 문을 가린 버들이 두세 집인 외진 마을. 시내 다리 곳곳에
는 봄이라 향기로운 풀이 이어졌는데, 산길에는 사람이 보이지 않
고 해만 저절로 기울고 있다.

한갓진 외진 마을에서 맞이한 봄이 흥겹다기보다는 외롭고 쓸쓸
한 느낌을 주며, 詩中有畵라는 말에 적합한 시라 하겠다.

隣家小兒來撲棗　　이웃집 아이가 대추 따러 왔는데
老翁出門驅少兒　　늙은이 문을 나서며 아이를 쫓는구나
小兒還向老翁道　　아이 도리어 늙은이 향해 말하기를
不及明年棗熟時　　"내년에 대추 익을 땐 살지도 못할걸요"

<주석> 〖撲〗 치다 박 〖棗〗 대추나무 조 〖還〗 도리어 환

<감상> 이 시는 대추를 서리하는 노래로, 정감이 넘치는 시골의 풍경 속
에다 생동감이 넘치는 시이다.

가을이 되어 대추가 익자, 대추가 먹고 싶어진 이웃집 아이가 대
추 서리를 하려고 왔는데, 늙은이가 그 사실을 알고 막대기를 들
고 아이를 쫓아간다. 쫓겨서 가던 아이가 대추를 따 먹을 수 없어
화가 났는지, 뒤를 돌아보며 늙은이에게 한마디 던진다. "내년에
대추가 익을 때쯤이면 할아버지는 돌아가시고 없을걸요. 그럼 그
때 저는 대추를 마음껏 따 먹을 거예요."

30. 「襄陽曲」李達

平湖日落大堤西　　평호 긴 뚝 서쪽으로 해가 기울고
花下遊人醉欲迷　　꽃 아래 놀던 사람들 취해 비틀거리네
更出敎坊南畔路　　다시 교방 남쪽 길로 나서려니
家家門巷白銅鞮　　집집 골목마다 백동제 노래일세

<주석> 〖平湖(평호)〗 중국 남방에 있는 넓은 호수 〖堤〗 둑 제 〖敎坊(교
방)〗 기생집 〖畔〗 가 반 〖白銅鞮(백동제)〗 白銅堤와 동격으로
쓰이며 襄陽에 있는 漢水의 둑 이름이며, 白銅蹄와 동격으로 쓰
이며 南朝 梁나라의 가요 명칭임

<감상> 이 시는 양양에 대해 노래한 것으로, 唐風을 느낄 수 있는 시이다.
중국 남방에 끝없이 펼쳐진 평호의 긴 둑 위로 서산의 해가 기울
고 있고, 꽃놀이 나온 사람들은 꽃 아래에서 술에 취해 비틀거리
고 있다. 이들은 다시 기생들이 있는 妓房 남쪽 길로 비틀거리며
걸어가자니, 집집 골목마다 백동제 노래가 흘러나온다.
　　唐詩는 가슴으로 써서 묘사적이고 抒情的이며 浪漫的인 感性的
취향을 지니고 있다. 申景濬의 「詩則」에, "당나라 사람은 광경을
즐겨 서술한다. 그러므로 그 시에는 영묘가 많다. 송나라 사람은
의론을 세우기를 즐겨한다. 그러므로 그 시에는 포진이 많다. 무릇
광경을 서술함은 국풍의 나머지에서 나온 것이니, 상당히 참되고
두터운 맛이 적다. 의론을 세움은 소아·대아의 나머지에서 나온
것이니, 생각의 자취가 완전히 드러나 있다. 모두 처음부터 삼백
편의 나머지에서 나오지 않은 것이 없는데, 삼백 편과 견주어 보
면 또한 차이가 많다. 세상 사람들은 모두 당인은 시를 가지고 시
를 삼았고, 송인은 문을 가지고 시를 삼았다고 여겨 당시가 송시

보다 훨씬 뛰어나고 송시는 당시보다 훨씬 미치지 못한다고 여겼
다. 이것은 세상 사람들이 당시는 영묘가 많고 송시는 포진이 많
다고 여겼기 때문이다. 그러나 송시가 당시만 못한 것은 바로 氣
格이 모두 밑도는 까닭이지, 포진이 본래 영묘만 못해서 그런 것
은 아니다(唐人喜迹光景 故其詩多影描 宋人喜立議論 故其詩多
鋪陳 大抵迹光景 出於國風之餘 而頗小眞厚之味 立議論 出於兩
雅之餘 而全露勘斷之跡 俱未始不出於三百篇之餘 而其視三百
篇 亦遠矣 世之人皆以爲唐人以詩爲詩 宋人以文爲詩 唐固勝於
宋 宋固遜於唐 世以唐詩多影描 宋詩多鋪陳故也 然而宋之不如
唐 是因氣格俱下之致也 非由於鋪陳素不如影描而然也)."라 하
여, 당시는 影描(그림자를 묘사함), 송시는 鋪陳(사실 그대로 진술
함)이라 말하고 있다.

31. 「次宋靈老韻」二首 崔岦5)

其一

容易歸田判未能	전원으로 돌아가는 쉬운 일도 못 했으니
未歸那免與愁仍	돌아가지 못하고 어떻게 거듭된 시름을 면하리오
官還戴笠身疑卒	벼슬은 벙거지 쓰고 보니 이 신세 마냥 졸개 같고
食每無魚計似僧	밥상엔 고기도 안 나오니 절간의 중 같네
亂世用文方釋馬	난세에 글을 쓰니 말을 풀어 놓은 듯하고
從人安字轉成蠅	사람 따라서 글자 쓰니 파리똥 같구나
英豪不快由來事	영웅호걸은 유래 있는 일을 좋아하지 않으니
爲我誰能說海鵬	나를 위해 누가 바다 붕새에게 얘기해 줄 수 있을까?

<주석> 『宋靈老(송영로)』영로는 宋柟壽의 자임 〖判〗판가름하다 판 〖仍〗거듭하다 잉 〖轉〗더욱 전 〖蠅〗파리 승

<감상> 이 시는 1593년 承文院 提調로 외교문서를 담당하던 때 송남수의

---

5) 崔岦(1539, 중종 34~1612, 광해군 4). 호는 簡易·東皐. 최립은 빈한한 가문에서 태어났으나, 漢文四大家에 비견되는 당대 일류의 문장가로 인정을 받아 八大文章家(白光弘, 宋翼弼, 李珥, 李山海, 尹卓然, 崔慶昌, 李純仁)의 한 사람이 되었으며, 중국과의 외교문서를 많이 작성하였다. 중국에 갔을 때에 王世貞을 만나 문장을 논하였으며, 그곳의 학자들로부터 名文章家라는 격찬을 받았다. 그의 文과 車天輅의 詩와 韓濩의 書를 松都三絶이라고 일컬었다. 그는 시보다 문으로 이름이 높았으나, 시에서도 蘇軾과 黃山谷을 배워 풍격이 豪橫하고 奇健하며, 質致深厚하고 聲響이 굳세어 금석에서 나오는 소리 같다는 평을 들었다. 최립의 문장은 일시를 풍미하였으나, 擬古文體에 뛰어났기 때문에 문장이 평이한 산문을 멀리하고 先秦文을 모방하여 억지로 꾸미려는 경향이 있었다. 글씨에도 뛰어나 宋雪體에 일가를 이루었다. 문집으로는 『簡易集』이 있다.

시에 차운한 것이다.

지금은 임진왜란 중이라 전원으로 돌아가는 쉬운 일도 이루지 못
했으니, 전원으로 돌아가지 못하고 어떻게 거듭된 시름을 면하겠
는가? 전쟁통이라 承文院의 벼슬은 벙거지 쓰고 보니 이 신세 마
냥 졸개 같고, 밥상엔 고기도 안 나오니 절간의 중이나 같다. 난세
에 외교문서를 쓰니 말을 풀어 놓은 듯 혼란스럽고, 사람 따라서
글자 쓰니 파리똥처럼 자질구레한 글만 쓴다. 영웅호걸은 유래 있
는 일을 좋아하지 않듯 전고에 얽매이지 않고 시상을 전개하듯,
자신도 붕새처럼 변화무쌍한 시를 짓고 싶다.

崔岦은 팔문장가의 한 사람으로("首與友善而推許者 李山海, 崔
慶昌, 白光勳, 崔岦, 李純仁, 尹卓然, 河應臨也 時人號爲八文
章" 宋時烈이 지은 「墓碣文」) 「如長老卷序」에서, "기예는 크고
작음이 없이 하늘에서 터득한 것이 있으면 비록 공교로움을 다했
더라도 모두 천기요, 하늘에서 터득한 것이 없다면 비록 조화를
훔친 듯할지라도 다만 전공하여 도달한 것이지, 반드시 천기라고
할 수는 없다. ……나는 문장으로 세상에 쓰임이 없는데도, 세상
에서는 간혹 이러한 명성으로 귀착시키니, 거의 스님의 문장과 같
다고 할 수 있다(技無大無小 有得於天者 則雖殫極工巧 皆天機
也 無得於天者 則雖若可奪造化 特專攻所至 而未必天機也
……余無文章之用於世 而世或以此名歸之 殆文章之浮屠者也)."
라 하여, 문장에 대한 명성보다 문장을 통하여 세상에서 현달하고
싶은 욕망을 드러내고 있다.

申欽은 『晴窓軟談』에서 함련에 대해 "사람에게 준 시 한 연에서
……라 하였는데, 말이 잘한 농담에 가깝고, 음조는 자연적으로
이루어졌다(贈人詩一聯曰 亂世用文方釋馬 從人安字轉成蠅 語
近善謔 而呂律天成)."라고 평했다.

32. 「三月三日 登望京樓 遼陽城」崔岦

城上高樓勢若騫	성 위의 높은 누대 기세 날아갈 듯한데
危梯一踏一驚魂	가파른 사다리 한 번씩 밟을 때마다 혼이 온통 놀라네
遙空自盡無山地	먼 하늘은 산 없는 평원에 절로 다하고
淡靄多生有樹村	엷은 아지랑이는 나무 있는 마을에 많이 이네
北極長安知客路	북극성 아래 장안은 나그네 길 알려 주고
東風上巳憶鄉園	바람 부는 삼짇날은 고향 동산 생각하게 하네
閑愁萬緒那禁得	만 갈래 시름 어떻게 막을까?
料理斜陽酒一樽	석양 속에 술 한 동이 마시고 싶구나

<주석> 〖望京樓(망경루)〗중국 요양현에 있음 〖騫〗들다 건 〖梯〗사다리
제 〖踏〗밟다 답 〖靄〗아지랑이 애 〖上巳(상사)〗3월 3일 〖閑愁
(한수)〗끝없는 시름 〖料理(요리)〗처리함

<감상> 이 시는 1577년 奏請使로 明나라에 가서 삼월 삼짇날 요양성의
망경루 위에 올라 지은 시이다.

　　요양성 위의 높은 망경대의 기세가 날아갈 듯 높은데, 그곳에 오
르기 위해 가파른 사다리를 한 번씩 밟을 때마다 혼이 온통 놀랄
정도로 망경루가 높이 솟아 있다. 망경루에 올라 저 먼 하늘을 바
라보니, 하늘은 산이 없는 평원에 다하고, 그 아래에의 엷은 아지
랑이는 나무가 숲을 이루고 있는 마을에 많이 일고 있다. 북극성
은 장안으로 갈 길을 나그네에게 알려 주지만, 지금은 봄이라 봄
바람 부는 삼짇날 고향의 동산 생각이 절로 난다. 이런 고향에 대
한 만 갈래 시름을 어떻게 막을 수 있을까? 막을 수 없으니, 석양
속에 술 한 동이 마시면서 시름을 달래고 싶다.

　　正祖는『홍재전서』「日得錄」에서 崔岦이 文뿐만 아니라 詩도 뛰

어나다고 말하고 있다.

"簡易 崔岦의 문장은 낮은 곳은 너무 낮고 높은 곳은 너무 높다. 그러나 我朝의 古文 중에는 가장 이치에 가깝다고 할 수 있다. 인재란 원래 문벌의 귀천이 없다. 근세의 洪世泰도 委巷 출신으로 시로써 크게 이름을 날려서 農巖이나 三淵이 칭송하였고, 당시 사람들이 간이의 문장에 비유하기까지 하였다. 이는 간이의 詩가 文만 못하였기 때문이다. 그러나 간이의 시를 어찌 당해 낼 수 있겠는가? 提督 李如松이 중국으로 돌아갈 때에 文士들이 각자 이별시를 지었는데, 石洲 權韠의 시에 '석별의 말 가슴속에 맴돌아, 이별의 술잔 받아 들고 일부러 천천히 마시네.' 하니, 제독은 아무 말도 하지 않았다. 맨 마지막 간이의 시에 '하주에서 위세를 떨치매 요동 땅이 안정되었고, 평양에서 승전하니 한성의 왜적이 도망하였네(李如松이 명나라 萬曆 20년[1592, 선조 25]寧夏 지역에서 일어난 발배[哱拜]의 반란에 제독으로 참전하여 평정하였고, 이어 우리나라의 임진왜란에 참전하여 평양전에서 승첩을 거둔 것을 말한다. 『明史』 卷238 「李如松列傳」)' 하였는데 같은 자리에 있던 사람들이 감탄하였다. 홍세태 같은 사람은 석주보다도 몇 격이나 낮은데, 더구나 간이에 비하겠는가(簡易文章 或以爲低處太低 高處太高 然我朝古文中 最爲近可 大抵人材 元無門地貴賤之別 近世洪世泰 亦以委巷之人 大以詩鳴 爲農淵輩所推詡 時人至擬之簡易之文 蓋以簡易詩不如文也 然簡易詩何可當也 李提督還朝時 諸文士各有別詩 石洲詩略曰 別語在心徒脈脈 離杯到手故遲遲 提督無一言 最後簡易詩 有曰 威起夏州遼自重 捷飛平壤漢仍空 一座閣筆 如洪世泰視石洲 當不知下幾格 況於簡易乎)."

33. 「十月望雨後」崔岦

一年霖雨後西成　　일 년 장맛비 내린 뒤 가을이 왔다 하여
休說玄冥太不情　　현명이 너무 무정하다 말하지 말라
正叶朝家荒政晚　　늑장만 부리는 조정의 救荒 정책과 똑같나니
飢時料理死時行　　굶주릴 때 처리할 일 죽을 때 시행하네

<주석> 〖望〗보름 망 〖霖〗장마 림 〖玄冥(현명)〗겨울 귀신의 이름이다.
　　『예기』「月令」에 "겨울철의 上帝는 顓頊이요, 그 귀신은 현명이
　　다."라는 기록이 보임 〖叶〗맞다 협 〖荒政(황정)〗흉년에 백성을
　　구제하는 정치 〖料理(요리)〗처리함

<감상> 이 시는 1587년 通津에 은거하던 때 시월 보름 뒤에 내리는 비를 바
　　라보며 지은 것으로, 현실에 대한 비판 의식을 볼 수 있는 시이다.
　　초겨울인데 일 년 내내 장맛비가 내린 뒤에 가을이 와서, 곡식이
　　제대로 여물지를 못했다. 그렇다고 하늘을 너무 무정하다 말하지
　　말라. 그것보다는 늑장만 부리는 조정의 救荒 정책으로 말미암아
　　굶주릴 때 처리할 일을 죽을 때 시행하여 수많은 백성이 죽어가고
　　있는 것을 원망해야 한다.
　　洪萬宗은『소화시평』에서, "최동고의 「십월우」 시에, ……라고 했
　　는데, 조정에서 정치를 도모하는 사람이 스스로 경계로 삼아야 한다
　　(崔東皐十月雨詩曰 一年霖雨後西成 休說玄冥太不情 正叶朝家荒
　　政晚 飢時料理死時行 計謨廊廟者 可以自警)."라 평하고 있다.

34. 「三日浦」 崔岦

晴峯六六斂螺蛾	서른여섯 갠 봉우리는 좋은 경관 거두고
白鳥雙雙弄鏡波	쌍쌍의 갈매기는 맑은 물결 희롱하네
三日仙遊猶不再	삼 일 동안 놀던 신선 아직도 다시 찾지 않으니
十洲佳處始知多	십주에 멋진 곳 많다는 걸 비로소 알겠네

<주석> 〖三日浦(삼일포)〗 강원도 간성군에 있음. 〖螻蛾(루아)〗 螻眉와
蛾眉로 미인을 형용하는 말임. 여기서는 미인의 고운 눈썹처럼
삼일포를 둘러싼 수려한 봉우리를 말함 〖十洲佳處始知多〗 신라
의 四仙이 삼 일 동안 노닐었다고 해서 '삼일포'라는 이름이 붙었
는데, 금강산에 다른 멋진 곳들이 많기 때문에 그곳에서 노니느라
고 지금까지도 다시 찾아오지 않는 모양이라는 말이다. 十洲는
신선들이 산다는 바닷속의 열 곳 仙境을 말함.

<감상> 이 시는 간성군수로 부임하여 유람하던 도중 삼일포에 들러 지은
시이다.
삼일포는 밖에는 중첩한 봉우리가 둘러싸여 있고 안에는 서른여
섯 좋은 경관의 봉우리가 있으며, 쌍쌍의 흰 새인 갈매기는 맑은
물결 위에 놀고 있다. 四仙이 삼 일 동안 놀다 아직도 다시 찾지
않은 것은 십주에 멋진 곳 많다는 걸 비로소 알았기 때문이다.
正祖는 『弘齋全書』 「日得錄」에서 우리나라의 문장가에 대한 논
의에 관해 다음과 같이 말하였다.
"일찍이 신 등에게 하교하기를, '唐·宋에 八家니 十家니 하는
명목이 있고, 明나라에도 十家니 十三家니 하는 선발이 있다. 만
약 우리나라의 문장가 중에서 그 선발에 들 만한 사람을 뽑는다면
누구를 가장 먼저 꼽겠는가?' 하므로, 신들이 대답하기를, '乖崖·佔

畢齋의 豪俊함과 奇偉함, 簡易·谿谷의 古雅함과 풍부함, 農
巖·三淵 형제의 점잖음과 노련함이 모두 선발에 들 만합니다.'
하였다. 하교하기를, '훌륭한 문장가가 되기도 어렵지만 좋은 문장
을 뽑는 것도 어렵다. 壺谷 南龍翼이『箕雅』를 편찬한 당시에도
시끄럽게 많이들 다투었다고 한다. 남겨 두고 빼고 쓰고 삭제하는
것도 또한 優劣과 長短을 따지는 일에 관계되니, 내가 일찍이 정
무를 보는 틈틈이 여기에 마음을 두었으면서도 오래도록 실행에
옮기지 못한 것은 이 때문이다.' 하였다(嘗下敎于臣等曰 唐宋有
八家十家之目 明亦有十家十三家之選 若欲以東人文字 選入家
數 則誰當居先 臣等對曰 乖崖佔畢之豪俊奇偉 簡易谿谷之古雅
瞻博 農淵兄弟之典重蒼茂 俱可入選 敎曰 作家難 選家亦難 南
壺谷箕雅 當時亦多有爭鬧云 槩存拔筆削之際 亦係是軒輊長短
予嘗於萬幾之餘 留意於此 而久猶未果者以此)."

35. 「又」崔岦

三入岳陽人不識	악양에 세 번 들어간 것은 사람이 알아주지 않고
世喧巖客坐詩成	암객이 앉아서 시 쓴 것만 세상이 떠들썩 얘기하네
四仙豈覺留丹字	사선이 어찌 붉은 글자 남기려 의식하였으리?
應恨當時南石行	당시에 남석 가는 것을 응당 유감으로 여겼을 뿐

<주석> 〖三入岳陽人不識 世喧巖客坐詩成〗 악양은 晉州牧에 속한 하나의 縣으로, 官穀을 출납하는 倉이 설치되어 있었는데, 간이가 진주 목사로 부임한 이래 이곳을 왕래하며 국가를 위해 공헌한 일은 알려지지도 않은 채, 그저 四仙이 삼 일 동안 삼일포에 머물면서 노닐었던 고사만 膾炙되고 있다는 뜻의 해학적인 표현임 〖巖客(암객)〗 巖穴에 사는 隱士 〖南石行〗 題注에 "삼일포 남쪽 벼랑에 '述郎徒南石行'이라는 붉은 글씨 여섯 자가 새겨져 있다. 鄭西川은 南石이 四仙의 하나라고 인식하고 있는데, 내 생각에는 잘못된 해석일 듯하다(浦南厓 有丹書述郎徒南石行六字 鄭西川認南石爲四仙之一 恐謬)."라 되어 있음. 四仙의 이름과 관련하여 이 비문의 해석이 다양하여 아직 정설이 없음

<감상> 이 시는 위의 시에 이어서 쓴 시이다.

사람들이 중국의 岳陽樓가 유명하다는 것만 알 뿐, 진주에 악양현이 있다는 것은 모를 것이라는 뜻을 담은 이 표현은 간이의 滑稽的인 수법이 담겨 있는 것이다.

이 외에도 홍만종은 『소화시평』에서, "우리나라 시는 위로 고려시대부터 아래로 근대시에 이르기까지 볼만한 경련이 적지 않다.

……동고 최립의 「명나라에 가며」에 '종남산과 위수는 옛날 본 듯한 모습이요, 무적과 개원의 시대(무적은 당 고조의 연호이고, 개원은 현종의 연호로, 태평시대를 일컬음)를 다시 만났구나.'라 하였는데, 고아하고 전중하여 마치 은나라 이와 주나라 정이 동쪽에 차례대로 의젓하게 나열되어 있는 것과 같다(我東之詩 上自麗朝 下至近代 警聯之可觀者 不爲不多 ……崔東皐朝天詩 終南渭水如相見 武德開元得再攀 高雅典重 如商彝周鼎 儼列東序)." 라 하였으며, 또 허균의 말을 인용해 "간이의 시작은 본래 스승으로부터 배우지 않고 스스로의 풍격을 창조하였으니, 뜻은 깊고 시어는 웅골차다. 성률을 갈고닦으며, 풀과 꽃을 주워 엮은 자들이 따라갈 수 있는 것이 아니다. 나는 간이의 시가 문장보다 낫다고 생각한다(許筠以爲簡易詩卒無師承 自刱爲格 意淵語傑 非切磨聲律 採綴花草者 所可企及 吾以簡易詩爲勝於文云)."라 하였다.

36.「浿江歌」十首 林悌6)

其六

浿江兒女踏春陽	대동강의 계집아이 봄볕에 거니노라니
江上垂楊政斷腸	강 위에 드리운 버들에 정말 애간장이 끊어지네
無限煙絲若可織	"한없는 가는 버들가지로 만약 베를 짤 수 있다면
爲君裁作舞衣裳	임을 위해 춤출 옷을 짓고 싶네요"

---

6) 林悌(1549, 명종 4∼1587, 선조 20). 본관은 羅州. 자는 子順, 호는 白湖·楓江·碧山·嘯癡·謙齋. 초년에는 늦도록 술과 娼樓를 탐하며 지내다가 20세가 되어서야 비로소 학문에 뜻을 두었다. 제주목사였던 아버지를 만나기 위해 풍랑이 거친 바다를 조각배로 건너가고, 올 때는 배가 가벼우면 파선된다고 배 가운데에 돌을 가득 싣고 왔다고 한다. 1577년(선조 9) 문과에 급제했다. 그러나 당시 당쟁의 와중에 휘말리기를 꺼린 탓에 변변한 벼슬자리를 얻지 못하고 예조정랑 겸 史局知製教에 이른 것이 고작이었다. 스승인 成運이 죽자 세상과 인연을 끊고 벼슬을 멀리한 채 산야를 방랑하며 혹은 술에 젖고 吟風詠月로 삶의 보람을 삼았다. 전국을 누비며 방랑했는데 남으로 탐라·광한루에서 북으로 의주·부벽루에 이르렀다. 그의 방랑벽과 호방한 기질로 인해 당대인들은 모두 그를 法度 외의 인물로 보았다. 그러나 당시의 학자인 李珥·許筠·楊士彦 등은 그의 奇氣와 文才를 알아주었다. 성운은 형이 을사사화로 비명에 죽자 그 길로 속리산에 은거한 인물로 임제는 정신적으로 그의 영향을 많이 받았다. 죽을 때는 자식들에게 "四海諸國이 다 황제라 일컫는데 우리만이 그럴 수 없다. 이런 미천한 나라에 태어나 어찌 죽음을 애석해하겠느냐."며 곡을 하지 말라고 유언했다. 기풍이 호방하고 재기가 넘치는 문인으로 평가받으면서 전국을 누비다 보니 여러 일화들이 전한다. 특히 기생이나 여인과의 일화가 많은데, 당시 평양에서 제일가는 기생 一枝梅가 전국을 다녀도 마음에 드는 이가 없던 차에 마침 밤에 어물상으로 변장하고 정원에 들어온 그의 和答詩에 감동되어 인연을 맺은 일, 영남 어느 지방에서 화전놀이 나온 부인들에게 肉談의인 시를 지어 주어 음식을 제공받고 종일 더불어 논 일, 朴彭年 사당에 짚신을 신고 가 알현한 일 등은 유명하다. 황진이의 무덤을 지나며 읊은 "청초 우거진 골에……"로 시작되는 시조를 포함해 기생 寒雨와 화답하는 것 등 사랑과 풍류를 다룬 시조 4수를 남겼다. 문집으로는 『白湖集』이 있다. 700여 수가 넘는 漢詩 중 전국을 누비며 방랑의 서정을 담은 敍情詩가 제일 많다. 절과 승려에 관한 시, 기생과의 사랑을 읊은 시가 많은 것도 특색이다. 꿈의 세계를 통해 세조의 왕위찬탈이란 정치권력의 모순을 풍자한 「元生夢游錄」, 인간의 심성을 의인화한 「愁城誌」, 그리고 식물세계를 통해 인간역사를 풍자한 「花史」 등 한문소설도 남겼다.

<주석> 〖浿江(패강)〗 대동강 〖煙絲(연사)〗 가늘고 긴 버들가지

<감상> 이 시는 16세기 후반의 詩壇을 풍미했던 林悌가 1583년 평안도 도사였을 때 대동강에 나가 놀면서 지은 시이다.

봄이라 대동강에 처녀들이 봄나들이를 나와 대동강을 따라 거닐고 있자니, 대동강물 위로 드리운 버들에 春心이 녹아 애간장이 끊어지고 있다. 이때 처녀들은 남자들을 유혹하려는 듯이 "만약 저 끝없이 펼쳐진 가는 버들가지로 베를 짤 수만 있다면, 사랑하는 임을 위해 춤출 옷을 짓고 싶어요."라고 노래하고 있다.

申欽은 『청창연담』에서 이 시에 대해 "자순 임제는 豪氣가 있고 시에 능하다. 일찍이 「패강곡」 10수를 지었는데, 그 한 수에서 이르기를, ……라 하였다. 시어가 매우 곱고 화려한데, 이것은 아마 杜牧에게서 배웠기 때문일 것이다(林悌子順 有豪氣 能詩 嘗著浿江曲十首 其一曰 ……語甚艶麗 蓋學樊川者也)."라 평하고 있다. 梁慶遇도 『霽湖詩話』에서 "정랑 임제는 시를 지을 때 杜牧을 배워 명성이 한 시대에 떨쳤다(林正郞白湖悌 爲詩學樊川 名重一世)."라 하여, 두목의 영향을 받았음을 언급하고 있다. 杜牧은 젊은 시절 검속하지 않은 생활을 했던 사람으로, 艶情詩를 많이 지었다.

申欽은 『象村集』「白湖詩集跋」에서, "내가 백사공과 더불어 백호를 논한 적이 자주 있었는데, 매양 그를 기남자라고 칭하였다. 시로 말하면 일찍이 훨씬 뛰어남을 인정치 않은 적이 없었다. 文壇의 맹주가 될 만한 자로 말하면 백호가 바로 그 사람이었다. 그런데 애석하게도 뛰어난 재주가 중도에서 막혔으니, 이를 기록하지 않을 수 없다(欽與白沙公論白湖者數矣 每稱其奇男子 如詩則未嘗不退三舍而讓之 若建纛登壇 狎主夏盟 則白湖其人 而惜薾雲之跡 中途而閼云 玆不可不識)."라 하여, 임제의 詩才를 稱歎하고 있다.

其八

離人日日折楊柳	이별하는 사람들 날마다 버들가지 꺾어
折盡千枝人莫留	천 가지를 다 꺾어도 임을 붙잡지 못했네
紅袖翠娥多少淚	붉은 소매 아가씨들 눈물이 많은 탓인가?
煙波落日古今愁	물안개 지는 해도 고금에 수심이네

<주석> 〖浿江(패강)〗 대동강 〖袖〗 소매 수 〖翠娥(취아)〗 = 美女

<감상> 이 시는 대동강에 대해 노래한 이별시이다.

이별하는 사람들 날마다 다시 만날 것을 기약하며 버들가지 꺾어 보낸다(버드나무는 봄날의 정서를 촉진시키거나 이별과 재회를 염원하는 상징물임). 그런데 천 가지를 다 꺾어 임에게 주어도 임을 붙잡지 못한다. 붉은 소매를 입은 아가씨들의 눈물이 많은 탓인가? 보내고 기다리는 사람의 눈물이 마를 줄을 몰라 대동강 물은 마를 날이 없다(鄭知常의 「送人」을 연상시킨다. 雨歇長堤草色多 送君南浦動悲歌 大同江水何時盡 別淚年年添綠波). 짙게 끼인 물안개와 지는 해도 고금에 수심을 보태고 있다.

38. 「無語別」林悌

十五越溪女	열다섯의 아리따운 아가씨가
羞人無語別	남부끄러워 말없이 이별했네
歸來掩重門	돌아와 겹문을 닫아걸고
泣向梨花月	배꽃 같은 달을 보며 우네

<주석> 『越溪(월계)』 월나라 미인 西施가 빨래했다는 곳 『掩』 닫다 엄 『重門(중문)』 겹겹이 설치된 문

<감상> 이 시는 임제의 대표작으로, 王士禎이 『池北偶談』에 수록하여 중국에까지 알려진 시이다.

열다섯 살 된 아리따운 아가씨가 길을 가다 마음에 두었던 사내를 만났지만, 남들 눈이 부끄러워 아무 말도 못 하고 집으로 돌아왔다. 집으로 돌아와서는 혹시라도 남이 알까 봐 겹문을 닫아걸고 붉게 상기된 얼굴을 가리려 한다. 한마디 말도 건네지 못한 아쉬움과 未練을 하소연할 곳은 달밖에 없어 배꽃 같은 달을 향해 눈물짓고 있다.

허균은 "有情하다." 하였고, 중국 시선집인 『明詩別裁』에 이 시가 실려 있는데 "如讀崔國輔小詩"라는 평이 있어 唐詩로 인식하고 있었음을 알 수 있다. 임제가 살던 16세기는 宋風에서 唐風으로 변환되는 시기로, 임제는 최경창·백광훈·이달·이수광과 함께 唐을 표방한 우수한 시인으로 선정되기도 하였다.

39. 「驛樓」 林悌

胡虜曾窺二十州	오랑캐 일찍이 이십 주를 엿볼 적엔
當時躍馬取封侯	당시에는 말을 달려 후에 봉해졌지
如今絶塞無征戰	지금은 머나먼 변방에 싸움 없으니
壯士閑眠古驛樓	장사는 옛 역루에서 한가로이 잠을 자네

<주석> 〖驛樓(역루)〗 「高山驛」이라 된 곳도 있음 〖窺〗 엿보다 규 〖躍〗
뛰다 약

<감상> 이 시는 高山察訪으로 있던 1579년경에 역에 있는 누각에서 지은
것으로, 호방한 기개를 엿볼 수 있는 邊塞詩이다.

오랑캐가 일찍이 이십 주를 엿볼 적, 그 당시에 壯士는 말을 달려
후에 봉해졌다(고려 文宗 때 咸州 이북이 동여진에 함락되었는데,
睿宗 2년 임금이 尹瓘과 吳延寵을 파견하여 이들을 이기고 九城
을 쌓은 계기로 삼고 先春嶺에 비석을 세웠음). 그러나 지금은 머
나먼 변방에 싸움 없으니, 장사는 옛 역루에서 한가로이 잠을 자
고 있다.

이 시에 대해 허균은 『성소부부고』에서, "중형도 임자순의 ……라
는 시를 칭찬하여 俠氣가 펄펄 뛴다고 하였다(仲兄亦稱其胡虜曾
窺二十州 將軍躍馬取封侯 如今絶塞無征戰 壯士閑眠古驛樓 以
爲翩翩俠氣)."라 평했고, 『五山說林草藁』에는, "滄海 楊士彦이
안변 군수로 있을 때, 임제는 고산 찰방(지금의 철도 국장과 같은
벼슬)이 되었다. 임제가 창해에게 농담 삼아 말하기를, '德山역 벽
위에 칠언절구 한 수가 붙어 있는데, 내 못 쓰는 글씨로 쓴 것입니
다. 아마 北道 邊將이 지은 시가 아닌가 생각합니다.' 하고 창해에
게 그 시를 죽 불러 주는데, ……하였더니, 창해가 웃으면서, '이

것은 武夫의 입에서 나온 것이 아니요, 반드시 高山 당신의 솜씨일 것이다.' 하였다. 그 뒤에 崔慶昌이 '將軍躍馬取封侯'를 고쳐서 '當時躍馬取封侯'로 하였다(楊滄海倅安邊 林悌爲高山察訪 林悌漫謂滄海曰 德山驛壁上見有七言絶句一首 以拙筆書之 疑是北道邊將之所作也 爲滄海誦之曰 胡虜曾窺數十州 將軍躍馬取封侯 如今絶塞烟塵靜 壯士閑眠古驛樓 滄海笑曰 此非出武夫口中 必高山手也 其後崔公慶昌以將軍躍馬取封侯 改爲當時躍馬取封侯)."라는 逸話가 전하고 있다.

李德泂의 『松都記異』에는, "사문 임제는 호걸스런 선비이다. 일찍이 평안도 評事가 되어 송도를 지나다가 닭 한 마리와 술 한 병을 가지고 글을 지어 黃眞伊의 묘에 제사지냈는데, 그 글이 호방하여 지금까지 전해 오면서 외워지고 있다. 임제는 일찍이 文才가 있고 俠氣가 있으며 남을 깔보는 성질이 있으므로, 마침내 예법을 아는 선비들에게 미움을 받아 벼슬이 겨우 正郞에 이르고 뜻을 이루지 못한 채 일찍 죽었으니, 어찌 운명이 아니랴? 애석한 일이다(林斯文悌 豪士也 嘗爲平安評事 行過松都 以隻鷄壺酒操文 往祭于眞伊墓 文辭放蕩 至今傳誦 悌夙有文才任俠傲物 終爲禮法之士所短 官纔正郞 齋志早沒 豈非命也 惜哉)."라 하여, 임제의 호걸스러운 逸話를 전하고 있다.

40. 「戱題生陽館」林悌

羸驂載倦客	파리한 말이 지친 나그네를 싣고서
日暮發黃州	해 저물 때 황주를 떠났네
可惜踏靑節	애석해라, 답청절에
未登浮碧樓	아직 부벽루에 오르지 못했구나
佳人金縷曲	미인들은 금루곡을 노래 부르고
江水木蘭舟	강 위에는 목란주가 떠 있겠지
寂寂生陽館	적적한 여기 이곳 생양관은
相思夜似秋	임 생각에 밤이 가을처럼 쓸쓸하네

<주석> 【戱題生陽館】『국조시산』에는 「中和道上」으로 되어 있음 【羸】 여위다 리 【驂】 곁말 참 【踏靑節(답청절)】=淸明節 【金縷曲(금루곡)】 樂曲의 이름으로, 賀新郎, 乳燕飛라고도 함 【木蘭舟(목란주)】 潯陽江의 木蘭洲에서 자라는 목란나무를 깎아서 만들었다고 하는 배인데, 일반적으로 배의 美稱으로 쓰임

<감상> 이 시는 장난삼아 驛館인 생양관에 쓴 시이다.

황해도 黃州를 떠나 함경도 中和로 가는데, 파리한 말이 지친 나그네를 싣고서 해가 저물 때 황주를 떠났다. 오던 길에 평양에 들렀는데, 평양의 명물인 부벽루에 좋은 名節인 답청절에 올라보지 못한 것이 애석하다. 평양의 풍속은 이날 미인들은 금루곡을 노래 부르고 강 위에는 목란주를 띄운다. 적적한 여기 이곳 생양관에 누워 있자니, 평양에 있던 임 생각에 밤이 가을처럼 쓸쓸하다. 南龍翼은 『壺谷詩話』에서 이 시에 대해, "오언율시 가운데 가장 좋은 것은 ……백호의 羸驂馱倦客이다(五言律最佳者 ……白湖之羸驂馱倦客)."라 하였다.

41.「送李評事」 林悌

朔雪龍荒道	오랑캐 땅에 북방 눈보라 치고
陰風渤澥涯	발해 바닷가에 찬바람이 분다
元戎掌書記	대장군의 서기를 맡은 이는
一代美男兒	한 시대의 미남아로다
匣有干星劍	칼집엔 별을 찌르는 칼 있고
囊留泣鬼詩	주머니엔 귀신도 울릴 시가 들어 있네
邊沙暗金甲	변방 먼지는 창칼에 어두워지고
關月照紅旗	관문 위의 달은 붉은 깃발을 비추리
玉塞行應遍	변방을 응당 두루 돌아다닐 터이니
雲臺畫未遲	공신각에 화상 그려질 날도 머지않으리
相看豎壯髮	바라보니, 머리카락 곤두세우고
不作遠遊悲	먼 길 떠남도 슬퍼하지 않는구나

<주석> 〖朔〗 북방 삭 〖龍荒(룡황)〗 漠北(龍 指匈奴祭天處龍城 荒 謂荒
服) 〖涯〗 물가 애 〖元戎(원융)〗 =主將 〖匣〗 작은 상자 갑 〖干〗
범하다 간 〖囊〗 주머니 낭 〖金甲(금갑)〗 =兵事 〖玉塞(옥새)〗
玉門關의 별칭인데, 여기서는 변방을 의미함 〖雲臺(운대)〗 漢나
라 宮에 있는 臺의 이름. 漢나라 明帝 때 앞 시대의 功臣을 追念
하기 위해 28명을 그림. 후에 功臣이나 名將을 기념하기 위한 곳
으로 널리 쓰임 〖豎〗 세우다 수

<감상> 이 시는 北評事로 가는 李瑩을 전송하면서 지어준 시이다.
1, 2구는 지명을 사용하여 임지의 스산한 분위기를 묘사하였고, 3,
4구는 이영의 인물을 칭송하고, 5, 6구는 文武를 겸하고 있음을
칭송하고 있다. 7, 8구는 변방의 어수선한 분위기를 묘사하고, 9,

10구는 곧 공을 세울 것이라 말하고 있으며, 11, 12구에서는 서로를 위안하고 있다.

許筠은『성소부부고』에서 이 시에 대해 "詩格이 楊盈川(唐의 楊烔)과 매우 비슷하다(絶似楊盈川)."라 하였다. 주지하듯이 初唐四傑인 楊烔은 王勃, 盧照隣과 함께 당시의 宮廷詩風을 반대하고 강건한 詩風을 주장하여 邊塞詩에 뛰어난 시인이다. 그리고『성수시화』에서는, "林子順은 詩名이 있었는데, 우리 두 형은 늘 그를 추켜 받들고 인정해 주면서, 그의 '삭설은 변방 길에 휘몰아치네.'라는 시 한 편은 盛唐의 시와 어깨를 나란히 할 만하다고 했다(林子順有詩名 吾二兄嘗推許之 其朔雪龍荒道一章 可肩盛唐云).", "기세가 호방하고 시어가 뛰어나다(氣豪語儁)."라고 평하고 있다. 이러한 성향을 보여 주는 일화가『연암집』「鍾北小選」에 실려 있는데, 예시하면 다음과 같다.

"백호 임제가 말을 타려고 하자 종놈이 나서며 말하기를, '나으리께서 취하셨군요. 한쪽에는 가죽신을 신고, 다른 한쪽에는 짚신을 신으셨으니' 하니, 백호가 꾸짖으며, '길 오른쪽으로 지나가는 사람들은 나를 보고 가죽신을 신었다 할 것이고, 길 왼쪽으로 지나가는 사람들은 나를 보고 짚신을 신었다 할 것이니, 내가 뭘 걱정하겠느냐.' 하였다. 이로 말미암아 논할 것 같으면, 천하에서 가장쉽게 볼 수 있는 것으로 발만 한 것이 없는데도 보는 방향이 다르면 그 사람이 가죽신을 신었는지 짚신을 신었는지 분간하기가 어렵다(林白湖將乘馬 僕夫進曰 夫子醉矣 隻履鞾鞋 白湖叱曰 由道而右者 謂我履鞾 由道而左者 謂我履鞋 我何病哉 由是論之 天下之易見者莫如足 而所見者不同 則鞾鞋難辨矣)."

42. 「向無爲寺 次子中韻」 林悌

孤村犬吠客歸時	나그네 돌아갈 때 외진 마을에서 개가 짖더니
日暮白煙生竹籬	해 지자 흰 연기 대나무울타리에서 일어나네
前路更憐蕭寺近	앞길이 절간에 가까워서 더욱 반가워라
一聲微磬渡溪遲	희미한 경쇠소리 시냇물 넘어 느릿느릿 건너오니

<주석> 〖無爲寺(무위사)〗 전라도 康津縣 월출산에 있음 〖吠〗 짖다 폐 〖籬〗
울타리 리 〖蕭寺(소사)〗 梁나라 武帝가 寺院을 짓고 자기 姓을
따 蕭寺라 부른 고사. 전하여 사원의 汎稱 〖磬〗 경쇠 경

<감상> 이 시는 무위사로 가는 길에 자중의 운에 차운한 것으로, 唐風을
보여 주는 시이다.

나그네 무위사로 돌아갈 때 외진 마을에서 개가 짖더니, 해가 지자
밥 짓는 흰 연기가 대나무로 된 울타리에서 올라온다. 앞길이 절간
에 가까워서 더욱 반갑다. 절에서 들려오는 희미한 경쇠소리가 시
냇물을 넘어 가느다랗게 들려온다. 詩中有畵요 詩中有聲이다.

『霽湖詩話』에, "白湖 林悌는 시를 잘하기로 세상에 유명하였다.
계미년에 우계 成渾이 이조 참판으로 있을 때에 그와 말해 보고는
크게 장려하고 감탄하여 脫俗한 운치가 있다고 말씀하였다. 牛溪
는 그가 훌륭한 재주를 간직한 채 세상에 묻혀 있음을 아깝게 여
겨 마침내 이끌어 瀛錄(홍문관 관원)에 천거하였는데, 얼마 안 있
다가 병으로 별세하니 애석하다."라는 내용이 실려 있다.

43. 「鞦韆曲」三首 林悌

白苧衣裳茜裙帶	흰 모시 의상에 붉은 띠 두르고
相携女伴競鞦韆	서로 이끄는 처녀들 다투어 그네 탄다
堤邊白馬誰家子	둑 가 흰 말을 탄 사람은 누구 집 자제인가?
橫駐金鞭故不前	금채찍 움켜쥐고 일부러 앞으로 가지 않네

<주석> 〖鞦韆(추천)〗 그네 〖苧〗 모시 저 〖茜〗 빨강 천 〖裙〗 치마 군 〖携〗 이끌다 휴 〖駐〗 머무르다 주 〖鞭〗 채찍 편

粉汗微生雙臉紅	붉은 두 볼에 땀이 조금 배이고
數聲嬌笑落煙空	고운 웃음소리 높은 하늘에서 떨어지네
指柔易著鴛鴦索	부드러운 손가락은 원앙줄에 뚜렷하고
腰細不堪楊柳風	가는 허리는 버들에 부는 바람도 견디기 어려울 듯

<주석> 〖粉汗(분한)〗 여자들 얼굴에 분이 많으므로, 여인의 땀을 이름 〖臉〗 뺨 검 〖嬌〗 아리땁다 교 〖煙空(연공)〗 높은 하늘 〖鴛鴦索(원앙삭)〗 색채가 화려한 줄

誤落雲鬟金鳳釵	구름 같은 머리채의 금봉 비녀 잘못해서 떨어지니
游郞拾取笑相誇	놀던 도령 주워서는 웃으며 들어 보인다
含羞暗問郞居住	부끄러움 머금고 몰래 도령 사는 곳을 묻기를
綠柳珠簾第幾家	"푸른 버들 옥 주렴이 있는 몇 번째 집인가요?"

<주석> 〚鬟〛 쪽진 머리 환 〚釵〛 비녀 채(차) 〚誇〛 자랑하다 과

<감상> 이 시는 그네를 타는 곳에서 일어나는 남녀의 상봉 장면을 재기
발랄하게 형상화하고 있다.

첫 번째 수에서는 곱게 차려입고 그네를 타는 여인을 보고 발길을
採根하지 못하는 남자의 모습을 그리고 있고, 두 번째 수에서는
좀 더 가까이 다가가 여인의 뺨, 웃음소리, 손가락, 허리에 대해
세밀히 묘사하고 있다. 마지막 수에서는 그네를 타다가 떨어진 비
녀를 매개로 하여 남녀 간의 상봉 장면을 대화체를 사용하여 발랄
하게 형상화하고 있다.

이 외에도 『성소부부고』에는 임제의 시에 대해 다음과 같은 내용
이 실려 있다.

"子順 林悌는 시명이 있었는데, 우리 두 형은 늘 그를 추켜 받들
고 인정해 주면서, '그의 삭설은 변방 길에 휘몰아치네.'라는 시
한 편은 盛唐의 시와 어깨를 나란히 할 만하다고 했다. 일찍이 그
의 말을 들으면 어느 절에 가니 僧軸에, '동화에서 밥을 빌던 옛
날의 학관이라, 분산이 좋아 노닐 만하다지만, 십 년이나 그리던
꿈 비로봉을 감도니, 베갯머리 솔바람 밤마다 서늘하네.'라 했는
데, 語詞가 심히 脫洒하나 그 이름이 빠져서 누가 지은 것인지 알
수 없었다고 했다. 세상에 참으로 버려진 인재가 있어도 사람들은
그것을 모르고 있는 것이다(林子順有詩名 吾二兄嘗推許之 其朔
雪龍荒道一章 可肩盛唐云 嘗言往一寺有僧軸 題詩曰 竊食東華
舊學官 盆山雖好可盤桓 十年夢繞毗盧頂 一枕松風夜夜寒 詞甚
脫洒 沒其名號 不知爲何人作也 固有遺才 而人未識者)."

其二

漢家飛將出崆峒	한나라 비장 李廣 같은 李如松이 높은 곳에서 나오니
氣激金風颯爽中	기운이 가을바람 청신한 속에 이는 듯하네
匣裏龍鳴三尺劍	칼집 속엔 삼 척 검이 용처럼 울어대고
腰間蛇動六勻弓	허리엔 육 균의 활이 뱀처럼 꿈틀거리네
追思人倚甘棠召	백성들은「감당」의 召公을 의지할 것 생각하나
不代名高大樹馮	명성 높은 대수장군 馮異 대신하려 하지 않네
看取燕然一片石	燕然山 한 조각돌을 취하듯 하나
海邦千古誦明公	우리나라에선 천고에 그대를 칭송하리

<주석> 〖崆峒(공동)〗 산이 높고 험한 모양 〖激〗 세차고 빠르다 격 〖颯爽(삽상)〗＝淸新 〖匣〗 작은 상자 갑 〖勻〗 고르다 균[勻(수량의 단위 작)이나 鈞(서른 근 균)의 誤字인 듯함] 〖甘棠(감당)〗 나무 이름으로 곧 棠梨임. 『史記』「燕召公世家」에 "周武王之滅紂

---

7) 車天輅(1556, 명종 11～1615, 광해군 7). 본관은 延安. 자는 復元, 호는 五山·蘭嵎·橘室·淸妙居士. 송도의 한미한 가문 출신으로 1577년(선조 10) 알성문과에 병과로 급제, 1583년 문과중시에 을과로 급제했다. 1586년 校書館 正字로 있을 때 呂繼先의 과거시험 답안을 대필한 죄로 明川으로 유배된 적이 있었는데, 죄인의 입장에도 불구하고 宣祖의 보살핌을 받기도 했는데, 이것은 製述에 뛰어난 차천로의 재주가 있었기 때문이다. 1589년 통신사 黃允吉을 따라 일본에 다녀왔으며 체재 중에 4,000～5,000수의 시를 지어 일인들을 놀라게 했다. 문장이 수려하여 명나라에 보내는 대부분의 외교문서를 담당했으며 명나라의 인사들로부터 '東方文士'라는 칭호를 받았다. 奉常寺判官을 거쳐 1601년 교리가 되어 校正廳의 관직을 겸했고 광해군 때 봉상시첨정을 지냈다. 시는 家學에서 이루어진 것으로 보이며, 조부 車廣運, 부 車軾, 형 車殷輅, 아우 車雲輅와 함께 '三世五文章'으로 불렸으며, 韓濩의 글씨와 崔岦의 문장과 함께 松都三絶로 불렸으며 歌辭에도 조예가 깊었다.

封召公於北燕……召公巡行鄕邑 有棠樹 決獄政事其下 自侯伯至庶人各得其所 無失職者 召公卒 而民人思召公之政 懷棠樹不敢伐 哥詠之 作「甘棠」之詩"라는 내용이 있음. 〖大樹(대수)〗大樹將軍의 준말로, 後漢 光武帝의 功臣이다. 孟津將軍이 되어 陽夏侯로 推封되었다. 언제나 홀로 樹下로 물러나 功을 논하지 않기 때문에 大樹將軍이라 일컬어졌음. 〖燕然(연산)〗燕然石으로, 東漢 竇憲이 北匈奴를 부수고 燕然山에 올라 돌에 공을 새겼다. 뒤에 燕然石은 변방에 공을 세운 記功碑를 의미함. 〖明公(명공)〗명성과 지위가 높은 사람의 존칭

<감상> 이 시는 돌아가는 李如松을 전송하며 공덕을 기리기 위해 宣祖의 명을 받고 즉석에서 술 한 잔에 시 한 수씩 百首를 지었다는 시이다. 金澤榮의 「崧陽耆舊傳」에, "이여송이 중국으로 귀국할 때 宣祖가 따로 글 잘하는 문장 5인(李廷龜, 崔岦, 李晬光, 李安訥, 車天輅)을 뽑아서 예문관을 열고 지필묵을 하사하고 시를 지어서 환송하는 행사를 성대하게 하도록 하였다. 차천로가 하루 밤낮에 600운을 지어서 증정했다. 차천로의 글이 사리가 찬연해서 다 볼만하니, 예문관 안에 모였던 사람들이 다 기가 질렸다(李如松之北還也 上別簡文人五人 開藝文館 給筆札 命賦詩 以移其行事 天輅一晝夜成六百韻 以進 辭理燦然 皆可觀 館中爲之屛氣)."라 하여, 위 시의 저작 배경과 평을 함께 실어 두고 있다. 이처럼 차천로의 한시 가운데는 國事와 연관된 館閣風의 작품이 많으며 동시에 높은 평가를 받고 있다.

沈守慶의 『遣閑雜錄』에도 이와 관련된 내용이 실려 있는데, 다음과 같다.

"문사 차천로는 문장에 능하여 세상에 이름이 났는데, 가장 잘하는 것은 시와 四六駢儷體이다. 임진년 여름에 왜구가 서울을 함락하자, 성상이 서쪽 義州로 가서 머무르며 중국에 구원을 청하니, 皇帝인 명의 신종이 侍郎 宋應昌과 도독 李如松을 보내어 토벌

하게 하였다. 계사년 봄에 도독 이여송이 왜구를 平壤에서 대파하니, 그해 여름에 왜구가 東萊와 釜山 등지로 물러갔다. 가을에 도독 이여송이 중국으로 돌아가느라 작별에 임하여 이별시를 여러 문사에게 구하니, 차천로는 시와 7언 율시 1백 首와 7언 排律詩 1백 韻을 지어 주었다. 율시는 上下平聲으로 각각의 운자를 붙여서 2일 만에 지었고, 배율시는 陽자 운을 붙여서 반나절 만에 지었는데, 그 시가 풍부하고 민첩하여 당대에 짝이 없었으니, 진실로 천재로다. 그 시가 마침내 세상에 널리 퍼졌다(文士車天輅 以能文名於世 而最長者詩與四六也 壬辰夏 倭寇陷京都 車駕西巡駐義州 請救於中朝 帝命遣侍郎宋應昌都督李如松討之 癸巳春 都督大破倭寇于平壤 夏倭寇退屯于東萊釜山等處 秋都督還朝 臨別求別詩於諸文士 天輅作詩及七言律詩一百首七言排律一百韻 律詩則上下平聲各韻盡押 而二日作之 排律則押陽字韻 而半日作之 富贍敏捷 當代無雙 眞天才也 其詩世方傳播焉)."

45. 「杆城詠月樓」 車天輅

愁來徙倚仲宣樓	시름이 일어 중선루에 배회하는데
碧樹凉生暮色遒	푸른 나무에 찬 기운 생겨 저녁 빛이 다가드네
鼇背島空風萬里	자라 등의 섬은 비었는데 바람이 만 리에서 불고
鶴邊雲散月千秋	학 주변의 구름은 흩어졌는데 달은 천 년 동안 밝네
天連魯叟乘桴海	하늘은 노나라 늙은이가 뗏목 타려던 바다로 이어져 있고
地接秦童採藥洲	땅은 진나라 동자가 약 캐던 섬에 이어져 있네
長嘯一聲凌灝氣	길게 휘파람 부는 한 소리에 天上의 기운 가로지르니
夕陽西下水東流	석양은 서쪽으로 지고 물은 동쪽으로 흐르네

<주석> 〖徙倚(사의)〗 배회함 〖仲宣樓(중선루)〗 중선은 漢나라 王粲이 지은 것으로, 왕찬이 올라 「登樓賦」를 지은 湖北省 當陽縣의 城樓를 가리킴(일본에서 지은 것이라면 일본에 있는 누각의 이름임) 〖遒〗 닥치다 주 〖鼇〗 자라 오 〖桴〗 뗏목 부 〖嘯〗 휘파람 불다 소 〖灝氣 (호기)〗 天上의 맑은 氣

<감상> 이 시는 간성 누각에 올라 뜬 달을 읊은 것으로, 注에 "一云奉使 日本時作"이라는 표현으로 보아 일본에 갔을 때 지은 것으로 보 인다.

해질녘 여러 가지 시름이 일어 중선루에서 배회하는데, 중선루 주

변에 있는 푸른 나무에 찬 기운 생겨 저녁 빛이 내려앉기 시작한 다(江西詩派의 특징인 生硬한 글자인 遒로 韻字를 맞춤). 자라 등의 섬은 비었는데 바람이 만 리 먼 고향에서 불어오고, 학 주변의 구름은 흩어졌는데 달은 천 년 동안 밝다(자라와 학은 脫俗的 분위기를 제시하기 위한 것임). 하늘은 노나라 늙은이인 孔子가 뗏목 타려던 바다로 이어져 있고, 땅은 秦始皇의 명을 받고 불사약을 구하러 童男童女를 데리고 떠난 약 캐던 섬에 이어져 있다. 고향 생각을 떨치고자 길게 휘파람을 부는 한 소리에 天上의 기운 가로지르니, 석양은 서쪽으로 지고 물은 동쪽으로 흐른다.

차천로의 시는 『玄湖瑣談』에, "오산 차천로의 시는 빠른 붕새가 바다를 횡행하고, 여러 말들이 하늘을 오르는 듯하다(五山車天輅 快鵬橫海 衆馬騰空)."라 하였고, 『호곡시화』에서는 "오산 차천로의 시는 굉호하다(車五山天輅之轟浩)."라 하여, 雄壯하다는 평을 받고 있다. 위의 시가 이러한 특징을 지녔다고 하겠다.

그런데 洪萬宗은 『詩評補遺』에서, "내가 오산의 시고를 보았는데, 모두 손수 쓴 것들이었다. 그 시는 왕양여호 하여 끝내 精緻하지 못한 것이 많았다. 예를 들어 일본에 사신 갈 때 지은 시는 사람들에게 많이 일컬어지고 있으나, 흠이 있는 것에서 벗어나지 못했다. 그 시에 이르기를, ……이미 '海空'이라 하고 또 '採藥洲'라 하고 또 '水東流'라 했으니, 어찌 물이 그렇게 많은가? 더구나 '採藥' 아래의 '洲'는 더욱 불안하다. 대개 오산의 문장은 富贍하여 비교할 자가 없는데 마침내 잡스러움으로 귀착했으니, 아마 오산이 후세에 전할 뜻이 없어 점화하지 않은 것이 아니겠는가(余見五山詩藁 皆所手書者 其詩汪洋麗豪 卒多未精 如奉使日本詩 爲人所稱 而未免疵累 其詩曰 ……旣曰海空 又曰採藥洲 又曰水東流 一何水之多也 況採藥下洲字 尤爲未安 蓋五山之文章 贍給無比 終歸亂雜 豈五山無意傳後 不點化歟)?"라고 한 것처럼, 精緻하지 못하다는 평을 동시에 받기도 하였다.

46. 「鳳凰臺」車天輅

千仞岡頭石骨分　　천 길 봉우리에 단단한 바위가 나뉘어
迥臨無地出塵氛　　아득히 임한 곳에 먼지가 솟았네
江通碧海生潮汐　　강은 푸른 바다와 통해 밀물과 썰물이 일고
山近靑天合霧雲　　산은 푸른 하늘에 가까워 안개와 구름이 합
　　　　　　　　　치네
不盡鳥飛平楚外　　평야 밖에 끊임없이 새들이 날고
遙看日落大荒垠　　큰 황야 끝에 지는 해가 멀리 보이네
蘊眞協遇堪留眼　　참됨을 쌓아 어울린 모습 계속 바라보니
笑撥人寰幾聚蚊　　우습다. 속세에는 모기떼가 얼마나 모였는가?

<주석> 〖鳳凰臺(봉황대)〗 慶州에 있는 樓臺로, 일본을 왕래하는 사신들이
들르던 곳임 〖仞〗 길 인 〖石骨(석골)〗 단단한 바위 〖迥〗 = 逈
멀다 형 〖無地(무지)〗 보아도 지면이 보이지 않음. 위치가 넓거나
장소가 넓음 〖塵氛(진분)〗 먼지와 안개 〖潮〗 조수 조 〖汐〗 석수
(저녁때 밀려왔다가 나가는 조수) 석 〖平楚(평초)〗 = 平野 〖垠〗
끝 은 〖蘊〗 쌓다 온 〖撥〗 벌리다 발 〖寰〗 인간세상 환 〖蚊〗 모
기 문

<감상> 이 시도 역시 앞 시와 비슷한 시기에 지어진 것으로, 경주에 있는
봉황대에 올라 지은 시이다.
봉황대는 천 길 봉우리에 단단한 바위가 나뉜 곳에 위치해, 저 멀
리 아득히 임한 곳에 먼지가 일고 있다. 봉황대에 올라 앞을 내려
다보니, 강은 푸른 바다와 통해 밀물과 썰물이 일고, 강 옆의 산은
푸른 하늘에 가까워 안개와 구름이 합쳐져 있다. 저 너른 평야 밖
에는 끊임없이 새들이 날고 있고, 황혼녘이라 큰 황야 끝에는 멀

리 해가 지고 있다. 참됨을 쌓아 어울린 모습 계속 바라보니, 속세에 모인 많은 모기떼가 우습기만 하다.

이 시도 앞의 시와 마찬가지로 비교적 雄壯한 시어들을 사용하고 있으나, 『시평보유』의 평처럼 반복적인 詩語들을 사용하고 있어 精巧함에는 다소 흠이 있다 하겠다. 이것의 원인은 아마도 『畸翁漫筆』에서, "五山 車天輅는 제자백가서를 다 통하여 학식이 매우 풍부하여 비교할 사람이 없었다. 그러나 유쾌한 기분으로 휘둘러 써두고는 고치지를 아니하고 끝내 어지럽게 쓴 초고를 광주리 속에 던져두고 다시 꺼내 보지도 않았다고 하니, 이것은 반드시 후세에 전할 생각을 하지 않았던 것이었다(車五山天輅 牢籠百家 瞻給無比 而聞其乘快揮洒 殊欠點化 終以亂稿 投在箱篋 未嘗再閱 此必不以傳後爲意也)."라는 언급에서 그 원인을 찾을 수 있겠다.

47. 「江夜」車天輅

夜靜魚登釣	밤이 고요해 물고기가 낚싯대에 뛰어오르고
波深月滿舟	물결이 깊어 달이 배에 가득하네
一聲南去雁	남쪽으로 가는 기러기 한 소리가
嗁送海山秋	가을의 바다와 산을 울어 보내네

<주석> 〖釣〗 낚싯대 조 〖嗁〗 =啼 울다 제

<감상> 이 시는 늦가을 밤이 찾아든 강에서 情趣를 노래하고 있다.

밤이 고요해 물고기가 낚싯대에 뛰어오르는 소리가 들려오고(靜中動), 물결은 일지 않아 깊은 물속까지 달이 비칠 정도이며 달빛은 배에 가득하다. 문득 하늘에서 들려오는 남쪽으로 가는 기러기 한 소리가 가을의 바다와 산을 울어 보낸다(겨울 철새인 기러기의 남쪽 비행은 가을이 가고 겨울이 오고 있음을 의미하는 것이다).

이 시는 앞의 웅장한 시와는 달리 平淡한 情趣를 느끼게 하는 시이다.

이 외에도 正祖는 『弘齋全書』 「日得錄」에서 다음과 같이 말하였다.

"車天輅는 詩文으로 이름을 떨쳐서 명나라 사신이 왕래할 때마다 儐接官이 되어 酬唱하였는데, 「평양승전노포」와 같은 글은 자꾸만 돌아보며 차마 손에서 놓지 못하게 만드는 작품이다. 그런데 그 후손이 零落하여 상자 속에 보관되어 있는 시문을 여태껏 간행하지 못하였으니, 개탄스럽고 아쉬운 심정을 이루 다 표현할 수가 있겠는가. 그 후손들을 찾아내어 원고를 받아 낸 다음 詞垣의 신하들에게 명하여 校讎하게 하고, 작업이 끝나거든 즉시 간행하도록 하라(車天輅以詩文鳴 大明使華之往來 輒儐接酬唱 如平壤勝戰露布 令人縈顧 而不忍釋手 其後承零替 巾衍之藏 尙未入刊 可勝嘆惜 訪求其遺裔 徵其稿命詞垣諸臣校讎 竢其卒業 卽當開板)."

48. 「偶吟」車天輅

蝸角爭名戰未休	달팽이 뿔에서 이름을 다투느라 싸움은 끝이 없는데
幾人談笑覓封侯	몇 사람이나 봉후자리를 구했다고 웃으며 이야기할까?
劍頭螘血流千里	칼끝 개미 피는 천 리에 흐르고
甲外鯨波沒十洲	軍陣 밖의 고래 파도는 열 모래섬을 삼켰네
莫問是非身後定	시비가 죽은 뒤에 정해지는지 묻지 마라
從知勝敗掌中收	승패는 손바닥 안에서 결정되는 것을 알 것이니
若敎畫像麒麟閣	만약 기린각에 초상을 그리게 한다면
上將奇功在伐謀	상장공의 기이한 공은 적의 계책을 무찌름에 있다네

<주석> 〖蝸角爭(와각쟁)〗 달팽이 뿔 위에서의 싸움으로, 작은 일로 말미암아 싸움을 일으킴을 비유함. 『莊子』「則陽」에 "有國於蝸之左角者曰觸氏 有國於蝸之右角者曰蠻氏 時相與爭地而戰 伏屍數萬 逐北旬有五日而後反"라는 언급이 있음 〖覓〗 구하다 멱 〖談笑覓封侯〗 널리 공명을 취하는 것이 매우 용이함을 형용한 말. 唐 杜甫 「復愁」詩에 "閭閻聽小子 談笑覓封侯"라는 말이 보임 〖螘〗 개미 의 〖甲外(갑외)〗 軍陣의 밖 〖麒麟閣(기린각)〗 기린각은 漢 宣帝가 일찍이 霍光·張安世·蘇武 등 功臣 11인의 초상을 그려서 걸게 했던 殿閣 이름 〖伐謀(벌모)〗 적이 펴는 꾀를 파괴함

<감상> 이 시는 우연히 읊은 것으로, 헛된 功名心을 조롱하는 시이다. 조그마한 달팽이 뿔 위에서 이름을 다투느라 싸움은 끝이 없는데,

몇 사람이나 봉후자리를 구했다고 웃으며 이야기할 수 있을까? 칼 끝에 묻은 적의 피는 개미 피처럼 적은데 천 리에 흐르기를 바라고(헛된 功名心을 의미함), 軍陣 밖의 고래와 같은 파도는 열 개의 모래섬을 삼키듯 천하를 평정하려 한다(이것 역시 헛된 바람이다). 시비가 죽은 뒤에 정해지는지 묻지 마라. 승패는 손바닥 안에서 결정되는 것을 알 것이다. 만약 공을 세운 사람들이 공적을 기리기 위한 기린각에 자기 초상을 그리게 하고 싶다면, 적이 어떠한 계책을 세우고 있는지를 살펴서 그것을 무찌르는 것이 최고의 공일 것이다.

뛰어난 詩才를 지니고도 정당한 평가를 받지 못하는 차천로에게 있어서 功名만을 추구하는 당시의 세태는 바람직한 현상이 아니었던 것이다. 『靑城雜記』에 차천로의 詩才와 文集 편찬에 대한 내용이 실려 있는데, 예시하면 다음과 같다.

"五山 차천로와 滄洲 車雲輅 형제의 시는 비록 그 재능의 고하에 대한 비평이 있으나, 대체로 모두 고금에 보기 드문 俊才이다. 특히 오산은 나라를 빛낸 공로가 있다. 提督 李如松이 평양의 왜구를 격파하고는 의기양양해하니, 감히 그 앞에서 기어 다니는 사람도 없었다. 그는 마침내 조선에 명하여 승전보를 지을 만한 자를 뽑아 보내라 하였는데, 뛰어난 인재들이 줄줄이 있었으나 모두 뒤로 빼고 나아가지 못하였다. 결국 오산에게 응하게 하자, 오산은 당당하게 사양하지 않고 石峯 韓濩를 잡아끌어 나아갔다. 오산의 외양이 매우 초라하니, 이여송은 그를 하찮게 여겨 말하였다. '이런 자가 문장을 제대로 짓겠는가?' 그리고는 글을 쓸 비단을 던져주고 쓰게 하니, 오산은 미리 구상한 듯이 술술 입으로 불러 주고, 석봉은 이를 날듯이 휘갈겨 써 내려갔다. 이여송이 자리에서 일어나 다가가 보았는데, '말 울음소리는 붕새 등의 바람에 우렁찼고, 기뻐하는 기운은 소 눈망울까지 쌓인 눈을 녹였다네(李如松이 평양성을 공격할 당시의 드높은 사기를 형용한 말이다. 『五山集』권6의 「破平壤城倭賊露布」에 '대장의 기와 북을 세우니, 말 울음

소리는 붕새 등의 바람에 우렁찼고, 중군의 관과 아를 정돈하니, 기뻐하는 기운은 소 눈망울까지 쌓인 눈을 녹였다네[建大將之旗 鼓 班聲噫鵬背之風 整中軍之鸛鵝 喜氣融牛目之雪].' 하였다. 관과 아는 陣의 명칭이다)' 하였다. 눈이 소 눈망울까지 쌓였다는 표현은 『春秋公羊傳』에 나오는 말인데(『춘추공양전』에서는 이런 표현을 찾을 수 없고 전국시대에 魏 惠王의 장례를 눈이 많이 쌓여 힘들게 치렀다는 기사에 이런 표현이 보인다. 『戰國策』卷23) 마침 평양성을 격파하는 날 눈이 내렸었다. 이여송은 이 구절을 보고 크게 놀라며, '천하의 기재(奇才)로다.'라고 칭찬하였다.

이여송이 돌아갈 때에 또 칠언 율시 100편을 지어 평양으로 보냈는데, 그 答辭 또한 오산이 지은 것이었으니, 나라를 빛냄이 이보다 더할 수 있겠는가? 그러나 그는 겨우 奉常寺僉正 벼슬을 지내고 죽었다. 그가 죽을 때에 태양이 奎星에서 日蝕하였다. 천문에 밝은 趙振은 이를 보고 차천로가 죽을 것이라고 예언하였는데 과연 그러하였다. 옛날 謝靈運과 范曄이 죽을 때에도 이러한 변괴가 있었다고 한다. 차운로도 영락한 채로 죽었다. 차천로의 아버지는 軾이고, 아들은 轉坤인데 모두 과거에 급제하였다. 柳夢寅이 차식의 묘갈명을 지으면서 그 집안 대대로 내려오는 덕을 낱낱이 서술하였다. 차천로의 형 殷輅 역시 신동이었는데 일찍 죽었다. 그러나 차천로의 문집은 끝내 간행되지 못하였고 『箕雅』에 보이는 것은 시 몇 편뿐이다. 선친께서 이를 안타깝게 여기고 오산의 시와 창주의 시, 위로 아버지 식과 조부 廣運의 시를 수집하여 모아서 11권으로 엮어 보관하셨다. 今上께서 신해년(1791, 정조 15)에 顯隆園에 행차할 적에 果川을 지나게 되었는데 오산의 묘가 그곳에 있었다. 상께서 옛일을 생각하고 그의 문집을 판각할 것을 명하였다. 그리하여 우리 집에서 소장하고 있던 것을 비로소 꺼내어 浿營(평양)에서 판각하게 되었다. 문장이 드러나고 묻히는 것이 본래 각기 때가 있으니, 다행히 지금에 와서 세상에 나오게 되었다. 그러나 오자가 매우 많은데 확인할 길이 없으니 참으로

한스러울 뿐이다(車五山天輅滄洲雲輅詩 雖有武庫利鈍之譏 而
大抵並振古俊才也 五山尤有華國之功 李提督破平壤倭 意得張
甚 人無敢蒲伏其前 而乃令於鮮 選能爲露布者 材俊林立 而步
盡縮 乃以五山應之 五山昂然不辭 拉韓濩而前 五山貌甚窮陋
提督輕之曰 此子能文乎 投文錦而使之書 五山口號如宿構 石峯
疾書如飛 提督移席就之 至曰 班聲噫鵾背之風 喜氣融牛目之雪
雪及牛目 公羊氏語 而破城之日 適雪也 提督大驚曰 天下奇才
也 及其返也 又以七律百篇送之平壤 致語亦五山作也 華國有過
此耶 然官不踰奉常 僉正而死 則曰爲之食於奎 趙振占之 果然
謝靈運范曄之死 皆有是災 雲輅亦落拓而終 天輅父軾 子轉坤
並登第 柳夢寅志軾墓 歷敍其世德 天輅兄殷輅 亦神童也 早沒
然天輅集 終不行 見於箕雅者 若干詩也 先君子傷惜之 哀其詩
及滄洲詩 上及其父軾祖廣運詩 合爲十一卷 藏之 今上辛亥 幸
顯隆園 道過果川 五山墓在焉 上爲之曠感 命刊其集 而吾家所
藏 始出焉 刻於湖營 文章之顯晦 自各有時 幸而出於今也 然誤
字甚多 無可證也 甚可恨已)."

이 외에도 홍만종은 『小華詩評』에서 車天輅와 權韠 詩의 優劣
에 대해 다음과 같이 말하고 있다.

"석주 권필이 오산 차천로와 더불어 스님의 시축에 차운하여 시를
짓다가 풍자에 이르렀다. 석주가 먼저 '학이 노니는 나무는 천 년
달이 늙어가고, 자라 등(삼신산) 구름은 일만 리를 불어가네.'라 하
였다. 석주가 이 시구가 호방하고 경책임을 자랑하였다. 오산이
이 시구에 다음과 같이 차운하였다. '구름을 뚫고 올라와 금강산
물에 주발을 씻고, 비를 무릅쓰고 와서 지리산 바람에 옷을 말리
네.' 오산시의 장건함이 석주의 시보다 낫다(權石洲與車五山共次
僧軸韻 到風字 石洲先題曰 鶴邊松老千秋月 鰲背雲開萬里風
自詫其豪警 五山次之曰 穿雲洗鉢金剛水 冒雨乾衣智異風 其壯
健過之)."

49. 「銀臺示朴內翰子龍」李恒福[8]

深室蒸炎氣鬱紆　　깊은 방 찌는 더위에 기분이 답답하여
夢爲鷗鷺浴淸湖　　꿈에 갈매기와 해오라기 되어 맑은 호수에
　　　　　　　　　목욕하네
縱然外體從他幻　　비록 겉몸이야 변하거나 말거나
煙雨閑情却是吾　　가랑비에 한가로운 정이 바로 나라오

<주석>　〖銀臺(은대)〗 承政院의 별칭 〖蒸〗 찌다 중 〖鬱紆(울우)〗 근심스
러운 생각에 쌓인 모양 〖鷺〗 해오라기 로 〖煙雨(연우)〗 흐릿한
가랑비

---

8) 李恒福(1556, 명종 11~1618, 광해군 10). 본관은 慶州. 일명 鰲城大監. 자는 子常,
호는 弼雲・白沙・東岡. 李齊賢의 후손으로, 權慄의 사위이다. 어머니가 임신했을
때 상을 당한 후라 병약했기 때문에 낙태하려고 독극물을 먹었으나 무사히 태어났
고, 8세에 唐詩 絶句를 이해하여 부친에게 시를 지어 드렸다고 한다. 9세에 아버지
를, 16세에는 어머니를 여의었다. 1574년(선조 7) 성균관에 들어갔으며, 1580년 알성
문과에 급제하여 승문원부정자가 되었다. 1583년 대제학 李珥의 천거로 李德馨과
함께 賜暇讀書를 했으며, 宣祖의 신임을 받아 직제학・우승지를 거쳐 1590년 호조
참의가 되었고, 鄭汝立의 모반사건을 처리한 공로로 平難功臣 3등에 녹훈되었다.
좌승지로 재직 중 鄭澈의 죄를 처리하는 데 태만했다 하여 탄핵을 받고 파면되었으
나 곧 복직되어 도승지에 발탁되었다. 1592년 임진왜란이 일어나자 도승지로 선조
를 의주까지 호위해 鰲城君에 봉해졌으며, 두 왕자를 평양까지 호위해 형조판서에
특진했고 오위도총부도총관을 겸했다. 1600년 영의정에 오르고 다음 해 扈從功臣 1
등에 책록되었다. 1602년 鄭仁弘・文景虎 등이 成渾이 崔永慶을 모함하고 살해하
려 했다고 하며 成渾을 공격하자 성혼의 무죄를 변호하다가 鄭澈의 당이라는 혐의
를 받아 자진하여 영의정에서 사퇴했다. 1608년 다시 좌의정에 임명되었다. 광해군
즉위 후 정권을 잡은 北人이 광해군의 친형인 臨海君을 살해하려 하자, 이에 반대
함으로써 정인홍 일당의 공격을 받고 사퇴의사를 표했으나 받아들여지지 않았다. 그
뒤에도 北人이 선조의 장인 金悌男 일가를 역모혐의로 멸살시키고 永昌大君을 살
해하는 등 정권 강화작업을 벌이자 적극 반대했다. 1613년(광해군 5) 다시 북인의
공격으로 물러났으나 광해군의 선처로 좌의정에서 중추부로 자리만 옮겼다. 1617년
仁穆大妃 廢母論에 반대하다가 1618년 관직이 삭탈되고 함경도 북청에 유배되어
그곳에서 죽었다. 시호는 文忠이다.

<감상> 이 시는 승정원에서 조카사위 내한 박자룡에게 보여 준 호탕한 시로, 이항복의 대표적인 시이다.

벼슬살이에 바빠 아름다운 자연을 유람하지도 못하고 승정원 깊은 방에 앉아 있자니, 찌는 더위에 기분이 답답하다. 현실에서 이룰 수 없는 것을 꿈속에라도 갈매기와 해오라기가 되어 맑은 호수에 목욕하고 나니, 조금 나은 듯하다. 비록 몸은 도성 안 승정원에 있어 겉몸이야 변하지 않았지만, 마음은 산수자연에 있어 가랑비 내릴 때의 한가로운 정이 바로 나의 마음이다.

李恒福은 전문적인 詩人은 아니었으나, 젊은 시절 오직 詩를 읊조리는 것을 일삼을 정도였다고 하니, 상당한 수준에 올랐다는 평이 虛言은 아닌 듯하다. 호탕한 기상에 대해서 崔岦은 「江天別思卷序」에서 다음과 같이 언급하고 있다.

"그런데 우리나라의 相國인 이항복으로 말하면, 弱冠의 나이에 벌써 通儒의 명성을 이룬데다가, 아직 한창 젊은 나이에 廟堂과 閫外를 출입하며 出將入相의 면모를 보여 주었으니, 어찌 過하다는 표현 정도로 그칠 뿐이겠는가? 그럼에도 불구하고 늘 반초(後漢 사람 반초가 집이 가난해서 관청의 文書를 베껴 쓰며 모친을 봉양하다가, 萬里侯에 봉해질 骨相을 지녔다는 관상가의 말에 힘을 얻어 분발한 결과, 西域에 나아가 큰 공을 세운 뒤에 定遠侯로 봉해졌다는 고사가 『後漢書』 권47 「班超列傳」에 나옴)와 종각(南朝 宋의 左衛將軍 종각이 소년 시절에 숙부인 宗炳의 물음을 받고 자신의 원대한 포부를 '長風에 몸을 싣고서 萬里의 물결을 헤쳐 나가고 싶다.' 하였다 함. 『宋書』 권76 「宗慤列傳」에 나옴) 같은 사람이나 그와 같은 사람들의 말을 즐기고 있는 듯한 인상을 주고 있으니, 이는 공의 호걸스러운 기상이 더욱 돋보이는 대목이라고도 하겠다(若吾國相李公 弱冠而已成通儒 黑頭而出入廟閫 何啻過之 而常若有樂乎之人之言 是公之豪尤也)."

50. 「三物吟」李恒福

「鼠」

厠鼠數驚社鼠疑	측간 쥐는 자주 놀라고 사당 쥐는 의심이 많아
安身未若官倉嬉	안전하긴 관아의 창고에서 즐겁게 노닒만 못하리
志須滿腹更無事	뜻은 배불리 먹고 또 무사하길 바라지만
地塌天傾身始危	땅 꺼지고 하늘 기울면 제 몸도 위태로워진다네

<주석> 〖厠〗 뒷간 측 〖社鼠(사서)〗 사당에 사는 쥐는 사람이 함부로 잡을 수 없으므로, 전하여 임금 곁에서 알랑거리는 姦臣을 비유함 〖倉〗 곳집 창 〖嬉〗 즐거워하다 희 〖須〗 바라다 수 〖塌〗 무너지다 탑

<감상> 이 시는 올빼미·쥐·매미를 읊은 시 가운데 쥐를 노래한 것으로, 세태를 풍자하는 의미가 담겨 있다.

더러운 변소에 사는 쥐는 사람 때문에 자주 놀라고 깨끗한 사당에 사는 쥐는 의심이 많아서 불안하기는 똑같다. 이들에 비해 몸을 안전히 하기는 관아의 창고에서 즐겁게 노닒만 못하다. 관아 창고에 있는 쥐의 마음은 배불리 먹고 또 무사하길 바라지만, 땅이 꺼지고 하늘이 기울면, 즉 관아의 창고가 무너지면 제 몸도 위태로워진다.

변소에 사는 쥐는 草野에 은거한 사람으로, 사당에 사는 쥐는 임금 곁에서 아첨하는 신하로, 관청 창고에 사는 쥐는 벼슬살이하는 사람으로 擬人化했다고 본다면, 초야에 은거하거나 임금 곁에서 아첨하기보다는 벼슬살이 하는 것이 몸을 안전하게 지킬 수 있다. 하지만 그곳이 완전한 곳은 아니다. 관직 생활을 하면서 항상 조심하지 않으면 그곳도 무너질 수 있다는 의미를 내포한 것일 것이다.
正祖는 『弘齋全書』「日得錄」에서 다음과 같은 언급을 하고 있다.
"白沙 李恒福으로 말하면, 덕망과 공로와 문장과 절개 중에서 하
나만 얻어도 어진 재상이라고 할 수 있는데, 하물며 한 몸에 겸하
였음에랴. 세상에 전하는 우스개들이 꼭 모두 백사의 일은 아니겠
지만, 나라 안의 사람들이 지금까지도 아끼고 사모하고 있는 것을
충분히 상상할 수 있다. 임진왜란으로 宣祖가 播遷하던 날 밤 궁
궐을 지키는 衛士들은 모두 흩어졌는데 혼자서 손수 횃불을 들고
앞에서 상을 내전으로 인도하였고, 內附의 의논이 결정되자 개연
히 扈從하겠다고 자청한 사람은 공 한 사람뿐이었다. 당시의 일을
생각하면 기가 막히는데 '나라가 전복되는 위기에서 참된 신하를
안다.'는 말은 백사를 가리키는 말이 아니겠는가. 「鐵嶺歌」 중에
서, '누가 孤臣의 원통한 눈물을 가져다가 구중궁궐에 뿌려 줄까?'
라고 한 구절은 들을 때마다 나도 모르게 눈물을 쏟게 한다. 참으
로 충의가 탁월한 사람이 아니라면 어떻게 백 년이 지난 뒤에도
사람을 감동시킬 수 있겠는가(李白沙德望事功文章節槩 得其一
而猶可爲賢宰相 又況以一人而兼有之乎 世所傳諧調之談 未必
盡是白沙之事 而都人士女之至今愛慕 有足以想像也 去邪之夕
衛士盡散 而獨自執燭 前導內殿 及夫內附之議決 而慨然請從
亦此一人耳 當時之事 思之於邑 而板蕩識誠臣者 非白沙之謂歟
如鐵嶺歌中 誰將孤臣怨淚 灑入九重宮闕云云 聽來不覺潸然 苟
非忠義之卓越 何能感人於百載之下也)."

51.「三物吟」李恒福

「鴟」

側頭伺隙掠人飛	머리 돌려 틈을 엿보다가 사람을 약탈하여 날아가고
飽滿盤天誰識汝	배부르면 하늘을 빙빙 도니 누가 너를 알리오
時同鸞鵠恣遊嬉	때로는 난새나 고니와도 방자히 유희하지만
只是中心在腐鼠	오로지 속마음에는 썩은 쥐만 있다오

<주석> 〖鴟〗 올빼미 치 〖伺〗 엿보다 사 〖掠〗 노략질하다 략 〖盤〗 돌다
반 〖鸞〗 난새(鳳凰의 일종) 란 〖恣〗 방자하다 자 〖只是(지시)〗
단지

<감상> 이 시는 올빼미를 奸臣에 비유하여, 간신의 무리들을 풍자한 것이다.
올빼미는 머리를 돌려 틈을 엿보다가 사람들이 가지고 있는 것을
약탈하여 날아간다. 약탈한 것으로 배가 부르면 하늘을 빙빙 돌며
悠悠自適하니, 누가 너의 그런 약탈 행위를 알겠는가? 때로는 靈
鳥인 난새나 고니와도 방자히 유희하면서 그들의 무리인 것처럼
꾸미지만(난새와 고니는 간신에 대비되는 忠信形 인물을 비유),
오로지 속마음에는 썩은 쥐만 생각한다(썩은 쥐는 간신이 얻고자
하는 목표물임).

52. 「三物吟」李恒福

「蟬」

只向涼霄飮秋露	단지 서늘한 하늘에서 가을 이슬만 마시고
不同群鳥競高枝	뭇 새들과 함께 높은 가지 다투지 않는구나
傳語螳蜋莫追捕	말 전하노니, 사마귀야 매미를 잡지 말라
人間何物不眞癡	인간의 그 무엇보다 진짜 바보가 아니더냐

<주석> 〚蟬〛 매미 선 〚霄〛 하늘 소 〚螳蜋(당랑)〛 사마귀 〚螳蜋捕蟬(당랑
포선)〛 사마귀가 매미를 잡는다는 것으로, 漢 劉向의『說苑・正諫』
에, "園中有樹 其上有蟬 蟬高居悲鳴飮露 不知螳蜋在其後也 螳
蜋委身曲附欲取蟬 而不知黃雀在其傍也"라는 말이 보임 〚癡〛 어
리석다 치

<감상> 이 시는 매미를 노래한 것이다.

매미는 단지 서늘한 하늘에서 가을 이슬만 마시면서 먹이를 다투
지 않고, 뭇 새들과 함께 높은 가지에 자리를 잡고자 다투지도 않
는다. 그러니 사마귀야 매미를 잡지 마라(매미는 선량한 관리를
의인화했다면, 사마귀는 선량한 관리를 괴롭히는 악독한 관리를
의인화한 것임). 인간세상의 그 무엇보다 진짜 바보가 아니더냐?

53. 「詠庭雁」李恒福

在郊那似在家肥	교외에 있는 것이 어찌 집에서 살찌는 것만 하겠냐고
人笑冥鴻作計非	사람들이 기러기 세운 계획 잘못됐다 비웃지만
莫把去留論得失	가고 머무름 가지고 득실을 논하지 말라
江南水闊網羅稀	강남에는 물이 넓고 그물도 드물다오

<주석> 『冥鴻(명홍)』 높이 나는 기러기로, 漢나라 揚雄의 『法言・問明』
에 "鴻飛冥冥 弋人何纂焉"이라 했는데, 李軌의 注에 "君子潛神
重玄之域 世網不能制御之"라 하여, 후에 세상을 피해 은거하는
선비를 일컬음 『闊』 넓다 활

<감상> 이 시는 뜰의 기러기를 노래한 것으로, 벼슬에서 물러나 은거하는
것이 더 현명하다는 것을 기러기에 비유하고 있다.

들판에 있는 것이 어찌 집에서 살찌는 것만 하겠냐고 사람들이 기
러기 세운 계획 잘못됐다 비웃지만, 나오고 물러감(出處)을 가지
고 득실을 따지지 말라. 강남에는 물이 넓어서 기러기가 생활하기
편리하고 기러기를 잡는 그물도 많지 않다(그물은 벼슬길에 생기
는 위험을 비유한 것임).

54. 「到靑坡 移配慶源 又移三水 正月九日 改北靑 延陵諸君携壺 送于山壇道左」李恒福

雲日蕭蕭晝晦微　　구름과 해는 쓸쓸하여 한낮도 어두컴컴한데
北風吹裂遠征衣　　북풍은 먼 길 가는 사람의 옷을 찢을 듯 부네
遼東城郭應依舊　　요동의 성곽은 응당 예전과 같겠지만
只恐令威去不歸　　다만 영위가 가서 돌아오지 않을까 염려되
　　　　　　　　　도다

<주석> 『晦』어둡다 회 『令威(영위)』漢나라 때 遼東 사람 丁令威를 가
　　리키는데, 그가 일찍이 靈虛山에 들어가 仙術을 배워, 뒤에 鶴으
　　로 化하여 요동에 돌아와서 城門의 華表柱에 앉았다가 다시 날
　　아갔다는 고사에서 온 말임
<감상> 이 시는 청파에 이르니, 경원으로 이배시켰다가 또 삼수로 옮기었
　　고, 정월 구일에는 북청으로 고쳐 이배시켰는데, 연릉 등 제군이
　　술을 가지고 와서 山壇의 길 아래에서 전송하면서 지은 시이다.
　　이 시는 유배지에서 돌아오지 못할 것이라는 詩讖이 되었다.『續
　　雜錄』에는 이 시에 관련된 내용이 다음과 같이 실려 있다.
　　"기자헌과 함께 함경도 북청으로 귀양을 갔다. 떠나기에 임하여
　　전송하는 동료에게 말하기를, '명년 8월에 마땅히 다시 돌아올 것
　　이니, 그때 서로 만나 보아도 늦지 않소' 하고, 시를 읊기를, ……하
　　였다. 도중에 서로 익살을 부리면서 시름과 피로를 씻었다. 역참에
　　나오는 마부를 보고 크게 웃으면서 말하기를, '네가 기다린다면
　　일찍 돌아올 것이다.' 하였다. 기자헌은 둥주리를 타고, 오성은 부
　　담을 탔는데, 기자헌에게 말하기를, '슈公은 둥주리 같은 액을 만
　　났네.' 하니, 기자헌은, '영공은 도처에 浮談(허튼 이야기)이로다.'

하였다. 오성이 북청에 있을 때 노래를 지으니, '철령 제일봉에 자고 가는 저 구름아, 孤臣寃淚를 비 삼아 가져다가 임 계신 구중궁궐에 뿌려 본들 어떠리.' 하였다. 이 노래가 서울 장안의 궁인들에게 전파되니 광해가 이 노래를 듣고 누가 지은 것이냐고 물었다. 궁인이 사실로써 대답하니, 광해는 수심에 싸여 기뻐하지 않았다. 그래도 소환하라는 명은 없었다. 아! 사람의 마음이 한번 그르치게 되면 깨닫기 어려움이 이에 이르는구나. 오성은 실로 세상에 드문 大賢이요, 동방의 名相인데 말세에 태어나서 받아들여지지 못했으니, 한스러운 일이다(與自獻俱謫咸鏡道北靑 臨行謂餞僚曰 明年八月 當復還來 其時相見 不相遲也 因吟詩曰 雲日蕭蕭晝晦迷 北風吹破遠征衣 遼東城郭應依舊 秪恐令威去不歸 途中相與詼諧 以消憂勞 見出站處 大噱曰 若知待候 可以早來 奇乘둥주리 鰲城騎浮擔 謂奇曰 令公은둥주리ᄀᆞ른厄을맛낫ᄂᆡ 奇曰 令公은到處의浮談이로다 在北靑有詞曰 鐵嶺第一峰의 자고가ᄂᆞᆫ 져구룸아 孤臣冤淚을 비사마 가져다가 님 겨신 九重宮闕의 ᄲᅳ려본들 엇더리 其詞傳播都下宮人 光海聞是詞 問誰所作也 宮人以實對 光海愁然不樂 猶不有召還之命 嗚呼 人心一誤 難悟至此 鰲城實是曠世大賢 東方名相 生於季世 不能容 可恨)."

55.「夜坐」李恒福

終宵默坐算歸程	밤새도록 묵묵히 앉아 돌아갈 길 헤아리는데
曉月窺人入戶明	새벽달이 사람 엿보며 문에 들어 밝구나
忽有孤鴻天外過	갑자기 외기러기가 하늘 너머로 날아가니
來時應自漢陽城	올 때는 응당 한양성으로부터 출발했으리

<주석> 〖宵〗 밤 소 〖窺〗 엿보다 규

<감상> 이 시는 밤에 북청 유배지에 앉아 있으면서 고향으로 돌아가고픈 심정을 노래하고 있다.

밤새도록 잠이 오지 않아 묵묵히 앉아 돌아갈 수는 없겠지만 그래도 고향으로 돌아갈 길을 헤려려 보는데, 벌써 새벽인가? 새벽달이 사람을 엿보며 창문으로 들어와 방 안을 훤히 비추어 주고 있다. 날이 밝아 하늘을 보니, 갑자기 나타난 겨울 외기러기가 하늘 너머로 날아가는 것을 보니, 저 외기러기가 남쪽에서 올 때는 아마도 한양성을 지나 왔을 것이다. 여기에 생각이 미치니, 고향이 더욱 그리워진다.

56. 「途中」 李晬光9)

岸柳迎人舞	언덕 버들은 사람 맞아 춤을 추고
林鶯和客吟	숲 속 꾀꼬리는 나그네 읊조림에 화답하네
雨晴山活態	비 개이니 산은 활기찬 모습이고
風暖草生心	바람 따스하니 풀은 돋는 마음이네
景入詩中畫	경개는 시 속에 든 그림이고
泉鳴譜外琴	샘물 소리는 악보 밖의 거문고네
路長行不盡	길이 멀어 가도 끝이 없는데
西日破遙岑	서산의 해는 아득한 봉우리를 깨뜨리네

<주석> 〖鶯〗 꾀꼬리 앵 〖岑〗 봉우리 잠

<감상> 이 시는 따뜻한 봄날 중국으로 使行 가는 길에 쓴 시로, 이수광의
대표작 가운데 한 편이다.
언덕에 있는 버들은 사람을 맞아 춤을 추듯 하늘대고, 숲 속의 꾀
꼬리는 나그네 읊조림에 화답하여 울고 있다(자연과 시인의 일치).

---

9) 李晬光(1563, 명종 18～1628, 인조 6). 본관은 全州. 자는 潤卿, 호는 芝峯. 1585년
(선조 18) 별시문과에 급제, 知製教를 지냈고, 1590년 聖節使의 서장관으로 명나라
에 다녀왔다. 1592년에 北道宣諭御史가 되어 함경도 지방에서 이반한 민심을 돌이
키는 데 큰 공을 세웠다. 1597년에 성균관대사성이 되었으며 陳慰使로 2번째 명나
라에 다녀왔는데 그곳에서 安南(지금의 베트남)의 사신과 교유했다. 1601년에 홍문
관부제학으로 「古經周易」을 교정했고, 1603년에 『사기』를 교정했다. 1605년에 안
변부사로 나갔다가 이듬해 사직하고 돌아와 1607년 홍주목사로 부임했다. 1611년
왕세자의 冠服을 청하는 사절의 일원으로 3번째 명나라에 다녀왔다. 그곳에서 琉球
와 暹羅(지금의 타이)의 사신을 만나 그들의 풍속을 기록했다. 1613년 계축옥사가
일어나자 사직했다가, 1616년 순천부사가 되었고 임기를 마친 후에는 관직을 사양
하고 수원에서 살았다. 1623년(인조 1) 인조반정으로 인조가 즉위하자 도승지로 관
직에 복귀했다. 1624년 李适의 난 때 왕을 공주로 호종했다. 1625년 대사헌으로서
왕의 求言에 응하여 12조목에 걸친 「條陳懋實箚子」를 올려 당시 가장 뛰어난 疏章
이라는 평가를 받았다. 1627년 정묘호란이 일어나자 왕을 호종하여 강화로 갔으며,
이듬해 이조판서에 임명되었으나 죽었다.

비가 내리다 개니 산은 활기찬 모습을 하고 있고, 바람이 따스하게 부니 풀은 돋아난다(비와 바람에 의한 봄의 활기찬 모습을 형용). 경개는 시 속에 든 그림이고(또한 그림 속에 든 시임), 샘물소리는 악보에도 없는 거문고소리이다. 중국으로 가는 길이 멀어 가도 가도 끝이 없는데, 어느덧 서산으로 지는 해는 아득한 봉우리를 물들인다.

이수광은 초기의 實學者로, 西學을 최초로 소개한 인물로, 唐詩風을 추구하여 조선 중기 唐詩風 형성에 영향을 끼친 인물로 평가되어 왔다. 지봉은 「續朝天錄」自序에서, "내가 시에 대해서 감히 지으려는 뜻이 있지 않으나, 한가롭게 거하여 일이 없을 때 경물을 보고 가슴속에 부딪치는 것이 있으면, 간혹 읊조리는 것을 발하지 아니할 수 없었다. 그러므로 말이 반드시 공교롭지도 않고 작품 또한 많지 않다. ……눈에 닿아서 마음에 느끼는 것이 때때로 물리칠 수 없어, 간혹 즉석에서 읊조리거나 간혹 서로 수창하였다(余於詩 非敢有作爲之意 居閑無事時 見境有觸於中 而或不能不發於吟詠 故辭不必工 而數亦無多矣 ……接乎目而感於心者 往往不能排遣 或爲之口號 或相與唱酬)."라 하여, 자연스러움을 중시한다는 입장을 지니고 있었다. 위의 시 역시 이러한 생각에서 지어진 것이다.

이덕무는 『淸脾錄』에서, "지봉 이수광의 자는 潤卿이고, 벼슬이 判書에 이르렀다. 그는 인품이 원만하여 흠이 없었고, 시는 中唐·晚唐의 體를 배웠는데, 박식하기가 朝鮮의 升菴(明나라 학자 楊愼의 호)이라 할 만하다(李芝峯晬光字潤卿 官判書 人物無疵 詩學唐中晚 而淹博 東吐之升菴)."라는 평을 남기고 있다.

57. 「題靑山白雲圖」 李睟光

白雲本無心	흰 구름은 본디 마음이 없고
靑山亦不語	푸른 산도 말이 없구나
色相兩空空	색과 상 둘 다 실체가 없는데
風吹何處去	바람은 불어 어디로 가는가?

<주석> 〖色相(색상)〗 만물의 형상

<감상> 이 시는 푸른 산에 흰 구름이 흘러가는 구름을 그린 그림을 보고
쓴 題畵詩이다.

흰 구름은 본디 마음이 없고(白雲의 심상은, 백운이 본래 본체가
없는 것이라는 점에서 인간을 포함한 一切萬有의 본체가 空한 假
有임을 나타내고, 白雲이 정처 없이 유랑한다는 점에서 無爲無事
한 가운데 逍遙 自在하는 禪僧의 행적을 나타내며, 白雲이 희고
깨끗한 본성을 지녔다는 점에서 無心無思의 淸淨한 禪人의 心體
를 나타내는 表象이 될 수 있다. 인권환 『고려시대 불교시의 연구』),
푸른 산도 말이 없다. 색과 상 둘 다 실체가 없는데(色卽是空 空
卽是色의 진리), 바람은 불어 어디로 가는가(바람도 私心이 없다.
사람들이 각기 자기에 비추어 바람을 판단한다. 白雲과 靑山이 의
도한 바가 없듯이, 인간의 일도 모두가 空이다)?

이수광은 성리학뿐만 아니라 諸家의 사상을 두루 섭렵하였다. 그
의 「雜著」에, "나는 15살부터 잃어버린 마음을 거두어들이는 데
힘을 써야 한다는 구절을 대략 들었으나, 문자에만 빠지는 잘못을
범해 반생을 헛되이 보냈다. 그것이 잘못된 것임을 알게 된 해부
터 놀라 깨달아 옛 습관을 씻어 없앨 것을 생각하였다. 그사이 옛
성현의 말씀에 나가 반복하여 완미하고 道體가 있는 것을 구하여

묵묵히 나의 심중을 깨달았다. 老子와 釋迦의 말에 이르러 그 同異와 得失을 또한 잘못 깨달아 그것이 의혹되지 않음을 밝게 알았다. 그런 뒤에 비로소 학문적인 측면에서 시작하여 믿어 의심하지 않고 좋아하여 싫어하지 않은 것으로 천하의 즐거움으로 삼아 이것을 바꿀 수 없게 되었다(余自年十五 粗聞向方 從事於收放心一節 而爲文字所誤 虛度半生 越自知非之歲 瞿然覺悟 思欲洗除舊習 間就古聖賢言語 反復尋玩 以求道體之所在 而默與心會 似有見得 至於老釋之說 其同異得夫 亦頗領略 明知其不足惑也 然後始於學問上 信之不疑 嗜之不厭 以爲天下之樂 無以易此)."
라 하여, 노자와 석가의 사상을 수용하고 있음을 밝히고 있다. 위의 시는 이러한 학문적 측면을 보여 주는 시이다.

58. 「雙松亭十詠 爲安(而蓋)作」李睟光

「招仙臺」

虛臺四望遙	텅 빈 누대에 사방이 아득한데
仙侶坐相招	신선들 앉아서 서로 부르네
我欲騎鯨背	나는 고래 등을 타고
因風戲紫霄	바람 따라 하늘에서 놀고 싶네

<주석> 〖侶〗 짝 려 〖紫霄(자소)〗 높은 하늘, 帝王이 거처하는 곳

<감상> 이 시는 초선대에서 지은 시로, 신선세계에서 노닐고 싶은 심정을
노래한 것이다.

이수광이 살았던 시절은 內憂外患이 잦았던 시절이다. 앞의 시에
서 보았듯, 이수광은 道敎에 대해서도 개방적 자세를 지니고 있었
기에 이러한 시를 지을 수 있었던 것이다.

金澤榮의 「崧陽耆舊傳」에, "이여송이 중국으로 귀국할 때 宣祖
가 따로 글 잘하는 문장 5인(李廷龜, 崔岦, 李睟光, 李安訥, 車天
輅)을 뽑아서 예문관을 열고 지필묵을 하사하고 시를 지어서 환송
하는 행사를 성대하게 하도록 하였다(李如松之北還也 上別簡文
人五人 開藝文館 給筆札 命賦詩 以移其行事)."라 하여, 이수광
은 당시 뛰어난 문인 가운데 한 사람이었다.

이 외에 洪萬宗은 『小華詩評』에서, "『지봉유설』에 지봉 자신이
지은 시를 수십 구나 싣고서 '세상에서 칭송하는 것이기에 싣는
다.'고 했다. 그러나 내가 보기에는 칭송할 만한 시구가 없는데, 오
직 '숲 사이 오솔길은 겨우 샘물과 통하고, 누대는 대숲 속 높이
솟아 산을 막지 않네.' 한 구절만 조금 마음에 든다. 문집에 실려
있는 「극성」에 '안개와 먼지 뽀얀 옛 성루에 새벽이 되어 매가 내

려앉고, 비바람 치는 거친 들녘에는 대낮에도 도깨비가 다니네.'
한 연이 시구와 말이 기괴하여 칭송할 만하다. 그런데 이것이 『지
봉유설』에 수록되지 않은 것은 세상에서 칭송하지 않았기 때문에
빼 것일까(芝峯類說多載己詩數十句曰 世所稱道者 故錄之云 而
以余觀之 無可稱者 惟林間路細縈通井 竹裏樓高不碍山一句 差
可於意 如本集中所載棘城詩 烟塵古壘鵰晨落 風雨荒原鬼晝行
一聯 句語奇怪 有足可稱 而不錄於其中 豈以世不稱道 故闕之
歟)?"라 하여, 부정적인 시각으로 언급하기도 하였다.

59. 「過蘆峰口」李廷龜10)

最愛蘆峯口	노봉구를 가장 사랑하노니
風光似我鄕	풍광이 나의 고향과 비슷하여서라네
牛羊阡陌淨	소와 말이 다니는 길은 깨끗하고
瓜芋圃畦香	오이와 토란 심은 밭두둑은 향기롭네
綠樹莊村密	푸른 나무는 마을에 무성하게 빽빽하고
淸川遶砌長	맑은 시내는 섬돌을 돌아 길게 흐르네
幽居如可卜	그윽한 거처에 만약 살 수 있다면
吾欲守東岡	나는 동쪽 등성이를 지키고 싶네

<주석> 『蘆峰口(노봉구)』 필자 미상의 燕行記인 『薊山紀程』에, "노봉구
는 십리대보에서 5리 되는 지점에 있다. 산이 끊어져 길이 되었는
데, 남쪽과 북쪽은 다 높은 산봉우리여서, 길이 점점 돌이 많아진
다. 이는 창려현을 빠져나가는 산협이다. 음마하를 지나서 배음보
가 있고 또 8리를 가면 쌍망보에 도달한다. 쌍망보에는 성이 있고
성 동쪽에는 돌다리 둘이 있다(在十里臺堡五里地 山斷爲路 南

---

10) 李廷龜(1564, 명종 19～1635, 인조 13). 호는 月沙. 尹根壽의 문인으로, 1598년에
명나라의 병부주사 丁應泰가 임진왜란이 조선에서 왜병을 끌어들여 중국을 침범하
려고 한다는 무고사건을 일으키자, 「戊戌辨誣奏」를 작성하여 명나라에 들어가 정
응태의 무고임을 밝혀 그를 파직시켰다. 이정구의 생애는 어디까지나 조정의 관리
로서 소임을 다하는 것이었으므로 致君澤民의 이상과 以文華國의 관인문학을 성
실히 전개해 갔다. 이 점에서 그는 정통적인 사대부문학의 典範을 보인 셈이다. 이
때문에 그의 문장은 張維·李植·申欽과 더불어 이른바 漢文四大家로 일컬어지
게 되었다. 이정구의 문장에 대해서 장유는 그의 才氣를 격찬함과 아울러 高文大
冊의 신속한 창작능력을 높이 평가하였고, 正祖도 그의 문장을 높게 평가한 바가
있다. 이러한 평가들은 그가 집권층의 醇正文學을 대변하면서 「변무주」를 계기로
이름이 널리 알려지게 된 상황과 직접적으로 연관되어 나온 것들이다. 이정구의 문
학은 한편으로 善隣外交에 있어서 문학이 가지는 공용성을 십분 발휘한 것으로 일
단의 의의를 갖는다. 그러나 문학 자체의 독자적 영역을 넓히고 진실한 감정과 사
상을 처리한다는 면에서는 다소간 미흡한 점이 있다 할 것이다.

北皆高峰 路漸磽确 蓋昌黎縣過峽也 歷飮馬河而有背陰堡 又八
里而至雙望堡 堡有城 城東有二石橋)."라 되어 있음 『風光(풍
광)』 풍경 『阡陌(천맥)』 길 『芋』 토란 우 『畦』 밭두둑 휴 『莊』
풀이 무성한 모양 장 『砌』 섬돌 체

<감상> 노봉구를 지나면서 지은 시로, 고향에 대한 그리움이 잘 드러난
시이다.

길을 가다가 노봉구를 지나가게 되었는데, 풍경이 나의 고향과 비
슷하여 가장 사랑하게 되었다. 소와 말이 다니는 길은 분뇨로 더
럽혀지지 않아 깨끗하고, 오이와 토란 심은 밭두둑은 오이와 토란
의 향기가 배어 나온다. 푸른 나무는 마을에 무성하게 자라서 무
성하고, 맑은 시내는 집을 돌아 길게 흘러간다. 만약 그윽한 거처
에 살 수 있다면, 나는 동쪽 등성이에 집을 짓고 살고 싶다.

사대부는 때를 만나면 出仕하고, 때를 만나지 못하면 은거하여 심
성을 수양하였다. 李廷龜는 관료로의 생활에 전념하다 현실에서
잠시 벗어나고픈 심정에서 이러한 노래를 읊었다.

월사는 「習齋集序」에서 "문장은 하나의 餘技이지만, 반드시 전념
한 뒤에야 공교로워진다. 대개 부귀에 변화하고 명성이나 이익을
좇는 자가 전념할 수 있는 것이 아니다. 그러므로 예부터 시에 뛰
어난 사람은 대부분 곤궁하여 수심에 잠기고 떠돌아다니며 곤액
을 당했으니, 때를 만나지 못한 것이다. 공교로움이 사람을 곤궁
하게 할 수 있는 것이 아니지만, 곤궁하여야만 스스로 전념할 수
있고, 전념하여야만 스스로 공교로울 수 있다(文章一技也 而必專
而後工 蓋非紛華富貴 馳逐聲利者所能專也 故自古工於詩者 大
率窮愁羈困 不遇於時 非工之能使窮 窮自能專 而專自能工也)."
라 하여, 문장은 쉽게 얻어지는 것이 아니라 반드시 마음을 오로
지 하여야 된다고 하였다. 그리하여 스스로 문장 수련에 힘써 『논
어』를 200번 읽고 소식의 「만언서」를 수천 번 읽은 연후에 문장
이 정밀해졌다고 하고(指敎撰文之方曰 吾讀論語二百遍後 讀東

坡萬言書幾千餘遍 文章遂精 少時先君敎我以漢書韓詩 精誦不
已126 至今筆氣尙有所得 此亦可法云 崔有海의「遺事」), 아들
李明漢에게 韓愈의「南山詩」를 백 번 읽게 했다(李白洲少時 月
沙使讀退之南山詩百遍『서포만필』). 이러한 문장에 대한 인식을
지니고 있었고 문장은 不朽의 大業이라는 생각을 지니고 있었던
月沙에게도 때로는 복잡한 현실로부터 벗어나고자 하는 마음이
있었던 것이다.

60. 「月夜 登統軍亭口占」二首 李廷龜

其一

樓壓層城城倚山	누대는 층층의 성을 누르고 성은 산에 기댔는데
樓前明月浸蒼灣	누대 앞 밝은 달은 푸른 물굽이에 젖어드네
江從靺鞨圍荒塞	강은 말갈로부터 먼 변방을 감싸 흐르고
野入遼燕作古關	들은 요동과 연경으로 들어가 옛 관문이 되었네
北極南溟爲表裏	북극과 남해가 안팎을 이루었고
高天大地此中間	높은 하늘과 큰 땅이 이 사이에 있네
茲遊奇絶平生最	이번 길의 빼어난 경치 평생 으뜸이니
不恨經年滯未還	여러 해 머물며 돌아가지 못하는 것 한스럽지 않네

<주석> 〖口占(구점)〗 즉시 시를 지음 〖灣〗 물굽이 만 〖圍〗 두르다 위 〖荒〗 멀다 황

<감상> 이 시는 1601년 명 황태자가 책봉된 후 조서를 가지고 오는 사신을 맞이하기 위해 의주에 갔을 때 달 밝은 밤 통군정에 올라 즉석에서 지은 시이다.

통군정은 높은 성을 누르고 있고 성은 산에 기대어 있는데, 누대 앞에 뜬 밝은 달은 푸른 물굽이에 젖어들고 있는 밤이다. 저 멀리 강은 말갈로부터 흘러 먼 변방을 감싸 돌고 앞에 펼쳐진 들은 요동과 燕京으로 들어가 옛 관문이 되었다. 통군정 앞은 북극과 남해가 안팎을 이루었고, 높은 하늘과 큰 땅이 그 사이에 펼쳐져 있다. 이번 사행을 맞이하는 길에서 본 빼어난 경치가 평생 으뜸이

니, 여러 해 머물며 돌아가지 못하는 것도 한스럽지 않다.

李廷龜는 이 시에서 총군정에 펼쳐진 웅장한 장관을 묘사함과 동시에, 작자의 기상 역시 웅장함을 보여 주고 있다고 하겠다. 李廷龜는 館閣體를 계승한 사람으로『弘齋全書』「日省錄」에는 다음과 같은 내용이 실려 있다.

"우리나라의 관각체는 陽村 權近으로부터 비롯되었는데 그 이후 春亭 卞季亮, 四佳 徐居正 등이 역시 이 문체로 한 시대를 풍미하였다. 近古에는 月沙 李廷龜, 壺谷 南龍翼, 西河 李敏敍 등이 또 그 뒤를 이어 각체가 갖추어졌다. 비유하자면 大匠이 집을 지을 때 전체 구조를 튼튼하게만 관리하여 짓고 기이하고 교묘한 모양은 요구하지 않지만 四面八方이 튼튼하게 꽉 짜여서 전혀 도끼 자국 따위의 흠은 보이지 않는 것과 같으니, 이 역시 한 시대의 巨擘이 될 만한 것이다. '살아 있는 壺谷이 두렵다.'고 한 말은 館閣家에 지금까지 전해 오는 미담이다. 언젠가 玉吾齋 宋相琦의 문집을 보니, 이러한 각 문체가 역시 호곡과 서하의 규범과 법도에서 나온 것이었다. 다만 濃熟한 기력은 아무래도 미치지 못하였다 (我國館閣體 肇自權陽村 而伊後如卞春亭徐四佳輩 亦以此雄視一世 近古則李月沙南壺谷李西河 又相繼踵武 各體俱備 比若大匠造舍 間架範圍 只管牢實做去 不要奇巧底樣子 而四面八方 井井堂堂 了不見斧鑿痕 此亦可爲一代巨擘 生壺谷可怕 館閣家至今傳以爲美談 曾觀玉吾齋宋相琦文集 這箇各體 亦從壺河規度中出來 而但氣力終不及濃熟)."

61.「感興」十首 李廷龜

其八

中宵悄不寐	한밤중에 근심스러워 잠 못 이루어
起坐披重衾	일어나 앉아 무거운 이불을 걷는다
江月入我幬	강 달이 내 휘장으로 들어오고
江風吹我襟	강바람이 내 옷깃에 불어온다
泠泠萬慮息	맑아 온갖 시름 사라지니
便見太古心	곧 태고의 그 마음을 보겠다
床上有古書	상 위에는 옛 책 놓여 있고
床前有素琴	상 앞에는 장식 없는 거문고 놓여 있다
我欲奏一曲	내가 한 곡 연주하고 싶으나
擧世無知音	온 세상에 음을 알아주는 사람 없구나

<주석> 〖宵〗밤 소 〖悄〗근심하다 초 〖衾〗이불 금 〖幬〗휘장 위 〖襟〗옷 깃 금 〖泠〗맑다 령 〖素琴(소금)〗장식 없는 거문고 〖擧〗모두 거

<감상> 이 시는 廢母論이 일어 西人들이 대부분 유배를 당했으며 이정구 자신은 교외에 우거하며 待罪하고 있을 때 지은 시이다.

정치적 상황으로 말미암아 근심스러워 한밤중에도 잠이 오지 않자, 잠자리에서 일어나 앉아 무거운 이불을 걷는다. 밖을 내다보니 강위에 뜬 달이 내 침실 휘장으로 들어와 비치고, 달 아래 강에서 부는 바람이 내 옷깃에 불어온다(근심스러운 상황이 주변의 맑은 경치로 인해 다소 위안이 되고 있음). 맑고 맑은 경치 때문에 온갖 시름이 사라지니, 곧 태고의 태평스러운 그 마음을 보는 것 같다. 방 안의 상 위에는 읽던 옛날 책이 놓여 있고, 침상 앞에는 장식 없는 거문고가 놓여 있다. 내가 거문고를 가져다 한 곡 연주하고

싶은데, 온 세상에 내 거문고의 音을 알아주는 사람이 없어 안타
깝다(당시 李恒福, 申欽 등이 유배를 당하거나 죽음을 맞이하여
평생의 知己와 이별함을 아쉬워한 것임).

月沙는 「象村集序」에서, "일찍이 문장은 천지의 精한 것이요 不
朽의 대업이라 하였다. 그 드러남과 숨겨짐은 사람에게 달려 있고,
흥하고 잃음은 세상의 도에 매여 있다. 그러므로 군자는 그때를
얻으면 精을 발하여 사업을 이루고, 그때를 얻지 못하면 精을 거
두어서 글을 짓는다. 그러나 문사에 뛰어난 사람은 간혹 세상일에
소활하고 경제를 맡은 사람은 문사에 힘쓸 겨를이 없다. 그러므로
예부터 작자는 근심스러운 생각과 곤란에서 많이 나왔다. 司馬相
如는 소갈병에 걸렸고 司馬遷은 궁형을 당했지만 그 책은 더욱
풍부해졌고, 屈原은 못가로 쫓겨나 「초사」가 마침내 지어졌다. 이
것은 글에 공교로운 것이 궁하게 한 것이 아니요, 궁한 뒤에 글이
공교로운 것이다(嘗謂文章者 天地之精 而不朽之大業也 其顯晦
在人 興喪係世道 故君子得其時 則精發而爲事業 不得其時 則
精斂而爲文辭 然而工文辭者 或疏於世務 任經濟者 未遑於詞翰
故自古作者 多出於憂思困厄之中 兩司馬病渴論腐 其籍益富 屈
三閭澤畔懷沙 其騷乃著 斯非工於文者窮 窮而後工也)."라 하여,
군자가 때를 얻지 못하면 문장에 전념하여 不朽의 작품을 남겨야
한다고 하였다. 이 시 역시 때를 얻지 못했을 때 지은 것으로, 월
사의 不朽 작품이라 할 수 있다.

홍만종은 『小華詩評』에, "명나라 사신 웅화가 ……관반 여러분
중에서 이 시구에 화답한 분이 매우 많았으나, 명나라 사신은 아
무것도 눈여겨보지 않고 오직 월사 이정구의 '맑은 향기 속에 제
비가 옹송그린 채 앉아 있고, 텅 빈 누각엔 꿩만이 지친 듯 나네.'
만을 두세 번 읊더니, '이 시는 당시의 운치를 가졌다.'라 하였다
(天使熊化 ……館伴諸公和之者甚多 天使皆不掛眼 獨於李月沙
廷龜 淸香凝燕座 虛閣敞翬飛之句 始吟詠再三曰 此有唐韻)."라
하여, 李廷龜의 詩가 뛰어남을 드러내고 있다.

62. 「戲贈雙默上人」 李廷龜

釋重身猶病	무거운 일을 벗자 몸이 오히려 병들어
經秋守一窓	가을이 지나도록 창을 지키네
柴扉掩落葉	사립문은 낙엽에 닫혀 있고
書榻照寒釭	책상은 차가운 등불만 비추네
鳥語還嫌鬧	새 우니 도리어 시끄러움 싫고
僧來却喜跫	스님 오니 문득 발자국 소리 반갑구나
祇今吾已默	마침 지금 나는 이미 침묵하고 있어
對爾便成雙	그대를 마주하니 문득 쌍을 이루었네

<주석> 〖柴扉(시비)〗 사립문 〖榻〗 걸상 탑 〖釭〗 등불 강 〖還〗 도리어
환 〖嫌〗 싫어하다 혐 〖鬧〗 시끄럽다 뇨 〖跫〗 발자국소리 공 〖祇〗
마침 지

<감상> 이 시는 장난삼아 쌍묵상인에게 지어 준 戲作詩로, 앞 시와 마찬
가지로 廢逐期에 쓴 것이다.

무거운 직책에서 벗어나자 몸이 편할 줄 알았는데 오히려 병들어
가을이 지나도록 내내 창을 지키며 누워 있었다. 사립문은 낙엽이
쌓인 채 계속 닫혀 있고, 책상은 차가운 등불만이 비추고 있다. 창
밖에서 새가 우는데 예전에 듣기 좋던 그 소리가 지금은 도리어
그 울음의 시끄러움이 싫고, 스님이 나를 찾아오니 문득 스님의
발자국 소리가 반갑다. 마침 지금 나는 이미 침묵하여 말도 제대
로 못 하는 처지에 있어, 그대를 마주하니 문득 쌍을 이루었다(雙
默上人이라는 이름을 가지고 재미있게 시를 지어 자신의 우울함
에서 벗어나고자 함을 보여 줌).

李廷龜의 시에 대해 正祖는 『弘齋全書』「日得錄」에서 다음과

같이 말하였다.

"月沙 李廷龜의 문장은 순후하면서도 광대하여 얼핏 보아서는 그다지 맛을 느끼지 못하지만, 읽으면 읽을수록 사람으로 하여금 싫증나지 않게 한다. 예로부터 文人은 과장을 일삼아 진실성이 없다고들 말해 왔지만, 이 사람은 전혀 그렇지 않다. 그 시를 읊고 그 글을 읽어 보면 절로 징험할 수 있다. 그 후손은 반드시 창성할 것이다(李月沙之文 醇厚博茂 驟看不甚有滋味 而讀之逾久 令人不厭 自古稱文人浮夸少實 而斯人則却不然 誦其詩讀其文 自可驗其後必昌)."

"『月沙集』은 대개 평이한 문장과 館閣의 문체로 내용과 형식이 정확하다. 붓끝에 혀가 있어 하고 싶은 말은 못 한 말이 없었고 표현하기 어려운 것도 모두 표현하였다. 무술년의 奏文(「戊戌辨誣奏」라고도 하는 이 글은 저자가 35세 되던 1598년에 지은 총 3,309자에 달하는 長文으로, 『월사집』 제21권에 수록되어 있다. 조선이 왜적과 제휴하여 중국을 침범하려 한다고 丁應泰가 중국 조정에 무고한 사실에 대하여, 조정의 명을 받고 중국에 가서 황제에게 호소력 있게 변명한 이 글에 대하여 宣祖는 '글이 폐부에서 나오기 때문에 곡진하고 간절하다.' 하였고, 沈鐸의 『松泉筆談』 등에서는 '천하제일의 문장이다.'라고 하였다. 또 이 글은 선조조의 현안 문제를 해결한 외교적 성과가 크다는 평을 받고 있으며, 저자의 文名을 천하에 알리는 역할도 하였다는 데에 그 의미가 크다 하겠다)은 얼마나 중대한 글이며 대문장인가. 중국말을 잘하였다는 것은 극히 일부분일 뿐이다. 앞에 樗軒 李石亨의 명망과 덕이 있었고 뒤에 월사의 공로가 있었기 때문에 자손이 번성하고 가문이 빛났다. 3대가 文衡이었고 5인이 湖堂에 들었으며, 堂內의 형제가 나란히 과거에 급제한 이가 7인이었고, 세상에 문집을 남긴 이가 4인이었다. 이처럼 문벌이 화려한 것은 德水 李氏 집안과 서로 우열을 가리기 어려우나, 과거에 급제한 성대함은 많

은 정도일 뿐이 아니다(月沙集 大抵是菽粟之文 館閣之體 而辭
與理到 筆端有舌 所欲言之者 無不言之 所難形容處 亦皆形容
至如戊戌奏文 又何等大文字大手筆 善解漢語 特其小節耳 前有
樗軒之名德 後有月沙之勳勞 故子孫蕃昌 門闌輝赫 文衡三世
湖堂五人 同堂兄弟之竝世登科者七人 有文集行于世者四人 似
此華閥 與德水之李相伯仲 而科甲之盛 不啻過之也)."

63. 「采蓮曲」 許蘭雪軒11)

秋淨長湖碧玉流　　가을날 깨끗한 긴 호수는 푸른 옥이 흐르는 듯
荷花深處繫蘭舟　　연꽃 수북한 곳에 작은 배를 매어두었네
逢郞隔水投蓮子　　임을 만나려고 물 너머로 연밥을 던졌다가
遙被人知半日羞　　멀리서 남에게 들켜 반나절 동안 부끄러웠네

<주석> 〖蘭舟(란주)〗 木蘭舟로 작은 배의 美稱 〖遙〗 멀다 요

<감상> 이 시는 연밥을 따며 부른 노래로, 애정의 표현이 破格的이면서도 대담함을 엿볼 수 있는 시이다.

가을날 호수가 얼마나 깨끗한지 푸른 옥이 흐르는 듯하다. 호수 중에서 연꽃이 많이 핀 곳에 작은 배를 매어두고 남자 친구를 만나려고 물 건너로 연밥을 던진다. 그런데 주변에 있는 사람에게 발각되어 낯이 뜨거워 어쩔 줄 모른다.

허균은 『惺叟詩話』에서 허난설헌을 포함한 조선의 詩史에 대해서 다음과 같이 언급하고 있다.

"조선의 詩는 中宗朝에 이르러 크게 성취되었다. 李荇이 시작을

---

11) 許蘭雪軒(1563, 명종 18~1589, 선조 22). 본관은 陽川. 본명은 楚姬. 자는 景樊, 호는 난설헌. 曄의 딸이고, 筬의 여동생이며, 筠의 누나이다. 文翰家로 유명한 명문 집안에서 태어나, 용모가 아름답고 천품이 뛰어났다 한다. 오빠와 동생 사이에서 어깨너머로 글을 배우기 시작했고, 집안과 교분이 있던 李達에게서 시를 배웠다. 8세에 「廣寒殿白玉樓上梁文」을 지어 신동이라고까지 했다. 15세에 金誠立과 혼인했으나 결혼생활이 순탄하지 못했다. 남편은 급제하여 관직에 나갔으나 기방을 드나들며 풍류를 즐겼고, 시어머니는 시기와 질투로 그녀를 학대했다. 게다가 어린 남매를 잃고 배 속의 아이마저 유산했다. 친정집에는 獄事가 있었고, 동생 許筠도 귀양 가 버리자 삶의 의욕을 잃고 시를 지으며 나날을 보내다가 27세로 요절했다. 시 213수가 전하며, 그중 神仙詩가 128수이다. 그녀의 시는 봉건적 현실을 초월한 도가사상의 神仙詩와 삶의 고민을 그대로 드러낸 작품으로 대별된다. 후에 허균이 명나라 시인 朱之蕃에게 시를 보여 주어 중국에서 『蘭雪軒集』이 발간되는 계기가 되었다.

열어 訥齋 朴祥 · 企齋 申光漢 · 冲庵 金淨 · 湖陰 鄭士龍이 一世에 나란히 나와 휘황하게 빛을 내고 金玉을 울리니 千古에 칭할 만하게 되었다. 조선의 시는 宣祖朝에 이르러서 크게 갖추어지게 되었다. 盧守愼은 杜甫의 법을 깨쳤는데 黃廷彧이 뒤를 이어 일어났고, 崔慶昌 · 白光勳은 唐을 본받았는데 李達이 그 흐름을 밝혔다. 우리 亡兄의 歌行은 李太白과 같고 누님의 시는 盛唐의 경지에 접근하였다. 그 후에 權韠이 뒤늦게 나와 힘껏 前賢을 좇아 李荇과 더불어 어깨를 나란히 할 만하니, 아! 장하다(我朝詩 至中廟朝大成 以容齋相倡始 而朴訥齋祥, 申企齋光漢金冲庵淨鄭湖陰士龍 竝生一世 炳烺鏗鏘 足稱千古也 我朝詩 至宣廟朝大備 盧蘇齋得杜法 而黃芝川代興 崔白法唐而李益之闡其流 吾亡兄歌行似太白 姊氏詩恰入盛唐 其後權汝章晚出 力追前賢 可與容齋相肩隨之 猗歟盛哉)."

64. 「江南曲」 五首 許蘭雪軒

其二

人言江南樂	사람들은 강남이 즐겁다 하지만
我見江南愁	내 보기엔 강남은 시름겹기만 하다
年年沙浦口	해마다 모래톱 포구에서
腸斷望歸舟	애끊는 마음으로 돌아올 배만 바라보네

<감상> 이 시는 강남을 노래한 것으로, 중국 樂府의 명칭을 빌려 한 여인의 애타는 기다림을 읊고 있다.

사람들은 강남이 즐겁다고 말하지만, 내가 보기에는 오히려 시름겹다. 왜냐하면 해마다 강남으로 가신 임을 모래톱 포구에 서서 애타는 마음으로 돌아올 배만 바라보고 있기 때문이다.

沈守慶의 『遣閑雜錄』에 허난설헌의 詩才에 대한 逸話가 膽載되어 있는데, 예시하면 다음과 같다.

"婦人으로 문장에 능한 자는 옛날 중국의 曹大家와 班姬, 그리고 薛濤 등으로 이루다 기재하지 못하겠다. 중국에서는 기이한 일이 아닌데, 우리나라에서는 드물게 보는 일로 기이하다 하겠다. 文士 金誠立의 妻 허씨는 바로 재상 허엽의 딸이며, 許筈 · 許筠의 여동생이다. 허봉과 허균도 시에 능하여 이름이 났지만, 그 여동생인 허씨는 더욱 뛰어났다고 한다. 호는 景樊堂이며 文集도 있으나 세상에 유포되지 못하였지만, 「백옥루상량문」 같은 것은 많은 사람들이 傳誦하고 시 또한 절묘하였는데, 일찍 죽었으니 아깝도다(婦人能文者 古有曹大家班姬薛濤輩 不可彈記 在中朝非奇異之事 而我國則罕見 可謂奇異矣 有文士金誠立妻許氏 卽宰相許曄之女 許筈筠之妹也 筈筠以能詩名 而妹頗勝云 號景樊堂 有文集 時未行于世 如白玉樓上樑文 人多傳誦 而詩亦絶妙 早死可惜)."

그런데 『五洲衍文長箋散稿』에는 이와 다른 異論이 있어 제시하면 다음과 같다.

"芝峯 李睟光의 『芝峯類說』에, '허난설헌의 시는 근대 閨秀들 가운데 1위이다. 그러나 參議 洪慶臣은 正郎 許䅾과 한집안 사람처럼 지내는 사이였는데, 평소에 <난설헌의 시는 2~3편을 제외하고는 다 僞作이고, 「白玉樓上梁文」도 그 아우 許筠이 詞人 李再榮과 합작한 것이다> 했다.' 하였고, 申欽의 『象村集』에도, '『난설헌집』에 古人의 글이 절반 이상이나 全篇으로 수록되었는데, 이는 그의 아우 허균이 세상에서 미처 보지 못한 시들을 표절 투입시켜 그 이름을 퍼뜨렸다.' 하였고, 錢虞山의 小室인 河東君 柳如是도 『난설헌집』에서 僞作들을 색출하여 여지없이 드러냈으니, 난설헌의 本作이 아님을 알 수 있다. 그리고 김성립의 후손인 正言 金秀臣의 집이 廣州에 있는데, 어느 사람이, '간행된 『난설헌집』 이외에도 혹 책 상자 속에 간직된 祕本이 있느냐?'고 묻자, '난설헌이 손수 기록해 놓은 수십 葉(장으로 종이를 세는 단위)이 있는데, 그 시는 간행본과 아주 다르다.'라 대답하고 이어, '지금 세상에 전해지는 간행본은 본시 난설헌의 本作 전부가 아니라 허균의 僞本이다.' 하였다. 그 후손의 말이 이러한 것을 보면 아마 그 집안 대대로 내려오는 實傳일 것이다. 芝峯의 實記와 象村의 定論과 후손의 실전이 낱낱이 부합되므로 쌓였던 의혹이 한꺼번에 풀린다. 내가 평소에 『彤管拾遺』를 편찬하면서 우리나라 閨房의 시들을 모아 이 책을 만들었는데, 경번당의 사실이 매우 자상하게 수록되었으니 함께 참고하는 것이 좋다."

65. 「寄夫江南讀書」 許蘭雪軒

燕掠斜簷兩兩飛　제비는 비스듬한 처마를 지나 쌍쌍이 날고
落花撩亂拍羅衣　떨어지는 꽃잎은 어지럽게 비단 옷을 때려요
洞房極目傷春意　규방엔 눈이 미치는 곳마다 정을 잃고
草綠江南人未歸　풀 푸른 강남의 임은 돌아오지 않네요

<주석> 〖掠〗 스쳐 지나가다 략 〖撩〗 어지럽다 료 〖拍〗 치다 박 〖洞房
(동방)〗 깊은 안방, 閨房, 특히 신혼부부가 거처하는 방 〖春意(춘
의)〗 남녀가 서로 그리워하는 정

<감상> 이 시는 강남으로 공부를 하러 떠난 남편 金誠立을 그리워하며 지
은 시이다(그런데 『지봉유설』에 의하면, 평생 남편과 琴瑟이 좋지
않았다고 한다). 「閨情」이라 제목한 곳도 있으며, 『蘭雪軒集』에
는 실리지 못하고 『明詩綜』에 실려 있다. 『지봉유설』에 의하면
이 시가 '流蕩'하기 때문에 謄載되지 못했다고 한다.

李德懋는 『靑莊館全書』에서 "宣祖朝 이하에 나온 문장은 볼만한
것이 많다. 시와 문을 겸한 이는 農巖 金昌協이고, 시로는 挹翠軒
朴誾을 제일로 친다는 것이 확고한 논평이나, 三淵 金昌翕에 이
르러 大家를 이루었으니, 이는 어느 체제이든 다 갖추어져 있기
때문이다. 섬세하고 화려하여 名家를 이룬 이는 柳下 崔惠吉이고
唐을 모방하는 데 고질화된 이는 蓀谷 李達이며, 許蘭雪軒은 옛
사람의 말만 전용한 것이 많으니 유감스럽다. 龜峯 宋翼弼은 濂
洛의 풍미를 띤 데다 色香에 神化를 이룬 분이고, 澤堂 李植의
시는 정밀한 데다 식견이 있고 典雅하여 흔히 볼 수 있는 작품이
아니다(宣廟朝以下文章 多可觀也 詩文幷均者 其農巖乎 詩推挹
翠軒爲第一 是不易之論 然至淵翁而後 成大家藪 蓋無體不有也

纖麗而成名家者 其柳下乎 痼疾於模唐者 其蓀谷乎 蘭雪 全用古
人語者多 是可恨也 龜峯 帶濂洛而神化於色香者 澤堂之詩 精緻
有識且典雅 不可多得也)."라 하여, 허난설헌의 시가 全用한 것이
많음에 대해 지적하고 있다.

去年喪愛女	작년에 사랑하는 딸을 잃었고
今年喪愛子	올해에 사랑하는 아들을 잃었네
哀哀廣陵土	슬프고 슬프도다, 광릉 땅에
雙墳相對起	한 쌍의 무덤이 서로 마주하고 일어섰네
蕭蕭白楊風	백양나무에 쓸쓸히 바람 불고
鬼火明松楸	귀신불은 소나무와 오동나무를 밝히네
紙錢招汝魂	종이돈으로 너희들 혼을 부르고
玄酒奠汝丘	맹물을 너희들 무덤에 따르네
應知弟兄魂	알고말고, 너희 자매의 혼이
夜夜相追遊	밤마다 서로 따라 노니는 것을
縱有腹中孩	비록 배 속에 아이가 있은들
安可冀長成	어찌 장성하기를 바랄 수 있으랴
浪吟黃臺詞	헛되이 「황대사」를 읊조리니
血泣悲呑聲	피눈물이 나와 슬픔으로 목메네

<주석> 〖墳〗무덤 분 〖蕭蕭(소소)〗쓸쓸한 모양 〖白楊(백양)〗버들과에 속하는 落葉喬木으로, 옛날에 무덤가에 이 나무를 많이 심었음 〖松楸(송추)〗소나무와 개오동나무로, 묘지에 많이 심었음 〖玄酒(현주)〗맹물 〖奠〗祭物을 올리다 전 〖孩〗어린아이 해 〖浪〗부질 없이 랑 〖黃臺詞(황대사)〗당나라 李賢이 지은 「黃臺瓜辭」. 黃臺瓜는 형제의 비유

<감상> 이 시는 자식을 잃은 어머니의 애달픈 심정을 노래하고 있다.

67. 「貧女吟」 許蘭雪軒

豈是乏容色	어찌 인물이 모자란다 하리오?
工針復工織	바느질도 잘하고 또 길쌈도 잘해요
少小長寒門	어려서 가난한 집에서 자라
良媒不相識	좋은 중매가 나를 알아주지 않네요

<주석> 〖乏〗 모자라다 핍 〖少小(소소)〗 나이가 어리거나 年少者

手把金剪刀	손에 쇠로 된 가위 잡았는데
夜寒十指直	밤이 추워 열손가락이 곧아졌네요
爲人作嫁衣	남을 위해 시집갈 때 옷을 만들어 주면서도
年年還獨宿	해마다 다시 독수공방하네요

<주석> 〖剪〗 자르다 전 〖嫁〗 시집가다 가 〖還〗 다시 환

<감상> 이 시는 가난한 여인의 노래로, 허난설헌의 대표작이기도 하다.
어찌 내 인물이 남에 비해 모자란다 하리오? 인물뿐만 아니라 여
자가 갖추어야 할 재능도 뛰어나 바느질도 잘하고 또 길쌈도 잘한
다. 그런데 어려서 가난한 집에서 자랐기 때문에 좋은 중매가 나
서서 나에게 중매를 서 주지 않는다.
손에 쇠로 된 가위를 잡고 새 옷을 짓는데, 밤이 되자 날씨가 너무
추워 열손가락이 오므려지지가 않아 옷을 마음대로 지을 수가 없
다. 자신은 다른 사람을 위해 시집갈 때 입는 옷을 만들어 주면서
도, 정작 자신은 시집을 가지 못하고 해마다 다시 독수공방하고
있는 신세다.
허균은 『鶴山樵談』에서, "우리나라 아낙네로서 詩를 잘하는 사람

127

이 드문 까닭은, 이른바 '술 빚고 밥 짓기만 일삼아야지, 그 밖에 詩文을 힘써서는 안 된다.' 해서인가? 그러나 唐나라 사람의 경우는 규수로서 시로 이름난 이가 20여 인이나 되고, 문헌 또한 증빙할 만하다. 요즘 와서 제법 규수 시인이 있게 되어 景樊(허난설헌의 호)은 天仙의 재주가 있고 玉峯 또한 대가임은 더 말할 나위가 없다."라 하여, 우리나라에 女流詩人이 적은 이유와 허난설헌의 詩才에 대해 언급하고 있다.

68. 「初夏省中作」 許筠[12]

田園蕪沒幾時歸	전원이 묵었는데 언제 돌아가지?
頭白人間官念微	하얀 머리의 인간 벼슬 생각 적어지네
寂寞上林春事盡	적막한 상림원에 봄빛이 다하려 하기에
更看疎雨濕薔薇	다시 성긴 비에 젖은 장미를 보노라
懕懕晝睡雨來初	몽롱한 낮잠 비가 막 내리는데
一枕薰風殿閣餘	머리맡의 따뜻한 바람 전각에 남아도네
小吏莫催嘗午飯	胥吏여, 점심밥 어서 들라 재촉 마소
夢中方食武昌魚	꿈속에 한참 무창 물고기 먹고 있는데

<주석> 〖上林(상림)〗 上林苑으로 漢나라 때 天子의 苑의 이름 〖懕懕(염염)〗 혼몽한 모습 〖薰風(훈풍)〗 따뜻한 바람 〖武昌魚(무창어)〗

---

12) 許筠(1569, 선조 2～1618, 광해군 10). 호는 蛟山・鶴山・惺所・白月居士. 학문은 柳成龍에게 배웠고, 시는 三唐詩人의 한 명인 李達에게 배웠으며, 이달은 인생관과 문학관에도 많은 영향을 주었다. 1598년에 황해도 都事가 되었는데, 서울의 기생을 끌어들여 가까이하였다는 탄핵을 받고 6달 만에 파직되었으며, 1604년 遂安郡守로 부임하였다가 불교를 믿는다는 탄핵을 받아 또다시 벼슬길에서 물러났다. 1606년에 삼척부사가 되었으나 석 달이 못 되어 불상을 모시고 염불과 참선을 한다는 이유로 탄핵을 받아 쫓겨났고, 그 뒤에 공주목사로 기용되어 庶流들과 가까이 지냈다. 허균에 대한 평가는 당시의 총명하고 英發하여 능히 시를 아는 사람이라 하여 문장과 식견에 대한 칭찬을 아끼지 않았다. 그러나 그 사람 됨됨이에 대하여서는 경박하다거나 인륜도덕을 어지럽히고 異端을 좋아하여 행실을 더럽혔다는 등 부정적 평가를 내리고 있다. 허균은 유교집안에서 태어나 儒學을 공부한 儒家로서 학문의 기본을 儒學에 두고 있다. 그러나 당시에 이단으로 지목되던 불교・도교에 대하여 사상적으로 깊이 빠져들었다. 특히 불교에 대해서는 한때 출가하여 중이 되려는 생각도 있었다. 도교사상에 대해서는 주로 그 양생술과 신선사상에 깊은 관심을 보이고 있고, 은둔사상에도 지극한 동경을 나타내었다. 허균은 禮敎에만 얽매어 있던 당시 선비사회에서 보면 이단시할 만큼 다각문화에 대한 이해를 가졌던 인물이며, 편협한 자기만의 시각에서 벗어나 핍박받는 하층민의 입장에서 정치관과 학문관을 피력해 나간 시대의 선각자였다. 반대파에 의해서도 인정받은 그의 詩에 대한 鑑識眼은 詩選集 『國朝詩刪』을 통하여 오늘날까지도 평가받고 있다.

무창 지역에서 생산된 물고기로, 삼국시대 吳의 孫皓가 도읍을 建業으로 옮길 때에 백성들도 무창에 머물러 살고 싶어 하여 '건업의 물을 마시고 무창의 고기를 먹겠다.'는 童謠가 있었음

<감상> 이 시는 1603년 사복시정으로 있을 때 초여름 관아에서 지은 시이다. 田園이 거칠어졌는데 언제 벼슬을 버리고 전원으로 돌아갈 수 있을까? 서른밖에 안 되었지만 머리가 허연 백발인 자신은 벼슬에 뜻이 없다(당시 許筠은 서울에서의 벼슬살이에 지겨운 듯, 얼마 되지 않아 파직되어 금강산으로 떠난다). 대궐에 봄이 가려 하니, 빨리 전원으로 돌아가 봄을 감상하고 싶은데, 그나마 다행인 것은 보슬비에 젖은 장미를 보는 것이다. 빗방울이 내릴 때 낮잠에서 깨었는데, 전각에 따뜻한 바람이 불어오고 있다. 잠에서 깨니 서리가 점심을 내오고 있다. 그런데 꿈속에서 무창의 물고기를 먹었으니, 그렇게 일찍 밥을 내오지 않아도 될 것을.

허균의 『성소부부고』「蛟山臆記詩」에 자신의 詩學에 대한 내용이 있는데, 제시하면 다음과 같다.

"나는 젊었을 적에 시를 할 줄 알아서 李蓀谷에게 李白을 배웠고 唐 및 韓愈·蘇軾을 仲氏에게서 배웠다. 그리고 난리 속에서 비로소 杜甫를 익혀 부질없이 小技에다 공력을 허비한 지도 이미 一紀가 지났다. 그사이 소득으로 말하면 비록 옛사람의 영역에는 이르지 못했지만 성정을 읊조리고 물상을 아로새김에 있어서는 마음을 괴롭히고 힘을 쓴 것이 역시 얕지는 않았다. 그러므로 章程에 발로됨에 있어서는 혹 藻麗가 볼만한 것도 있으니 비교하면 燕石(燕山에서 나는 돌. 玉 같으면서도 옥이 아닌 돌을 말한 것으로, 眞價가 없는 것을 비유한 말임)을 깊이 감추고 鼠璞(無用之物의 비유. 鄭나라 사람은 다듬지 않은 玉을 璞이라 하고, 周나라 사람은 포 뜨지 않은 쥐를 璞이라 하였는데, 주나라 사람이 정나라 장사꾼에게 璞을 사겠느냐고 하자, 정나라 장사꾼이 그러겠다고 했는데, 璞을 내놓고 보니 옥박이 아니고 서박이었으므로, 정나라 사

람은 사양하고 사지 않았다.『後漢書』「應劭傳」)을 남몰래 보배로 여김과 같아서 끝내는 식자의 한번 웃음거리에도 차지 않을 것이다. 昇平한 때에『北里集』·『蟾宮酌唱錄』이 있었는데 난리통에 소실되어 버리고 관동에 와서『鑑湖集』을 지었는데, 친구들이 돌려보다 잃어버리고『金門雜稿』한 책은 아이들이 보다가 망가뜨려 버렸으니, 수염을 꼬부려 가며 애를 무진 쓴 것들이 거의 다 유실된 셈이다. 나에게 있어서는 어찌 아까운 생각이 없을 수 있으랴. 접때 洛迦寺에 있으면서 우연히 기억난 것이 있었는데 이미 열에 일곱 여덟은 잊어버린 나머지였다. 세월이 오래가면 기억난 것마저도 차츰 잊게 될 것이므로, 책자에 써서 破閑거리로 삼으며 이름을 臆記詩라 했다. 기억나는 대로 따라 썼기 때문에 日月의 선후로 써 서차하지 않았으니, 보는 자는 눌러 짐작함과 동시에 이로써 장항아리나 덮지 말아 주었으면 다행일 따름이다.”

洪萬宗은『小華詩評』에서 이 시를 싣고서 다음과 같이 언급하고 있다.

“태사 朱之蕃이 ‘단보는 중국 사람으로 태어났다 해도 뛰어난 문인 8·9 사람 중의 한 사람이 될 것이다.’라고 하였는데, 단보는 바로 허균의 자이다. 그런데 단보는 형벌을 받아 죽었기 때문에 문집이 세상에 유통되지 않아서 아는 사람이 많지 않다. 이에 특별히 시 몇 수를 가려 싣는다. ……평자들이 말하길, ‘동악 이안눌의 시는 유연의 소년배들(중국 幽州는 전국시대의 燕趙의 땅이었다. 이곳 사람들은 悲憤慷慨하여 슬픈 노래를 부르고 氣節을 숭상하고 俠客을 우대하는 것으로 이름 높다)과 같아서 벌써 침울한 기상을 짊어지고 있고, 석주 권필은 낙신이 파도를 타면서 가벼운 걸음을 내디디며 눈길을 이리저리 둘 때 그 눈빛이 기상을 토해내는 것과 같고, 허균의 시는 페르시아 장사꾼이 저자에 보물을 진열해 놓고 있는 것과 같은데 비록 하품의 물건이라도 목난이나 화제(목난과 화제는 모두 보물) 정도는 된다.’라 하였다(朱太史之藩嘗稱 端甫雖在中朝 亦居八九人中 端甫許筠字也 第以刑死

131

文集不行 人罕知之 特揀數首 ……評者謂東岳詩如幽燕少年 已
負沈鬱之氣 石洲詩如洛神凌波 微步轉昒 流光吐氣 許筠詩如波
斯胡陳寶列肆 下者乃木難火齊)."

69. 「聞罷官作」二首 許筠

其二

禮教寧拘放	예교에 어찌 묶이고 놓임을 당하리오
浮沈只任情	잠기고 뜸 다만 정에 맡길 뿐
君須用君法	그대는 모름지기 그대 법을 쓸 게고
吾自達吾生	나는 스스로 내 삶을 이루리라
親友來相慰	친한 벗은 와서 서로 위로하는데
妻孥意不平	처자식은 뜻이 불평하구려
歡然若有得	흐뭇하여 소득이 있는 듯하니
李杜幸齊名	李白, 杜甫와 다행히 이름 나란하네

<주석> 〖寧〗 어찌 녕 〖慰〗 위로하다 위 〖孥〗 처자식 노

<감상> 이 시는 끝에 붙은 협주에, "이때 사헌부에서 곽재우는 도교를 숭상하고 나는 불교를 숭상한다 하여 아울러 탄핵하였으며, 異端을 물리치기 위하여 장계 파직하였다. 그래서 결구에 언급한 것이다 (時憲府以郭公再祐尙道敎 以僕崇佛敎 幷劾之 爲闢異端啓罷 故結句及之)."라는 언급에서도 알 수 있듯이, 허균이 불교를 좋아한다는 이유로 사헌부의 탄핵을 받아 관직에서 파면된 다음 자신의 심경을 노래한 것이다.

禮敎에 어찌 나의 행동이 묶이고 놓임을 당할 수 있단 말인가? 인생의 浮沈은 다만 감정에 따라 행동할 것이다. 그러니 그대는 모름지기 그대 법을 쓰면 되고, 나는 내 스스로 내 삶을 이룰 것이다. 그러다 이렇게 파면되었으니 친한 벗은 와서 서로 위로하는데, 처자식은 파면된 것이 마땅치 않은지 불평을 하고 있다. 그래도 기분 좋은 소득이 있는 듯하니, 그것은 李白과 杜甫와 더불어 詩

名을 나란히 한 것이다.

허균은 이 시에서 禮敎가 지배하는 현실로부터 자기 자신을 해방
시키기 위해 예교가 지배하는 현실과의 타협을 거부하고 자기만의
개성을 따라 살아가겠다고 주장하고 있는 것이다.

70. 「記見」四首 許筠

其一

老妻殘日哭荒村	늙은 아낙이 해 저무는 황량한 마을에서 통곡하니
蓬鬢如霜兩眼昏	쑥대머리 서리 같고 두 눈은 어두워라
夫欠債錢囚北戶	지아비는 빚 갚을 돈 모자라 북호에 갇혀 있고
子從都尉向西原	아들은 도위 따라 서원으로 떠나갔네

<주석> 〖蓬〗 쑥 봉 〖欠〗 모자라다 흠 〖都尉(도위)〗 각 군에 軍事나 警察을 맡은 벼슬 〖西原(서원)〗 淸州의 古號

其二

家經兵火燒機軸	가옥은 병화 겪어 살림살이도 다 타버리고
身竄山林失布褌	몸을 산속에 숨다 베잠방이 잃었다오
産業蕭然生意絶	살아날 길 막막하여 살 마음조차 끊겼는데
官差何事又呼門	관청 아전은 무슨 일로 또 문에서 부르나?

<주석> 〖軸〗 북 축 〖褌〗 잠방이(가랑이가 짧은 고의) 곤 〖差〗 사신 보내다 차

<감상> 이 시는 본대로 기록한 것으로, 임진왜란 후 백성들의 피폐한 삶에 대해 노래하고 있다.

늙은 아낙이 해 저무는 황량한 마을에서 통곡을 하고 있는데, 겉모습은 하얗게 서리가 내린 것처럼 흰 쑥대머리며 두 눈은 어두워잘 보이지 않는다. 통곡하는 내용을 살펴보니, 지아비는 빚진 것을

갚을 돈이 모자라 북호에 갇혀 있고, 전쟁 때문에 아들은 징집되어 도위 따라 서원으로 떠나갔다. 집은 전쟁으로 인하여 베틀과 북 같은 세간이 모두 다 타 버렸고, 살기 위해 몸을 산속에 숨기려다 거친 의복인 베잠방이마저 잃어버렸다. 이러한 상황에 세상을 살아갈 길이 막막하여 살 마음조차 끊겼는데, 관청 아전은 무슨 세금을 또 내라고 문에서 부르는가?

허균의 시는 이렇게 현실을 적확하게 묘사함으로써 사회의 문제점을 드러내는 寫實性에 특색이 있는데, 동시대의 權鞸은 諷刺性이 강한 것이 차이를 보인다. 아마도 권필은 관직을 거부하였으나 허균은 계속 관직 생활을 하면서 현실에 대한 기대심이 남아 있었기에 이러한 차이를 보인 것일 것이다.

71. 「新安」許筠

向夕笙歌散	저물어 가자 생황 노래 흩어지니
燒香閉客房	향을 피우고 나그네 방을 닫는다
關河孤雁逈	변방 강에 외로운 기러기 아득하고
風雨一燈涼	비바람에 등잔불 하나 싸늘하다
雪入朱絃冷	눈은 붉은 거문고에 들어차고
花飄綵翰芳	꽃은 채색 붓에 날려 향기롭다
人生貴懽笑	인생이란 즐거움과 웃음이 소중한데
何地是吾鄉	어느 곳이 내 고향일까?

<주석> 〖新安(신안)〗 星州의 옛 이름, 평안도 定州의 屬驛 〖笙〗 생황
생 〖逈〗 멀다 형 〖絃〗 거문고의 줄 현 〖飄〗 나부끼다 표 〖綵〗
무늬 채 〖翰〗 붓 한 〖懽〗 기뻐하다 환

<감상> 이 시는 여행 도중 신안에 들러 지은 것으로, 나그네의 시름을 노
래하고 있다. '歌散', '孤雁', '一燈涼', '雪冷' 등의 詩語를 사용
해 나그네의 시름을 잘 형상화하고 있다.
　허균은 「閑情錄記」에서, "아! 선비가 이 세상에 태어나서 어찌 高官
大爵을 멸시하여 버리고 오래 산림에 머물려 하겠는가? 다만 그 道
와 俗이 서로 어긋나고 命과 時가 괴리되면, 때로 고상함에 의탁하
여 도피하려는 사람이 있으니, 그 뜻이 또한 슬퍼할 만하다(嗚呼 士
之生斯世也 豈欲蔑棄軒冕 長往山林者哉 唯其道與俗乖 命與時舛
則或有托於高尚而逃焉之者 其志亦可悲也)."라고 하여, 道와 俗,
命과 時가 어긋나면 세속에서 벗어난다고 하였다. 인생을 살면서 귀
한 '懽笑'를 즐길 고향은 어디인지 알 수 없다는 것은 이렇게 道와
俗, 命과 時가 서로 어긋나는 시대를 살고 있기 때문인 것이다.

72.「宿林畔村舍」許筠

茅店荒涼雪色寒	띳집은 황량하여 눈빛마저 차가운데
風帷低擧曉燈殘	바람에 장막 흔들리고 새벽 등불 가물거리네
誰知一枕蓬山夢	누가 알리오? 베개 위 蓬萊山 꿈속에서
却有文簫駕彩鸞	도리어 문소처럼 채색 난새 탈 줄을

<주석> 〖帷〗 휘장 유 〖文簫(문소)〗 傳奇 가운데 人名. 唐『傳奇』「文簫」
에 다음과 같은 내용이 보인다. "傳說唐大和年間 書生文簫中秋
日游鍾陵西山游帷觀 遇見一美麗少女 口吟 ‘若能相伴陟仙壇
應得文簫駕彩鸞 自有繡襦兼甲帳 瓊台不怕雪霜寒’ 雙方相互愛
慕 忽有仙童到來宣布天判 ‘吳彩鸞以私欲而洩天機 謫爲民妻一
紀’ 兩人遂成夫婦 后來雙雙騎虎仙去"〖鸞〗 난새 란

<감상> 이 시는 숲가 마을에 묵으면서 지은 시로, 허균은 자신과 현실이
서로 어긋남을 인식하자 자연과 神仙을 동경하게 된다.
허균은 「答崔汾陰書」에서, "저는 세상과 어긋나서 죽고 삶, 얻고
잃음을 마음속에 개의할 것이 없다고 여겼습니다. 그래서 조금씩
老子 · 佛者의 무리를 따라 거기에 의탁하여 스스로 도피한 적이
이미 오랜지라 저도 모르게 젖어들어 더욱 佛經을 좋아하게 되었
습니다(僕畸於世 以爲死生得喪 不足芥滯於心 稍從老佛者流 托
以自延 旣久不覺沈潛 尤好竺典)."라 하여, 도교와 불교에 심취한
사실을 언급하고 있다. 위의 시 역시 이러한 맥락에서 이해해야
할 것이다.

73. 「早向天安」 許筠

黃泥滑滑馬行遲	황토 진흙 미끄러워 말은 더디지만
從旅相攀莫怨咨	같이 사는 사람들아 서로 끌어주며 원망하지 말게나
自有文章娛寂寞	적막을 즐길 만한 문장을 지녔으니
肯於名位恨差池	어찌 명예와 지위가 어긋난 일을 한하리오?
人中懷璧元堪罪	사람 틈에서 옥을 품으면 원래 죄를 얻는 법이고
暗裏投珠却見疑	어둠 속에 진주 던지면 도리어 의심을 받는 법이지
此去不愁身更遠	이번에 가면 몸이 더욱 소외됨을 근심하지 않으리니
梅花消息已南枝	매화 소식이 이미 남쪽 가지에 왔을 텐데

<주석> 〚滑〛 미끄럽다 활 〚攀〛 잡고 오르다 반 〚咨〛 탄식하다 자 〚肯〛
어찌 긍 〚差池(차지)〛 어긋남 〚懷璧(회벽)〛 璧玉을 가지고 있다
는 뜻. 『左傳』桓公 10년에 "匹夫에게 죄가 없다. 그 벽옥을 가진
것만이 죄이다." 하였음 〚暗裏投珠却見疑〛 高適의 "이번 가면 知
己 없으리니, 행여 어둠 속에 明珠 던지지 마소."라 한 「送魏八詩」
를 인용한 말임 〚更〛 더욱 갱

<감상> 이 시는 1601년 예조의 관리로 試士의 일을 맡아 호남지방으로
가던 도중 일찍 천안을 떠나면서 지은 시로, 자신의 뛰어난 재능
이 세상에 받아들여지지 않고 도리어 재앙을 불러일으키는 것에
대한 울분을 노래하고 있다.

鄕試를 주관하는 일은 명예로운 일이나 황토 진흙에 더디게 가는

말을 타고 가는 하급관리의 신세가 처량하다. 하지만 같이 사는 사람들아! 서로 힘들면 끌어주면서 원망하지 말게나. 그래도 이 적막함을 즐길 만한 문장을 지녔으니, 어찌 명예와 지위가 어긋났다고 한스러워하겠는가(훌륭한 문장력을 지녔으나, 그에 상응하는 명예와 지위를 얻지 못함을 애석해함)? 사람들 틈에서 옥을 품고 있으면 원래 죄를 얻는 법이고, 어둠 속에 진주를 던지면 도리어 의심을 받는 법이다(자신의 뛰어난 능력이 도리어 禍를 불러옴). 이번에 호남지방으로 가면 몸이 더욱 소외될 텐데, 나는 그것에 대해 근심하지 않으련다. 매화가 이미 남쪽 가지에 피어 봄이 왔을 테니.

74.「宮詞」許筠

初年抱被直春堂	초년에는 이불 안고 춘당을 지켰는데
因病休閑在曲房	병이 들자 한가롭게 골방에 있게 됐네
强就小娥來對食	억지로 어린 궁녀 데려다 연인으로 삼고서
手開箱篋乞羅裳	손수 상자 열고 비단치마 내주네

<주석> 『宮詞(궁사)』 고대 일종의 詩體로 宮廷生活의 瑣事를 주로 묘사함. 일반적으로 七言絶句가 많으며, 唐代詩歌 중에 많이 보임 『直』 지키다 직 『曲房(곡방)』 내실, 밀실 『娥』 예쁘다 아 『對食(대식)』 고대 궁녀 간의 사랑을 의미함. 注에 "班史 飛燕傳에서 나왔는데 지금 궁중에도 있다(對食二字 出班史飛燕傳 今宮中亦有之)."라고 되어 있음 『箱篋(상협)』 상자 『乞』 가지다 걸

<감상> 이 시는 宮女들의 자유롭지 못한 삶을 노래한 백 편 가운데 일부분이다.

젊은 시절에는 춘당에 불려가 이불을 안고 춘당을 지켰는데, 병이 들자 골방에 거처하게 되었다(젊은 시절에 부려먹다가 나이 들면 내쳐지는 兔死狗烹과 같은 궁중의 비정한 일면을 의미함). 억지로 어린 궁녀 데려다 연인으로 삼고서, 손수 상자 열고 비단치마 꺼내준다(나이 든 궁녀가 어린 궁녀와의 동성애를 묘사하고 있는 것은 나이 든 궁녀가 골방에서 만년을 보내며 생길 수밖에 없는 깊은 원망을 보여 주는 것이며, 화려한 궁중의 생활 이면에 일어나는 어두운 면을 노래한 것임).

朝暾晃朗喬雲端	오색구름 서린 끝에 아침 햇빛 찬란해라
人日淸明兩殿歡	인일이 맑고 밝아 양전이 즐거워하네
拂曉泮宮方校士	새벽부터 반궁에선 선비를 뽑으시니

黃封宣賜遣中官　　중관을 친히 보내 황봉을 내리누나

<주석> 〖暾〗 아침해 돈 〖晃〗 빛나다 황 〖矞〗 상서로운 구름의 빛 율 〖兩
殿(양전)〗 大殿과 中宮殿 〖拂〗 떨치다 불 〖泮宮(반궁)〗 조선 시
대 성균관을 가리킴 〖校〗 조사하다 교 〖黃封(황봉)〗 술 〖中官(중
관)〗 환관, 지방관에 대하여 조정에서 근무하는 벼슬아치

<감상> 이 시는 7일 날 人日製 과거시험을 보는 것을 노래한 것이다.
정월 1일은 닭날(酉日), 2일은 개날(戌日), 3일은 양날(未日), 4일
은 돼지날(亥日), 5일은 소날(丑日), 6일은 사람날(人日), 8일은 곡
식날(穀日), 9일은 하늘날(天日), 10일은 땅날(地日)로, 날씨의 흐
리고 맑음을 보아 그해의 풍작을 점친다고 한다. 『東國歲時記』
에, "提學을 불러 科擧를 실시하는데, 이것을 人日製라 한다.
……명절날 선비를 시험하는 것은 인일부터 시작하여 3월 3일, 7
월 7일, 9월 9일에 행하는데, 모두 인일제를 모방한 것으로 이런
것을 節日製라 한다."라 기록되어 있다.

禁中佳節値三三　　궁중에서 삼월 삼진날 좋은 철을 만나니
諸殿宮娥試薄衫　　여러 궁전의 궁아들은 엷은 옷을 입네
爭向上林來鬪草　　상림원을 향해 가서 다투어 풀싸움하니
就中先取翠宜男　　그중에도 맨 먼저 푸른 宜男草를 취하누나

<주석> 〖娥〗 미녀 아 〖衫〗 옷 삼 〖上林(상림)〗 上林園으로, 황제의 정원 〖鬪
草(투초)〗 풀싸움. 풀의 우열을 다투는 놀이로서 음력 5월 5일 단오절
에 이 놀이를 하였음 〖宜男(의남)〗 萱草나 忘憂草를 이름

<감상> 이 시는 삼월 삼진날 풀싸움 놀이를 형상화한 것이다.
3월 3일은 강남 갔던 제비도 옛집으로 돌아온다고 하며 산에 만발
한 진달래꽃을 따다가 花煎을 만들어 먹었다. 鬪草는 두 사람이
각각 한 송이의 꽃을 가지고 꽃의 목을 걸어 당겨 그 꽃의 목이

부러진 쪽이 지는 놀이이다. 이때 사용하는 꽃은 宜男草를 가지고 하는데, 宜男이 사내아이를 많이 낳은 부인을 뜻하기 때문이다. 의남초를 몸에 지니고 있으면 남자아이를 낳는다고 하였으며, 남의 어머니를 萱堂이라고 부르는 것도 이러한 의미이며, 이 놀이를 하면서 得男을 기원한 것이다.

糁蘆泥肉製饅頭	갈잎 빻고 고기 다져 만두를 만들고
瓜果爭陳乞巧樓	참외와 과일들을 걸교루에 벌여 놓았네
入夜內人爭指點	밤이 들자 나인들이 다투어 손가락질하며
絳河西畔拜牽牛	은하수 서쪽 가 견우에게 절 드리네

<주석> 〖糁〗끈끈하다 삼 〖蘆〗갈대 로 〖饅〗만두 만 〖乞巧樓(걸교루)〗 七夕日에 뜰에다 세워서 채색으로 꾸민 樓. 걸교는 칠석날 밤에 부녀자들이 견우·직녀 두 별에게 길쌈과 바느질 솜씨가 늘기를 비는 제사임 〖內人(나인)〗 宮女 〖絳河(강하)〗 = 銀河

<감상> 이 시는 칠석날 제사를 지내는 것을 형상화한 것이다.

7월 7일 궁중 뜰에 채색으로 꾸민 걸교루를 만드는데, 만두나 과일 등 각종 음식을 펼쳐 놓고 여름을 난다. 밤이 되면 부녀자들은 견우성과 직녀성에게 길쌈과 바느질 솜씨가 늘기를 비는 乞巧奠을 지내는데, 궁중의 나인들은 서쪽 견우성에 절을 했다. 칠석날 비가 오면 기쁨의 눈물로 七夕雨라 하고, 이튿날 비가 오면 이별의 눈물이라 했다. 유두날과 칠석비로 농가에서는 豊凶을 점쳤다. 이날 비가 오지 않으면 낮볕에 책과 옷을 말리는 曬書曝衣를 하고 밤에 걸교제를 지낸다.

中元佳節設蘭盆	중원이라 좋은 절기 우란분을 차려 놓고
蔓果紛披百種繁	덩굴 과일은 널려서 백가지 곡식이 번성하네
東序罷朝宮監去	동서에 조회 파하자 궁감은 물러가서

上林處深祭亡魂　　상림원 깊은 곳에 죽은 넋을 제사하네

<주석> 〖中元(중원)〗百中節인 음력 7월 15일을 가리킴 〖蘭盆(란분)〗
　　　　中元節에 행하는 佛事, 즉 盂蘭會를 말함 〖蔓〗덩굴 만 〖紛披
　　　　(분피)〗盛多한 모양 〖東序(동서)〗正寢의 동쪽에 있는 序 〖宮
　　　　監(궁감)〗조세를 거두어들이기 위해 각 궁에서 보내는 사람
<감상> 이 시는 중원절 우란분재를 형상화한 시이다.

　　　　7월 15일은 中元節이라고 하는데, 도가에서는 天上 仙官이 1년
　　　에 3번 인간의 善惡을 살피는 때를 元이라 하여, 1월 15일은 上
　　　元, 10월 15일은 下元이라 했다. 7월 15일을 합쳐 三元이라 하는
　　　데, 고려 이후 조선 초까지 佛家의 행사로 이어져 이날에는 사찰
　　　에서 五味百果를 갖추어 분에 넣어서 시방대덕에게 공양하는 우
　　　란분재를 지내고 亡者들의 영혼을 위로한다. 보통 百中이라 하며
　　　망혼일, 百種이라고도 부른다. 옛날에는 이날 백 가지의 찬을 차
　　　려놓고 백 명의 중을 불러 밥을 먹이고 잔치를 베풀었다고도 하
　　　며, 또는 백 가지 씨앗 종자를 갖추었다 하여 百種이라고도 한다.
　　　16세기 이후 농촌에서는 호미씻이 행사로 洗鋤宴의 기록이 나타
　　　나는데, 이때 발뒤꿈치가 하얗게 되므로 白踵이라고도 한다.
　　　　題注에 "石洲 권필은 말하기를 '왕맹(唐나라 王維와 孟浩然)이나
　　　왕조를 논할 것 없이 스스로 기일하고 주려하고 우유하고 한창하
　　　며 또 궁중 故實을 차례로 가리키듯이 다 말했으니, 한 시대의 詩
　　　史에 대비할 만하다. 宋元의 사람들로는 감히 가까이 오지 못할
　　　작품으로서 스스로 一家의 말을 이루었다 할 수 있다(石洲云 毋
　　　論王孟王趙 自是奇逸遒麗 優游閑暢 且悉宮中故實如指次 足備
　　　一代詩史 宋元人不敢逼 而自勒成一家言也).'."라 평하고 있다.

75. 「無題」許筠

一樹垂楊接粉墻	한 그루 수양버들 흰 담장에 붙어 있어
夜深攀過入西廂	한밤중 잡고 넘어 서쪽 곁채로 들어가네
移燈侍女紅欄外	붉은 난간 밖에서 등불을 옮기던 시녀가
小語低聲喚玉郎	작은 소리 낮추어 임을 부르네

<주석> 〖粉〗흰색 분 〖廂〗행랑 상 〖欄〗난간 란 〖玉郞(옥랑)〗여자가
사랑하는 임을 부르던 愛稱

<감상> 이 시는 남녀 간의 密愛를 노래한 것이다.

사랑하는 여인의 집 담장에 한 그루 수양버들이 자라고 있어, 玉
郞이 한밤중에 수양버들을 잡고 넘어 서쪽 곁채로 들어간다. 그때
붉은 난간 밖에서 등불을 옮기던 시녀가 작은 소리로 낮추어 잘생
긴 임을 부른다.

18세기 이전에도 남녀의 사랑을 주제로 한 한시들이 나타나긴 했
지만, 그것은 대개 擬古詩의 형태나 戱作의 형태로 창작되었다.
작가 자신의 性的인 욕구를 진지한 현실의 차원에서 다루지 않음
으로써 면책의 계기를 마련해 놓는다는 것이다(안대회, 「18세기
여성화자시 창작의 활성화와 그 문학사적 의의」). 허균은 情慾을
인정하는 사람으로서 의고시나 희작이 아닌 직접적인 형태로 드
러내고 있는 것이다.

76. 「用藍田日暖玉生烟七字爲韻 留贈巫山張玉郎」七首 許筠

其四

香濃綉被元央暖	향기 짙은 수놓은 이불에 원앙새 다사로운데
寶釵落枕玄雲亂	보배 비녀 베개 밑에 떨어지고 검은 구름 어지럽네
絳燭搖紅風捲幔	빨간 촛불 붉은빛으로 흔들리고 바람이 장막 걷을 때
瓊樓西畔低銀漢	화려한 누각 서쪽 가에는 은하수가 지는구나
鳥啼月落夜將半	새 울고 달이 져도 밤은 장차 한창인데
十二巫山春夢短	무산 십이봉에 봄꿈은 짧구려

<주석> 〖濃〗짙다 농 〖綉〗수놓다 수 〖被〗이불 피 〖元央(원앙)〗＝鴛鴦 〖釵〗비녀 채(차) 〖絳〗진홍색 강 〖幔〗휘장 만 〖畔〗가 반 〖巫山(무산)〗남녀 간의 雲雨之情을 의미함. 戰國시대 宋玉의 「高唐賦序」에 "昔者先王嘗游高唐 怠而晝寢 夢見一婦人 曰 '妾巫山之女也 爲高唐之客 聞君游高唐 願薦枕席' 王因幸之 去而辭曰 '妾在巫山之陽 高丘之阻 旦爲朝雲 暮爲行雨 朝朝暮暮 陽臺之下' 旦朝視之 如言 故爲之立廟 號曰朝雲"이라는 내용이 보임

<감상> 이 시는 藍田日暖玉生烟 七字을 韻으로 삼아 巫山 張玉郎이라는 기생에게 준 시이다.

향기가 짙은 수놓은 이불 속에서 원앙새 다정하게 노니는데(원앙새는 남녀, 즉 허균과 장옥랑을 일컬음), 장옥랑이 차고 있던 보배로 된 비녀가 베개 밑에 떨어지고 검은 구름인 장옥랑의 머리카락

이 어지럽다(육체적 사랑의 행위를 구체적으로 묘사함). 빨간 촛불 붉은빛으로 흔들리고 바람이 장막을 걷을 때(官能的 에너지와 열기를 묘사함), 화려한 누각 서쪽 가에는 은하수가 지고 있다(性的 快樂이 끝나 감을 아쉬워함). 새 울고 달이 져도 밤은 장차 한창인데, 무산 십이봉에 봄꿈은 짧다(아쉬움의 未練을 표현함).

앞서 보았던 「聞罷官作」에서, "禮教寧拘放 浮沈只任情"라 했듯이, 허균은 삶과 의리가 중요하다는 性理學的 관점과는 달리 인간에게는 도덕적인 관점보다는 인간의 자연스러운 감정인 情慾을 긍정하기에 이러한 시가 가능했던 것이다. 이 시는 性의 묘사라는 내용상의 문제뿐 아니라 형식적인 면에 있어서도 6句詩라는 破格을 사용하고 있다.

이러한 내용은 당시 주자학적 지배질서에 대한 도전이자 반항이었던 것이다. 허균이 이러한 情慾에 대한 긍정은 주자학적 心性論과는 대조되는 것으로, 인간의 진실한 情感을 중시하는 陽明學과의 친연성을 드러낸다.

77. 「龍灣客詠」申欽13)

九日遼河蘆葉齊	구월 구일 요하에 갈댓잎 가지런한데
歸期又滯浿關西	돌아갈 기약 또다시 패관 서쪽에 묶였네
寒沙淅淅邊聲合	찬 모래 서걱거려 변방 소리에 합해지고
短日荒荒鴈翅低	짧은 해 어둑한데 기러기 날개 나직하네
故國親朋書欲絶	고국의 친척과 벗들 서신이 끊길 듯하고
異鄕魂夢路還迷	타향의 꿈속에는 고향길이 아련하네
愁來更上譙樓望	시름겨워 다시금 초루 올라 바라보니
大漠浮雲易慘悽	큰 사막의 뜬구름에 쉽게도 서글퍼지네

<주석> 〖龍灣(룡만)〗 義州. 〖遼河(요하)〗 옛 이름은 句驪河인데, 吉林 薩哈嶺에서 發源하는 東遼河와 內蒙古 白岔山에서 발원하는 서요하가 遼寧 昌圖縣 靠山屯 부근에서 합쳐진 다음에 요하라고 불린다. 그곳에서 서남쪽으로 꺾어져 盤山灣을 통해 바다로 들어간다. 그러나 여기서는 요동, 곧 만주지방의 강이란 뜻으로 쓰인 듯함. 〖蘆〗 갈대 로. 〖浿關(패관)〗 浿水의 관문. 곧 淸川江 일대를 가리킴. 〖淅淅(석석)〗 물체가 부딪쳐 움직이는 소리. 〖邊聲(변성)〗

---

13) 申欽(1566, 명종 21~1628, 인조 6). 李廷龜·張維·李植과 함께 月象谿澤이라 통칭되는 조선 중기 漢文四大家의 한 사람으로, 호는 象村. 7세 때 부모를 잃고 藏書家로 유명했던 외할아버지 밑에서 자라면서 경서와 제자백가를 두루 공부했으며 陰陽學·雜學에도 조예가 깊었다. 개방적인 학문태도와 다원적 가치관을 지녀, 당시 지식인들이 朱子學에 매달리고 있었던 것과는 달리 異端으로 공격받던 陽明學의 실천적인 성격을 높이 평가하기도 했다. 문학론에서도 詩는 形而上者이고 文은 形而下者라고 하여 詩와 文이 지닌 본질적 차이를 깨닫고 창작할 것을 주장했다. 특히 詩에서는 객관 사물인 境과 창작주체의 직관적 감성인 神의 만남을 창작의 주요 동인으로 강조했다. 시인의 영감, 상상력의 발현에 주목하는 이러한 詩論은 당대 문학론이 대부분 내면적 敎化論을 중시하던 것과는 구별된다. 宣祖에게 뛰어난 문장력을 인정받아 對明 외교문서의 작성, 詩文의 정리, 각종 의례문서의 제작에 참여했다.

오랑캐족이 부르는 노래를 뜻하기도 하는데, 여기서는 변방 진영 군사들의 소리를 말한 듯함〖荒荒(황황)〗쓸쓸한 모습〖翅〗날개 시〖譙樓(초루)〗성문 위의 望樓. 일반적으로 鼓樓라 부름〖大 漠(대막)〗몽고 高原의 큰 사막. 瀚海·大磧이라 부르기도 함〖慘〗 애처롭다 참〖悽〗슬퍼하다 처

<감상> 이 시는 1594년 가을에 奏請使 尹根壽의 書狀官으로 사신을 가면서 압록강을 건너 요동에 들어서서 느낀 회포를 노래한 것이다. 때는 9월 9일 重陽節 요하에 국화꽃은 보이지 않고 갈댓잎만 가지런한데, 돌아갈 날은 기약이 없어 또다시 패관 서쪽에 묶였다. 날씨가 차 모래바람은 서걱거리며 날아 변방 소리에 합해지고, 날이 짧아 해가 져서 벌써 어둑한데 기러기가 나직이 날고 있다. 이제 요동을 지나 중국으로 들어갈 터이니, 고국의 친척과 벗들과의 서신이 끊어질 것이고, 타향의 꿈속에는 고향길이 아련할 것이다. 시름에 겨워 다시금 望樓에 올라 저 멀리 바라보니, 끝없이 펼쳐진 큰 사막의 뜬구름에 마음이 너무도 쉽게 서글퍼진다(戰亂에 싸인 조선을 두고 중국으로 가고 있으니, 서글픈 마음이 드는 것이다).

이 시에 대해 洪萬宗은 『소화시평』에서, "현옹 신흠은 어려서부터 문장을 지어 곧 스스로 일가를 이루었다. 평하는 사람이 간혹 그를 낮게 평가하나, 또한 지나치다. 그의 「용만」 시에, ……농염하고 노성하여 가볍게 볼 수 없다(申玄翁欽 自少爲文章 便自成家 評家或卑之 亦過矣 其龍灣詩曰 ……濃厚老成 不可輕也)." 라 평하고 있다.

78. 「送芝峯赴洪州」 申欽

世間萬事竟奚有	세상의 모든 일 마침내 무엇이 있나?
海內百年惟我曹	천하의 백 년 인생 우리들뿐이로세
九鼎何曾異瓦釜	구정이 어찌 일찍이 가마솥과 다를쏘냐
泰山本自同秋毫	태산도 본디 절로 가을 새털과 같은 것을
新陽藹藹韶華嫩	새 볕은 따사로워 봄빛은 아름다운데
遠客悠悠行色勞	멀리 가는 나그네 아득하게 행색이 수고롭네
握手出門相別去	손잡고 문을 나가 작별을 나누는데
茫茫漢水春波高	망망한 한강물에 봄 물결 높이 이네

<주석> 〖九鼎(구정)〗 禹가 중국 천하 九州의 쇠를 모아 주조하였다는 쇠
솥으로, 국가의 정권을 상징하는 보물임 〖藹藹(애애)〗 온화한 모
양 〖韶華(소화)〗 봄빛 〖嫩〗 예쁘다 눈 〖茫〗 아득하다 망

<감상> 이 작품은 1608년 지봉 이수광이 홍주목사로 부임하게 되어 그를
전송하면서 지은 시이다.

세상의 모든 일 마침내 부질없는데, 백 년을 사는 우리의 인생은
다만 우리들뿐이다. 아무리 귀한 구정도 가마솥과 다를 것이 없고,
저 크고 높은 태산도 가을에 가장 가늘어진다는 새털과 다를 것이
없다. 봄이 와 새 봄볕은 따사로워 봄빛은 아름다운데, 멀리 가는
그대의 행색이 수고로워 보인다. 그대와 손을 잡고 대문을 나가
작별을 나누는데, 아득한 한강물에 봄 물결 높이 일고 있다.

이 시에 대해 李睟光은 『지봉유설』에서, "현옹 신흠은 어려서부터 문
장을 지어 곧 스스로 일가를 이루었다. 일찍이 나에게 증별시를 지어
주었는데, ……그의 시는 노성하고 전중하기가 이와 같아 다른 사람이
미칠 수 있는 것이 아니다(申玄翁 自少時爲文章 便自成家 嘗贈余別
詩曰 ……其詩老成典重如此 非他人所能及也)."라 평하고 있다.

79. 「甲寅春 次月沙」 二首 申欽

其一

楚客愁捐佩	초객이 시름 속에 패옥 버리고
孤村寄峽中	외론 마을 산속에 붙여 있다네
病來雙鬢短	병들어 양쪽 귀밑머리 짧아져 가고
身外萬緣空	몸 밖의 온갖 인연 부질없다네
花鳥春長在	꽃피고 새 우는 봄 나날이 이어지고
雲山路不窮	구름 드리운 산길 끝없이 뻗어 있다네
餘生何所事	남은 인생 할 일이 무엇인가?
擬作鹿皮翁	녹피옹 되어 보려네

<주석> 『楚客愁捐佩 孤村寄峽中』 楚客은 소인들의 참소를 받아 조정에서 쫓겨난 초나라의 屈原을 말하는데, 굴원의 「楚辭」에 "내 결옥을 강물 속에 던져 버리고, 내 패옥을 예수가에 놓아두었네 (捐余玦於江中 遺余珮於澧浦)."라고 하여 벼슬을 그만둔 것을 노래하였다. 여기서는 象村이 자신을 굴원에게 견주어서 말한 것인데, 이 당시 상촌은 宣祖의 遺敎七臣의 한 사람이라는 이유로 조정에서 쫓겨나 고향 金浦에서 지내고 있음 『鬢』 귀밑털 빈 『鹿皮翁(녹피옹)』 漢나라 때 淄川 사람으로 鹿皮公이라고도 함. 젊었을 때 지방 관청의 말단 관리로 있다가 神泉이 있는 岑山으로 들어가 사슴갖옷을 입고서 芝草를 캐먹고 신천을 마시며 70여 년을 살았다 함(『列仙傳』 卷下)

<감상> 이 시는 甲寅년(1614) 초봄 월사 李廷龜의 편지를 받고 그 시에 화답하여 지은 것으로, 현실에서 벗어나 초연히 살고 싶은 심정을 노래하고 있다.

초나라 객인 屈原처럼 시름 속에 패옥 버리고 외로운 마을 산속에

의지해 있다(신흠은 당시 사간원의 탄핵을 받고 김포 何陋菴에 머물고 있었다). 몸은 병들어 양쪽 귀밑머리가 짧아져 가고 나와 관계된 온갖 인연이 부질없다. 세상을 피해 이곳에 거처하니, 꽃이 피고 새 우는 봄이 나날이 이어지고, 구름이 드리운 산길이 끝없이 뻗어 있다. 남은 인생 할 일이 무엇인가? 녹피옹처럼 살고 싶다. 李廷龜는 申欽의 시에 대해 남들은 문장이 시보다 더 낫다고 하지만 충담하여 아취가 있는 시를 보면 시가 문장보다 낫다고도 할 수 있다고 말하고 있다(人謂文勝詩 詩尤沖澹有趣 絶摹擬洗蹊徑 亦云詩勝文 「領議政贈諡文貞申公神道碑銘」).

象村이 지은 「玄翁自讚」에, "내 자신이 현옹이라고 생각하면 이는 빠지고 머리는 벗겨지고 얼굴은 메마르고 몸은 야위어 지난날의 현옹이 아니고, 내 자신이 현옹이 아니라고 생각하면 흙탕물을 뿌려도 더러워지지 않고 곤경을 겪어도 더욱 형통하니 곧 지난날의 현옹이다. 현옹이 아니라고 한 것이 옳은가? 맞는다고 한 것이 그른가? 내가 내 자신을 잊어버리면서도 지난날의 나를 잃지 않았으니, 내가 이른바 지난날의 현옹이 아니라고 한 것은 어찌 과연 지난날의 현옹이 아니겠는가? 천지는 하나의 손가락이고 만물은 한 마리의 말이다(『莊子』「齊物論」에서 인용한 말임. 사물에 구애되지 않는 道樞의 입장에서 본다면 호호망망한 천지라도 단순하기 짝이 없는 사람 손가락과 같고 끝없이 변화 운행하는 만물도 한 마리의 달리는 말과 같다는 것임). 四大가 비록 화합하였다 하더라도 무엇이 진짜이고 무엇이 가짜란 말인가(四大는 道家에서는 道·天·地·王을 말하나 여기서는 佛家의 地·水·火·風을 가리킴. 모든 사물과 도리는 다 이 네 가지로 인해 생성되는데, 인간 또한 머리털·손톱·이·피부·근육·골수·빛깔은 다 地에 속하고, 침·콧물·피·진액·가래·대소변은 다 水에 속하고, 따뜻한 온기는 火에 속하고, 움직이는 동작은 風에 속하며, 이 네 가지가 화합하여 인간이 되었다고 함. 불가의 논리에 입각하여 인생의 허무함을 말한 것임. 『圓覺經』)? 아! 그대 현옹은 하늘에 대해서는 능하고 인간에 대해서는 능하지 못한 자인가? 하늘이건 인간이건 내 장차 큰 조화 속으로 돌리련다(以爲玄翁也 則齒缺髮禿 面瘦體削 非昔之玄翁 以爲非玄翁也 則泥而不滓 困而愈亨 是昔之玄翁 其非者是耶 其是者非耶 吾且忘吾 而不失其故 吾所謂非昔之玄翁者 豈非是昔之玄翁 天地一指 萬物一馬 四大雖合 孰眞孰假 噫 爾玄翁 能於天而不能於人者耶 天耶人耶 吾將歸之大化)."라 하면서, 竝序에 "지금 내 나이는 52세로 사실 노쇠하긴 하였으나 그다지 많은 나이를 먹은 것은 아닌데, 법망에 걸린 지 이미 5년으로서 仕版에서 삭적되고 심리에 부쳐지고 田里에 방귀되고 멀리 귀양을 가는 등 한 가지 죄목에 네 가지 벌칙이 병과되었으며, 법망으로 얽어 죄는 것이 부족하면 또 참소와 무함을 가하였다. 아! 어찌 늙지 않을 수 있겠는가? 거울을 가져다 스스로를 비춰 보면 딴사람 같다. 이로 인해 自贊하였는데 사실은 스스로를 조소한 것이다(余年五十二 固衰矣 而然非甚老者也 而羅文罔已五載 削仕版矣 下理矣 放歸矣 竄謫矣 一辜而四律竝矣 文致不足 則又具錦焉 噫 如之何不老 攬鏡自見 如他人也 因以自贊 實自嘲也)."라 하여, 당시의 심정을 밝히고 있다.

80. 「睡起有述」二首 申欽

其一

溪上茅茨小	시냇가 띳집 자그마한데
長林四面回	긴 숲이 사방으로 둘러싸였네
夢醒黃鳥近	꿈을 깨니 꾀꼬리 가까이 있고
吟罷白雲來	읊조림 마치니 흰 구름 날아드네
引瀑澆階笋	폭포 끌어 섬돌의 죽순에 대고
拖筇印石苔	지팡이 짚어 돌 위의 이끼를 찍네
柴扉無剝啄	사립문 두드리는 소리 없으나
時復爲僧開	이따금 스님 위해 열어둔다네

<주석> 〖茨〗 띠 자 〖醒〗 깨다 성 〖黃鳥(황조)〗 꾀꼬리 〖澆〗 물을 대다
요 〖笋〗 죽순 순 〖拖〗 끌다 타 〖筇〗 지팡이 공 〖印〗 찍다 인 〖苔〗
이끼 태 〖剝啄(박탁)〗 문을 두드리는 소리

<감상> 이 시는 57세에 귀양에서 풀려나 김포에서 한가롭게 전원생활을
누리며 지은 시이다.

正祖는 『弘齋全書』 「日得錄」에서 다음과 같이 말하였다.

"象村 申欽의 문장은 참으로 大家의 수준인데 數理學을 겸하여
정밀하고 오묘함을 밝혔으니, 이 역시 여러 작가들이 미치기 어려
운 것이다. 樂全堂 申翊聖은 왕실의 儀賓으로서 사림의 重望을
받았고 昏朝 때 廢母論에 반대하였으며 병자년에는 화친을 반대
하여 끝까지 청나라의 연호를 사용하지 않았으니, 그 아버지에 그
아들이라 할 만하다. 지난번 草稿를 보고 더욱 사람을 경탄케 하
였는데, 일찍이 임진왜란 때 都尉로서 兵權을 관장하였으니, 이는
참으로 드문 일이다. 그러나 예조의 판서가 되어 三館의 직함을
겸하고 나라의 禮文을 관장하고 文盟을 주관하지 못한 것이 애석

하다(象村文章 儘是大家數 而兼於數理之學 闡其精奧 此又諸作家之所難及也 樂全堂以王室儀賓 有士林重望 昏朝抗論 丙子斥和 終身不用淸國年號 可謂有是父有是子也 向見草稿 益令人敬歎 曾於壬辰之亂 以都尉而掌兵柄 此固稀異事 而惜不以春官之長 兼三館之銜 掌邦禮而主文盟也)."

81. 「贈醉客」 李梅窓[14]

醉客執羅衫	취한 손님이 명주저고리를 잡으니
羅衫隨手裂	명주저고리 손길을 따라 찢어졌네
不惜一羅衫	명주저고리 하나쯤이야 아까울 게 없지만
但恐恩情絶	다만 주신 은정까지도 찢어졌을까 두려워라

<주석> 〖衫〗 윗도리 삼 〖惜〗 아깝다 석

<감상> 이 시는 취한 손님에게 준 것으로, 매창의 성품과 인생관이 드러
난 시이다.

취한 손님이 명주로 된 저고리를 잡으니, 몸을 돌려 피하려다 명
주저고리가 손님의 손에 찢어졌다. 비싼 명주저고리지만 아까울
것이 없다. 다만 손님께서 보내 주신 은혜의 정이 이 일 때문에 깨
질 것이 두렵다.

신분이 기생이었던 매창에게 술에 취한 손님들이 덤벼들며 집적
대기 마련이었다. 그러나 매창은 아무에게나 몸을 맡기지 않았으
며, 시를 지어 무색하게 하기도 하였다.

홍만종은 『小華詩評』에서 妓女의 시와 위의 시에 대한 다음과 같
은 내용을 실어 놓았다.

"옛날의 재주 있고 시에 능한 기생으로 설도(당나라의 여류시
인)・취교 같은 무리가 상당히 많았다. 우리나라의 여자들은 비록

---

14) 李梅窓(1573, 선조 6~1610, 광해군 2). 부안현의 아전이던 李湯從의 庶女로 癸酉
年에 태어났다 하여 이름을 癸生 또는 桂生이라 했으며, 애칭으로 癸娘이라 부르
기도 하였고, 자를 天香, 香今이라고도 하였으며, 初號를 蟾初라 하였다는 기록도
보이는데 自號를 梅窓이라 하여 널리 매창으로 불리고 있다. 매창은 16세기 말 부
안 출신의 妓流文學의 대표적인 시인이다. 그는 詩才가 특출하고 歌舞와 玄琴에
이르기까지 다재다능한 여류 예술인으로 한시 수백 수를 남겼다고 전하나, 현재까
지 확인된 매창의 작품으로는 시조 1수와 58수의 한시가 『매창집』에 실려 있다.

글을 배우지 않았으나, 기생들 중에 자질이 영특하고 빼어난 자가 없지 않다. 그러나 시로써 세상에 알려진 사람이 전혀 없으니, 그 이유는 무엇인가? 어숙권의 『패관잡기』를 살펴보니, '우리나라 여자들의 시는 삼국시대에는 알려진 것이 없고, 고려 오백 년 동안 용성의 창기인 우돌과 팽원의 창기인 동인홍만이 시를 지을 줄 안다.'고 하였는데, 이들 시 또한 전해지지 않는다(『보한집』에는 실려 있다). 근자에 송도의 진낭 황진이와 부안의 계생은 그 사조가 문사들과 비교하여 서로 겨룰 만하니, 참으로 기이하다. 진랑의 「영반월」은 다음과 같다. ……계생의 호는 매창으로 「贈醉客」에, ……라 하였다. 시어가 모두 공교하고 곱다. 아! 승려와 기녀는 사람들이 매우 천하게 여기어 함께 나란히 서기를 부끄러워하는 자들이다. 그런데 지금 그들의 작품이 이와 같으니, 우리나라 사람들의 뛰어난 재주를 볼 수가 있다(古之才妓能詩者 如薛濤翠翹之輩 頗多 我東方女子 雖不學書 妓流中英資秀出之徒 不無其人 而以詩傳於世者絶無 何哉 按魚叔權稗官雜記 東方女子之詩 三國時則無聞焉 高麗五百年 只有龍城娼于咄彭原娼動人紅 解賦詩云 而亦無傳焉 頃世松都眞娘扶安桂生 其詞藻與文士相頡頏 誠可奇也 眞娘詠半月詩 ……桂生號梅窓 其詩云 ……語皆工麗 噫 緇髡娼妓 人之所甚賤 羞與爲齒者也 而今其所作如此 則可見我東人才之盛也)."

82. 「自恨」 李梅窓

春冷補寒衣	봄날이 차서 얇은 옷을 꿰매는데
紗窓日照時	깁창에는 햇빛이 비치고 있네
低頭信手處	머리 숙여 손길 가는 대로 맡긴 채
珠淚滴針絲	구슬 같은 눈물이 실과 바늘 적시네

<주석> 〖寒衣(한의)〗 옷이 얇아서 추운 옷 〖紗〗 깁 사 〖滴〗 방울져 떨어지다 적

<감상> 이 시는 자신을 원망하는 시로, 아마도 劉希慶이 떠난 뒤에 지은 것으로 보인다.

매창은 1590년 무렵 부안을 찾아온 시인 村隱 劉希慶과 만나 사귀었다. 매창도 유희경을 처음 만났을 때 시인으로 이름이 높던 그를 이미 알고 있었던 듯하다. 『村隱集』에 다음과 같은 기록이 있다. "그가 젊었을 때 부안에 놀러갔었는데, 계생이라는 이름난 기생이 있었다. 계생은 그가 서울에서 이름난 시인이라는 말을 듣고는 '劉希慶과 白大鵬 가운데 어느 분이십니까?'라고 물었다. 그와 백대붕의 이름이 먼 곳까지도 알려져 있었기 때문이었다. 그는 일찍이 기생을 가까이하지 않았지만 이때 비로소 파계하였다. 대개 서로 풍류로써 즐겼는데, 매창도 시를 잘 지어 『매창집』을 남겼다 (少遊扶安邑 有名妓癸生者 聞君爲洛中詩客 問曰 劉白中誰耶 盖君及大鵬之名動遠邇也 君未嘗近妓 至是破戒 盖相與以風流 也 癸亦能詩 有梅窓集刊行)."

유희경은 매창을 처음 만난 날 「贈癸娘」이란 다음과 같은 시를 남겼다.

曾聞南國癸娘名	일찍이 남국의 계랑 이름 알려져서
詩韻歌詞動洛城	글재주 노래 솜씨 서울에까지 울렸네
今日相看眞面目	오늘에야 참모습을 대하고 보니
却疑神女下三清	선녀가 신선의 궁에서 내려온 듯하여라

40대 중반의 대시인 유희경과의 사랑은 18세의 매창으로 하여금 그의 시세계를 한 차원 높은 곳으로 끌어올리게 했을 것으로 보인다. 이 무렵 그들이 사랑을 주고받은 많은 시들이 전한다. 이 고장 출신의 시인 신석정은 이매창, 유희경, 직소폭포를 가리켜 扶安三絶이라고 하였다.

그러나 유희경이 서울로 돌아가고 이어 임진왜란이 일어나 이들의 재회는 기약이 없게 되었다. 유희경은 전쟁을 맞아 의병을 일으키는 등 바쁜 틈에 매창을 다시 만날 여유가 없었던 것이다. 비록 짧은 기간이었지만 진정 마음이 통했던 연인을 떠나보낸 매창은 깊은 마음의 상처를 받았다. 이후 쓰인 그의 시들은 임에 대한 그리움을 넘어서 서러움과 恨을 드러내고 있다. 유희경 역시 매창을 그리워하기는 마찬가지였다. 한 편만 예시하면 다음과 같다.

「懷癸娘」

娘家在浪州	그녀의 집은 부안에 있고
我家住京口	나의 집은 서울에 있어
相思不相見	서로 그리워해도 서로 못 보고
腸斷梧桐雨	오동나무에 비 뿌릴 땐 애가 끊겨라

83. 「閨中怨」 李梅窓

瓊苑梨花杜宇啼　　옥 같은 동산에 배꽃 피고 두견새 우는 밤
滿庭蟾影更悽悽　　뜰 가득 달빛 더욱 서러워라
相思欲夢還無寐　　꿈에나 만나려도 도리어 잠마저 오지 않고
起倚梅窓聽五鷄　　일어나 매화 핀 창가에 기대어 五更의 닭소
　　　　　　　　　　리 듣네

<주석> 〖瓊〗옥 경 〖苑〗동산 원 〖杜宇(두우)〗전설상 고대 蜀國의 왕
으로, 두견새를 일컬음 〖蟾影(섬영)〗달빛 〖悽〗구슬픈 생각이
들다 처 〖還〗도리어 환

竹院春深曙色遲　　대숲엔 봄이 깊고 날 밝기는 멀었는데
小庭人寂落花飛　　인적도 없는 작은 정원엔 꽃잎만 흩날려라
瑤箏彈罷江南曲　　고운 거문고로 「강남곡」을 뜯으니
萬斛愁懷一片詩　　끝없는 시름, 마음엔 한 편의 詩를 이루네

<주석> 〖竹院(죽원)〗대나무를 심은 뜰 〖曙〗새벽 서 〖瑤〗옥 요 〖箏〗
쟁(거문고 비슷한 악기) 쟁 〖江南曲(강남곡)〗「相和曲」이란 樂府
로, 강남에서 연밥을 딸 때의 풍경을 노래함 〖斛〗10말 곡
<감상> 이 시는 규방에서의 원망을 노래한 것으로, 떠난 임을 그리워하며
지은 시이다.
옥처럼 예쁜 동산에 배꽃이 피고 밤이면 두견새가 구슬피 우는 밤,
뜰에 가득 비친 달빛을 보니 마음이 더욱 서럽다. 현실에서는 만
날 수 없어 꿈에나 만나려고 잠자리에 들었는데, 임에 대한 그리
움이 너무 깊어 잠마저 오지 않는다. 할 수 없이 잠자리에서 일어

나 매화가 핀 창가에 기대어 앉아 있으니, 五更이 되자 새벽닭이 운다.

대나무를 심은 뜰엔 대나무 잎이 돋아 봄이 깊고 날이 밝기는 멀었는데, 인적이 없는 작은 정원엔 사람이 보이지 않고 꽃잎만 흩날린다. 예쁜 거문고로 남녀 연밥을 따며 부르는 戀歌인 「강남곡」 연주를 마치니, 시름은 끝없고 마음엔 한 편의 詩가 이루어진다.

매창은 1607년 유희경을 다시 만난 기록이 있지만, 그와 헤어진 뒤 10여 년을 유희경을 그리며 살았다. 매창이 마음을 준 두 번째 남자는 이웃 고을에 사는 李貴였다. 그는 명문 집안 자제로 글에 뛰어났는데 매창이 그에게 마음이 끌렸음을 보여 주는 허균의 기록이 있다. 허균은 1601년 충청도와 전라도의 세금을 거두는 해운판관이 되어 호남에 들렀다. 『성소부부고』에는, "23일 부안에 도착하니 비가 몹시 내려 머물렀다. 고홍달이 인사를 왔다. 창기 계생은 이옥여(옥여는 李貴의 자)의 情人이다. 거문고를 뜯으며 시를 읊는데 생김새는 시원치 않으나 재주와 정감이 있어 함께 이야기할 만하여 종일토록 술잔을 놓고 시를 읊으며 서로 화답하였다. 밤에는 계생의 조카를 침소에 들였으니 혐의를 피하기 위해서이다 (壬子 到扶安 雨甚留 高生弘達來見 倡桂生 李玉汝情人也 挾瑟吟詩 貌雖不揚 有才情可與語 終日觴詠相倡和 夕納其姪於寢 爲遠嫌也)."라는 기록이 있다.

84.「傷春」李梅窓

不是傷春病	봄을 근심해서 생긴 병이 아니라
只因憶玉郎	다만 임 그리워 생긴 병이라오
塵豈多苦累	塵世에 어찌나 괴로움이 많은가?
孤鶴未歸情	외로운 학이 되어 돌아갈 수 없는 정이여

<주석> 〖傷春(상춘)〗 봄이 와서 일어나는 근심 〖玉郎(옥랑)〗 情人에 대한
愛稱

誤被浮虛說	잘못 뜬소문 도니
還爲衆口喧	도리어 여러 사람 입들이 시끄럽구나
空將愁與恨	부질없이 시름과 한스러움으로 보냈으니
抱病掩柴門	병난 김에 차라리 사립문 닫으리

<주석> 〖喧〗 시끄럽다 훤 〖將〗 보내다 장

<감상> 이 시는 봄이 와서 일어나는 근심에 대해 노래하고 있다.
임에 대한 그리움을 지니며 살던 매창은 37세의 나이로 요절한다.
이에 예전에 만났던 허균은 파직되어 부안 우반동에 있는 정사암
에 와서 쉬다가 그를 슬퍼하는 시를 다음과 같이 지었다.

「哀桂娘」

妙句堪擒錦	신묘한 글귀는 비단을 펼쳐 놓은 듯
淸歌解駐雲	청아한 노래는 구름을 멈출 수 있어라
偸桃來下界	복숭아를 딴 죄로 인간에 귀양 왔고
竊藥去人群	선약을 훔쳤던가? 이승을 떠나다니

燈暗芙蓉帳	등불은 부용의 장막에 어둑하고
香殘翡翠裙	향내는 비취색 치마에 남았구려
明年小桃發	명년에 작은 복사꽃 피어날 때
誰過薛濤墳	누가 설도의 무덤에 들르는지
凄絶班姬扇	처절한 반첩여의 부채요
悲涼卓女琴	비량한 탁문군의 거문고로세
飄花空積恨	나는 꽃은 부질없이 한을 쌓고
衰蕙只傷心	시든 난초는 다만 마음 상할 뿐
蓬島雲無迹	봉래섬에 구름은 자취가 없고
滄溟月已沈	큰 바다에 달은 이미 잠기었다오
他年蘇小宅	다른 해 봄이 와도 소소의 집엔
殘柳不成陰	낡은 버들 그늘을 이루지 못하네

<주석> 〖擒〗 쥐다 착 〖駐〗 머무르게 하다 주 〖偸桃來下界〗 『漢武故事』에, 西王母가 仙桃 7개를 가지고 와서 漢 武帝에게 5개를 주고 2개는 자기가 먹었는데, 한 무제가 그 씨를 심으려 하자 서왕모가 "이 복숭아나무는 3천 년에 한 번 開花하고 3천 년 만에야 열매가 맺는다. 이제 이 복숭아나무가 세 번 열매를 맺었는데, 東方朔이 이미 3개를 훔쳐갔다." 하였음 〖竊藥去人群〗 『淮南子』 「覽冥訓」에, 羿가 서왕모에게서 不死藥을 얻어다 놓고 미처 먹지 못하고 집에 둔 것을 그의 처 姮娥가 훔쳐 먹고 신선이 되어 달로 달아나 月精이 되었다고 함 〖薛濤(설도)〗 唐나라 중기의 名妓임. 音律과 詩詞에 능하여 항상 元稹·白居易·杜牧 등과 唱和하였다. 여기서는 桂生을 이에 비유한 것임 〖凄絶班姬扇〗 『漢書』 卷97 「列女傳」에, 班婕妤는 漢 成帝 때의 궁녀이다. 성제의 사랑을 받았는데 趙飛燕에게로 총애가 옮겨가자 참소당하여 長信宮으로 물러가 太后를 모시게 되었다. 이때 자신의 신세를 소용없는 가을 부채(秋扇)에 비겨 읊은 「怨歌行」을 지었음 〖悲涼卓

女琴】 卓文君은 漢나라 蜀郡 臨邛의 부자 卓王孫의 딸임. 과부로 있을 때 司馬相如의 거문고 소리에 반해서 그의 아내가 되었는데 후에 사마상여가 茂陵의 여자를 첩으로 삼자, 「白頭吟」을 지어 자기의 신세를 슬퍼했다고 함 【飄】 회오리바람 표 【蕙】 혜초(난초의 일종) 혜 【滄溟(창명)】 큰 바다 【蘇小(소소)】 南齊 때 錢塘의 名妓 이름. 전하여 기생의 범칭으로 쓰임

이 시의 題注에, "계생은 부안 기생인데, 시에 능하고 글도 이해하며 또 노래와 거문고도 잘했다. 그러나 천성이 고고하고 절개가 있어 음탕한 것을 좋아하지 않았다. 나는 그 재주를 사랑하여 교분이 막역하였으며 비록 담소하고 가까이 지냈지만 亂의 경에는 미치지 않았기 때문에 오래가도 변하지 않았다. 지금 그 죽음을 듣고 그를 위해 한 차례 눈물을 뿌리고서 율시 2수를 지어 슬퍼한다(桂生扶安娼也 工詩解文 又善謳彈 性孤介不喜淫 余愛其才 交莫逆 雖淡笑狎處 不及於亂 故久而不衰 今聞其死 爲之一涕 作二律 哀之)."라고 말하고 있다.

85. 「春思」 李梅窓

東風三月時	봄바람이 불어오는 삼월에
處處落花飛	곳곳에서 지는 꽃잎 흩날려요
緣綺相思曲	비단 옷 입고 상사곡을 불러 봐도
江南人未歸	강남 간 임은 돌아오시지 않네요

<주석> 〖綺〗 비단 기

<감상> 이 시는 봄날 떠난 임을 그리워하며 지은 시이다.

　봄바람이 불어오는 삼월 늦봄이라, 여기저기에서 떨어지는 꽃잎들이 눈처럼 흩날리고 있다. 봄이면 떠난 임도 오는 시절이라(봄은 이별의 시점이며 동시에 만남의 계절임), 혹시나 하는 생각에 고운 비단 옷을 입고 상사곡을 불러보는데, 강남으로 가신 우리 임은 돌아오시지 않는다.

86. 「過鄭松江墓 有感」 權韠15)

空山木落雨蕭蕭	텅 빈 산 나뭇잎 지고 비는 부슬부슬
相國風流此寂寥	재상의 풍류 이렇게 적막하네
惆悵一杯難更進	슬프다, 술 한 잔 다시 올리기 어려우니
昔年歌曲卽今朝	예전의 그 노래가 바로 오늘 아침 일이네

<주석> 〖蕭蕭(소소)〗 비오는 소리 〖惆〗 슬퍼하다 추 〖悵〗 슬퍼하다 창 〖進〗
올리다 진

<감상> 이 시는 스승인 鄭澈의 무덤을 지나면서 지난날 그의 풍류를 회고
하며 노래한 것이다.

1구와 2구에서는 鄭澈의 묘가 있는 텅 빈 가을 산에 비가 추적추적
내리는데 술과 노래를 잘하시던 스승의 풍류는 적막하기만 함을 묘
사하고 있다. 3구와 4구에서는 스승이 돌아가시어 술 한 잔 다시
올리기 어려운데, 그 예전에 「將進酒辭」를 부르시던 일이 오늘 아
침 일인 듯하다고 읊고 있다(이 시의 마지막 부분의 夾註에, "공이
일찍이 단가를 지었는데, 죽은 뒤 누가 한 잔 술을 권할까라는 의
미의 말을 하였다: 公嘗有短歌 道死後誰勸一杯酒之意)."

---

15) 權韠(1569, 선조 2∼1612, 광해군 4) 본관은 安東. 자는 汝章, 호는 石洲. 대대로
文翰을 업으로 삼아 온 전형적인 문인 집안(9대조가 權溥, 6대조가 權近, 부친은
權擘)에 태어나, 과거에 뜻을 두지 않고 술과 시를 즐기며 자유분방한 일생을 살았
다. 童蒙教官으로 추천되었으나 끝내 나아가지 않았다. 江華에 있을 때 명성을 듣
고 몰려온 많은 유생들을 가르쳤으며, 명나라의 대문장가 顧天俊이 사신으로 왔을
때 영접할 문사로 뽑혀 이름을 떨쳤다. 光海君의 妃 柳氏의 동생 등 외척들의 방
종을 비난하는 「宮柳詩」를 지었는데, 1612년 金直哉의 무옥에 연루된 趙守倫의
집을 수색하다가 그가 지었다는 문장이 나와 親鞫받은 뒤 해남으로 유배되었다. 귀
양길에 올라 동대문 밖에 다다랐을 때 행인들이 주는 동정술을 폭음하고 그 다음
날 죽었다. 1623년 인조반정 뒤, 사헌부지평에 추증되었다. 『石洲集』과 한문소설 「周
生傳」이 전한다.

조선 중기 최고의 시인으로 평가를 받고 있는 권필은, 이 시에서 낙엽이 지는 視覺과 노래가 퍼지는 聽覺을 통해 인생의 무상함을 노래함과 동시에, 호탕하게 술을 즐기던 정철과 무덤에 술을 올리는 자신의 모습을 잘 묘사하고 있다.

許筠의 『성소부부고』의 「答李生書」에서는 우리나라의 詩史를 언급하면서 권필에 대해서 언급하고 있는데, 예시하면 다음과 같다. "우리나라는 외져서 바다 모퉁이에 있으니 唐나라 이상의 문헌은 까마득하며, 비록 乙支文德과 眞德女王의 詩가 역사책에 모아져 있으나, 과연 자신의 손으로 직접 지었던 것인지는 감히 믿을 수 없소. 新羅 말엽에 이르러 崔致遠 學士가 처음으로 큰 이름이 났는데, 오늘로 본다면 文은 너무 고와서 시들었으며 詩는 거칠어서 약하니 許渾・鄭谷 등 晚唐의 사이에 넣더라도 역시 누추함을 나타낼 텐데, 盛唐의 작품들과 그 技法을 겨루고 싶어 해서야 되겠습니까? 高麗시대의 鄭知常은 아롱점 하나는 보았다 하겠지만, 역시 晚唐 詩 가운데 穠麗한 시 정도였소. 李仁老・李奎報는 더러 맑고 奇異하며 陳灌・洪侃은 역시 기름지고 고우나 모두 蘇東坡의 범위 안에서 벗어나지 못하지요. 급기야 李齊賢에 이르러 倡始하여, 李穀・李穡이 계승하였으며, 鄭夢周・李崇仁・金九容이 고려 말엽의 名家가 되었지요. 조선 초엽에 이르러서는 鄭道傳・權近이 그 명성을 독점하였으니 文章은 이때에 이르러 비로소 達했다 칭할 만하여 아로새기고 빛나곤 해서 크게 변했다 이를 만한데 中興의 공로는 李穡이 제일 크지요. 중간에 金宗直이 圃隱・陽村의 文脈을 얻어서 사람들이 大家라고 일렀으나 다만 恨스러운 것은 文藻의 트임이 높지 못했던 것이오. 그 뒤에는 李荇 정승이 시에 入神하였으며, 申光漢・鄭士龍은 역시 그 뒤에 뚜렷하였소. 盧守愼 정승이 또 애써서 문명을 떨쳤으니, 이 몇 분들이 中國에 태어났다면 어찌 모두 康海・李夢陽(明의 前七子로 詩文에 능함) 두 사람보다 못하다 하리오? 당세의 글 하는 이들이 文은 崔岦을 추대하고 詩는 李達을 추대하는데, 두 분 모두 천 년 이래의 絶調

지요. 그리고 같은 연배 중에서는 權鞸이 매우 婉亮하고, 李安訥이 매우 淵伉하며 이 밖에는 알 수가 없소(吾東僻在海隅 唐以上文獻邈如 雖乙支, 眞德之詩 彙在史家 不敢信其果出於其手也 及羅季 孤雲學士始大厥譽 以今觀之 文菲以萎 詩粗以弱 使在許鄭間 亦形其醜 乃欲使盛唐爭其工耶 麗代知常 足窺一斑 亦晚李中穠麗者 仁老奎報 或淸或奇 陳澕洪侃 亦腴艶 而俱不出長公度內耳 及至益齋倡始 稼牧繼躅 圃陶惕 爲季葉名家 逮國初 三峯陽村 獨擅其名 文章至是 始可稱達 追琢炳烺 足曰丕變 而中興之功 文靖爲鉅焉 中間金文簡得圃, 陽之緒 人謂大家 只恨文竅之透不高 其後容齋相詩入神 申鄭亦瞠乎其後 蘇相又力振之 玆數公 使生中國 則詎盡下於康李二公乎 當今之業 文推崔東皐 詩推李益之 俱是千年以來絶調 而儕類中汝章甚婉亮 子敏甚淵伉 此外則不能知也)."

87.「忠州石 效白樂天」 權韠

忠州美石如琉璃	충주의 아름다운 돌은 유리와 같은데
千人劚出萬牛移	천 사람이 깎고 만 마리 소가 옮기네
爲問移石向何處	어느 곳으로 돌을 옮기는가 물어보니
去作勢家神道碑	가서 권세가의 신도비를 만든다네
神道之碑誰所銘	신도비는 누가 짓는 것인지
筆力倔強文法奇	필력이 강경하고 문법이 뛰어나네
皆言此公在世日	모두 이분이 살아 있을 때를 말한 것으로
天姿學業超等夷	천품과 학업이 모두 출중하였다네
事君忠且直	임금을 섬김은 충성스럽고도 정직하며
居家孝且慈	집안에서는 효성스럽고도 자애로웠다네
門前絶賄賂	문 앞에는 뇌물 청탁이 아주 없었고
庫裏無財資	창고 안에는 쌓아둔 재물이 없었으며
言能爲世法	말은 세상의 법이 될 만하고
行足爲人師	행실은 남의 사표가 될 만하네
平生進退間	평생에 진퇴 거취가
無一不合宜	하나도 도리에 안 맞는 게 없다네
所以垂顯刻	그래서 이 비석을 세워서
永永無磷緇	길이 사적이 인몰되지 않게 한다네
此語信不信	이 말을 믿든 믿지 않든
他人知不知	남이야 알든 알지 못하든
遂令忠州山上石	마침내 충주 산 위의 돌들은
日銷月鑠今無遺	날로 달로 사라져 지금은 남은 게 없네
天生頑物幸無口	하늘이 무딘 물건을 낼 때 입 없는 게 다행이지

使石有口應有辭　만약 돌에 입이 있다면 응당 할 말이 있으
리라

<주석>　『效白樂天』白樂天의 작품 「靑石」을 본뜬 것으로, 『白香山詩集』
4권에 실려 있음 『劚』 깎다 촉 『神道碑(신도비)』 무덤 앞길에 세
워 죽은 사람의 평생 사적을 기록한 비석 『倔强(굴강)』 强硬함 『天
姿(천자)』 천부적인 자질 『等夷(등이)』 같은 무리 『賄』 뇌물 회 『賂』
뇌물 뢰 『磷緇(린치)』 외부 조건의 영향을 받아 변화가 일어남을
비유하는 것으로, 『論語』 「陽貨」에, "不曰堅乎 磨而不磷 不曰
白乎 涅而不緇"라는 말이 보임(磷 닳다 린, 緇 검다 치) 『銷』 녹
이다 소 『鑠』 녹이다 삭 『頑』 무디다 완 『使』 만약 사

<감상>　이 시는 백락천의 시 「靑石」을 본떠 지은 것으로, 당시 사회의 허
구적이고 의례적인 관습에 대한 것과 당시 거의 칭송 일변도의 내
용으로 채워진 神道碑銘의 文體에 대해 비판한 작품이다.
申欽은 『청창연담』에 다음과 같이 권필의 성품과 삶의 旅程을 간
략히 기록하고 있다.
"寒士 權韠이라는 자가 있었는데 자는 汝章으로 참의 權擘의 아
들이다. 권벽은 문장을 잘했는데 권필이 어려서부터 가정의 훈도
를 받아 弱冠에 文藝가 이루어졌다. 少陵 杜甫의 시풍을 배우려
고 노력하였으며 지은 작품이 매우 맑고 아름다운데 뒤에 와서 시
를 짓는 사람들이 그를 으뜸으로 쳤다. 그런데 그의 시가 시휘에
저촉되는 바람에 임자년(1612, 광해군 4)에 廷刑을 받고 북쪽 변
경으로 유배당하게 되었는데 도성 문을 나가다가 죽고 말았다(권
필이 광해군의 妃 柳氏의 아우 柳希奮 등 戚族들의 방종함을 비
난하는 宮柳詩를 지었는데, 광해군이 크게 노하여 시의 출처를 찾
던 중 金直哉의 誣獄에 연루된 趙守倫의 집을 수색하다가 권필
의 시를 찾아내었다. 이에 권필이 親鞫을 받고 귀양길에 올랐는
데, 동대문 밖에 이르렀을 때 사람들이 주는 술을 폭음하고 이튿

날 죽고 말았다). 이때 그의 나이 43세였는데, 원근에서 이를 듣고 탄식하며 슬퍼하지 않는 이가 없었다. 사람됨 역시 소탈하고 무슨 일이든 겁 없이 해치우는 성미였으며 사소한 儀節에 구애받지 않았는데, 과거 공부도 포기한 채 세상을 도외시하고 떠돌아다니면서 시와 술로 스스로 즐겼다. 임진왜란을 당해 江華로 흘러 들어가 寓居하고 있을 때는 그를 존경하여 추종하는 자가 날로 문에 이르렀는데, 심지어는 식량을 싸들고 미투리를 삼아 신고 천 리 먼 곳에서 와서 따르는 자도 있었다. 그러다가 그가 죽자 문인들이 죄 없이 그가 죽게 된 것을 가슴 아파한 나머지 과거를 포기하고 세상과 관계를 끊어 버리는 자들도 많았다. 그의 저술『石洲集』이 세상에 전해진다. 아들 하나가 있었으며 그 문인은 沈惕이라고 한다(有韋布權韠者 字汝章 參議擘之子也 韠能文章 韠早得家庭之訓 弱冠而藝成 治少陵 所作甚淸艶 後來作詩者 推爲第一 以詩觸時諱 壬子受廷刑 竄北荒 出都門而卒 年四十三 遠近聞者 莫不嗟悼 爲人亦淸疏邁往 不拘少節 棄科業 放浪物外 詩酒自娛 遭壬辰倭警 流寓江華 摳衣者日造門 至有嬴糧躡屩 千里而來從者 及其歿也 門人痛其非辜 多捐科擧 與世相絶者 所著石洲集 行于世 有一子 其門人沈惕云)."

88. 「城山過具容古宅」 二首 權韠

其一

城山南畔是君家	성산 남쪽이 그대의 집인데
小巷依依一逕斜	작은 마을에 희미한 길 하나 뻗어 있었지
浮世十年人事變	덧없는 세상 십 년에 인간사 변했는데
春來空發滿山花	봄이 와서 온 산에 꽃은 부질없이 피었구나

<주석> 〖畔〗 가 반 〖依依(의의)〗 흐릿한 모양 〖逕〗 좁은 길 경 〖人事變
(인사변)〗 具容이 이미 故人이 되었음을 뜻함

<감상> 이 시는 친구인 구용이 죽은 후 성산에 있는 구용의 옛집을 지나
면서 지은 시로, 진실한 우정을 노래하고 있다.

마포에 살던 권필이 城山에 살고 있던 具容의 집을
지나는데, 조그만 마을에 희미하게 뻗은 길 하나가
있는 곳에 구용의 집이 있다. 덧없는 10년의 세월이
흐르자 구용은 故人이 되어 인간사가 변했는데, 그
집에는 봄이 와서 꽃이 만발했다. "年年歲歲花相似
歲歲年年人不同(劉廷之 「代悲白頭翁」)"이라 했던
가? 꽃은 지난해 봄에 핀 꽃이 그대로 피었지만, 이
미 가 버린 故人은 다시 볼 수 없기에 悲哀를 느낀
다.

正祖는 『弘齋全書』「日得錄」에서 권필의 시가 盛唐風이 있었음
을 다음과 같이 말하였다.

"우리나라 시인 石洲 權韠은 盛唐 때의 격조와 운치를 터득할 수 있
었는데, 문집의 판본이 닳아 못쓰게 되었기 때문에 湖營으로 하여금
重刊하도록 하였다. 『三淵集』의 경우에도 판본이 없어서는 안 되는데,

근래에 그 자손들 중에 현달한 자가 많으니 앞으로 혹 간행을 할 수 있을지 모르겠다(我朝詩家 權石洲能得盛唐調響 而板本刓缺 故令湖營 重刊 如三淵集 亦不可無板本 其子孫近多顯達者 將來或可就否)."

89. 「哭具金化喪柩于楊州之山中 因日暮留宿 天明 出山」權韠

幽明相接杳無因	이승과 저승이 이어져도 아득해 만날 길이 없더니
一夢殷勤未是眞	꿈속에서 은근히 만났지만 진실이 아니겠지
掩淚出山尋去路	눈물 닦으며 산을 나와 갈 길을 찾으니
曉鶯啼送獨歸人	새벽 꾀꼬리 울며 홀로 가는 사람 전송하네

<주석> 〖具金化(구김화)〗 具容(1569~1601)으로, 자는 大受이고 호는 竹窓·竹樹·楮島이며 본관은 綾城이다. 금화현감에 부임하였으므로 이렇게 불렀음. 시를 잘 지어 명성이 높았으며, 權韠, 李安訥 등과 교분이 두터웠다. 1598년(선조 31) 김화현감에 부임하였는데, 3년 후 33세의 나이로 요절하였음 〖柩〗 널 구 〖杳〗 아득하다 묘 〖曉鶯啼送獨歸人〗『시경』「小雅」「伐木」에 "나무 베는 소리 쩡쩡 울리거늘, 새 우는 소리 꾀꼴꾀꼴 들리도다. ……꾀꼴꾀꼴 꾀꼬리 울음이여, 벗을 찾는 소리로다. 저 새를 보건대 오히려 벗을 찾아 우는데, 하물며 사람이 벗을 찾지 않는단 말인가 〖伐木丁丁 鳥鳴嚶嚶 ……嚶其鳴矣 求其友聲 相彼鳥矣 猶求友聲 矧伊人矣 不求友生〗." 하였음

<감상> 이 시는 양주의 산속에서 구김화의 관 앞에 통곡하고 날이 저물어 머물러 잔 뒤 다음 날 아침에 산을 나서며 지은 시이다.

김화현감으로 있던 벗인 구용이 죽자, 권필이 양주의 장지까지 따라갔다가 날이 저물어 留宿하게 되었다. 우정이 돈독해 저승으로 간 친구를 만나고 싶지만 통할 길이 없더니, 그날 밤 꿈에 구용이 나타났는데, 실물은 아니겠지? 눈물을 흘리며 산을 내려와 왔던

길을 되돌아가려니, 새벽 꾀꼬리가 구용의 넋이라도 되는 것처럼 홀로 가는 권필을 전송해 주고 있다.

90.「滄浪亭」 權韠

蒲團岑寂篆煙殘	부들자리 적막하고 향 연기 가물가물
獨抱仙經靜裏看	홀로 신선의 경전 끼고서 조용히 보노라
江閣夜涼松月白	강가 누각에 밤 서늘하고 소나무에 달이 밝으며
渚禽飛上竹闌干	물가의 새가 대나무 난간으로 날아오르네

<주석> 『滄浪亭(창랑정)』 전라북도 同福에 있던 정자임 『蒲』 부들 포 『團』 덩어리 단 『岑寂(잠적)』 적막함 『篆香(전향)』 향 가루 『渚』 물가 저 『闌』 난간 란 『干』 난간 간

<감상> 창랑정에 올라 주변의 풍광을 보고 지은 시이다.
부들로 엮은 자리에 앉아 향불을 피우고 신선들이 보는 책을 조용히 보고 있다. 밤이 되자 강가에 있는 정자는 서늘하고 소나무에는 밝은 달이 걸려 있으며, 물가에 노닐던 새들이 창랑정 위로 날아오른다.

91. 「途中」 權韠

日入投孤店	해 질 무렵 외로운 객점에 투숙하니
山深不掩扉	산이 깊어서 사립문도 닫지 않는구나
鷄鳴問前路	닭이 울어 앞 갈 길을 묻는데
黃葉向人飛	누런 잎들이 사람을 향해 날아든다

<주석> 〖投〗 의탁하다 투 〖店〗 여관 점 〖扉〗 문짝 비

<감상> 이 시는 늦가을 길을 가다 노래한 것으로, 唐風에 정통한 시인답게 나그네의 고통과 외로움을 생생하게 묘사하고 있다.

늦은 가을, 길을 가던 나그네가 지친 몸을 이끌고 해가 질 무렵 깊은 산속에 홀로 자리 잡은 객점에 투숙하니, 산이 깊어서 그런지 사립문도 닫지 않은 채 열려 있다(문을 열어둘 수 있는 안정됨을 부러워하는 시인의 불안한 심리를 표출한 것임). 닭이 울자 말자 다시 먼 길을 가야 하기에 앞 갈 길을 묻는데, 누런 잎들이 시인 자신을 향해 날아든다.

正祖는 『弘齋全書』 「日省錄」에서 權韠의 시에 대해 다음과 같이 말하고 있다.

"三淵 金昌翕의 시는, 近古에는 이러한 품격이 없을 뿐 아니라 중국의 名家 속에 섞어 놓아도 손색이 없을 것이라 생각된다. 그러나 東岳 李安訥, 挹翠軒 朴誾, 石洲 權韠, 訥齋 朴祥, 蘇齋 盧守愼 등 여러 문집만은 못하다. 東岳의 詩는 언뜻 보면 맛이 없지만 다시 보면 좋다. 비유하자면 샘물이 졸졸 솟아 천 리에 흐르는 것과 같아서, 이리 보나 저리 보나 스스로 하나의 문장을 이루고 있다. 挹翠軒은 정신과 意境이 깊은 경지에 도달하여 音韻이 청아한 격조로서 사람으로 하여금 산수 간에 노니는 것 같은 생각을 갖게 한다. 세상에서는 蘇軾과 黃庭堅을 배웠다고 하나 대개 스스로 터득한 것이 많아 唐·宋의 격조를 논할 것 없이 詩家의 絶品이라 할 만하다. 訥齋는 고상하고 담백하여 스스로 무한한 趣味가 있으니, 비록 읍취헌과 겨룰 만하다 해도 지나치지 않을 것이다. 石洲는 비록 웅장함은 부족하지만 부드러운 맛이 있는데 가끔은 깨우침을 주는 곳이 있다. 盛唐의 수준이라 할 수는 없지만 唐의 수준이 아니라고 한다면 너무 폄하한 것이다. 蘇齋는 19년간을 귀양살이하면서 老莊의 서적을 많이 읽어서 상당히 깨우친 곳이 많았기 때문에 그 운이 원대하고 그 격이 웅장하다. 옛사람이 이른바 '荒野가 천 리에 펼쳐진 형세'라고 한 것이 참으로 잘 평가한 말이다. 그러나 그 대체는 濂洛의 氣味를 잃지 않았으니, 평생한 학문의 힘은 역시 속일 수 없는 것이다(三淵之詩 不但近古無此格 雖廁中國名家 想或無愧 而猶遜於東岳挹翠石洲訥齋蘇齋諸集 東岳詩 驟看無味 再看却好 譬如源泉渾渾 一瀉千里 橫看竪看 自能成章 挹翠神與境造 格以韻淸 令人有登臨送歸之意世以爲學蘇黃 而蓋多自得 毋論唐調宋格 可謂詩家絶品 訥齋淸高淡泊 自有無限趣味 雖謂之頡頏挹翠 未爲過也 石洲雖欠雄渾一味裊娜 往往有警絶處 謂之盛唐則未也 而謂之非唐則太貶也蘇齋居謫十九年 多讀老莊書 頗有頓悟處 故其韻遠 其格雄 古人所謂荒野千里之勢 眞善評矣 然其大體 則自不失濂洛氣味 平生學力 亦不可誣也)."

92. 「聞任茂叔削科」權韠

宮柳靑靑鶯亂飛	궁궐 버들 푸르고 꾀꼬리 어지러이 나는데
滿城冠蓋媚春暉	성안에 가득한 높은 사람 봄 햇살에 아첨하네
朝家共賀昇平樂	조정에서 함께 태평의 즐거움을 축하하는데
誰遣危言出布衣	누가 바른말 하여 포의로 쫓겨났나?

<주석> 〖冠蓋(관개)〗 높은 벼슬아치 〖媚〗 아첨하다 미 〖暉〗 빛 휘 〖昇平(승평)〗 태평 〖危〗 바르다 위

<감상> 이 시는 「宮柳詩」라고도 하는데 任叔英이 지은 對策文 때문에 과거에서 떨어진 소식을 듣고 지은 시이다. 光海君의 妃인 柳氏의 戚里들이 방자하게 권세를 부리자, 권필이 「宮柳詩」를 지어 풍자하였는데, 마침내 이 시로 誣獄에 걸려들어 광해군의 親鞫하에 혹독한 刑訊을 받고 滅死되어 慶源府로 귀양 가는 도중, 동대문 밖에서 동정으로 주는 술을 받아 마시고 죽었다. 시에서 말한 궁궐의 버들은 유씨를 비유한 것이다. 구체적인 내용이 『光海朝日記』 辛亥(1611년)條에 다음과 같이 실려 있다.

"鳳山郡守 申慄이 도적을 잡아서 매우 혹독하게 국문하니, 도적이 죽음을 늦추려고 文官 金直哉가 모반하였다고 하였다. 申慄이 병사 柳公亮, 감사 尹暄 등을 통하여 조정에 알리고, 김직재를 묶어 올려 보냈다. 그를 국문하니, 김직재가 黃赫과 같이 모의하여 晉陵君을 추대하려 했다고 거짓으로 말하였다. 진릉군은 곧 順和君의 양자이며, 순화군의 부인은 황혁의 딸이다. 모두 잡아다가 국문했는데, 황혁은 곤장을 맞고 죽었다. 옥사가 끝나자, 柳公亮·申慄 및 推官은 모두 錄勳되었다. 옥사가 신해년(1611)에 일어나 임자년(1612)에 끝났다. (『荷潭錄』, 『明倫錄』). 황혁 집의 문

서를 수색할 때에 문서 가운데서 권필의 시를 얻었는데, 그 시는
이러하다. ……국청에서 詩語에 원망하고 비방하는 뜻이 있다 하
여 권필을 잡아다가 국문하기를 청하여, 형벌을 받고 멀리 귀양
가다가 도중에 죽었고, 권필의 형 權韜도 귀양을 갔다. 권필은 幼
學으로, 시국에 마음이 상하여 과거를 그만두고 外戚들이 用事하
는 것을 분히 여겨 이 시를 지었던 것이다. 여기서 궁궐 버들이란
왕비 柳氏를 가리킨다(鳳山郡守申憬 捕盗鞫之甚酷 盗欲緩死 告
文官金直哉謀反　申憬通于兵使柳公亮監司尹暄等聞于朝　繫送
直哉 鞫之 直哉誣稱與黃赫連謀 欲推戴晉陵君 晉陵卽順和繼後
子 而順和夫人赫之女也　並拿鞫 赫殞於杖下　獄成 柳公亮申憬
及推官皆錄勳 獄起於辛亥 成於壬子 荷潭錄明倫錄 黃赫家文書
搜探時 得權韠詩於文書中 詩曰 宮柳靑靑鶯亂飛 滿城冠蓋媚春
輝 朝家共賀昇平樂 誰使危言出布衣 鞫廳以詩語有怨誹意 請拿
鞫 受刑遠竄 道死 韠兄韜亦被謫 韠以幼學 傷時廢科 憤戚里用
事 有此句 宮柳蓋指王妃柳氏也)."
이러한 것은 권필이 지닌 하층민에 대한 연민과 지배층에 대한 적
개심에서 기인한 것으로 보이는데, 다음 권필이 쓴 「答宋甫書」에
서 이러한 성향을 읽을 수 있다.
"저는 타고난 성품이 오활하고 방자해서 시속과 어울림이 적습니
다. 좋은 집을 만날 때마다 반드시 침을 뱉고 지나가고, 누추한 거
리의 초라한 집을 보면 반드시 서성이며 돌아보면서 팔을 베고 누
워 물만 마시고 있더라도 그 즐거움을 고치지 않는 사람을 본 듯
이 생각했습니다. 늘 높은 벼슬아치로서 세상 사람들이 모두 어질
다고 하는 자를 만나면 종놈같이 천하게 여겼으나, 기개 있는 개
백정으로 향리에서 천대받는 자를 보면 흔쾌히 따라 놀기를 바라
며, '슬픈 노래를 부르며 강개한 사람을 보기를 바랐다.'고 했습니
다. 이것이 제가 시속에서 괴상하게 보이는 까닭이지만, 저도 무
슨 마음인지 모르겠습니다. 이런 까닭으로 세상과 함께 하고 싶지
않아 장차 산야에 물러나 마음을 거두고 성정을 길러 옛사람이 말

한 도라는 것을 구하고자 했습니다(僕受性疏誕 與俗寡諧 每遇朱
門甲第 則必唾而過之 而見陋巷蓬室 則必徘徊眷顧 以想見曲肱
飮水而不改其樂者 每遇紆靑拖紫 擧世以爲賢者 則鄙之如奴虜
而見任俠屠狗 爲鄕里所賤者 則必欣然願從之遊曰 庶幾得見悲
歌慷慨者乎 此僕之所以見怪於流俗 · 而僕亦不能自知其何心也
以此不欲與世俯仰 思將退伏山野 收心養性 以求古人所謂道者)."

祭罷原頭日已斜　　제사 마친 들판에 해는 이미 기울고
紙錢翻處有鳴鴉　　지전 흩날리는 곳에 갈까마귀만 운다
山蹊寂寂人歸去　　적적한 산길에 사람들은 돌아가고
雨打棠梨一樹花　　팥배나무 한 그루 꽃잎 위로 빗발치네

<주석> 【翻】날다 번 【鴉】갈까마귀 아 【蹊】좁은 길 혜 【打】치다 타 【棠】 팥배나무 당

<감상> 이 시는 한식날 지은 것으로, 인생의 덧없음을 노래하고 있다. 한식날 제사를 마친 들판에 해는 이미 기울고, 지전을 불태워 흩 날리는 곳에 갈까마귀만이 제사 음식을 먹으려고 주변에 서성거 리며 운다. 곧 사람들은 모두 돌아가고 적적한 무덤과 산길만 남 았는데, 봄비가 팥배나무 한 그루 꽃잎 위로 빗발친다.

봄비에 떨어지는 꽃잎처럼 인생이란 무상한 것이며 덧없는 것이 다. 景中情을 느낄 수 있는 시이다. 洪萬宗은 『小華詩評』에서 이 시에 대해 다음과 같이 말하고 있다.

"명나라 사신 顧天埈과 崔廷健이 오자, 석주 권필이 포의로 종사 관으로 선발되었는데, 선조대왕께서 석주의 시고를 찾아 들여오게 해서 향안에다 놓아두시고 항상 읊으시었다. 「한식」에, ……이 시 는 지극히 곱다. 또 '한식 지난 마을에 밥 짓는 연기 오르고, 비 개 고 난 저녁에 새들 지저귀네.'는 그 자연스러움의 오묘한 경지가 어찌 '부용꽃은 이슬에 떨어지고, 버들가지는 달빛 속에 성글다 (蕭愨의 「秋思」)'에 뒤떨어지겠는가? 계곡 장유가 말하기를, '내 가 석주를 보니, 그의 입에서 형상화되고 그의 눈앞에서 구성되는 모든 것이 시가 아닌 것이 없다.' 하였다. 대개 석주의 시는 참으

로 이른바 하늘이 부여해 준 것인가? 안타깝구나! 처음에는 시로
써 선조대왕에게 인정을 받았다가 끝내는 시로 인하여 광해군에
게 화를 당하였으니. 선비가 때를 만나느냐 만나지 못하느냐에 따
라 행불행이 이같이 달라진다(天使顧崔之來 權石洲鞸以白衣從
事被選 宣廟命徵詩稿以入 置之香案 常諷誦之 其寒食詩 ……詞
極雅絶 且如人煙寒食後 鳥語晚晴時 其自然之妙 何減於芙蓉露
下落 楊柳月中疏 谿谷曰 余見石洲 凡形於口吻 動於眉睫 無非
詩也云 蓋石洲之於詩 眞所謂天授者歟 惜乎 始以詩受知於宣廟
終以詩得禍於光海 士之遇時 其幸不幸如此哉)."

94. 「鬪狗行」 權韠

誰投與狗骨	누가 개에게 뼈다귀 던져 주었나?
群狗鬪方狠	뭇 개들 사납게 싸우는구나
小者必死大者傷	작은 놈은 반드시 죽고 큰 놈은 다치니
有盜窺窬欲乘釁	도둑놈이 엿보다 그 틈을 타려 하네
主人抱膝中夜泣	주인은 무릎 껴안고 한밤에 우는데
天雨墻壞百憂集	비 내려 담장 무너져 온갖 근심 모인다

<주석> 〚狠〛사납다 한 〚窬〛작은 문 유 〚釁〛틈 흔

<감상> 이 시는 1599년에서 1600년 사이에 지은 것으로, 寓意的 방법을 사용하여 黨爭을 일삼는 당시 정치에 대해 辛辣하게 풍자하고 있다. 누가 개에게 뼈다귀 던져 주었는가(뼈다귀는 관직을 비유)? 뭇 개들이 뼈다귀를 차지하려고 사납게 싸우고 있다. 그 싸움에서 작은 놈은 반드시 죽고 큰 놈은 다치니(큰 개는 大北, 작은 개는 小北에 비유), 도둑놈이 엿보고 그 틈을 타려고 한다(도적은 왜적에 비유). 그렇게 되자 주인은 무릎 껴안고 고민하여 한밤중에 우는데(주인은 임금에 비유), 비 내려 담장 무너져 온갖 근심 모인다(담장은 국가의 방비를 비유함).

洪大容은 『담헌서』「杭傳尺牘」에서 권필의 시에 대해 다음과 같은 평을 내리고 있다.

"동방의 詩는 신라의 孤雲 崔致遠과 고려의 白雲 李奎報를 大家라고 하는데, 고운은 바탕이 詩想보다 나으나 格調가 古雅하게 雄健하지 못하고, 백운은 어귀를 새롭고 교묘하게 만들기를 좋아하나, 韻趣가 淺薄하여 모두 편소한 나라의 투를 벗어나지 못했습니다. 본조 이래로는 挹翠軒 朴誾과 蘇齋 盧守愼을 세상에서 동

방의 李白과 杜甫라고 합니다. 비록 그러나 읍치는 운치가 고상하
나 포근하게 웅혼한 맛이 적고, 소재는 체재는 힘차지만 초탈하여
쇄락한 기상이 없습니다. 오직 石洲 權韠이 세련되고 정확하여 깊
이 少陵 杜甫의 餘韻을 체득하여 蔚然히 이조 中葉의 正宗이 되
나, 고상한 맛은 읍치만 못하고 웅건한 기운은 소재를 따르지 못
하며, 여유 있고 담박한 풍도는 또한 국초의 여러 시인에게 양보
하지 않을 수 없는데, 이것은 모두 선배들의 定論입니다(東方之詩
新羅之崔孤雲 高麗之李白雲 號爲大家 而孤雲地步優於展拓 聲
調短於蒼健 白雲造語偏喜新巧 韻趣終是淺薄 都不出偏邦圈套
本國以來 如朴挹翠盧蘇齋 俗稱東方李杜 雖然 挹翠韻格高爽 而
少沈渾之味 蘇齋體裁遒勁 而無脫灑之氣 惟權石洲之鍊達精確
深得乎少陵餘韻 蔚然爲中葉之正宗 而高爽不及挹翠 遒勁不及
蘇齋 悠揚簡澹之風 又不能不遜於國初諸人 此皆先輩定論)."
洪萬宗은 『小華詩評』에서, "하늘이 부여한 재능에서 나온 시가
아니면 시라고 할 수 없다. 하늘에서 부여한 재능이 없다면 비록
눈을 파내고 심장을 도려내고 하여 종신토록 붓과 벼루를 가지고
작품을 쓴다고 해도 그가 성취한 것은 함통(唐 懿宗의 연호: 86
0~873) 연간의 여러 시인들을 흉내 낸 작가에 불과하다. 이러한
점은 비유하자면 색종이를 오려서 꽃을 만들면 화려하지 않은 것
은 아니지만 살아 있는 꽃의 빛깔과 비교해 말할 수 없는 것과 같
다. 내가 석주 권필 시의 격조를 관찰하여 보니, 화평하고 담아하
였다. 그가 하늘로부터 시적 재질을 부여받았다고 생각한다(詩非
天得 不可謂之詩 無得於天者 則雖劌目鉥心 終身觚墨 而所就不
過咸通諸子之優孟爾 譬如剪彩爲花 非不燁然 而不可與語生色
也 余觀石洲詩格 和平淡雅 意者其得於天者耶)."라 하여, 권필의
詩才는 하늘로부터 부여받은 것이라 極讚하고 있다.
또한 『소화시평』에 李安訥과 權韠의 詩에 대한 우열에 대해 다음
과 같은 내용이 실려 있다.
"내가 동명 鄭斗卿에게 '석주와 동악의 시는 어느 분이 더 낫습니

까?'라 여쭈었더니, 동명이 '석주 시는 매우 곱고 시원하며, 동악
의 시는 매우 깊고 강건하다. 이를 선가에 비유하면 석주는 돈오
요, 동악은 점수이므로 두 분의 문로가 비록 같지 않으나, 그 우열
을 쉽게 논할 수 없다'고 하였다(余問東溟曰 石洲東岳詩誰優 東
溟曰 石洲甚婉亮 東岳甚淵伉 比之禪家 石洲頓悟 東岳漸修 二
家門路 雖不同 優劣未易論)."

95. 「龍山月夜 聞歌姬唱故寅城鄭相公思美人曲 率爾口占 示趙持世昆季」 李安訥16)

江頭誰唱美人詞	강 언덕에 누가 「續美人曲」을 부르는가?
正是孤舟月落時	바로 외로운 배에 달이 지는 이때에
惆悵戀君無限意	슬프다, 임을 그리는 끝없는 뜻은
世間惟有女郞知	세상에서 오직 여인만이 아는구나

<주석> 『率爾(솔이)』 갑작스러운 모양 『口占(구점)』 입에서 나오는 대로

---

16) 李安訥(1571, 선조 4～1637, 인조 15). 본관은 德水. 자는 子敏, 호는 東岳. 증조할 아버지는 李荇이고, 뛰어난 문장가인 李植의 從叔이다. 18세에 진사시에 수석하여 省試에 응시하려던 중 동료의 모함을 받아 과거 볼 생각을 포기하고 문학에 열중했다. 이때 동년배인 權韠과 선배인 尹根壽·李好閔 등과 東岳詩壇이란 모임을 갖기도 했다. 1599년 문과에 급제하여 여러 言官職을 거쳐 예조와 이조의 정랑으로 있다가 1601년 書狀官으로 명나라에 다녀온 뒤 成均直講으로 옮겨 奉朝賀를 겸했다. 1607년 홍주목사·동래부사, 1610년 담양부사가 되었으나 1년 만에 병을 이유로 돌아왔다. 3년 후에 경주부윤이 되었다가 동부승지와 좌부승지를 거쳐 강화부사가 되었다. 어머니의 삼년상을 마치자 인조반정으로 다시 등용, 예조참판에 임명되었으나 곧 사직했다. 다음 해 李适의 난에 방관했다는 이유로 유배되었으며, 1627년 정묘호란이 일어나자 사면되어 江都留守에 임명되었다. 1631년 함경도 관찰사가 되었고, 예조판서 겸 예문관제학을 거쳐 충청도 도순찰사에 제수되었으며 그 후 형조판서 겸 홍문관제학에 임명되었다. 병자호란 때에 병중 노구를 이끌고 왕을 호종하다가 병세가 더하여 결국 일어나지 못하고 말았다. 그는 道學에는 관심이 없었고, 오직 문학에 힘쓰되 평생 "뜻을 얻으면 經濟一世하고 뜻을 잃으면 隱遁閑居 한다."는 의지를 가지고 살았다. 특히 詩作에 주력하여 문집에 4,379수라는 방대한 양의 시를 남기고 있다. 이렇게 많은 작품을 남겼으면서도 작품창작에 매우 신중해서 一字一句도 가벼이 쓰지 않았다고 한다. 또한 시에 대해서 독실히 공부하는 태도를 견지하여 杜甫 詩는 萬讀이나 했다고 하며, 여기서 入神의 경지에 이르렀다고 한다. 鄭澈의 「사미인곡」을 듣고 지은 「聞歌」가 특히 애창되었으며, 임진왜란이 끝난 다음 동래부사로 부임하여 지은 「東萊四月十五日」은 사실적 작품으로 평가되고 있다. 그의 시는 절실한 주제를 기발한 시상으로 표현한 점에서 높이 평가되며, 그가 옮겨 다닌 지방의 민중생활사 및 사회사적 자료를 담고 있다. 특히 그의 생애가 임진왜란·병자호란의 양란에 걸쳐 있으므로 전란으로 황폐해진 당시의 상황을 그의 시를 통하여 추적해 볼 수 있다.

지음 〖昆季(곤계)〗 형제 〖正〗 바로 정 〖惆〗 슬퍼하다 추 〖悵〗
슬퍼하다 창

<감상> 이 시는 용산 달밤에 歌妓가 고 인성 鄭澈의 「사미인곡」을 부르
는 소리를 듣고 바로 시를 읊어 조지세 형제에게 준 시이다.

외로운 배에 지는 밝은 달빛 아래 기생이 부르는 처연한 노래가
독자를 더욱 悲感에 젖게 만든다. 『임하필기』에는 "李東岳의 '강
가에서 누가 미인사를 부르는가(江頭誰唱美人詞)'라는 시구는 다
절창이다."라고 하였다.

許筠의 『성소부부고』 「答李生書」에서는 우리나라의 詩史를 언급
하면서 이안눌에 대해서 언급하고 있는데, 예시하면 다음과 같다.
"우리나라는 외져서 바다 모퉁이에 있으니 唐나라 이상의 문헌은
까마득하며, 비록 乙支文德과 眞德女王의 詩가 역사책에 모아져
있으나, 과연 자신의 손으로 직접 지었던 것인지는 감히 믿을 수
없소. 新羅 말엽에 이르러 崔致遠 學士가 처음으로 큰 이름이 났
는데, 오늘로 본다면 文은 너무 고와서 시들었으며 詩는 거칠어서
약하니 許渾·鄭谷 등 晩唐의 사이에 넣더라도 역시 누추함을 나
타낼 텐데, 盛唐의 작품들과 그 技法을 겨루고 싶어 해서야 되겠
습니까? 高麗시대의 鄭知常은 아롱점 하나는 보았다 하겠지만,
역시 晩唐 詩 가운데 穠麗한 시 정도였소. 李仁老·李奎報는 더
러 맑고 奇異하며 陳澕·洪侃은 역시 기름지고 고우나 모두 蘇
東坡의 범위 안에서 벗어나지 못하지요. 급기야 李齊賢에 이르러
倡始하여, 李穀·李穡이 계승하였으며, 鄭夢周·李崇仁·金九
容이 고려 말엽의 名家가 되었지요. 조선 초엽에 이르러서는 鄭道
傳·權近이 그 명성을 독점하였으니 文章은 이때에 이르러 비로
소 達했다 칭할 만하여 아로새기고 빛나곤 해서 크게 변했다 이를
만한데 中興의 공로는 李穡이 제일 크지요. 중간에 金宗直이 圃
隱·陽村의 文脈을 얻어서 사람들이 大家라고 일렀으나 다만 恨
스러운 것은 文竅의 트임이 높지 못했던 것이오. 그 뒤에는 李荇

정승이 시에 入神하였으며, 申光漢·鄭士龍은 역시 그 뒤에 뚜렷하였소. 盧守愼 정승이 또 애써서 문명을 떨쳤으니, 이 몇 분들이 中國에 태어났다면 어찌 모두 康海·李夢陽(明의 前七子로 詩文에 능함) 두 사람보다 못하다 하리오? 당세의 글 하는 이들이 文은 崔岦을 추대하고 詩는 李達을 추대하는데, 두 분 모두 천 년 이래의 絶調지요. 그리고 같은 연배 중에서는 權韠이 매우 婉亮하고, 李安訥이 매우 淵沆하며 이 밖에는 알 수가 없소(吾東僻在海隅 唐以上文獻邈如 雖乙支, 眞德之詩 彙在史家 不敢信其果出於其手也 及羅季 孤雲學士始大厥譽 以今觀之 文菲以萎 詩粗以弱 使在許鄭間 亦形其醜 乃欲使盛唐爭其工耶 麗代知常足窺一斑 亦晚李中穠麗者 仁老奎報 或淸或奇 陳澕洪侃 亦腴艷 而俱不出長公度內耳 及至益齋倡始 稼牧繼踵 圃陶惕 爲季葉名家 逮國初 三峯陽村 獨擅其名 文章至是 始可稱達 追琢炳烺 足目不變 而中興之功 文靖爲鉅焉 中間金文簡得圃, 陽之緒 人謂大家 只恨文竅之透不高 其後容齋相詩入神 申鄭亦瞠乎其後 蘇相又力振之 玆數公 使生中國 則詎盡下於康李二公乎 當今之業 文推崔東臯 詩推李益之 俱是千年以來絶調 而儕類中汝章甚婉亮 子敏甚淵沆 此外則不能知也)."

이 외에도 『성소부부고』에는 이안눌의 시에 대해 다음과 같은 내용이 실려 있다.

"근일에는 實之 李春英이 시문에 능하다. 그 시가 비록 번잡한 것 같으나 氣는 나름대로 昌大하여 작가라 이를 만하다. 그러나 汝章 權韠에게 미치지 못하는 점이 많다. 실지의 안목은 높아서 한 시대의 사람들을 인정하지 않고 다만 나와 여장·子敏 李安訥만을 괜찮다고 여겼다. 그는, '허균은 허세가 있고 권필은 말랐으며 이안눌은 융통성이 없다.'고 하였는데 역시 지당한 평론이다(近日李實之能詩文 雖似冗雜 而氣自昌大 可謂作家 然不逮汝章多矣 實之眼高 不許一世人 獨稱余及汝章子敏爲可 其曰 許飫權枯李滯 亦至當之論也)."

96. 「哭石洲」李安訥

不恨吾生晚　　내가 태어난 것 늦은 것에 한할 것 없고
只恨吾有耳　　다만 내게 귀가 있는 것에 한할 뿐이네
萬山風雨時　　모든 산에 비바람 불 때
聞着詩翁死　　시옹이 죽었다는 소식을 들었네

<감상> 이 시는 석주 권필이 죽었다는 소식을 듣고 쓴 시이다.

이안눌이 권필보다 2살 아래이니, 늦게 태어난 것이 한스러울 것
은 없고 다만 죽음의 소식을 들은 귀가 있다는 것이 한스러울 뿐
이다. 詩翁이라 한 권필은 광해군의 뜻에 거스른 벗 任叔英이 과
거에 합격했다가 취소되었다는 소식을 듣고 「宮柳詩」를 지어 풍
자했다가 광해군의 분노를 사서 곤장을 맞고 귀향길에 오르다가
동대문 밖에서 술을 마시다 객사했다.

正祖는 『弘齋全書』「日省錄」에서 李安訥의 시에 대해 다음과
같이 말하고 있다.

"三淵 金昌翕의 시는, 近古에는 이러한 품격이 없을 뿐 아니라
중국의 名家 속에 섞어 놓아도 손색이 없을 것이라 생각된다. 그
러나 東岳 李安訥, 挹翠軒 朴誾, 石洲 權韠, 訥齋 朴祥, 蘇齋 盧
守愼 등 여러 문집만은 못하다. 東岳의 詩는 언뜻 보면 맛이 없지
만 다시 보면 좋다. 비유하자면 샘물이 졸졸 솟아 천 리에 흐르는
것과 같아서, 이리 보나 저리 보나 스스로 하나의 문장을 이루고
있다. 挹翠軒은 정신과 意境이 깊은 경지에 도달하여 音韻이 청
아한 격조로서 사람으로 하여금 산수 간에 노니는 것 같은 생각을
갖게 한다. 세상에서는 蘇軾과 黃庭堅을 배웠다고 하나 대개 스
스로 터득한 것이 많아 唐·宋의 격조를 논할 것 없이 詩家의 絶
品이라 할 만하다. 訥齋는 고상하고 담백하여 스스로 무한한 趣

味가 있으니, 비록 읍취헌과 겨룰 만하다 해도 지나치지 않을 것
이다. 石洲는 비록 웅장함은 부족하지만 부드러운 맛이 있는데 가
끔은 깨우침을 주는 곳이 있다. 盛唐의 수준이라 할 수는 없지만
唐의 수준이 아니라고 한다면 너무 폄하한 것이다. 蘇齋는 19년
간을 귀양살이하면서 老莊의 서적을 많이 읽어서 상당히 깨우친
곳이 많았기 때문에 그 운이 원대하고 그 격이 웅장하다. 옛사람
이 이른바 '荒野가 천 리에 펼쳐진 형세'라고 한 것이 참으로 잘
평가한 말이다. 그러나 그 대체는 濂洛의 氣味를 잃지 않았으니,
평생 한 학문의 힘은 역시 속일 수 없는 것이다(三淵之詩 不但近
古無此格 雖厠中國名家 想或無媿 而猶遜於東岳挹翠石洲訥齋
蘇齋諸集 東岳詩 驟看無味 再看却好 譬如源泉渾渾 一瀉千里
橫看竪看 自能成章 挹翠神與境造 格以韻淸 令人有登臨送歸之
意 世以爲學蘇黃 而蓋多自得 毋論唐調宋格 可謂詩家絶品 訥
齋淸高淡泊 自有無限趣味 雖謂之頡頏挹翠 未爲過也 石洲雖欠
雄渾 一味裊娜 往往有警絶處 謂之盛唐則未也 而謂之非唐則太
貶也 蘇齋居謫十九年 多讀老莊書 頗有頓悟處 故其韻遠 其格
雄 古人所謂荒野千里之勢 眞善評矣 然其大體 則自不失濂洛氣
味 平生學力 亦不可誣也)."

其一

欲作家書說苦辛　집에 보낼 편지를 씀에 괴로움을 말하고 싶
　　　　　　　　어도
恐敎愁殺白頭親　흰 머리 어버이를 근심시킬까 걱정하여
陰山積雪深千丈　그늘진 산 쌓인 눈의 깊이가 천 장인데
却報今冬暖似春　도리어 금년 겨울을 봄처럼 따뜻하다 알리네

<주석> 〖寄〗 부치다 기 〖愁殺(수살)〗 매우 근심하게 함(殺은 깊은 정도
　　를 표시함)
<감상> 이 시는 함경도 북평사라는 벼슬살이를 하고 있을 때, 집에 편지
　　를 보내면서 지은 시이다.
　　　집에 보낼 편지를 씀에 현재의 괴로움을 말하고 싶다. 북방에서의
　　벼슬살이가 추위를 비롯하여 쉽지 않다. 그래서 몸이 많이 야위었
　　다. 지난해 집에서 보낸 편지와 겨울옷을 해를 넘겨서 받았는데,
　　집 식구는 남편이 변방에서 고생하느라 야윈 줄도 모르고 옷을 예
　　전 입던 치수에 맞추어 보낸 까닭에 헐겁기 그지없다(「得家書」
　　絕塞從軍久未還　鄕書雖到隔年看　家人不解征人瘦　裁出寒衣抵
　　舊寬). 이러한 내용의 편지를 쓰고 싶은데, 늙으신 어버이를 근심
　　시킬까 걱정하여 쓸 수가 없다. 그래서 그늘진 산에 쌓인 눈의 깊
　　이가 천 길인데도, 도리어 '금년 겨울은 봄처럼 따뜻합니다.'라고
　　쓴다.

其二

塞遠山長道路難　먼 변방 산은 길고 도로는 험하니
蕃人入洛歲應闌　변방 사람 서울에 닿을 때면 해도 늦었겠지
春天寄信題秋日　봄날 보낸 편지에 가을 날짜 적은 것은
要遣家親作近看　어버이에게 근래 보낸 편지로 여기시라 함이네

<주석> 〖蕃〗울타리 번 〖闌〗늦다 란 〖遣〗=使

<감상> 먼 변방이라 산은 많고 도로는 험하니, 변방 사람이 편지를 가지고 서울에 닿을 때면 연말이 다 되었을 것이다. 그래서 봄날 보낸 편지에 가을 날짜 적어 보낸 것은 부모님께서 근래 보낸 편지로 여기게 하기 위해서이다.

이 외에도 『성소부부고』에는 이안눌의 시에 대해 다음과 같은 내용이 실려 있다.

"사람들이 자민의 시는 둔하여 드날리지 못했다고 하는 것은 틀린 말이다. 그가 함흥에 있을 때에 지은 시에, '비 개자 관가의 버들 푸르게 늘어지니, 객지에서 처음 맞은 삼월 삼짇날이라네. 다 함께 고향 떠나 돌아가지 못한 신세, 가인은 「망강남」의 노래를 부르지 마소'는 淸楚하고 流麗하니 중국 사람들과의 차이가 어찌 많다 할 수 있겠는가(人謂子敏詩鈍而不揚者 非也 其在咸興作詩曰 雨晴官柳綠毿毿 客路初逢三月三 共是出關歸未得 佳人莫唱望江南 淸楚流麗 去唐人奚遠哉)."

그리고 홍만종은 『소화시평』에서, "택당 李植이 하루는 동악 이안눌을 뵈러 갔는데(이식은 이안눌의 再從姪이다), 마침 그 자리에 스님 두 분이 찾아와 앉아 있었다. 그때는 정월 초닷새였고, 그전 사흘 동안 연이어 눈이 내렸다. 동악이 즉시 입으로, '봄날 닷새에 눈은 사흘 동안 내리고'라고 불렀다. 택당이 눈을 떼지 않고 쳐다보며 잠시 대구가 어떻게 놓일까 기다리고 있었더니, 동악이 또 '먼 손님 네 분에 스님이 두 분이로구나!'라 하였다. 대구가 지

극히 묘하여 택당이 경탄하기를 마지않았다(澤堂一日往拜東岳 適有二緇徒來在 時維正月之初五 而前三日連雪 東岳卽口占 春 天五日雪三日 澤堂睨視 姑俟其對句如何 東岳又吟 遠客四仁僧 二人 儷偶極妙 澤堂驚歎不已)."라 하여, 이안눌의 뛰어난 詩才에 대해 언급하고 있다.

98. 「盜」李植[17]

姦宄無常産	간사한 도적들은 일정한 직업이 없는 데다
飢荒又一時	기근과 가뭄이 올해도 이어지는 때라서
近村聞警急	이웃 마을의 위급한 경보 들어보니
相識有創夷	알고 지내는 이들도 약탈을 당했다네
自幸囊中淨	다행이구나! 주머니 속이 깨끗하니
應無棟上窺	응당 대들보 위에서 엿보는 사람 없으리라
穿墉何足磔	좀도둑들이야 어찌 죽일 게 있으리
城社有狐狸	도성과 종묘에 여우와 살쾡이 있으니

<주석> 〖宄〗도둑 귀 〖荒〗흉년 들다 황 〖創夷(창이)〗전쟁의 화로 입은 피해 〖囊〗주머니 낭 〖棟〗마룻대 동 〖窺〗엿보다 규 〖穿〗뚫다 천 〖墉〗담 용 〖磔〗肢體를 찢어 죽이는 형벌 책 〖城社有狐狸〗 도성과 사당의 틈에 굴을 뚫고 서식하는 여우와 살쾡이처럼, 임금의 곁에서 보호를 받으며 온갖 못된 짓을 자행하는 奸臣을 뜻하는 말

<감상> 이 시는 1628년 충주목사에서 파직되어 澤風堂으로 물러난 여름에 지은 것으로, 현실의 문제점에 대해 노래한 시이다.

택당은 덕수 이씨로 『홍재전서』에서, "우리나라의 望族으로는 먼저 德水 李氏를 꼽는다. 도학으로는 栗谷이 있고, 장수의 지략과

---

17) 李植(1584, 선조 17∼1647, 인조 25). 1618년 廢母論이 일어나자 은퇴하여 경기도 지평으로 낙향하여, 남한 강변에 澤風堂을 짓고 오직 학문에만 전념하였으며, 호를 澤堂이라 한 것은 여기에 연유하였다. 1642년에 金尙憲과 함께 斥和를 주장한다 하여 瀋陽으로 잡혀 갔다 돌아올 때에 다시 의주에서 잡혀 갇혔으나 탈출하여 돌아와, 대사헌과 형조・이조・예조의 판서를 역임하였다. 당대의 이름난 학자로서 많은 제자를 배출하였으며, 문장이 뛰어나 漢文四大家의 한 사람으로 꼽혔다. 그의 문장은 우리나라의 정통적인 古文으로 높이 평가되었으며, 金澤榮에 의하여 麗韓九大家의 한 사람으로 뽑혔다.

충의로는 충무공이 있고, 문장으로는 容齋 李荇과 澤堂 李植이 있다. 한 문중에 많은 훌륭한 인물이 모였고, 또 각파에서 과거에 장원한 인물이 많지 않은 것이 아닌데도 惡逆의 죄를 범하여 주륙을 당한 사람이 하나도 없으니, 이 또한 다른 집안에 없는 일이다(我國望族 先數德水之李 蓋道學則如栗谷 將略忠義則如忠武公 文章則如容齋澤堂 以一門而集衆美 且其各派中科甲 不爲不多 而無一人罪關惡逆 身犯誅戮 此又他族之所未有也)."라 언급한 것처럼, 名門巨族 출신이다.

『인조실록』에서는, "문장은 이식이 제일이다(文章則李植爲首)."라고 하여, 李植은 당대에 이미 문명을 떨쳤다. 그의 시는 28세를 전후하여 숙부인 李安訥에게서 배웠는데(授學之徒多名流 澤堂其一也『淸陰先生集』「禮曹判書東岳李公神道碑銘」), 주지하듯이 三唐詩人에 의해 시작된 唐風이 權韠과 李安訥에 이르러 盛唐에 가깝게 되었다. 택당은 「學詩準的」에서, "宋代의 시로 말하면, 비록 大家가 많다고는 하나, 학식이 풍부하지 않으면 배우기가 쉽지 않다. 그리고 正宗이 못 되는 시는 반드시 배울 것이 없다고 하겠는데, 다만 兩陳(宋나라의 后山 陳師道와 簡齋 陳與義)의 율시 가운데에서 杜律과 근사한 것들은 때때로 참조해서 보는 것이 좋을 것이다. 大明의 시 중에서는 오직 李崆峒(夢陽)이 두시를 제대로 배웠으니, 두시와 참조해서 보는 것이 좋겠다. 근대에 시를 배우는 자들이 더러는 한유의 시로 기초를 다지고 두보의 시로 전범을 삼고 있는데, 이것은 五山 車天輅와 東岳 李安訥의 敎示에 의한 것이다. 石洲 權韠이 비록 끝에 가서는 唐律을 배웠다 하더라도 처음에는 역시 한유의 시를 학습하였고, 孤竹 崔慶昌이 만년에 才氣가 고갈되고 시들해졌을 때에도 역시 한유의 시를 읽었다. 그런데 나의 경우는 비록 학식이 천박하기는 하였지만 한유의 시를 배울 생각은 전혀 없었는데, 일단 諸公의 권유를 받아들여 한번 숙독하고 보니, 그 율시와 절구가 본디 당률의 격식과 같기에, 두시와 병행해서 보아도 무방하다는 생각을 갖게 되었다. 하지만 그의 大篇 걸작으로 말하면, 바로 양웅과 사마상여의 詞賦를 얼굴

만 바꿔 놓은 격이었으니, 그의 시를 읽기보다는 차라리 그보다 차원이 높은 양웅과 사마상여의 작품을 읽는 것이 좋으리라는 생각이 들었다. 다만 늦게 시를 배우는 자들이나 필력이 무뎌진 사람이 그의 시 100여 편 정도를 뽑아서 읽는다면, 마치 敬이라는 하나의 글자가 小學을 도와주는 공이 있는 것처럼 하나의 구급 처방으로서 힘을 얻게 될 수도 있으리라 여겨진다. 그러나 재질과 학식이 모두 풍부한 사람의 경우에는 굳이 그의 下等의 작품에까지 지레 몸을 굽히고서 기어 다닐 것은 없다고 본다(宋詩雖多大家 非學富 不易學 非是正宗 不必學 惟兩陳 〔后山, 簡齋〕 律詩 近於 杜律者 時或參看 大明詩 惟李崆峒 〔夢陽〕 善學杜詩 與杜詩參看 近代學詩者 或以韓詩爲基 杜詩爲範 此五山東岳所敎也 石洲雖終 學唐律 初亦讀韓 崔孤竹末年 才涸氣萎 亦讀韓詩 吾雖學淺 殊不 欲讀韓 旣被諸公勸誘 熟觀一遍 其律絶 固唐格也 不妨與杜詩竝 看 大篇傑作 則乃楊馬詞賦之換面也 與讀其詩 寧讀楊馬之爲高也 惟晚學筆退者 抄讀百餘遍 則如敬字之補小學功 容可救急得力 若 才學俱瞻者 不必匍匐於下乘也).”라고 하여, 古詩와 唐詩를 학습하고 杜詩로 귀착하는 것이 시를 배우는 正論이라 하였다.

하지만 宋詩 또한 유연한 입장을 가졌고, 학습도 하였다. 위의 글 마지막에, “나는 어렸을 때 師友가 없는 가운데, 제일 먼저 두시를 읽고 나서 黃蘇(黃庭堅과 蘇軾. 그런데 『택당집』의 다른 판본에는 ‘黃陳’, 즉 황정견과 陳師道로 되어 있는데, 이들이 모두 소식의 문하이고 보면, 본문의 황소는 황진의 잘못이 아닌가 싶다)와 『영규율수(元나라 方回가 당·송의 시를 모아 49권으로 정리한 책 이름인데, 1祖 3宗의 설을 제창하면서, 시마다 評語를 가하고 일화를 소개하였다. 1조는 杜甫, 3종은 黃庭堅·陳師道·陳與義이다. 唐詩보다는 宋詩, 특히 江西詩派에 상당부분 경사되어 있음)』 등 여러 작품을 접하고는 수천 수의 시를 습작하기에 이르렀다(余 兒時無師友 先讀杜詩 次及黃蘇瀛奎律髓諸作 習作數千首).”라 하였다. 위의 시 역시 이러한 측면에서 살펴보아야 할 것이다.

99. 「題忠州東樓」李植

岧嶢飛閣郡城隈　　성 모퉁이의 날아갈 듯 높이 솟은 누각 하나
俯視中州氣壯哉　　충주를 굽어보는 그 기상 웅장하구나
山鎭東南尊月岳　　산은 동남방 제압하여 월악산을 떠받들고
水趨西北抱琴臺　　물은 서북쪽 따라 흘러 탄금대를 안고 있다네
乾坤縱目靑春動　　하늘과 땅 둘러보니 푸른 봄기운 꿈틀대는데
今古傷心白髮催　　고금에 마음 아파 흰머리 재촉하는구나
已覺元龍豪氣盡　　원룡의 호기 없어진 걸 이미 알겠으니
明朝投劾可歸來　　내일 아침 투핵하고 돌아가리라

<주석> 〖岧〗 산이 높다 초 〖嶢〗 높다 요 〖隈〗 모퉁이 외 〖中州(중주)〗 忠
州의 옛 이름 〖催〗 재촉하다 최 〖元龍(원룡)〗 백척의 누각에 누워
세상을 내려다보던 豪傑之士로 일컬어진 東漢 말 陳登의 字 〖投劾
(투핵)〗 자신을 탄핵하는 소장을 올리는 것으로, 옛날 벼슬을 그만둘
때 사용하던 하나의 방식이었음

<감상> 이 시는 1627년 충주목사로 부임했다가 金堉의 탄핵으로 파직되
기 직전 충주성의 朝陽門에 올라 지은 시이다.
택당이 남긴 시는 4,000여 수에 달하는데, 任埅의 『水村謾錄』에
의하면, "어떤 사람이 택당에게 묻기를 '공의 칠언율시 중에 어떤
작품이 제일인가?' 공이 웃으며 위의 시라고 말했다(或問澤堂曰 公
詩七律中 何篇爲第一 公笑曰 岧嶢飛閣郡城隈 ……明朝投劾可
歸來)."라고 하여, 자신의 최고 칠언율시로 위의 시를 뽑고 있다.
홍만종은 『詩評補遺』에서, "호탕하여 풍영할 만하니, 사람들이
평생의 가작으로 여겼다(宕逸可諷詠 人謂平生佳作)."라 평하고
있다. 홍만종은 또한 『소화시평』에서, "근세에 계곡·택당·동명
이 세 사람이 당세의 철장으로 병칭되는데, 논자들은 각자가 존중

하는 기준으로 이분들의 우열을 정하고 그 높낮이를 평하니, 이는 매우 무가치한 일이다. 무릇 문장의 아름다움이란 제각기 정해진 값이 있으니, 어찌 자신의 좋고 싫어함으로써 작품의 값을 올리고 낮출 수가 있겠는가? 내가 보건대, 계곡의 문장은 혼후하고 유창하여 태호의 아득하게 펼쳐진 호수물이 산들바람에도 파도가 일지 아니함과 같다. 택당은 정묘하고 투철하여 진나라 대에 있던 밝은 거울 앞에서는 사물이 형체를 드러내지 않을 수 없는 것(秦始皇이 궁정에 거울을 보관하고 인간의 善惡邪正과 질병의 유무를 비추어 보았다)과 같다. 동명은 뛰어나고 준장하여 마치 갠 하늘의 빛나는 태양 같기도 하고 벼락이 웅웅 울리는 것과도 같다. 이 세 작가의 기상은 절로 다르다(近世谿谷澤堂東溟三人 幷稱當世哲匠 論者各以所尙優劣 而輕重之 甚無謂也 凡文章之美 各有定價 豈以好惡爲抑揚乎 余觀谿谷文章渾厚流𣵈 如太湖漫漫微風不動 澤堂精妙透徹 如秦臺明鏡物莫遁形 東溟發越俊壯 如白日靑天霹靂橫橫 三家氣像 自是各別)."라 평하고 있다.

李德懋는 『靑莊館全書』에서 "宣祖朝 이하에 나온 문장은 볼만한 것이 많다. 시와 문을 겸한 이는 農巖 金昌協이고, 시로는 挹翠軒 朴誾을 제일로 친다는 것이 확고한 논평이나, 三淵 金昌翕에 이르러 大家를 이루었으니, 이는 어느 체제이든 다 갖추어져 있기 때문이다. 섬세하고 화려하여 名家를 이룬 이는 柳下 崔惠吉이고 唐을 모방하는 데 고질화된 이는 蓀谷 李達이며, 許蘭雪軒은 옛사람의 말만 전용한 것이 많으니 유감스럽다. 龜峯 宋翼弼은 濂洛의 풍미를 띤 데다 色香에 神化를 이룬 분이고, 澤堂 李植의 호의 시는 정밀한 데다 식견이 있고 典雅하여 흔히 볼 수 있는 작품이 아니다(宣廟朝以下文章 多可觀也 詩文幷均者 其農岩乎 詩推挹翠軒爲第一 是不易之論 然至淵翁而後 成大家藪 蓋無體不有也 纖麗而成名家者 其柳下乎 痼疾於模唐者 其蓀谷乎 蘭雪 全用古人語者多 是可恨也 龜峯 帶濂洛而神化於色香者 澤堂之詩 精緻有識且典雅 不可多得也)."라 하여, 李植의 詩

를 높이 평가하고 있다.

이러한 평가와 달리 正祖는 『弘齋全書』「日得錄」에서 다음과 같이 말하였다.

"송 문정공은 평생토록 谿谷과 澤堂을 추어올려 '우리 동방의 제일가는 문장'이라고까지 하였으나, 농암은 자못 비평을 한 바 있으니, 농암의 설이 옳은 듯하다(宋文正平生推詡谿澤 至謂之我東第一文章 而農巖則頗有雌黃 農巖說似得之)."

100. 「永新燕」 李植

萬事悠悠一笑揮　　잡다한 세상만사 그저 한바탕 웃음거리
草堂春雨掩松扉　　사립문 닫은 초당에 봄비 촉촉이 내리네
生憎簾外新歸燕　　발 밖에 새로 돌아온 제비를 미워하는 것은
似向閑人說是非　　일 없는 사람에게 시비 걸기 때문이라네

<주석> 〖悠悠(유유)〗 많은 모양 〖扉〗 문짝 비 〖簾〗 주렴 렴
<감상> 이 시는 驪江에 살다가 七庶의 獄事에 휘말릴까 염려하여 서울로
들어갔다가 부친상을 당하고 부친의 삼년상을 마친 33세에 새로
돌아온 제비를 노래한 것이다.
　잡다한 세상만사는 그저 한바탕 웃음거리일 뿐이라, 초당의 사립
문을 닫으니 봄비가 촉촉이 내린다. 주렴 밖에 새로 돌아온 제비
를 미워하는 것은 일 없는 나를 보고 시비를 걸기 때문이다.
　宋時烈이 쓴 「澤堂集序」에 李植의 학문과 간략한 행적이 다음과
같이 실려 있다.
　"우리나라가 文獻이 성하기로는 本朝가 가장 으뜸이었다. 宏儒와
碩士가 연달아 나왔고, 그들의 篇章과 辭命(국제간에 往復한 문
서)이 모두 刊行 傳布되었으니, 모두를 합해 놓고 헤아려 보면 汗
牛充棟에 이를 것이다. 그러나 그중에 義理가 정밀하고 논의가 정
당해서 斯文의 우익이 될 만하고 世道에 도움이 될 만한 것을 구
하려 한다면 택당공의 文稿가 가장 훌륭할 것이다. 대체로 듣건대,
공은 어려서부터 四書·六經과 『二程全書』·『朱子全書』·『性理大
全』 등의 글에 전심하였고, 여가에는 諸家書를 남김없이 博覽하
였다. 그러나 공이 만년에 가장 主로 삼은 것은 또 『朱子語類』에
있었다. 그리하여 그 속에 들어가서 精力을 다하여 주자의 깊은
경지를 모조리 알고야 말았다. 이것이 이미 자신의 權衡과 尺度가

되어 버렸기 때문에 아무리 群書를 박람하였지만, 선택하는 것이
정밀하고 변석하는 것이 자상하여, 그 드러난 문장이 모두가 의리
의 실상이어서 文詞나 아름답게 꾸미는 자들의 비할 바가 아니었
다. 이것이 바로 그의 평생 동안 공부한 실지와 성공한 실지이다.
……공에게는 또한 더 훌륭한 일이 있다. 공은 항상 國史의 잘못
된 것을 걱정하였다. 黨論이 있어온 이래로 史筆을 쥔 자들이 각
기 제 맘대로 하여 4, 50년 동안에 공정한 是非가 없었는데, 끝내
는 奇自獻·李爾瞻이 남몰래 이전 기록을 깎아 버리고 제멋대로
거짓말을 써넣음으로써 더욱이 차마 말할 수 없는 것이 있었다.
공은 또한 스스로 '나를 알아주거나 나무랄 일이 여기에 있다.'고
여기고는, 宣祖 초년부터 시작하여, 빗질하듯 하나하나 씻어 내고
보충하고 刪削하여 일과 말을 확실하게 사실대로 정리해 놓으니,
그 公正하기가 귀신에게 질정할 만하다. 대체로 공은 黨論이 일어
난 이후에 태어나서 항상 『周易』 「大過」卦에서 말한 '홀로 우뚝
서서 두려워하지 않는다'는 것으로 마음을 가졌기 때문에 筆削(쓸
만한 것은 쓰고 삭제할 것은 삭제함)할 때에 털끝만큼의 편파적인
말도 없었으니, 이야말로 공이 이 세상에 가장 功을 남긴 것이다.
그러나 이치가 밝고 마음이 공변된 군자가 아니면 그 누가 공을
알아주겠는가(我東文獻之盛 莫如本朝 宏儒碩士 步武相接 其篇
章辭命 皆登梓傳布 總而計之 則將至於充棟宇汗牛馬矣 然求其
義理之精 論議之正 可以羽翼斯文 裨補世道者 則未有若澤堂公
文稿者也 蓋聞公自幼 專意於四子六經程朱全書性理大全等書
以其餘暇 泛濫諸家 博極無餘 然晚年所主 又在於朱子語類 入其
中而盡其精力 悉見其宗廟之美百官之富 此旣爲在我之權衡尺度
故雖博極泛濫 而擇之也精 辨之也詳 而其發爲文章者 無非義理
之實 而非藻繪纂組者之可比也 此其平生用功之地與收功之實也
……抑公有大焉者 公嘗病國史 自有黨論以來 載筆者各任己私
四五十年之間 無公是非 而卒之奇自獻李爾瞻陰削舊錄 肆加誣
筆 則尤有所不忍言者矣 公亦自以爲知罪在此 起自宣廟之初年

梳洗要刪 事核而辭實 大公至正 可質神鬼 蓋公生於黨論之後 常
以大過之獨立不懼存心 故筆削之際 無一毫偏陂之辭 此公之最
有功於斯世者 然非理明心公之君子 孰能知之)."
이 외에도 홍만종은 『시화소평』에 그의 어릴 적 시와 惟政에게
준 시를 揭載하고 있다.

"택당 이식이 10살 때 「버들솜」을 읊어 '눈같이 가벼이 바람에 따
르고, 솜보다 부드럽게 대지에 붙어 있네.'라 했는데, 이 시를 본
사람이 기이하게 여겼다. 임진왜란 후 왜적이 우리나라에다 통신
사를 보내줄 것을 요청하였다. 우리나라 사람은 모두 왜인들에 대
한 분통을 내고 억울하게 생각하고 있었으나, 조정에서는 저들이
트집을 잡을까 걱정하여 유정 스님을 보내 적의 정세를 살피게 하
였다. 이에 유정은 여러 사대부의 집을 두루 돌아다니며 이별의
시문을 구하였다. 택당은 당시 아직 벼슬하지 않았는데, 유정에게
시를 선사하였다(「送松雲僧將使日本」으로, 松雲은 임진왜란 때
의 승병장 惟政의 호이다. 宣祖 37년(1604) 國書를 지니고 일본에
건너가 講和를 맺고 우리나라 포로 3천5백 명을 데리고 돌아왔
다). '왜적 제압할 좋은 계책 도시 없어, 出世間의 노스님을 일으
켜 세웠구려. 행장 꾸려 먼 바다 급히 건너가는 몸, 鐵石肝腸 하
늘도 이미 알고말고요. 삼선의 혀 한 번만 놀리면 그만일걸[높은
禪定의 힘을 발휘해 몇 마디 말만 하면 心服시킬 수 있으리라는
뜻이다. 三禪은 이른바 雲門禪師가 대중을 교화한 三字禪으로,
顧(나를 돌아봄), 鑑(남을 비춰 봄), 咦(일체를 초월하여 自適함)를
말한다]. 수고스레 六出奇計(陳平이 漢 高祖를 위해 여섯 차례나
내놓은 기막힌 계책을 말한다)쓸 것이 뭐 있겠소. 돌아와서 임금님
께 보고한 뒤엔, 예전대로 지팡이 짚고 산으로 돌아가리.' 유정도
시에 능한 분이었는데, 이 시를 보고 '이 시를 얻었으니, 나의 여
행길이 외롭지 않을 것이다.'라고 기뻐하였다(李澤堂植十歲時詠
柳絮曰 隨風輕似雪 着地軟於綿 見者奇之 壬辰後倭奴來請信使
人皆憤惋 而朝廷恐其生釁 遣釋惟政 往試賊情 惟政遍求別章于

縉紳間 澤堂未釋褐時 亦贈詩曰 制敵無長算 雲林起老師 行裝沖
海遠 肝膽許天知 試掉三禪舌 何煩六出奇 歸來報明主 依舊一筇
枝 惟政亦能詩 見詩喜曰 得此 而吾行不孤矣)."

101. 「次韻謙甫叔丈詠懷二首」尹善道[18]

其二

人間軒冕斷無希	인간 세상의 높은 벼슬 단연코 바란 일 없고
惟願江湖得早歸	오직 강호에 일찍 돌아갈 수 있길 원했네
已向孤山營小屋	이미 고산에 작은 집을 지었으니
何年實着芰荷衣	어느 해에 실로 연잎 옷 입으려나?

<주석> 『軒冕(헌면)』높은 벼슬 『斷』단연히 단 『孤山(고산)』北宋 처
사 林逋는 西湖의 孤山에 은거하면서 장가도 들지 않아 처자식
도 없었는데, 특히 매화와 학을 대단히 사랑하여 梅妻鶴子라 일
컬었음. 여기서의 고산은 윤선도의 隱居地를 말함 『芰荷(기하)』
마름과 연꽃으로, 그 잎을 엮어 옷을 만들어 隱人이 입음

<감상> 이 시는 차운한 시로, 歸去來에 대한 자신의 의지를 강력하게 드
러내고 있는 시이다. 세속에서 추구하는 높은 벼슬에는 관심이 없

---

18) 尹善道(1587, 선조 20~1671, 현종 12). 자는 約而, 호는 孤山·海翁. 11세부터 절
에 들어가 학문연구에 몰두하여 26세 때 진사에 급제했다. 1616년(광해군 8) 이이
첨의 亂政과 박승종·유희분의 忘君의 죄를 탄하는 상소를 올렸다가 유배를 당해,
慶源·機張 등지에서 유배생활을 하다 1623년 인조반정이 일어나 풀려났다. 고향
인 해남에서 조용히 지내던 중 1628년(인조 6) 鳳林·麟坪 두 대군의 사부가 되면
서 인조의 신임을 얻어 호조좌랑에서부터 世子侍講院文學에 이르기까지 주요 요
직을 맡았다. 그러나 조정 내 노론파의 질시가 심해져 1635년 고향에 돌아와 은거
했다. 1636년 병자호란이 일어나자 세상을 등질 결심을 하고 뱃머리를 돌려 제주도
로 향해 가던 중 보길도의 경치를 보고 반해 芙蓉洞이라 이름하고 여생을 마칠 곳
으로 삼았다. 1638년 인조의 부름에 응하지 않은 죄로 盈德으로 유배를 당해 다음
해 풀려났다. 보길도로 돌아와 정자를 짓고 살았으며, 효종이 즉위한 이래 여러 차
례 부름이 있었으나 벼슬길에 나가지 않았다. 1659년 효종이 승하하자 남인파인 윤
선도는 송시열·송준길 등 노론파에 맞서 상소로써 항쟁했으나 과격하다고 하여
三水로 유배를 당했다. 1667년(현종 9) 그의 나이 81세에 이르러 겨우 석방된 뒤
여생을 한적히 보내다가 1671년(현종 12) 樂書齋에서 세상을 마쳤다. 그는 성품이
강직하고 시비를 가림에 타협이 없어 자주 유배를 당했다. 시호는 忠憲이다.

고 강호에 돌아가 隱者的 삶을 희구하고 있다. 하지만 실제 삶에
있어서는 그렇지 못하다. 이 시는 30세에 지은 것으로, 당시 李爾
瞻을 탄핵하는 글을 올려 함경도 경원으로 압송되던 시기에 지어
진 것이다. 이것으로 보아 당시의 歸去來는 憧憬의 차원이며 구
체적인 실행의 단계에는 이르지 못한 것이다.

102. 「偶吟」 尹善道

金鎖洞中花正開　　금쇄동 가운데 꽃이 바야흐로 피고
水晶巖下水如雷　　수정암 아래 물은 우레 같네
幽人誰謂身無事　　은자가 할 일 없다고 누가 말했는가?
竹杖芒鞋日往來　　대나무 지팡이에 짚신 신고 날마다 왕래하네

<주석> 〖金鎖洞(금쇄동)〗 해남에 있음. 고산이 54세에 金鎖錫櫃를 얻는 꿈을 꾸고 나서 얻었다고 전해짐. 1640년 「金鎖洞記」를 지었음 〖芒鞋(망혜)〗 짚신

<감상> 이 시는 우연히 읊조린 것으로, 59세 때 지은 것이다.

금쇄동에 은거할 때 그 가운데 꽃이 바야흐로 피고, 수정암 아래 물은 우레같이 세차게 흘러간다. 은자가 할 일 없다고 누가 말했는가? 대나무 지팡이를 짚고 짚신 신고 날마다 왕래한다.

陶淵明의 「歸去來辭」에 "늙은 몸을 지팡이에 의지한 채 이리저리 소요하다가 아무 곳이나 내키는 대로 앉아 쉬기도 하다(策扶老以流憩)."의 시상과 일치한다.

其二

山勢崚嶒地勢孤	산세가 험준하고 지세마저 고립되어
眼前空闊九州無	눈앞이 탁 트여 구주가 없는 듯하네
樓看赤日東臨海	붉은 해가 보이는 누대는 동해에 임해 있고
城到青天北備胡	푸른 하늘에 이른 성은 북쪽 오랑캐를 방비 하네
共賀使君兼大將	사군이 대장 겸함을 모두 축하하거니와
何勞一卒敵千夫	한 병사가 천 명을 대적한들 어찌 수고로우랴?
鯨鯢寂寞風濤穩	고래가 쓸쓸해 물결은 고요하니
朱雀門開醉酒徒	주작문을 열어 놓고 술꾼들이 취한다네

<주석> 〖崚〗 험준하다 릉 〖嶒〗 험하다 증 〖闊〗 트이다 활 〖使君(사군)〗
刺史나 州郡의 장관을 일컬음. 상대에 대한 존칭으로도 쓰임 〖鯨
鯢(경예)〗 鯨 수고래, 鯢 암코래. 흉악한 적에 비유되거나 海賊을
가리키기도 함. 또는 죄 없이 피살된 사람을 비유하기도 함 〖濤〗
큰 물결 도 〖穩〗 평온하다 온

<감상> 이 시는 평안북도 중부지역에 있으면서 郭山의 鎭山인 凌漢山을
두른 凌漢山城에 올라, 능한산성의 험준한 지세를 壯健하게 묘사
하고 뛰어난 대장과 일당천의 병사들이 있어 흉악한 敵이 조용함

---

19) 鄭斗卿(1597, 선조 30~1673, 현종 14). 자는 君平, 호는 東溟으로 李恒福의 門人
이다. 33세에 별시문과에 장원급제 하고, 1632년 北評事로 나갔다가 옥당에 복귀
하였고, 인조 13년 京畿都事로서 취중에 先聖을 모욕하는 실언을 하여 파직되었
다. 국방에 관심이 많아 병자호란을 앞두고 「陳十事疏」를 올려 武備에 힘쓸 것을
건의하였다. 그는 시문에 모두 능하여 당대에 비견할 사람이 없다는 평가를 받기도
하였으나, 성격이 지나치게 소탈하고 얽매이지 않은데다 문장이 館閣文에는 적합
하지 않다는 이유로 대제학에는 오르지 못하였다.

을 기뻐하는 노래이다. 능한산성의 구조는 『薊山紀程』「능한산성」
조에 의하면, "이 성은 고려 때에 쌓은 것으로 지금은 別將이 그
곳을 관할한다. 읍 사람의 말에 의하면 땅이 좁아서 많은 군사를
수용하기 어렵고, 또 산중에는 水源이 아주 적어 만약에 병란이
생기면 여러 날 동안 버티고 지킬 수 없다는 것이다. 郭山 땅에
들어가니 높은 산과 가느다란 성벽이 멀리서 시야에 들어온다(城
是高麗所築 今有別將治之 聞邑人言 則地窄而難容衆兵 且山中
水源甚少 設有兵亂 不可多日拒守云 入郭界 峻嶺細堞 遠入眺
望)."라 기록되어 있다.

金得臣은 『終南叢志』에서, "필력이 장건하여 남들이 미칠 수 없
다. 내가 일찍이 군평 정동명에게 '그대의 시는 옛날이라면 누구
와 견줄 수 있습니까?'라 물었더니, 동명이 웃으면서 말하기를,
'李白과 杜甫는 감히 감당할 수 없지만, 高適과 岑參의 무리라면
아마 비견할 수 있을 것이다.'라 하였다(筆力壯健 人不可及 余嘗
問於東溟君平曰 子詩於古 可方何人 東溟笑曰 李杜則不敢當
至於高岑輩 或可比肩)."라 하여, 위의 시에 나타난 壯健한 기세
에 대해 언급하고 있다. 정두경이 견줄 수 있다고 한 고적과 잠삼
은 모두 盛唐의 시인들로 從軍 체험을 바탕으로 邊塞詩에 뛰어난
시인들이다. 이러한 정두경의 언급은 변새시에 자부심을 지니고
있었음을 보여 주는 것이라 할 수 있다.

이러한 경향은 정두경이 盛唐詩를 숭상하였기 때문이다. 그는 「東
溟詩說」에서, "대우와 음률 또한 문사 가운데 정수한 것이므로,
마땅히 성당의 여러분을 본받아야 한다. 조송의 여러 시인 가운데
에는 비록 대가가 많지만, 시의 정종이 아니므로 반드시 배우지
않아도 된다. 처음 배우는 사람이 송시를 익혀서 젖어 버리면 체
제와 격조가 점차 낮아진다. 사람이 비록 늦게 태어났더라도 옛것
을 배우면 높아지므로 반드시 낮은 것에다 힘쓸 것은 없다(對偶音
律 亦文辭之精者 當以盛唐諸子爲法 趙宋諸詩 雖多大家 非詩
正宗 不必學也 初學之士 熟習浸淫 則體格漸墮 人雖生晚 學古

則高 不必匍匐於下乘).”라 하여, 성당시를 본받아야 함을 역설하고 있다.

그러나 이러한 정두경의 경향은 金昌協에 의해 다음과 같은 비판을 받는다.

“정동명이 늦은 때에 태어났지만, 한위의 고시와 악부를 본받을 만한 것이 있음을 알 수 있었다. 가행과 장편은 이백과 두보를 본받았고, 율시와 절구의 근체시는 성당을 본뜨고 만당의 시인과 蘇軾·黃庭堅을 따르려 하지 않았으니, 꾀함이 또한 크다. 그러나 그 재주가 기력을 갖추었지만, 실질은 읍취헌 朴誾과 같은 여러분에 미치지 못한다. 또한 일찍이 세심하게 글을 읽어 시도를 탐구하고 깊이 생각하여 스스로 터득하여 변화를 확충하여 개척하지 못하고, 다만 한때의 의기로 선인의 그림자와 메아리를 좇았다. 그러므로 시가 비록 청신하고 호준하여 세속의 악착스럽고 용렬한 기운은 없지만, 정교한 언어와 오묘한 詩思는 옛사람의 심오함을 엿보기에 부족하고, 옆으로 두루 달림 또한 시가의 변화를 다하지 못하였다. 요컨대 그가 성취한 것은 석주 권필과 동악 이안눌을 넘어서 위로 올라가지 못하였다(鄭東溟出於晚季 能知有漢魏古詩樂府爲可法 歌行長篇 步驟李杜 律絶近體 摸擬盛唐 不肯以晚唐蘇黃作家 計亦偉矣 然其才具氣力 實不及挹翠諸公 又不曾細心讀書 深究詩道 沈潛自得 充拓變化 徒以一時意氣 追逐前人影響 故其詩 雖淸新豪俊 無世俗齷齪庸腐之氣 然其精言妙思 不足以窺古人之奧 橫騖旁驅 又未能極詩家之變 要其所就 未能超石洲東岳而上之也).”

104. 「宿奉恩寺」鄭斗卿

世廟崇西竺	세조께서 불도를 숭상하셨기에
招提號奉恩	절을 봉은이라 불렀네
域中王亦大	도성 안에 임금님이 또한 크지만
天下佛爲尊	천하에는 부처님이 높다네
絶壁干雲起	절벽에서는 높이 구름이 일어나고
滄江注海奔	푸른 강은 쏟아붓듯이 바다로 달려가네
禪房隨意宿	선방에서 마음대로 묵으면서
還喜脫籠樊	다시 새장을 벗어남 기뻐하네

<주석> 〖西竺(서축)〗 天竺을 가리킴 〖招提(초제)〗 寺院의 별칭 〖干雲(간운)〗 구름 속으로 높이 들어감(干 범하다 간) 〖注〗 붓다 주 〖奔〗 달리다 분 〖籠樊(롱번)〗 = 樊籠 새장

<감상> 이 시는 강남 봉은사에서 하룻밤 묵으면서 지은 시로, 부처를 높이고 봉은사가 俗陋에서 벗어나 그곳에서 머무름을 기뻐하고 있다. 異端인 불교에 대해 거리감을 느낄 수 없는 시로, 道佛 사상에 자유로웠던 金萬重은 『西浦漫筆』에서 이 시를 조선조 五言律詩 가운데 제일이라 激讚하고 있다.

南九萬의 장손 南克寬(1689～1715)은 『몽예집』에서, "동명의 시는 마땅히 우리나라의 제일로 삼아야 하는데, 망령되고 옹졸한 자들이 흔히 意趣를 가지고 헐뜯는다. 요컨대 기는 완전하고 소리는 커서 높이 오르고 멀리 달린다. 백 개의 냇물을 토하고 들이킬 도량과 천균의 무게를 밀어서 돌게 할 힘과 만물을 업신여기고 학대할 기상과 팔극으로 놓아 보낼 뜻을 가졌다. 삼백 년 이래로 그와 나란할 수 있는 이가 없는데, 하물며 앞서는 자가 있겠는가(東溟

之詩 當爲本朝第一 妄庸者 多以思致姍之 要之 氣完聲洪 憑高
鶩遠 有吐納百川之量 排幹千勻之力 凌暴萬類之象 揮斥八極之
意 三百年來 未有能並之者 況先之乎)?"라 極讚하고 있다. 홍만
종은 『소화시평』에서 「送楓岳悟山人 兼寄李通川國耳重國」을
칭송하면서 다음과 같은 말을 남기고 있다.

"근세에 계곡·택당·동명 이 세 사람이 당세의 철장으로 병칭되
는데, 논자들은 각자가 존중하는 기준으로 이분들의 우열을 정하
고 그 높낮이를 평하니, 이는 매우 무가치한 일이다. 무릇 문장의
아름다움이란 제각기 정해진 값이 있으니, 어찌 자신의 좋고 싫어
함으로써 작품의 값을 올리고 낮출 수가 있겠는가? 내가 보건대,
계곡의 문장은 혼후하고 유창하여 태호의 아득하게 펼쳐진 호수
물이 산들바람에도 파도가 일지 아니함과 같다. 택당은 정묘하고
투철하여 진나라 대에 있던 밝은 거울 앞에서는 사물이 형체를 드
러내지 않은 수 없는 것(秦始皇이 궁정에 거울을 보관하고 인간의
善惡邪正과 질병의 유무를 비추어 보았다)과 같다. 동명은 발월하
고 준장하여 마치 갠 하늘의 빛나는 태양 같기도 하고 벼락이 웅
웅 울리는 것과도 같다. 이 세 작가의 기상은 절로 다르다. 그런데
동명의, '바닷가 흰 구름 사이, 푸르고 푸른 개골산으로. 산스님
지팡이 휘저어 떠나가니, 언제나 돌아오느냐 웃으며 묻노라.' 시는
준일하면서도 지극히 한아하여 풍신골격이 이태백과 흡사하니, 앞
의 두 분조차도 아직껏 토해내지 못한 시구이다(近世谿谷澤堂東
溟三人幷稱當世哲匠 論者各以所尙優劣 而輕重之 甚無謂也 凡
文章之美 各有定價 豈以好惡爲抑揚乎 余觀谿谷文章渾厚流暢
如太湖漫漫微風不動 澤堂精妙透徹 如秦臺明鏡物莫遁形 東溟
發越俊壯 如白日靑天霹靂橫橫 三家氣像自是各別 至若東溟之
海上白雲間 蒼蒼皆骨山 山僧飛錫去 笑問幾時還 俊逸中極閑雅
風神骨格酷似太白 二子亦所未道也)."

105. 「檀君祠」鄭斗卿

有聖生東海	성인께서 동해에 나셨으니
于時竝放勳	시절은 요임금과 나란하다네
扶桑賓白日	부상에서 흰 해를 맞이하노라면
檀木上靑雲	박달나무가 푸른 구름 위로 솟았으리
天地侯初建	천지에 처음으로 제후가 세워질 때
山河氣不分	산하의 기운은 나뉘지 않았다네
戊辰千歲壽	무진년부터 누린 천 년의 수명을
吾欲獻吾君	나는 우리 임금님께 바치고 싶네

<주석> 『放勳(방훈)』 요임금의 이름 『扶桑(부상)』 神話에 나오는 나무로, 해가 부상의 아래에서 뜸으로, 해를 가리킴 『賓』 대접하다 빈 『戊辰(무진)』 단군이 즉위한 해

<감상> 이 시는 단군의 사당에 대해 노래한 것으로, 우리나라의 역사적 사건을 회고적으로 영탄하면서 民族史에 대한 자부심을 드러내고 있다.

성인인 단군께서 우리나라에 나셨으니, 때는 중국의 聖君인 堯임금과 같은 시대이다(우리 역사의 悠久함에 대한 自負心이 드러나 있음). 해가 뜨는 곳에서 흰 해를 맞이하노라면, 박달나무가 푸른 구름 위로 솟았으리라(당시 문화적 역동성에 대한 긍지). 무진년부터 누린 천 년의 수명을 나는 우리 임금님께 바치고 싶다(임금에 대한 忠情과 善政에 대한 기대를 표출함).

정두경은 擬古主義的 詩觀을 지니고 있어서 詠史詩·樂府詩 등을 많이 지었다. 그는 「東溟詩說」에서, "선진과 서한의 문장은 읽지 않아서는 안 되며, 시 또한 올바른 것을 으뜸으로 삼으므로 마

땅히 삼백 편을 종주로 삼아야 하고, 고시와 악부는 한위시대의
것보다 나은 것이 없다. 曹植·劉楨·鮑照·謝靈運의 여러 명가
와 陶潛·韋應物은 충담심수하여 자연스런 데서 나왔으므로 평
소에 읽는 것이 좋다. 율시는 일정한 체제에 얽매이므로 본디 고
체의 높고 원대함만 못하다(先秦西漢文 不可不讀 而詩又以正爲
宗 當以三百篇爲宗主 而古詩樂府無出漢魏 曹劉鮑謝諸名家 曁
陶靖節韋右司 沖澹深粹 出於自然 可以尋常讀 律詩拘於定體
固不若古體之高遠)."라 하여, 學詩의 근본은 『詩經』이며, 古詩·樂
府詩의 경우 漢魏 이전을 배우되 晋과 唐 가운데서도 古氣가 있
는 陶潛과 韋應物은 배울 만하다는 입장을 지니고 있었다.

이덕무는 『청장관전서』에서, "정동명의 시는 오로지 氣를 주장으
로 삼았다. 그 폈다 움츠리는 변화가 자못 李于鱗(明나라 문장가
李攀龍)과 비슷하면서도 비교적 濁하다. 그러나 우리나라 시 중에
거벽이라 할 수 있도다! 그의 시집은 다만 11권이 있다. 眉叟 許
穆은 그가 지은 「詩諷」을 크게 찬양하기를 '管仲이 「地員」을, 王
詡(전국시대 鬼谷先生)가 「저희」를, 屈原이 「離騷」를, 荀卿이
「非相」을 지었는데, 지금 군평이 「시풍」을 지었다.'고 하였다. 나
도 일찍이 四六文을 보았지만, 과연 괴기하고 화려하였다(鄭東溟
詩 專以氣爲主張 其伸縮變化 頗似于鱗而較滓 然東詩之巨擘歟
只有詩集十一卷 許眉叟嘗大許 其所著詩諷曰 管氏作地員 王詡
作抵巇 屈原作離騷 荀卿作非相 今君平作詩諷云 余嘗觀其四六
之文 果瑰奇爛燁矣)."라 하여, 정두경의 시를 巨擘으로 꼽았다.
正祖 역시 『弘齋全書』 「日得錄」에서, "일찍이 들건대 孝宗께서
항상 정두경의 시를 사랑하시어 『東溟集』을 오래도록 御案 위에
놓아두었다고 한다(曾聞孝廟常愛鄭斗卿詩 長置東溟集於御案
上)."라 하여, 그의 시가 유행했음을 언급하고 있다.

이 외에도 홍만종은 『소화시평』에서 「白鷗」와 「箕子祠」를 소개
하고 다음과 같은 평을 실어 놓았다.

"동명 鄭斗卿은 기운이 사해를 삼킨다. 선생의 눈에는 천고의 작

가들이 보이지 않고, 문장이 한 시대의 태산북두라 할 수 있다. 그는 손으로 진한 성당의 유파를 만들어 내었으니, 달마가 서쪽으로 와서 선교를 혼자서 선양한 것과 같다고 하겠다. 갈매기를 읊은 시에, '강해의 흰 갈매기가, 겨울 여름 없이 둥둥 떠 있네. 새 종류 적지 않으나, 나는 이 새만을 사랑한다네. 해마다 해마다 기러기처럼 남북으로 떠나지 않고, 날이면 날마다 물결 따라 오르내리는 갈매기. 너에게 말을 전하노니 나를 의심하지 말아다오. 나 또한 바닷가의 세상 욕심 잊은 이란다.'라 하였다. 시험 삼아 우리나라 고금 시인의 시를 살펴보니, 감히 이와 같은 시어를 쓴 자가 있었던가? 계곡 張維가 사람들에게 말하기를, '나의 시문은 비유하자면 좋은 말이라고 할 수 있어 걸어가려고 하면 걸어갈 수 있고, 내달리고자 하면 내달릴 수 있다. 그렇지만 역시 말이라는 점은 벗어날 수가 없다. 그런데 군평은 차라리 도롱뇽일 망정 용의 부류에 속하다고 하겠다.'라 하였다. 그리고 동명의 「기자묘」에 '해외에는 주나라 곡식이 없지마는(은나라를 멸망시킨 주나라 무왕이 기자를 조선에 봉했으니, 기자는 자연 주나라의 곡식을 먹지 않게 되었다. 그러므로 은나라에 대한 충절을 지킬 수 있었다), 하늘에는 낙서(낙서는 夏 禹王 때 洛水에서 나온 거북의 등에 1에서 9까지 나열된 반점인데, 우왕이 이를 보고 『書經』의 洪範九疇를 지었다 하여, 易의 원리와 함께 천지 만물의 중요한 원리로 간주되어 왔다)가 있구나.'를 읊조리고는 자신도 모르는 사이에 무릎을 치면서 '이 시구는 사람의 의표를 벗어난 것이니, 이 사람의 뒤를 쫓을 수가 없다. 쫓을 수가 없다.'라 하였다. 동명은 이 정도로 인정받았다. 군평은 바로 동명의 자이고, 계곡은 동명보다 십 년 연장자였다(鄭東溟斗卿氣呑四海 目無千古 文章山斗 ·代 寄手 劈秦漢盛唐之派 可謂達磨西來 獨闡禪敎 其詠白鷗詩曰 白鷗在 江海 泛泛無冬夏 羽族非不多 吾憐是鳥也 年年不與雁南北 日 日常隨波上下 寄語白鷗莫相疑 余亦海上忘機者 試看吾東古今 詩人 怎敢道得如此語麼 谿谷嘗語人曰 余之文譬如良馬 欲步能

步 欲走能走 猶不免爲馬 至如君平 則寧蜥蜴 不失爲龍之類也
因詠箕子墓詩 海外無周粟 天中有洛書 不覺擊節曰 此句出人意
表 不可及 不可及 其見許如此 君平則東溟字也 谿谷於東溟長
十年)."

106. 「龍湖」 金得臣20)

古木寒雲裏	고목은 찬 구름 속에 있고
秋山白雨邊	가을 산에 소나기 희뿌였네
暮江風浪起	저물어 가는 강에 풍랑이 일어
漁子急回船	어부가 급히 배를 돌리네

<주석> 〖龍湖(룡호)〗『소화시평』에는 「龍山」으로 되어 있음

<감상> 이 시는 용산에 있는 정자에서 바라본 한강의 모습을 그림처럼 잘 묘사한 시이다.

서늘한 구름이 떠 있는 하늘 아래 오래된 고목이 서 있다. 가을이라 단풍으로 물든 산에는 희뿌연 소나기가 지나가고 있다. 비가 내리는 중이라 저물어 가는 강물에도 풍랑이 이니, 사공은 급히 배를 돌려 집으로 돌아간다.

蘇軾이 王維의 詩를 보고 칭찬했다는 '詩中有畵'라는 말이 어울리는 시이다. 이 시에 대해 洪萬宗은 『小華詩評』에서, "백곡 김득신은 타고난 재주가 매우 노둔하였는데, 많은 독서로써 밑바탕

---

20) 金得臣(1604, 선조 37～1684, 숙종 10). 본관은 安東. 자는 子公, 호는 栢谷・龜石山人. 1662년(현종 3) 증광문과에 급제하여 가선대부에 올랐으며 안풍군에 봉해졌다. 鄭斗卿・洪萬宗 등과 친하게 지내면서 시와 술로 풍류를 즐겼다. 평생을 가난한 시인으로 살았으며, 바보 이야기의 주인공으로 등장할 정도로 노둔한 사람의 대명사였다. 예로부터 학문을 많이 쌓은 사람은 책읽기를 많이 하여 그러한 경지에 이르렀다고 생각하고 책읽기에 힘썼는데, 특히 「伯夷傳」을 가장 좋아하여 1억 1만 3,000번이나 읽어 자신의 서재를 '億萬齋'라 이름 짓기도 했다. 또한 당시 사람들이 과거에만 열중하다 보니 시의 개성이나 예술성을 무시한 채 시가 오직 立身揚名의 수단으로 쓰이고 있음을 비판했다. 특히 오언・칠언절구를 잘 지었으며 詩語와 詩句를 다듬는 것을 중요시했다. 문집인 『栢谷集』에 시 416수가 전하며, 洪萬宗의 『시화총림』에 실려 있는 그의 시화집인 『종남총지』는 비교적 내용이 전문적이고 주관이 뚜렷하게 나타나 있어 詩學研究의 좋은 자료가 된다. 靈感과 直觀을 통해 자연의 생명을 조화롭게 읊은 시가 으뜸이라고 했다.

을 튼튼히 하여 노둔함을 벗어나 재주 있는 사람이 되었다. 그의
「용산」시 ……일시에 회자되었다. 그런데 「목천도중」에는 미치지
못한다. '짧은 다리 너머 넓은 평원에 석양이 지니, 앞산에 새가
자려 드는 바로 그때로구나. 내 건너 어떤 사람인지 젓대를 부는
데, 옛 성 저편의 매화는 다 져버렸네.'라는 이 시는 당시에 매우
핍진하다(金栢谷得臣 才稟甚魯 多讀築址 由鈍而銳 其龍山詩曰
……一時膾炙 然不若木川道中詩 斷橋平楚夕陽低 政是前山宿
鳥棲 隔水何人三弄笛 梅花落盡故城西之句 極逼唐家)."라 하여,
당시에 이 시가 널리 회자되었음을 말하고 있으며, 시골의 글방에
서는 唐音 속에 써 넣고서 아이들에게 가르쳤다고 한다.

그리고 安鼎福 역시 『順菴集』「橡軒隨筆下」에서 이 시에 대해,
"또 백곡 김득신이 있으니 자가 子公인데, 성품이 어리석고 멍청
하였으나 글 읽기만은 좋아하여 밤낮으로 책을 부지런히 읽었다.
무릇 고문은 만 번이 되지 않으면 중지하지 않았는데, 「伯夷傳」을
특히 좋아하여 무려 1억 1만 8천 번을 읽었기 때문에 그의 小齋를
'億萬齋'라 이름하였으며, 문장으로 이름을 드날렸다. 孝宗이 일
찍이, ……라고 한 그의 시 「龍湖吟」 한 절구를 보고 이르기를,
'唐人에게 부끄럽지 않다.' 하였다(又有金栢谷得臣 字子公 性糊
塗魯質 惟好讀書 晝夜勤讀 凡於古文 不至萬遍 不止 尤好伯夷
傳 讀至一億一萬八千遍 故名其小齋曰億萬 以文章鳴 孝廟嘗見
其龍湖吟一絶 古木寒烟裏 秋山白雨邊 暮江風浪起 漁子急回船
之詩曰 無愧唐人)."라 말하고 있다.

107. 「馬上吟」 金得臣

周遊湖外憶秦關	강호에 두루 노닐며 장안을 생각하고
每欲西歸得暫閑	틈이 나면 늘 서쪽으로 돌아가고자 하네
馬上睡餘開眼見	말 위에서 졸다 눈을 떠 보니
暮雲殘雪是何山	저무는 구름에 남은 눈이 덮인 이 산은 무슨 산인가?

<감상> 이 시는 말 위에서 노래한 것으로, 정경의 묘사가 逼眞하다.

茶山은 「金柏谷讀書辨」에서, "金柏谷은 그의 「讀書記」에 자기가 읽었던 여러 책의 읽은 番數를 기록하였는데, 『史記』 「伯夷傳」의 경우는 무려 1億(지금의 10만을 가리킴)1만 3천 번을 읽었다 하였다. 우리나라 사람들은 遍을 일러 番이라고 한다. 그리고 四書·三經·『史記』·『漢書』·『莊子』·韓文(唐나라 韓愈의 文章으로 唐宋八家文의 하나이다) 등의 여러 책 중에서도 어떤 것은 6, 7만 번씩이나 읽었으며, 적게 읽은 것도 수천 번씩은 읽었다 하였다. 그러고 보면 書契(글자)가 있어온 이후로 上下 수천 년과 縱橫 3만 리를 통틀어도 讀書에 부지런하고 뛰어난 이로는 당연히 柏谷을 第一로 삼아야 할 것이다."라고 그의 독서에 대해 칭송하고 있다.

하지만 이덕무는 『청장관전서』에서, "金柏谷의 시는 더러 唐體와 비슷한 것도 있지만, 낮은 수준은 전혀 무기력하고 고지식한 바를 면치 못하였다. 한평생 글을 많이 읽기로는 정말 고금에서 드물다. 그가 「伯夷傳」을 1억 1만 3천 번이나 읽었으니, 다른 것도 이를 미루어 짐작할 수 있으며, 그의 문집 중에 文은 몇 편에 불과한데다 볼만한 것이 없으니, 재주로는 무척 둔한 사람이다(柏谷之詩 往往有逼唐者 而卑處全不免餒陳 平生讀書之多 定爲古今稀見 讀伯夷傳一億一萬三千番 它可類推也 其集中文只數篇 而無足可觀 才之至鈍者也)."라 貶下하고 있다.

108. 「登鐵嶺吟(乙卯正月二十四日)」宋時烈21)

行登鐵嶺巓   가다가 철령 꼭대기에 오르니
我心還如鐵   내 마음은 도리어 쇠 같도다

---

21) 宋時烈(1607, 선조 40~1689, 숙종 15). 본관은 은진. 아명은 聖賚. 자는 英甫, 호
는 尤庵・尤齋・華陽洞主. 효종의 즉위와 더불어 대거 정계에 진출해 山黨이라는
세력을 형성했던 宋浚吉 등과 함께 金長生・金集 부자에게서 배웠다. 26세 때까
지 외가인 충청도 옥천군 구룡촌에서 살다가 懷德으로 옮겼다. 1633년(인조 11) 생
원시에 장원급제 하고, 1635년 鳳林大君(뒤의 효종)의 師傅가 되었다. 이듬해 병자
호란이 일어나 소현세자와 봉림대군이 청나라에 인질로 잡혀가게 되자 낙향하여
10여 년간을 초야에 묻혀 학문에 몰두했다. 1649년 효종이 왕위에 올라 척화파와
山林들을 대거 기용하면서, 세자시강원진선을 거쳐 집의가 되었다. 그러나 淸西派
(인조반정에 간여하지 않았던 서인세력)였던 그는 功西派(인조반정에 가담하여 공
을 세운 서인세력)인 金自點이 영의정에 임명되자 사직했다. 그 뒤 충주목사・사
헌부집의・동부승지 등에 임명되었으나 모두 사양하고 향리에 은거하면서 후진양
성에만 전념했다. 1658년(효종 9) 다시 관직에 복귀하여 찬선을 거쳐 이조판서에
올라 효종과 함께 북벌계획을 추진했다. 이듬해 효종이 급서한 후 慈懿大妃의 服
喪 문제를 둘러싸고 제1차 禮訟이 일어나자 남인의 尹鑴와 대립했다. 예송을 통해
남인을 제압한 송시열은 효종에 이어 현종이 즉위한 뒤에도 숭록대부에 특진되고
좌참찬에 임명되어 효종의 陵誌를 짓는 등 현종의 신임을 받으면서 서인의 지도자
로서 자리를 굳혀 나갔다. 그러나 이때 효종의 葬地를 잘못 옮겼다는 탄핵이 있자
벼슬을 버리고 회덕으로 돌아갔다. 그뒤 여러 차례 조정의 부름을 받았음에도 불구
하고 향리에 묻혀 지냈으나, 사림의 여론을 주도하면서 막후에서 커다란 정치적 영
향력을 행사했다. 1668년(현종 9) 우의정에 올랐으나 좌의정 許積과의 불화로 곧
사직했다가 1671년 다시 우의정이 되었고 이어 허적의 후임으로 좌의정에 올랐다.
1674년 仁宣王后가 죽자 다시 자의대비의 복상문제가 제기되어 제2차 예송이 일
어났을 때 남인에게 패배, 실각당했다. 이듬해 앞서의 1차 예송 때 예를 그르쳤다
하여 덕원으로 유배되었고, 이어 웅천・장기・거제・청풍 등지로 옮겨 다니며 귀
양살이를 했다. 1680년(숙종 6) 경신대출척으로 남인들이 실각하고 서인들이 재집
권하자 유배에서 풀려나 그해 10월 영중추부사 겸 영경연사로 다시 등용되었다. 그
뒤 서인 내부에서 남인의 숙청문제를 둘러싸고 대립이 생겼을 때, 강경하게 남인을
제거할 것을 주장한 金錫胄 등을 지지했다. 이로써 서인은 1683년 尹拯 등 소장파
를 중심으로 한 小論과, 송시열을 중심으로 한 노장파의 老論으로 분열되기에 이
르렀다. 1689년 숙의장씨가 낳은 아들(뒤의 경종)의 세자책봉이 시기상조라 하여
반대하는 상소를 올렸다가 숙종의 미움을 사 모든 관작을 삭탈당하고 제주로 유배
되었다. 그해 6월 鞠問을 받기 위해 서울로 압송되던 길에 정읍에서 사약을 받고
죽었다.

縱乏器之誠	유기지의 정성은 부족하지만
却耐西山血	채서산의 피는 감당할 수 있다네
回首望西方	머리 돌려 서방을 바라보니
陰雲甕不決	검은 구름 가리어져 걷히지 않네
願言西方人	서방 사람에게 말하노니
丹霞佩明月	붉은 노을에 밝은 달빛 차소서

<주석> 〖鐵嶺(철령)〗 강원도 淮陽郡과 함경남도 高山郡의 경계에 있는 큰 재 〖巓〗 꼭대기 전 〖器之(기지)〗 기지는 송 哲宗·徽宗 때의 直臣 劉安世의 字. 간신 章惇·蔡卞이 用事하자, 유안세를 모함하여 遠惡의 州軍으로 7년 동안 7州를 돌아다녔는데, 하루도 병이 든 적이 없었다. 어떤 사람이 "어떻게 하여 그렇게 되었느냐?"고 묻자, "정성(誠)스러웠을 뿐이다." 하였다 한다. 유안세는 '정성에 대해서 司馬光의 가르침을 받아 평생 힘써 행했다 함 〖西山血(서산혈)〗 西山은 송나라 孝宗·寧宗 때의 문신 蔡元定의 호. 寧宗 慶元 초년에 韓侂胄가 擅政하면서 僞學의 금지가 있었는데, 채원정도 朱熹의 문도라 하여 道州로 귀양 가게 되었다. 채원정이 3천 리 길을 도보로 가서 다리에 피가 흘렀다 함 〖甕〗 막히다 옹 〖回首望西方 陰雲甕不決〗 西方은 임금 계신 곳을, 陰雲은 소인을 말하는데, 임금 가까이 소인이 있음을 비유한 것임 〖西方人(서방인)〗 임금을 말함. 『詩經』 「邶風」 「簡兮」에 "누구를 생각하느냐, 서방의 美人이로다" 하였는데, 서방의 미인은, 즉 西周의 盛王을 지칭한 것이다. 美人이란 임금을 가리킴 〖丹霞佩明月〗 朱熹의 「感春賦」에 "丹霞를 엮어 끈 만들고 明月을 따다가 귀고리 삼는다(結丹霞以爲綬兮 佩明月而爲瑞)." 하였다. 丹霞와 明月은 君子를 지칭하는데, 소인을 물리치고 군자를 가까이 하라는 말임

<감상> 이 시는 1675년 1월 24일, 兩司의 탄핵을 받아 파직된 송시열이

철령을 넘으면서 지은 시이다.

귀양 가다가 철령 꼭대기에 오르니, 내 마음은 도리어 쇠 같다. 유기지만큼의 정성은 부족하지만, 귀양 가면서 흘리는 피는 채서산의 피처럼 감당할 수 있다. 머리 돌려 임금 계신 서방을 바라보니, 검은 구름(자신을 유배지로 보낸 간신인 南人을 비유) 가리어져 걷히지 않고 있다. 서방 사람(임금)에게 말하노니, 붉은 노을에 밝은 달빛 차소서(밝은 마음을 지녀 是非를 잘 가려 달라).

正祖는 『弘齋全書』「日得錄」에서 송시열에 대한 尊慕를 다음과 같이 언급하고 있다.

"尤庵 宋時烈에 이르러서는 여러 왕을 두루 섬기며 몸소 世道를 자임하여 天理가 밝아지고 人心이 바르게 되도록 하여 길이 천하 후세에 할 말이 있게 하였고, 그 남은 여운이 아직까지도 없어지지 않고 있으니, 붙들고 유지할 수 있었던 모든 것들은 다 이 송시열의 공이다. 이 때문에 내가 이 선정에 대해 오랜 세월을 사이에 두고 느낌이 닿아 가장 깊이 존경하고 사모한다(至於尤菴 則歷事屢朝 身任世道 使天理明而人心正 永有辭於天下後世 遺風餘烈 至今不泯 而凡所以扶植維持者 皆此先正之功也 是以予於此先正 實有曠感 而尊慕最深矣)."

"우리나라의 儒者 중에 趙靜庵과 李栗谷은 타고난 자질이 고명하고 뛰어나 理學과 경륜에 있어 원래부터 大賢인 데다 왕을 보좌하는 재능까지 겸하였다. 李退溪는 공부가 극에 달하여 확고부동한 뜻이 있었고, 宋尤庵은 많은 훌륭한 자질을 겸하였는데 기품이 강하고 모난 것이 혹 너무 지나쳤다(東方儒者 靜菴栗谷 天姿高明豪逸 理學經綸 自是大賢 兼王佐之才 退溪工夫到底 有確乎不拔之意 尤菴兼有衆美 剛方或太過耳)."

109.「遊楓嶽 次尹美村韻」宋時烈

陳編聞有古人心	옛 책에 옛사람의 마음 있다 들었기에
半世牢關字字尋	반평생 문 닫고 한 자 한 자 찾았다오
却恐埋頭無了日	아무리 몰두해도 끝날 날 없을 듯한데
遂將閒脚逐孤禽	마침내 한가로운 걸음으로 외로운 새를 찾아왔네
楓山灝氣千年積	금강산의 맑은 기운 천 년토록 쌓였고
蓬海滄波萬丈深	봉래산 바다 맑은 물결 만 길이나 깊구나
此地只宜南嶽句	이 땅에 남악의 시구 읊음이 마땅하니
每登高處費長吟	높은 곳 오를 적마다 길게 한번 읊었노라

<주석> 〖陳〗 오래되다 진 〖牢〗 굳다 뢰 〖埋頭(매두)〗 몰두함 〖却恐埋頭無了日〗 朱子의 "서책에 파묻혀 끝날 날 없네(書冊埋頭無了日)." 라는 시구를 인용한 것임 〖灝〗 청명한 기운 호 〖南嶽句(남악구)〗 朱子가 南嶽을 여행하면서 張南軒과 酬唱한 시구들을 말함

<감상> 이 시는 금강산에서 놀다가 윤미촌의 운에 차운한 시이다.

옛 책에 옛사람의 마음이 있다고 들어서, 반평생 동안 문을 닫아 걸고 한 자 한 자 열심히 익혔다. 그런데 아무리 학문에 몰두해도 끝날 날 없을 듯하여, 마침내 한가로운 걸음으로 외로운 새를 찾아왔다(금강산을 찾은 것은 책에서 고인의 마음을 찾고자 하였지만, 책에만 매달려서는 온전한 학문을 할 수 없어 금강산을 찾은 것이니, 단순히 유람을 위해서가 아니라 유람을 통해 講學의 방편으로 삼았다는 의미). 금강산의 맑은 기운은 천 년토록 쌓였고 봉래산 바다 맑은 물결은 만 길이나 깊다(천 년과 만 길은 학문의 깊은 세계를 의미함). 이 땅에 주자가 읊었던 시구 읊음이 마땅하니, 높은 곳 오를 적마다 길게 한번 읊었다(유람의 典範은 당연 朱子

라는 의미임).

『水村漫錄』에는 이 시에 대해, "우재 송시열 선생은 도학이 한 세상의 종주인 것뿐만 아니라 문장도 맑고 엄숙하여 또한 마땅히 동방 제일 대가가 되어야 한다. ……시는 또한 전중하여 법이 있다. 그의 「유풍악시」에 이르기를, ……주자의 '낭랑하게 읊조리며 축융봉을 날아다닌다.'라는 구절과 기상이 완연히 일치한다(尤齋先生 非但道學爲一世所宗 文章瀏灑 亦當爲東方第一大家 ……詩 亦典重有法 其遊楓嶽詩曰 ……與朱子郞吟飛下祝融峰 氣像宛然 一揆)."라 하여, 도학뿐만 아니라 문장도 뛰어남을 밝히고 있다.

이 시와 관련해 송시열의 학문에 대해 正祖는 『弘齋全書』「日得錄」에서 다음과 같은 언급을 하고 있다.

"송우암의 학술의 순수하고 바름과 기상의 깨끗하고 트임과 功化의 넓음은 우선 논하지 않더라도 그가 평생 붙들어 잡은 것은 바로 名義 두 자였다. 『春秋』의 尊王攘夷의 의리를 주장하며 인륜이 어두워지고 막힌 변고에 죽었으니, 이것이 그의 큰 절의이다. 비록 아전이나 부인이라 하더라도 나라에 충성하고 가문에서 열녀의 행실이 있을 수 있으면 반드시 表章하여 미치지 못함이 있을까 염려하였으니, 이것이 내가 항상 존경하는 부분이다. 지금 우암을 칭송하고 본받는 자들은 마땅히 이것을 스승이 전한 유일한 妙法으로 삼아 지켜서 실추시키지 않아야 할 것인데, 근래 어쩌면 상반되는 것이 이다지도 심한가? 분수를 범하고 기강을 무너뜨려 크고 작은 일에 꺼림이 없으니, 장차 世道를 도탄에 빠뜨리고야 말 것이다. 우암의 신령이 아직도 있다면 '나의 무리에 사람이 있다.'고 말하려 하겠는가(宋尤菴學術之醇正 氣象之光霽 功化之博普 姑無論 其平生秉執 卽名義二字 出以春秋尊攘之義 死於彝倫晦塞之變 此其大節 而雖胥徒婦女 若能忠於國烈於家 亦必表章之 如恐有不及 此予常所尊仰處 今之誦法尤菴者 當作單傳妙符 守而勿墜 近何相反至此甚也 犯分壞紀 小大無憚 將使世道塗炭後已 如尤菴英爽猶存 其肯曰吾之徒有人乎)?"

110. 「華陽洞巖上精舍吟(己酉十二月)」宋時烈

溪邊石崖闢	시냇가 바위 벼랑 열린 곳에
作室於其間	그 사이에 집을 지었노라
靜坐尋經訓	조용히 앉아 經書의 가르침 찾아서
分寸欲躋攀	시간을 아껴 높은 곳에 오르고 싶네

<주석> 〖崖〗 벼랑 애 〖分寸(분촌)〗 一分一寸으로, 짧은 시간 〖躋〗 오르다 제 〖攀〗 잡고 오르다 반 〖分寸欲躋攀〗 朱子의 『答薛士龍』의 "方將與同志一二友朋 幷心合力以從事於其間 庶幾銖積絲累 分寸躋攀 以幸其粗知義理之實"에서 인용한 것임.

<감상> 이 시는 기유년(1669, 현종 10년, 선생 63세) 12월에 화양동 바위 위의 정사에서 지은 것이다.

송시열은 1666년 청주 枕流亭에 寓居하다가 속리산 華陽洞으로 거처를 옮겼으며, 5곡인 운영담 위쪽에 華陽溪堂을 지었으며, 金砂潭 위쪽에 작은 서재를 세워 지내면서 위의 시를 쓴 것이다. 송시열이 고향으로 돌아온 것에 대해 正祖는 『弘齋全書』 「日得錄」에서 다음과 같은 언급을 하고 있다.

"宋先正이 顯廟朝 때 흉년을 만나 쓸데없는 비용을 줄일 것을 청하였다. 그때 閔維重이 호조 판서로 있으면서 그 일을 관장했는데 크게 원망과 비방을 받았다. 그러자 선정도 조정에 있는 것을 불안히 여겨 마침내 고향으로 돌아가고 말았다. 세속에 전하기를, 선정이 한강을 건너다가 하늘에 거위가 날아가는 것을 보고 손으로 가리키면서 말하기를, '내가 이 貢物까지 아울러 혁파하지 못한 것이 한이다.'라고 했다고 하니, 옛사람이 나랏일에 마음을 다하여 한시도 잊지 못하고 일신의 이해를 계산하지 않은 것이 이와 같다(宋先正在顯廟朝 値歲歉 請減省靡費 其時閔維重以戶判掌其事

大致怨謗 先正亦不安於朝 竟至還鄕 而俗傳先正渡漢江 見天鵝
飛 以手指之曰 吾恨未能幷罷此貢物 古人之盡心國事 慥慥不忘
不計一身利害如此)."

正祖는『弘齋全書』「日得錄」에서 송시열의 문장 학습에 관해 다
음과 같이 말하였다.

"先正 文正公 宋時烈의 문장은 축적된 것이 많기 때문에 발양되
는 것도 범위가 넓다. 드넓은 기세가 마치 江河가 터지듯이 거침
이 없다. 그러나 일생 동안 受用한 것이 오로지 주자의 글이었기
때문에 종종 말하는 구절에 합치되기를 기약하지 않아도 자연스레
주자의 문장과 합치되는 부분이 있다. 그러나 주자의 글만을 순수
하게 배웠다고는 말할 수 없고, 또 전적으로 문장가의 법을 사용
하였다고 말할 수도 없으니, 이는 一家를 이룬 선정의 법이라 할
것이다. 후세의 문자는 그 글을 읽고서 그 사람을 상상할 수 있는
글이 적은데, 이 문집은 비록 백 년 뒤인 지금까지도 文氣가 넘쳐
사람에게 압박해 오니, 물어보지 않고도 송 선정의 글이라는 것을
알 수 있다(先正文正公宋時烈文章 惟其積之也厚 所以發之也博
浩瀚滂沛 如決江河 而一生受用 專在紫陽書 故種種句語間 自
有不期合而暗合處 然不可謂純學朱書 亦不可謂全用作家法 自
是先正一家之則也 後世文字 鮮有可以讀其書想其人 而至若是
集 雖在百載之下 文氣尙汪汪逼人 不問可知爲宋先正之文也)."

111. 「鄭東溟挽」 南龍翼[22]

工部之詩太史文   "두보의 시에다 사마천의 문장을
一人兼二古無聞   한 사람이 두 가지를 겸했다는 것 예전에
　　　　　　　　　듣지 못했네
雷霆霹靂來驚怱   우레와 벼락이 치듯 놀랍구나"
谿谷先生昔所云   계곡 선생이 예전에 하던 말씀이네

<주석> 〚霆〛 번개 정 〚霹〛 벼락 벽 〚靂〛 벼락 력
<감상> 이 시는 동명 정두경의 輓詞이다.

남용익은 谿谷 張維가 말한 "두보의 시와 사마천의 문장을 겸비
하여 그의 글은 우레가 치듯 드세어서 예전에 없었던 일이다."라
고 한 말을 그대로 인용하고 있다.

남용익은 館閣體의 大家로 『弘齋全書』 「日省錄」에는 다음과 같
은 내용이 실려 있다.

"상이 이르기를, '우리나라의 관각체는 陽村 權近으로부터 비롯
되었는데 그 이후 春亭 卞季亮, 四佳 徐居正 등이 역시 이 문체
로 한 시대를 풍미하였다. 近古에는 月沙 李廷龜, 壺谷 南龍翼,
西河 李敏敍 등이 또 그 뒤를 이어 각체가 갖추어졌다. 비유하자
면 大匠이 집을 지을 때 전체 구조를 튼튼하게만 관리하여 짓고

---

22) 南龍翼(1628, 인조 6~1692, 숙종 18). 본관은 의령. 자는 雲卿, 호는 壺谷. 1646년
(인조 24) 진사가 되고, 1648년 정시문과에 급제하여 시강원설서·병조좌랑·홍문
관부수찬 등을 지냈다. 1655년(효종 6) 통신사의 종사관으로 일본에 다녀와 賜暇讀
書 했다. 1656년 문과 重試에 장원하여 좌참찬·예문관제학 등을 지냈다. 1683년
(숙종 9) 예조판서, 1687년 홍문관과 예문관의 대제학을 지낸 뒤 이조판서가 되었
다. 1689년 숙종이 장희빈의 아들을 세자로 삼으려 하자, 西人이 이를 반대하다가
南人에게 정권을 빼앗긴 기사환국으로 명천에 유배당하여, 그곳에서 죽었다. 저서
로는 자신의 시문집인 『호곡집』과 신라시대부터 조선 인조 대까지의 명인 497인의
시를 모아 엮은 『箕雅』와 『扶桑錄』이 있다. 시호는 文獻이다.

기이하고 교묘한 모양은 요구하지 않지만 四面八方이 튼튼하게 꽉 짜여서 전혀 도끼 자국 따위의 흠은 보이지 않는 것과 같으니, 이 역시 한 시대의 巨擘이 될 만한 것이다. '살아 있는 壺谷이 두렵다.'고 한 말은 館閣家에 지금까지 전해 오는 미담이다. 언젠가 玉吾齋 宋相琦의 문집을 보니, 이러한 각 문체가 역시 호곡과 서하의 규범과 법도에서 나온 것이었다. 다만 濃熟한 기력은 아무래도 미치지 못하였다.' 하였다(我國館閣體 肇自權陽村 而伊後如卞春亭徐四佳輩 亦以此雄視一世 近古則李月沙南壺谷李西河 又相繼踵武 各體俱備 比若大匠造舍 間架範圍 只管牢實做去 不要奇巧底樣子 而四面八方 井井堂堂 了不見斧鑿痕 此亦可爲一代巨擘 生壺谷可怕 館閣家至今傳以爲美談 曾觀玉吾齋宋相琦文集 這箇各體 亦從壺河規度中出來 而但氣力終不及濃熟)."

당시 유행어인 '生壺谷死農巖'에 대해 正祖는 『弘齋全書』「日得錄」에서 다음과 같이 말하였다.

"문장을 말하는 자들이 걸핏하면 '산 호곡 죽은 농암'이라고 하더니, 나중에 그 문집을 가져다 보니 참으로 그러하였다(譚文者動稱生壺谷死農巖 後就其文集而觀之 儘然)."

其一

春半金城草未生	봄은 중반인데 금성의 풀은 자라지 않고
蕭條驛路少人行	쓸쓸한 역 길에는 행인이 적네
陰雲接地天常曀	어두운 구름 땅에 이어져 하늘은 항상 음산한데
積雪渾山夜亦明	눈 쌓인 온 산 밤에도 밝네
複峽難通千里夢	겹친 산 통하기 어려워 천 리 밖 꿈꾸니
四時長作九秋情	사철 내내 늦가을 느낌이네
唯憐一曲南溪水	오직 한 굽이 남계의 물이 어여쁘니
萬古淸如楚水淸	만고의 맑음이 맑은 초수와 같구나

<주석> 『南溪(남계)』 금성의 南江 『金城(금성)』 강원도 고성 『蕭條(소조)』 쓸쓸한 모양 『曀』 음산하다 예 『渾』 모두 혼 『峽』 골짜기 협 『楚水(초수)』 물 이름으로, 乳水라고도 함

<감상> 이 시는 1674년(38세) 임금과 독대 중에 당시 영의정이던 許積을

___

23) 金萬重(1637, 인조 15~1692, 숙종 18). 본관은 광산. 자는 重叔, 호는 西浦. 예학의 대가인 金長生의 증손자이자 金集의 손자이다. 아버지 益謙은 병자호란 당시 김상용을 따라 강화도에서 순절하여 유복자로 태어났다. 1665년(현종 6) 문과에 장원으로 급제하여 이듬해 司書 등을 거쳤다. 1679년(숙종 5)에 다시 등용되어 대제학·대사헌에 이르렀으나, 1687년(숙종 13) 경연에서 張淑儀 일가를 둘러싼 言事로 인해 선천에 유배되었다. 이듬해 왕자(후에 경종)의 탄생으로 유배에서 풀려났으나, 己巳換局이 일어나 西人이 몰락하게 되자 그도 왕을 모욕했다는 죄로 남해의 절도에 유배되어 그곳에서 죽었다. 그가 이렇게 유배길에 자주 오른 것은 그의 집안이 서인의 기반 위에 있었기 때문에 치열한 당쟁을 피할 수 없어서였다. 그는 많은 시문과 잡록, 「구운몽」·「사씨남정기」 등의 소설을 남기고 있다. 『서포만필』에서는 한시보다 우리말로 쓰인 작품의 가치를 높이 인정하여, 정철의 「관동별곡」 등을 들면서 우리나라의 참된 글은 오직 이것이 있을 뿐이라고 했다.

소인배로 몰고, 南人을 소인당이라 몰다가 임금의 진노로 금성에 유배 가서 남계를 보고 지은 것이다.

봄은 중반이라 한참인데 금성의 풀은 자라지 않고 쓸쓸한 역 길에는 행인이 적다. 어두운 구름 땅에 드리워져 하늘은 항상 음산한데(政敵인 南人이 임금의 총명을 흐림을 의미), 이와 반대로 눈 쌓인 금성의 온 산 밤에도 밝다. 겹친 산길이 막혀 천 리 밖을 꿈꾸니, 사철 내내 늦가을 느낌이다. 오직 어여쁜 건 한 굽이 남계의 물이니, 만고의 맑음이 맑은 초수와 같다.

漢詩에서의 '구름'의 이미지는 자연 풍경의 일부를 구성하며 장면을 전환시키는 역할을 하고(雲之爲言運也『事文類聚』), 천태만상을 가진 존재로 신비로움의 도구나 속세로부터 벗어남을 의미하거나, 덧없음, 남녀의 사랑, 총명한 임금을 어둡게 하는 간신배, 그리움의 의미를 지니기도 한다. 채색화된 구름의 경우 '白雲'은 세속으로부터의 은둔, 帝鄕으로 갈 수 있는 수단, '靑雲'은 학덕이나 벼슬, 운둔, '彩雲'은 신선 세계를 연상한다(이강옥, 「서포 김만중의 詩文에 나타나는 구름」). 여기서의 陰雲은 임금의 총명을 어둡게 하는 간신배로 쓰였다.

113.「李叔章挽」洪世泰24)

種穀不須嘉	곡식을 심는 데 반드시 좋을 필요 없구나
嘉者多不實	좋은 것도 열매를 맺지 못하는 것이 많으니
作人不須才	사람을 낳는 데 꼭 재주 있을 필요 없구나
才者輒夭折	재주 있는 사람은 번번이 요절하는데

<주석> 〖嘉〗 뛰어나다 가 〖夭〗 요절하다 요
<감상> 이 시는 이숙장에 대한 輓詞이다.

좋은 곡식도 열매를 맺지 못하는 것이 많으니 반드시 곡식을 심을
때 좋은 씨앗을 뿌릴 필요가 없다. 사람도 마찬가지다. 재주가 많
은 사람은 번번이 요절을 하니, 꼭 재주 있는 사람을 낳을 필요가
없는 것이다.

성대중은 『靑城雜記』에, "홍세태는 처음 譯官에 소속되었을 때,
미천한 신분 때문에 동료들이 그를 배척하자, 관직을 버리고 문장
짓는 일에 몰두하였다. 그리하여 農巖 金昌協 등 여러 선비들이

---

24) 洪世泰(1653, 효종 4~1725, 영조 1). 본관은 南陽. 자는 道長, 호는 滄浪・柳下.
무관이었던 洪翊夏의 아들로, 조선 후기 위항문학의 先聲을 올린 작가로 평가되고
있다. 5세에 책을 읽고 7, 8세에는 글을 지을 만큼 일찍부터 문장에 재능을 보였으
나 中人 신분이었으므로 제약이 많았다. 經史와 詩에 능통하여 金昌協・金昌翕・
李奎明 등의 사대부들과 酬唱하며 친하게 지냈다. 또한 林俊元・崔大立 등의 중
인들과 洛社라는 詩社를 만들어 시를 짓고 풍류를 즐겼다. 1675년(숙종 1) 식년시
에 잡과인 譯科에 응시하여 漢學官으로 뽑히고 吏文學官에 제수되었다. 그러나
이문학관에 부임하게 된 것은 이로부터 16년 뒤인 1698년이었다. 1682년 통신사를
따라 일본에 갔을 때 많은 사람들이 그의 詩墨을 얻어 간직했다. 1698년 청나라
사신이 왔을 때 좌의정 崔錫鼎이 추천하여 시를 지어 보인 것이 임금에게 인정받
아 제술관에 임명되었다. 그는 문학적 재능은 뛰어났으나 평생을 궁핍하고 불행하
게 살았는데, 이를 안타깝게 여긴 李光佐의 도움으로 말년에는 蔚山監牧官・제술
관・남양감목관 등을 지내기도 했다. 1712년(숙종 38) 위항시인 48명의 시작품을
모아 『海東遺珠』라는 詩選集을 편찬하는 등 위항문학의 발달에 중요한 역할을 했
다. 1731년 사위와 문인들에 의해 시문집인 『柳下集』 14권이 간행되었다.

기꺼이 그와 교류하였고, 후세 사람들도 그의 시를 읊기를 시들지 않았다(洪世泰初屬譯職 以隸故擯之 去而力學爲文章 農巖諸公 樂與之交 後世稱其詩不衰)."라 하여, 재주는 있었으나 신분 때문에 동료에게 배척당한 일을 기록하고 있다.

근체시에서 같은 글자는 쓰지 않는다는 규칙을 어겨 가면서 뛰어난 인재가 요절한 것을 아쉬워하고 있다. 홍세태는 자신의 평생을 시와 함께한 문인이었다. 당대에 시로 일찍부터 명성을 얻었고, 委巷人의 신분이었지만 사대부 문인들에게서도 그의 시는 높이 평가되었다. 문장에도 상당한 재능이 있었으나, 唐風을 추구한 시에서 문학적 역량을 더 강하게 드러내었다. 그는 자신의 삶을 시 작품에 응축하면서 평생의 悔恨인 사회적·신분적 갈등과 욕망을 遺漏 없이 나타내었다. 또한 시문에서 天機를 발현해야 眞詩를 이룰 수 있다는 문학론을 펼쳐 위항문인들의 문학론 기반을 마련하기도 했다(박수천, 「柳下 洪世泰의 시문학」).

114. 「漫興」二首 洪世泰

其二

高閣深深夏氣淸	높은 누각 깊고 깊어 여름 기운 맑은데
雲流雨去日微明	구름 흘러 비는 개고 해는 희미하게 밝네
閉門寂寞靑山近	문 닫으니 적막하여 푸른 산이 가깝고
隱几蕭條芳草生	書几에 기대니 쓸쓸하여 방초가 피어 있네
夢裏不知爲化蝶	꿈속에서 나비로 변화한 걸 몰랐는데
酒醒何處有啼鶯	술이 깨자 어디선가 꾀꼬리 울어대네
林風夕起吹雙袂	숲 바람이 저녁에 일어 양쪽 소매에 불어오니
矯首晴天緩步行	머리 들어 갠 하늘에 천천히 걸어가네

<주석> 〖隱〗기대다 은 〖几〗안석 궤 〖蕭條(소조)〗쓸쓸한 모양 〖化蝶
(화접)〗莊子가 꿈속에 나비가 된 고사로, 『莊子』「齊物論」에,
"昔者莊周夢爲胡蝶 栩栩然胡蝶也 自喩適志與 不知周也 俄然覺
則蘧蘧然周也 不知周之夢爲胡蝶與 胡蝶之夢爲周與"라는 말이
나옴. 뒤에 꿈을 가리킴 〖醒〗술이 깨다 성 〖鶯〗꾀꼬리 앵 〖袂〗
소매 메 〖矯〗들다 교

<감상> 이 시는 34세에 지은 작품으로, 『昭代風謠』와 『大東詩選』에 실
려 있다. 平易하면서도 沖淡한 풍격을 느끼게 하여 洪世泰 시작
품의 대체적 성향을 잘 보여 주는 작품으로 지적되곤 하는 시이
다. 동시에 天機가 발현되고 唐風의 문학성이 한껏 두드러진 작
품으로 평가받기도 하였다.

이 시를 전후한 시기에 지은 시가 秀作으로 꼽히는데, 홍세태는
20대 후반에 洛社(낙사의 모임은 1650년대에 시작되었고, 任俊元
이 후원했던 1680년대에 가장 번성했다가, 그가 죽고 金昌翕이
영평으로 은거한 1689년경에 흩어진 것으로 알려짐)에 참여하고,

낙사의 활발한 모임은 1680년대 10년 정도 기간에 이루어졌던 점을 감안하면, 홍세태의 이런 秀作들이 낙사의 활동과 상당한 관련성을 지닌다고 생각된다. 知友들과 문학을 토론하고 서로의 작품을 硏鑽하는 가운데 문학성과 질적 수준이 한층 더 높아질 수 있었던 것이다(박수천, 「柳下 洪世泰의 시문학」).

115. 「嫩竹」 洪世泰

嫩竹纔數尺	어린 대나무 겨우 몇 척
已含凌雲意	구름을 넘어설 뜻 이미 머금었네
騰身欲化龍	몸을 올려 용이 되고자
不肯臥平地	평지에 누우려 하지 않네

<주석> 〖嫩〗 어리다 눈 〖凌雲(릉운)〗 곧장 구름으로 올라간다는 것으로, 뜻이 숭고하거나 의기가 높음을 형용 〖騰〗 올리다 등 〖化龍(화룡)〗 용이 된다는 것으로, 『辛氏三秦記』에, "河津一名龍門 禹鑿山開門 闊一里餘 黃河自中流下 而岸不通車馬 每莫春之際 有黃鯉魚逆流而上 得過者便化爲龍"이라는 말이 나옴. 후에 學業의 成功이나 地位가 높아짐에 비유됨

<감상> 이 시는 45세 지은 것으로, 어린 대나무를 통해 자신이 發身하고자 하는 희망을 표출하고 있다.

어린 대나무가 쑥쑥 자라 저 높은 구름을 넘어설 뜻을 벌써 지니고 있다. 그래서 용처럼 높이 승천하고 싶어 나지막하게 평지에 누운 것처럼 있고 싶지 않다. 홍세태 자신도 저 어린 대나무처럼 누군가 자신의 능력을 알아주면 자신의 사회적 제약에서 벗어나 높이 오를 것이라는 기대와 열망을 드러내고 있는 것이다.

이덕무는 『靑莊館全書』에서 자신의 詩集을 남기고자 한 홍세태에 대해 金時習과 이언진의 예를 대비적으로 예시하면서 비판한 내용을 다음과 같이 기록하고 있다.

"柳下 洪世泰가 일찍이 睦虎龍과 친구가 되었다. 그는 매번 호룡에게 말하기를, '너의 이름은 부르기가 심히 불길하니 빨리 고쳐라.' 하였다. 그 후 호룡은 결국 죄를 입어 사형당하였다. 유하가 늙어 손수 시를 다듬고, 베갯속에 白銀 70냥을 저축해 두고서, 일찍이 여러 문하생들에게 자랑하며 보여 주면서, '이것은 훗날 내 문집을 발간할 자본이니, 너희들은 알고 있으라.' 하였다. 아! 문인들이 명예를 좋아함이 예부터 이와 같았다. 지금 사람들이 비록 그의 시를 익숙하게 낭송하나, 유하는 (죽어) 그의 귀는 이미 썩었으니 어찌 그것을 들을 수 있겠는가? 이미 죽은 후에는 비록 비단으로 꾸미거나 옥으로 장식해도 기뻐할 수가 없고, 또 비록 불로 사르거나 물에 빠뜨려도 성낼 수 없었다. 적연히 지각이 없는데 어찌 그 喜怒를 논할 수 있겠는가? 어찌하여 살아 있을 적에 은전 70냥으로 돼지고기와 좋은 술 등을 사서 70일 동안 즐기면서 일생 동안 주린 창자나 채우지 않았는가? 그러나 梅月堂 金時習은 시를 지었다가는 곧 물에 던졌으며, 최근에 李彦瑱은 생전에 자기 원고의 반쯤을 태워 버리고, 그가 죽은 후에 반쯤 남은 원고를 殉葬하였으니, 이 늙은 유하와는 비록 다르지만, 泯滅을 두려워하지 않은 것과 없어지지 않기를 도모하는 것은 그들이 좋아하는 대로 맡길 따름이다. 그러니 어찌 반드시 아름다운 옥이라고 칭찬하고 나쁜 옥이라고 헐뜯겠는가(柳下洪世泰 嘗與睦虎龍爲友 每謂虎龍曰 汝名呼之甚不吉 急改之也 虎龍後竟伏誅 柳下老來 手自刪定其詩 枕中貯白銀七十兩 嘗詩視諸門生曰 此後日刊吾集資也 汝輩識之 噫 文人好名 自古而然也 今人人雖爛誦其詩 柳下耳朶已朽 安能聽之 旣歸之後 雖繡裝玉刻 不可喜也 雖火燔水壞 不可怒也 寂然無知 又何論其喜怒哉 何不生前 把銀作七十塊 沽猪肉白酒 爲七十日喜歡 緣以澆其一生枯腸也 然梅月堂作詩輒投水 近日李彦瑱 生前焚半藁 死後殉葬半藁 與此翁雖異 其不畏泯滅與圖不朽 亦可任他所好而已 何必譽瑜而毀玞哉)."

116. 「滿月臺歌」洪世泰

滿月臺前落木秋	만월대 앞 낙엽 지는 가을에
西風殘照使人愁	서풍에 남은 낙조 사람을 근심하게 하네
山河氣盡姜邯贊	산하에는 강감찬의 기상이 사라졌고
日月明懸鄭夢周	일월처럼 정몽주의 이름만 걸려 있네

<감상> 이 시는 1705년 황해도 甕津郡의 屯田長으로 부임해 가는 길에 開城의 만월대에 올라 읊은 것이다.

낙엽이 지는 가을에 만월대에 올라보니, 가을바람에 지는 낙조가 사람을 근심하게 한다. 근심은 무엇인가? 거란의 침략을 물리쳤던 강감찬 장군의 기상이 사라졌고, 고려와 함께 절의를 지키며 사라져 간 정몽주의 이름만 남아 있다. 옛 고려의 궁궐터인 만월대에서 역사를 회고하며 자신도 이들처럼 나라를 위해 충성을 다할 수 있는 기회가 주어지기를 기대하고 있는 것이다.

正祖는 『홍재전서』「日得錄」에서, "대개 인재란 원래 문벌의 귀천이 없다. 근세의 洪世泰도 委巷 출신으로 시로써 크게 이름을 날려서 農巖이나 三淵이 칭송하였고, 당시 사람들이 간이의 문장에 비유하기까지 하였다(大抵人材 元無門地貴賤之別 近世洪世泰 亦以委巷之人 大以詩鳴 爲農淵輩所推詡 時人至擬之簡易之文)."라 하여, 홍세태의 詩가 崔岦의 문장에 比肩될 정도라 말하고 있다.

117.「鹽谷七歌」洪世泰

其一

有客有客字道長	객이여, 객이여, 자는 도장으로
自謂平生志慷忼	스스로 평생토록 강개한 뜻 지녔다고 하네
讀書萬卷何所用	독서 만 권 어디에 쓸 것인가?
遲暮雄圖落草莽	늘어 가매 웅장한 뜻 풀더미에 떨어졌네
誰敎騏驥伏鹽車	누가 천리마를 소금수레 끌게 했는가?
太行山高不可上	태항산이 높아서 올라갈 수 없다네
嗚呼一歌兮歌欲發	아! 첫째 노래여, 노래를 부르려 하니
白日浮雲忽陰結	흰 해가 뜬 구름에 갑자기 어둑해지네

<주석> 〖慷〗 분개하다 개 〖忼〗 강개하다 강 〖遲暮(지모)〗 晩年에 비유 〖圖〗 꾀하다 도 〖莽〗 우거지다 망 〖騏驥(기기)〗 천리마

<감상> 이 시는 1719년 蔚山 監牧官으로 비교적 여유로운 생활을 하면서 7수의 연작시를 짓는데, 위의 시는 그 첫 번째 시로 자신의 평생 회한을 읊고 있다.

독서를 만 권이나 한 것은 무엇 때문인가? 士大夫로 살아가기 위함이었다. 그런데 지금 그 많은 공부는 어디에다 쓸 것인가? 나이가 들어 점점 늘어 가니, 그때의 웅장한 뜻도 풀숲으로 사라져 버렸다. 누가 나 같은 천리마로 하여금 소금수레나 끌게 했는가? 태항산이 높아서 올라갈 수 없다.

이 외에도 성대중의 『靑城雜記』에 홍세태에 관한 逸話와 「자고사」에 대한 내용이 다음과 같이 실려 있다.

"홍세태가 젊었을 때 「자고사」(홍세태의 『柳下集』 권1에 「題季文蘭詩後」란 제목으로 실려 있다)를 지어 淸城 金錫胄에게 인정을 받아 당나라의 유명한 시인 高適과 岑參의 부류로 인정받기까지 하였다. 홍세태는 이씨 집안의 종이었다. 주인은 그가 농사일을 하지 않는 것을 괘씸하게 생각하여 잡아 죽이려고 하였는데, 청성이 속임수를 써서 그를 죽음에서 벗어나게 해 주었다. 그러나 銀子 200냥이 있어야 그를 贖良시킬 수 있었다. 그리하여 청성이 은자 100냥을 내고 동평군 이항도 은자 100냥을 내어 속량시켜 주었으니, 이항 역시 그의 재주를 사랑하였기 때문이다. 이리하여 홍세태는 청성군과 동평군을 아버지처럼 여겼다. 農巖 金昌協과 三淵 金昌翕 형제도 그의 재주를 사랑하여 賓友로 대우하였다. 정승인 文谷 金壽恒이 기사년(1689, 숙종 15)에 당한 화는 기실 이항이 그를 해친 것이었다. 이항이 신사년(1701, 숙종 27)의 옥사에 처형될 때 김씨 형제들은 매우 통쾌히 여기고 그가 絞首되는 모습을 보러 나갔는데, 홍세태가 손수 이항의 시체를 염하여 그의 은혜에 보답하고는 천천히 농암에게 다가와 배알하고 그 까닭을 말하였다. 농암은 그의 의로운 행위를 가상히 여겨 더욱 후대하였다. 「자고사」는 청성이 李文蘭을 위하여 지은 것이다. 계문란은 강남의 양갓집 규수였는데, 집안이 오랑캐에게 전복되어 북쪽 심양으로 끌려가다가 榛子店을 지나가게 되었다. 계문란은 진자점의 벽에 시를 써서 자신의 억울하고 괴로운 심사를 표현하고는, 마지막 줄에 '천하의 유심한 남자들은 이것을 보면 가엾게 여길 것이다.'라고 썼다. ―注: 내가 진자점을 물어보았는데, 아는 사람이 아무도 없었다. ― 청성이 燕京에 사신으로 가다가 이곳에 들러 벽에 쓰여 있는 것을 보니, 먹색이 아직도 변함없었다. 店人에게 이것을 쓸 당시의 일을 물었더니, '騎兵은 문에 서서 갈 길을 재촉하고, 여인은 눈물을 삼키며 벽에 썼는데 오른손이 힘들면 왼손으로 계속 썼습니다.' 하며 매우 자세히 말해 주었다. 청성은 이를 가엾게 여겨 그녀를 위해 칠언절구 한 수를 짓고 홍세태에게 여기에 화답하라고 명하였는데, 그의 시는 과연 뛰어난 작품이었다. 그 시는 다음과 같다. '강남 강북에서 울던 자고새, 비바람에 놀라 날아가 둥지

239

를 잃었네. 한 번 하늘가 멀리 떨어져 돌아갈 수 없는데, 심양성 밖엔 풀만 무성하구나.' －注: 명나라가 망하자 기구한 운명의 여인들이 대부분 만주족에게 끌려갔다. 秦淮 출신인 宋惠湘이란 여인은 위요역 벽에 시를 쓰기를, '꽃다운 열다섯 시집갈 나이에, 明妃(漢나라 元帝 때의 궁녀 王嬙으로 字가 昭君이다. 원제가 匈奴의 呼韓邪單于의 요청에 따라 명비를 그에게 시집보내고 화친하였다) 같은 신세 되어 고향을 떠났네. 그 누가 천금을 흩어 옛날 曹孟德이 양황의 휘하에서 文姬를 구해 준 것(맹덕은 曹操의 字이다. 文姬는 東漢의 학자 蔡邕의 무남독녀인 蔡琰의 자로, 음악을 잘하고 典籍에 능통하였다. 전란 때 흉노로 잡혀갔으나 후에 조조가 속량시켜 돌아오게 해 주었다)과 같이 하겠는가?' 하였다. 이 또한 계문란과 같은 부류의 사람이다(洪世泰少以鸜鵒詞 見知於淸城金錫胄 至許以高岑者流 世泰李家奴也 主怒其不服事 拘將殺之 淸城詭計脫之 然銀非二百兩 不得贖 淸城乃出銀百兩 東平君杭 亦出百兩贖之 杭亦愛才故也 故世泰視淸城及杭如父 而金農巖三淵兄弟 亦愛其才 待以賓友 文谷相己巳之禍 杭實慝之 及杭死於辛巳獄 金氏兄弟快之 就觀其磬 世泰乃手斂杭尸 以報其恩 徐諰諸農巖 告之故 農巖嘉其義 待之加厚 鸜鵒詞者 淸城爲季文蘭作也 蘭江南良家女也 家覆於虜 被掠而北 路出榛子店 題詩店壁 敍其冤苦之辭 而終日 天下有心男子 見而憐之[余詢榛子店 人無有知者] 淸城奉使之燕 過而見焉 墨痕故未渝也 問諸店人道其書時事甚悉曰 騎者立門促行 佳人掩淚題壁 右手倦則左手接而書之 淸城憐之 爲賦七絶 命世泰和之 果絶唱也 詩曰 江南江北鸜鵒啼 風雨驚飛失故棲 一落天涯歸不得 瀋陽城外草萋萋[明亡薄命佳人爲滿州所掠者多 宋惠湘 秦淮女子也 題詩衛耀驛壁云盈盈十五破瓜時 已作名妃別故帷 誰散千金同孟德 鑲黃旗下贖文姬 此又文蘭一流人也])."

118. 「菠薐(俗名時根菜)」金昌協[25]

菠薐傳數名	시금치는 여러 명칭이 전해지는데
其始出波羅	그 시작은 페르시아에서 온 것이네
我國有俗稱	우리나라에도 세속의 칭호가 있는데
恐是赤根訛	아마 적근의 와전인 듯싶네

<주석> 〖菠薐(파릉)〗 시금치 〖恐〗 아마 공 〖訛〗 그릇되다 와

<감상> 이 시는 특이하게도 시금치를 소재로 읊은 시로, 시금치에 대한
기록은 이 이전에는 찾아보기 어렵다.

파릉은 김창업이 時根菜라고 주를 달아놓았다. 시금치는 페르시
아에서 들여온 것으로 파사채, 파사초, 파채라고도 했으며, 조선에
서는 뿌리가 붉어 赤根菜라고도 했다.

李德懋는 『靑莊館全書』에서 "宣祖朝 이하에 나온 문장은 볼만
한 것이 많다. 시와 문을 겸한 이는 農巖 金昌協이고, 시로는 挹
翠軒 朴闇을 제일로 친다는 것이 확고한 논평이나, 淵翁 金昌翕
에 이르러 大家를 이루었으니, 이는 어느 체제이든 다 갖추어져

---

25) 金昌協(1651, 효종 2~1708, 숙종 34). 본관은 안동. 자는 仲和, 호는 農巖. 당대
명문 출신으로 金尙憲의 증손자이며, 아버지 金壽恒과 형 金昌集이 모두 영의정
을 지냈다. 六昌으로 불리는 여섯 형제 중에서 특히 창협의 文과 동생 昌翕의 詩
는 당대에 이미 명망이 높았다. 1669년(현종 10) 진사시에 합격하고, 1682년(숙종
8) 증광문과에 전시장원으로 급제하여 병조좌랑·사헌부지평·동부승지·대사
성·대사간 등을 지냈다. 아버지 수항과 仲父 壽興은 老論의 핵심인물이었는데,
그가 청풍부사로 있을 때 己巳換局으로 아버지가 진도에서 賜死되자 벼슬을 버리
고 永平에 숨었다. 1694년 갑술옥사 후 아버지의 누명이 벗겨져 호조참의·대제학
에 임명되었으나 나아가지 않고 학문에만 전념했다. 24세 때 송시열을 찾아가 小
學에 대해 토론했고 李珥의 학통을 이었으나 湖洛論爭에서는 湖論의 입장을 취했
다. 전아하고 순정한 문체를 추구한 古文家로 전대의 누습한 文氣를 씻었다고 金
澤榮에게 높은 평가를 받았다. 시호는 文簡으로, 고고하고 기상이 있는 문장을 썼
고, 글씨도 잘 쓴 당대 문장가이다.

있기 때문이다. 섬세하고 화려하여 名家를 이룬 이는 柳下 崔惠
吉이고 唐을 모방하는 데 고질화된 이는 蓀谷 李達이며, 許蘭雪
軒은 옛사람의 말만 전용한 것이 많으니 유감스럽다. 龜峯 宋翼
弼은 濂洛의 풍미를 띤 데다 色香에 神化를 이룬 분이고, 澤堂
李植의 시는 정밀한 데다 식견이 있고 典雅하여 흔히 볼 수 있는
작품이 아니다(宣廟朝以下文章 多可觀也 詩文幷均者 其農岩乎
詩推挹翠軒爲第一 是不易之論 然至淵翁而後 成大家藪 蓋無體
不有也 纖麗而成名家者 其柳下乎 痼疾於模唐者 其蓀谷乎 蘭
雪 全用古人語者多 是可恨也 龜峯 帶濂洛而神化於色香者 澤
堂之詩 精緻有識且典雅 不可多得也)."라 하여, 김창협의 詩를
높이 평가하고 있다.

金昌協은 經術과 文章이 兩美하기로 退溪 이후 처음이라 꼽히는
문인이다. 그의 학문은 李珥, 金長生, 宋時烈의 학통을 이으면서
다음 시대 서울 중심의 老論系 문인들 사이에서 일어난 北學思想
을 앞에서 창도하였다. 그는 古文에 특히 뛰어난 솜씨를 보여 典
雅한 그의 문장과 朴趾源의 雄渾한 문장이 一時에 雙璧을 이루
었으며, 騷壇에서도 그는 조선 후기에 새롭게 대두된 眞詩運動에
단초를 열었으며, 특히 그가 개진한 天氣論的 詩論은 그의 아우
金昌翕, 그리고 그의 門下와 委巷詩人들에게까지도 크게 영향을
끼쳤다(민병수, 『한국한시사』).

119. 「又賦」二首 金昌協

其一

蒹葭岸岸露華盈	갈대 자란 언덕마다 이슬 꽃 가득한데
篷屋秋風一夜生	거룻배 지붕에 가을바람 밤새도록 불어오네
臥遡淸江三十里	배에 누워 맑은 강 삼십 리를 거슬러 오르니
月明柔櫓夢中聲	밝은 달빛 아래 노 젓는 소리 꿈결인 듯하네

<주석> 『又賦(우부)』『大東詩選』에는「江行」으로 되어 있음 〚蒹〛 갈대
겸 〚葭〛 갈대 가 〚篷〛 거룻배 봉 〚遡〛 거슬러 올라가다 소 〚櫓〛
노 로

<감상> 이 시는 1688년, 그의 나이 38살에 淸風府使로 재임하던 시절, 남
한강을 紀行하면서 지은 시이다.

김창협의 900수의 한시 가운데 가장 많은 부분을 차지하는 것이
山水紀行詩이다. 17세기에 김창협·김창흡 형제가 李夏坤·洪
世泰 같은 발군의 시인들의 호응 아래 주도적으로 전개했던 白嶽
詩壇의 眞詩運動은 조선 후기에 있어 가장 빛나는 문학운동이었
다. 그들은 '性情의 발로에 따라 시를 써야 한다는 儒家의 상식을
뛰어넘어' 자신들의 '주변에 있는 자연, 인물, 풍속을 있는 그대로
표현해야 한다.'고 믿었다. 이들에게는 대상 그 자체가 중요할 뿐,
계획된 의도나 꾸밈과 같은 것은 고려하지 않았으며, 形과 神이
하나로 어우러지는 시세계를 이상적인 경지로 생각했다. 당시 문
단의 俗尙을 거부하고 진정한 '朝鮮詩'를 향해 끊임없이 실험을
계속했으며, 그 정점에 바로 김창협의 산수기행시가 자리 잡고 있
는 것이다(김성언, 「농암 김창협의 삶과 시」).

이덕무는 『청장관전서』에서, "우연히 여러 선생의 絶句 가운데
독송할 만한 것을 생각하였다. ……金農巖 선생의「江行」시에

……(偶思諸先生絶句可誦者 ……金農巖先生江行……).”라 하
여, 이 시를 독송할 만한 絶句詩로 꼽고 있다.

正祖는 『弘齋全書』「日得錄」에서 당시 유행하던 '生壺谷死農
巖'에 관해 다음과 같이 말하였다.

"문장을 말하는 자들이 걸핏하면 '산 호곡 죽은 농암'이라고 하더
니, 나중에 그 문집을 가져다 보니 참으로 그러하였다(譚文者動稱
生壺谷死農巖 後就其文集而觀之 儘然).”

120. 「春日齋居 漫用陶辭 木欣向榮 泉涓始流 分韻爲詩」八首 金昌協

其七

田家聞布穀	농가에 뻐꾸기 울음 들리니
耒耜日就治	쟁기 들고 날마다 밭 갈러 가네
相呼種春麥	봄보리 심으라고 서로 부르니
東作自玆始	봄 농사 지금부터 시작이로다
而余長京洛	그런데 나는 서울에서 자라
生不識田事	날 때부터 농사일을 모른다네
明農古有言	농사에 힘쓰겠다던 옛 성현의 말씀
素食詩人恥	공밥을 먹는 것은 시인의 수치라네
今我不努力	지금 내가 농사에 노력하지 않으면
歲暮將何俟	해 저물 때 장차 무엇을 바라겠는가?

<주석> 〖布穀(포곡)〗 뻐꾸기 〖耒〗 쟁기 뢰 〖耜〗 보습 사 〖東作(동작)〗
농사 〖京洛(경락)〗 洛陽의 별칭으로, 널리 서울을 가리킴 〖明農
(명농)〗 농업에 힘쓴다는 것으로, 周公이 한 말임.『書經』〖素食
(소식)〗 수고롭지 않고 밥만 먹음.『시경』「魏風」「伐檀」에 "彼
君子兮 不素食兮"라는 말이 보임 〖俟〗 기다리다 사

<감상> 이 시는 봄날 집에 있으면서 쓸데없이 陶淵明의 「歸去來辭」에 나
오는 '木欣向榮 泉涓始流' 구절을 사용하여 지은 시로, 귀양 온
부친을 따라 棄世의 뜻을 읊고 있다.
김창협은 당대 閥閱 출신이기는 하지만, 20대 중반에 趙大妃의
服制를 두고 벌어진 禮訟에서 스승 宋時烈의 관작이 박탈되고 부

친 金壽恒도 전라도로 유배 가는 시련을 겪으면서 그의 思惟에는 仕宦에 대한 염증과 隱逸에 대한 지향이 싹트기 시작한 것이다. 30대에 庚申換局으로 다시 득세한 부친이 영의정이 되자, 10년간 그의 환로는 탄탄대로인 것처럼 보였다. 그러나 39세에 닥친 己巳換局의 소용돌이는 그로 하여금 정치에 대한 실낱 같은 기대마저 끊게 하는 계기가 되었다. 부친의 賜死로 절망적인 상태에 빠진 김창협은 그해 永平 鷹巖으로 들어가 農巖書室을 짓고 자호 그대로 野人의 삶을 선택한다. 이후 甲戌換局으로 다시 老論의 세상이 된 뒤에도 그는 宦路와 絶緣하고 학문과 詩作과 遊覽으로 始終하는 자유로운 생애를 보냈던 것이다. 생애 후반부에 閑居와 隱逸에 관련된 시편들이 많은 것은 그러한 연유에서이다(김성언, 「농암 김창협의 삶과 시」).

이덕무는 『청비록』에 다음과 같은 말을 실어 놓았다.

"농암 金昌協의 시에, '진황의 만리장성 보지 않고는, 남아의 의기 높아지지 못하리. 한호 굽이에 작은 어선 띄워 놓고, 도롱이 입고서 홀로 살아가리' 하였고, 삼연(金昌翕의 호. 김창협의 동생으로 시문에 뛰어났다)선생의 시는 다음과 같다. '사람 왕래 빈번한 만국의 중심부라, 낙타며 코끼리 산악처럼 서 있네. 인생은 시야를 좁혀서는 안 되니, 그를 넓혀야 흥금이 넓어지리. 우리나라는 압록부터 동쪽이 비좁으니, 사해의 영준들과 추축하기 원일세' 두 선생의 도학과 문장은 우리나라의 표준이 될 뿐 아니라 형제 두 분이 다 이름난 문장으로 밖에서 구할 것이 없었는데도 중국을 끊임없이 사모하였으니, 예로부터 많은 책을 읽고 뜻이 넓어진 분들은 반드시 이런 생각을 갖는 모양이다. 그 아우 稼齋(金昌業의 호. 둘째형 창협, 셋째형 창흡과 함께 도학·문장으로 이름을 떨쳤다. 숙종 38년에 큰형 昌集이 謝恩使로 淸나라에 갈 때 따라가서 그곳의 山川·關防·寺觀·書籍·器物 등을 기록하여 돌아왔다. 또 그림에도 뛰어나서 산수화와 인물화를 잘 그렸다)선생은 그 伯氏 夢窩(金昌集의 호. 숙종 38년에 사은사로 중국에 다녀와서 領議

政이 되었다)선생을 따라 중국에 가서 險固한 산과 隆盛한 인물과 城池·樓臺·風俗·儀文 등을 두루 보고서 그것을 기록하여 돌아와서는 형제의 시를 모아『金氏聯芳集』을 만들고 浙江의 선비 楊澄寧水에게 서문을 받아가지고 돌아왔다. 그러므로 김씨의 문헌이 중국에까지 빛나게 되었다. 영수는 농암 선생의 시를 칭찬하였는데, 그중에서도「關侯廟」시를 더욱 칭찬하였다.「관후묘」시는 다음과 같다. '나무 우거진 사당문 가엔, 쓸쓸한 바람만 일어날 뿐. 단청엔 귀신이 접한 듯한데, 보는 이의 눈물은 고금이 같네. 北地(蜀漢 後主의 아들 北地王 심(諶)을 말한다. 촉한이 魏將 등애(鄧艾)에 의해 항복하게 되자, 그는 한번 싸우다가 죽는 것이 옳다면서 항복을 반대하고 昭烈廟에 들어가 통곡하다가 자살하였다)는 항복을 부끄러워하고, 南陽(촉한의 丞相 諸葛亮을 말한다. 그는 자신이 後主에게 올린 出師表 그대로, 있는 마음과 힘을 다하여 여섯 차례나 中原을 수복시키려 했으나 끝내 五丈原에서 최후를 마치고 말았다)은 국궁을 본받았네. 아! 충정이 하나같았으니, 두 분을 사당에 함께 모셨네.' 일찍이 淸陰(金尙憲의 호이다. 그는 仁祖 때 좌의정으로 병자호란을 만나 淸과의 굴욕적인 화의를 반대하다가 화의가 성립된 뒤에 瀋陽으로 잡혀가서 3년간의 억류생활을 하였다)선생이 水路로 중국 서울을 갈 적에 濟南에서 御史 張延登을 만난 일이 있었는데, 70년 뒤인 계사년에 曾孫 稼齋가 다시 중국에 가서 楊澄을 만나 교류하였고 榕村 李光地(자는 晉卿, 호는 厚菴. 淸나라 초기의 유명한 성리학자로 文淵閣太學士를 지냈으며,『周易通編』·「洪範說」등의 저서를 남겼다)를 보았으며, 또 28년 뒤에는 청음 선생의 玄孫 潛齋 益謙 日進이 중국에 들어가서 치청산인 李錯鐵君(벼슬이 제수되었으나 나아가지 않고 아내와 함께 盤山에 은거하여 多靑峯 밑에서 농사를 지었다. 저서로는『含中集』이 있다)과 만나, 燕臺 밑에서 서로 노래 부르며 강개해하였고, 그 뒤 26년에는 청음 선생의 5대 족손 養虛堂 在行 平仲이 다시 중국에 들어가서 절강의 명사 陸飛 起潛·嚴

誠 力闇·潘庭筠 香祖 등을 만나 서로 의기투합하여 힘 있는 문
장을 지으며 跌宕하게 논 것은 천하의 盛事였다. 청음 선생 이후
로 140~150년 동안 김 씨의 문헌이 우리나라의 으뜸이 된 것은
대대로 중국을 좋아하고 견문을 넓힌 데서 연유하였다고 하지 않
을 수 없다. 그 유풍 여운이 오늘까지 없어지지 않고 있다(農巖先
生詩 未見秦皇萬里城 男兒意氣負崢嶸 漢湖一曲漁舟小 獨遡簑
衣付此生 三淵先生詩 肩摩轄擊轅萬國 麌駝巨象峙山岳 人生不
可小所見 大目方令胸肚擴 鴨江以東講道窄 四海英俊願追逐 兩
先生道學文章 表準東國 家庭之內 塤倡箎和 不假外求 而俱慕中
國 津津不已 終古讀書萬卷 胸襟恢蕩者 必具此想 其弟稼齋先生
則隨其伯兄夢窩先生 入燕 壯觀山河之固 人物之盛 城池樓臺風
俗儀文 著錄而歸 選輯昆季之詩 爲金氏聯芳集 屬浙士楊澄寧水
評序而來 於是金氏文獻 照爛中國 寧水推獎農巖之詩 尤賞其關
侯廟詩 廟貌森牖戶 窺臨颯有風 丹靑鬼神接 涕淚古今同 北地羞
唧嚌 南陽效鞠躬 忠貞恨一殪 合此幷幽宮 盖淸陰先生 水路朝京
於濟南 逢張御史延登 後七十餘年癸巳 曾孫稼齋入燕 逢楊澄證
交 望見李榕村光地 後二十有八年 淸陰先生玄孫潛齋益謙日進
入燕 逢豸靑山人李鍇鐵君 相與嘯咤慷慨於燕臺之側 後二十有
六年 淸陰先生五代族孫養盧堂在行平仲 逢浙杭名士陸飛起潛嚴
誠力闇潘庭筠香祖 握手投契 淋漓跌宕 爲天下盛事 自淸陰以來
百有四五十年 金氏文獻 甲於東方者 未必不由於世好中原 開拓
聞見 遺風餘音 至今未泯也)."

121. 「山民」 金昌協

下馬問人居	말에서 내려 "누구 없소?" 하고 물으니
婦女出門看	아녀자 문을 열고 나오네
坐客茅屋下	초가집 아래로 객을 맞아들이고는
爲客具飯餐	객을 위해 밥상을 차려 주네
丈夫亦何在	남편은 "어디 있는가?" 물었더니
扶犁朝上山	"쟁기 메고 아침에 산에 갔다오
山田苦難耕	산밭은 갈기가 어려워
日晚猶未還	해 저물어도 돌아오지 못하오
四顧絶無隣	사방을 둘러보아도 전혀 이웃이 없고
雞犬依層巒	닭과 개만 험한 산속에 살고 있지요
中林多猛虎	숲 속에는 사나운 호랑이가 많아서
采藿不盈盤	콩잎을 따도 광주리에 차지 못하오
哀此獨何好	슬프구나, 이곳이 뭐가 좋아서
崎嶇山谷間	험한 산골 사이에 있겠소
樂哉彼平土	즐겁구나, 저 평지여
欲往畏縣官	가고 싶으나 현의 관리가 무섭구나"

<주석> 〖餐〗 음식 찬 〖扶〗 떠받치다 부 〖犁〗 쟁기 려 〖巒〗 산 만 〖藿〗
콩잎 곽 〖盤〗 대야 반 〖崎〗 험하다 기 〖嶇〗 험하다 구

<감상> 이 시는 1678년, 그의 나이 27세 때 전라도에서 한양으로 올라오
는 도중 산촌을 보고 읊은 愛民詩이다.

김창협은 '平生慕杜老(「舟遷」)'처럼 杜甫를 作詩의 모법으로 삼
았는데, 위의 시는 두보의 「三吏」, 「三別」을 연상케 한다.

『조선왕조실록』 숙종 34년(1708) 고 김창협의 卒記에 다음과 같

은 내용이 실려 있다.

"지돈녕부사 김창협이 卒하였다. 김창협의 字는 仲和로서, 영의정 金壽恒의 둘째 아들이다. 천성이 溫粹하고 청결하여 한 점의 더러운 세속의 기운이 없고, 문장을 지으면 醲郁(맛이 진함)하여 六一居士(宋나라 文豪 歐陽修의 號. 唐宋八大家의 한 사람. 문장이 醲郁하다고 함)의 精髓를 깊이 얻었다. 國朝 이래로 작자는 1, 2분에 불과했는데, 김창협이 鼎立(솥발과 같이 셋이 나누어 섬)하였다고 이를 만하다. 詩도 역시 漢·魏를 출입하면서 少陵(唐의 詩人 杜甫의 호)으로 補翼하였다. 高古하고 雅健(筆力이 高尙하고 기운참)하여, 천박한 문장을 일삼지 않았는데, 조금 후에 이것은 우리 선비가 끝까지 할 사업은 되지 못한다고 여겨 마침내 六經에만 오로지 정진하여 濂洛關閩(宋나라 濂溪의 周敦頤, 洛陽의 程顥, 그 아우 程頤, 關中의 張載, 閩中의 朱熹가 제창한 성리학)의 學에 미쳐서 학문에 젖어들고 널리 행하여 寢食을 잊기까지 하니, 견해가 정확하고 공부가 독실하여 요즘의 변통성이 없는 선비에 비길 수 없었다. 『朱子書』에 공력을 씀이 더욱 깊어, 宋時烈이 『朱文箚義』를 저술할 때에 그의 말을 많이 인용하였다. 晚年에 義理가 꽉 막히고 斯文이 갈라지고 찢어지는 때를 당하니, 名義를 表正하고 邪詖함을 물리치는 것으로써 자기의 임무를 삼으니, 世道가 힘입어서 維持되어 蔚然히 儒林의 으뜸이 되었다. 따라 배우는 자가 매우 많았는데 가르치기를 조금도 게을리하지 않았으며, 후생 가운데 文詞를 바로잡을 자가 있으면, 문득 이끌어서 학문에 나아가게 하였다. 젊어서 괴과(科擧에서 文科의 甲科를 이르는 말)에 올라, 명망이 한 시대를 굽어보았다. 法筵에 進講하니, 淳夫(宋나라 유학자 范祖禹의 字. 평상시에는 남의 과실을 말하지 않지마는, 일을 만나면 是非를 분변하여 밝혔음)처럼 三昧의 경지에 있다는 명성이 있었다. 더욱 君德의 闕遺에 잊지 않고 돌보고, 일을 만나면 경계하여 바로잡아 임금의 노여움을 피하지 않았다. 기사년(1689 숙종 15년)의 화를 만나자, 다시는 當世에 뜻을 두지 않았고, 갑술년의 정국 변동 뒤에 여러 번 불렀으나 나오지 않았다. 窮山에서 굶주림을 참아가면서 굳게 지조를 지키면서 한평생을 마쳤으니, 비록 志趣가 다른 자라도 또한 높이 우러러 공경하여 미치기 어렵다고 여겼다. 대개 그의 資稟의 순수함과 文章의 높음과 學術의 심오함을 논하면, 모두가 남보다 뛰어났으니, 진실로 세상에 드문 큰 선비가 될 만하다고 하겠다. 이때에 이르러 卒하니 나이가 58세이었다. 太學生들이 館을 비우고 와서 제수를 올렸고, 학자들이 그를 '農巖先生'이라고 일컬었다. 文集 34권이 있어 세상에 행하여졌으며, 뒤에 文簡이란 시호를 내려 주었다(知敦寧府事金昌協卒 昌協字仲和 領議政壽恒第二子也 天資溫粹潔淸 無一點塵俗氣 爲文章典則醲郁 深得六一精髓 國朝以來作者 不過一二公 昌協可以鼎峙云 詩亦出入漢魏 翼以少陵高古雅健 不事膚草 已而謂此不足爲吾儒究竟事業 遂專精六經以及濂洛關閩 浸涵演迤 至忘寢食 見解精確 工夫篤實 非挽近拘儒可倫也 於朱子書 用功尤深 宋時烈著朱文箚疑 多用其說晩歲當義理晦塞 斯文磔裂之會 以表正名義 攘斥邪詖 爲己任世道賴以維持 蔚然爲儒林之宗 從學者甚衆 訓誨不少倦 後生有以文詞取正者 輒引以進之於學問 少登魁科 望臨一時 進講法筵有淳夫三昧之譽 尤眷眷於君德闕遺 遇事規切 不避觸忤 及遭己巳之禍 不復有意於當世 更化之後 屢召不起 忍飢窮山 固守而終身 雖異趣者 亦高仰之 以爲難及 蓋論其資稟之純 文章之高學術之深 俱詣絶於人 允可爲間世之鴻儒云 至是卒 年五十八太學生捲堂來奠 學者稱之爲農巖先生 有文集三十四卷 行于世後贈諡文簡)."

江南遊子不知還　　강남 간 나그네는 돌아올 줄 모르는데
古寺秋風杖屨開　　가을바람 부는 옛 절에서 지팡이 짚고 천천
　　　　　　　　　히 걷네
笑別鷄龍餘興在　　웃으며 계룡산 떠나도 여흥이 남아 있으니
馬前猶有俗離山　　말 앞엔 여전히 속리산이 있기에

<주석> 〖遊子(유자)〗 나그네 〖杖屨(장구)〗 지팡이를 짚고 천천히 걸음
<감상> 이 시는 길을 나서기 좋아하던 김창흡이 갓 20살이 넘은 젊은 시
절에 계룡산을 떠나 속리산을 찾아가며 지은 시이다.

　　한강 남쪽으로 여행을 떠난 나그네는 돌아올 줄을 모른다. 오래된
고즈넉한 절에 가을이 찾아와 바람이 일자, 집으로 돌아갈 생각
없이 지팡이 짚고 한가로이 거닌다. 산이 좋아 계룡산에 왔다가
이제 떠날 시점에 되어 떠나야만 하는데, 그래도 웃으며 떠날 수
있다. 왜냐하면 말 앞에 또 다른 속리산을 찾아가는 즐거움이 있
으니까.

　　李德懋는 『靑莊館全書』에서 "宣祖朝 이하에 나온 문장은 볼만
한 것이 많다. 시와 문을 겸한 이는 農巖 金昌協이고, 시로는 挹

---

26) 金昌翁(1653, 효종 4~1722, 경종 2). 본관은 안동. 자는 子益, 호는 三淵. 좌의정
金尙憲의 증손자이며, 영의정 金壽恒의 셋째 아들이다. 김창집과 김창협의 동생이
기도 하다. 형 창협과 함께 성리학과 문장으로 널리 이름을 떨쳤다. 과거에는 관심
이 없었으나 부모의 명령으로 응시했고 1673년(현종 14) 진사시에 합격한 뒤로는
과거를 보지 않았다. 金錫胄의 추천으로 掌樂院主簿에 임명되었으나 벼슬에 뜻이
없어 나가지 않았고, 기사환국 때 아버지가 사약을 받고 죽자 은거했다. 『장자』와
사마천의 『사기』를 좋아하고 道를 행하는 데 힘썼다. 1696년 書筵官, 1721년 執義
가 되었다. 이듬해 영조가 世弟로 책봉되자 世弟侍講院에 임명되었으나 나가지 않
았다. 신임사화로 외딴 섬에 유배된 형 창집이 사약을 받고 죽자, 그도 持病이 악
화되어 죽었다.

翠軒 朴誾을 제일로 친다는 것이 확고한 논평이나, 淵翁 金昌翕에 이르러 大家를 이루었으니, 이는 어느 체제이든 다 갖추어져 있기 때문이다. 섬세하고 화려하여 名家를 이룬 이는 柳下 崔惠吉이고 唐을 모방하는 데 고질화된 이는 蓀谷 李達이며, 許蘭雪軒은 옛사람의 말만 전용한 것이 많으니 유감스럽다. 龜峯 宋翼弼은 濂洛의 풍미를 띤 데다 色香에 神化를 이룬 분이고, 澤堂 李植의 시는 정밀한 데다 식견이 있고 典雅하여 흔히 볼 수 있는 작품이 아니다(宣廟朝以下文章 多可觀也 詩文幷均者 其農岩乎 詩推挹翠軒爲第一 是不易之論 然至淵翁而後 成大家藪 蓋無體不有也 纖麗而成名家者 其柳下乎 痼疾於模唐者 其蓀谷乎 蘭雪 全用古人語者多 是可恨也 龜峯 帶濂洛而神化於色香者 澤堂之詩 精緻有識且典雅 不可多得也)."라 하여, 김창흡의 詩가 체제를 다 갖추었다는 것을 높이 평가하고 있다.

123. 「葛驛雜詠」百七十六首 金昌翕

其一

尋常飯後出荊扉	늘 밥 먹은 뒤 사립문을 나서면
輒有相隨粉蝶飛	그때마다 날아 나를 따르는 나비가 있네
穿過麻田迤麥壠	삼밭을 뚫고 보리밭 둑 꼬불꼬불 걸어가니
草花芒刺易胃衣	풀과 꽃의 가시가 쉽게 옷에 걸리네

<주석> 〖尋常(심상)〗 평시, 보통 〖荊扉(형비)〗 사립문 〖粉蝶(분접)〗 =蝴
蝶: 나비의 일종 〖穿〗 뚫다 천 〖迤〗 굽다 이 〖壠〗 언덕 롱 〖芒〗
까끄라기 망 〖刺〗 가시 자 〖胃〗 옮다 견

其百五十五

風鞭電屐略青丘	바람 채찍과 우레 신발로 조선을 둘러보아
北走南翔鵬路周	북쪽으로 달리고 남쪽으로 날아 두루 구만 리를 다녔네
收得衰軀歸掩戶	쇠잔한 몸을 거두어 집으로 돌아와 문을 닫으니
不知何物在心頭	무엇이 마음에 남아 있는지 모르겠네

<주석> 〖鞭〗 채찍 편 〖屐〗 나막신 극 〖略〗 둘러보다 략 〖青丘(청구)〗
우리나라 〖翔〗 날다 상 〖鵬路(붕로)〗 붕새는 한 번 날면 구만
리를 난다고 함(『莊子·逍遙游』 "鵬之徙於南冥也 水擊三千里
摶扶搖而上者九萬里") 〖掩〗 닫다 엄 〖心頭(심두)〗 마음
<감상> 이 시는 김창흡이 설악산과 금강산을 유람하고 64세 때 다시 함경
도로 여행을 나섰는데, 그때 길에서 보고 들은 것을 기록한 것이

「갈역잡영」으로, 위의 시는 그중의 일부분이다.

늘 하는 일로 밥을 먹고 사립문을 나서면, 나비가 날아와 자신을 따라서 난다. 삼밭을 뚫고서 지나가고 꼬불꼬불 이어진 보리밭 둑을 걸어서 가다 보니, 온갖 풀들에 돋은 가시가 옷에 자꾸만 달라붙는다.

바람을 채찍으로 삼고 우레를 신발로 삼아 조선을 돌아다녀, 북쪽으로 달리고 남쪽으로 날아 鵬이 구만 리를 날아오르듯 천지를 두루 유람하였다. 이제 쇠잔한 몸을 이끌고 집으로 돌아와 대문을 닫거니, 마음에 남은 미련이 하나도 없다.

正祖는 『弘齋全書』「日得錄」에서, "三淵 金昌翕의 시는, 近古에는 이러한 품격이 없을 뿐 아니라 중국의 名家와 비교해도 손색이 없을 것이라 생각된다(三淵之詩 不但近古無此格 雖廁中國名家 想或無媿)." "農巖의 詩文은 고아하면서도 깨끗하고, 三淵의 시문은 맑으면서도 枯槁하니, 삼연이 부귀한 집안의 자제로서 끝내 초야에서 생을 마친 것은 참으로 까닭이 있는 것이다(農巖之詩文 雅而潔 三淵之詩文 淸而枯 三淵以富貴家子弟 終身於林麓者 良有所以)."라 極讚하면서 동시에, "근세에 시를 말하는 자들이 걸핏하면 故 處士 金昌翕을 꼽는데, 나는 그의 시가 治世의 音이 아니라고 생각한다. 이른바 '사람들의 입에 膾炙되는 것'은 순전히 침울해하고 고뇌하는 뜻을 담은 시여서 沖和하고 平淡한 기상이 전혀 없다. 부귀한 집안의 자제로서 빈천한 처지의 사람과 같은 작품을 짓되 본디 의도하지 않고도 저절로 그렇게 된 듯한 점이 있었으니, 후생 소년들은 절대로 본받거나 배우지 말아야 한다(近世言詩者 輒推故處士金昌翕 而予則以爲非治世之音 其所謂膾炙人口者 純是沈鬱牢騷意態 絶無沖和平淡氣象 以鐘鼎子弟 作窮廬口氣 固若有不期然而然 而後生少年 切不宜倣學)."라 하여, 治世의 音이 아니라고 비평하고 있다.

124. 「夜登練光亭 次趙定而韻」金昌翁

雪岳幽棲客	설악산에 숨어사는 나그네가
關河又薄遊	關西에서 또 멋대로 노닌다네
隨身有淸月	몸을 따르는 것엔 맑은 달빛이 있고
卜夜在高樓	밤을 택한 것은 높은 누각이 있기 때문
劍舞魚龍靜	칼춤을 추자 물고기가 조용하고
杯行星漢流	술잔이 돌자 은하수가 흐르네
雞鳴相顧起	닭 우는 새벽 돌아보고 일어나
留興木蘭舟	고운 배에 흥을 머물러 둔다네

<주석> 〖練光亭(련광정)〗 대동강에 있는 정자 〖棲〗 살다 서 〖關河(관
하)〗 函谷關과 黃河로 도성에서 멀리 떨어진 곳인데, 여기서는
관서지방을 의미함 〖薄遊(박유)〗 마음 내키는 대로 노님 〖星漢
(성한)〗 은하수 〖木蘭舟(목란주)〗 배의 美稱

<감상> 이 시는 밤에 연광정에 올라 조정이의 시에 차운한 것으로, 역대 연
광정에서 지은 시들 가운데 가장 뛰어난 시 가운데 하나로 꼽는다.
설악산에 거처를 정해 살고 있는 나그네가 대동강 연광정에까지
발길이 닿았다. 富貴 대신 맑은 달빛을 몸에 지니고 있기에 일부
러 밤을 택하여 높은 누각에 오른다. 기생들이 추는 劍舞에 물고
기도 조용하고, 흥에 겨워 술잔을 돌리니, 어느덧 새벽이 되어 은
하수가 기운다. 새벽에 닭 울음소리를 듣고 다시 길을 나서지만,
흥취만은 배에 남겨둔다.

正祖는 『弘齋全書』 「日得錄」에서 다음과 같이 말하였다.

"일찍이 신 등에게 하교하기를, '唐・宋에 八家니 十家니 하는
명목이 있고, 明나라에도 十家니 十三家니 하는 선발이 있다. 만
약 우리나라의 문장가 중에서 그 선발에 들 만한 사람을 뽑는다면

누구를 가장 먼저 꼽겠는가?' 하므로, 신들이 대답하기를, '乖崖·佔畢齋의 豪俊함과 奇偉함, 簡易·谿谷의 古雅함과 풍부함, 農巖·三淵 형제의 점잖음과 노련함이 모두 선발에 들 만합니다.' 하였다. 하교하기를, '훌륭한 문장가가 되기도 어렵지만 좋은 문장을 뽑는 것도 어렵다. 壺谷 南龍翼이 『箕雅』를 편찬한 당시에도 시끄럽게 많이들 다투었다고 한다. 남겨 두고 빼고 쓰고 삭제하는 것도 또한 優劣과 長短을 따지는 일에 관계되니, 내가 일찍이 정무를 보는 틈틈이 여기에 마음을 두었으면서도 오래도록 실행에 옮기지 못한 것은 이 때문이다.' 하였다(嘗下敎于臣等曰 唐宋有八家十家之目 明亦有十家十三家之選 若欲以東人文字 選入家數 則誰當居先 臣等對曰 乖崖佔畢之豪俊奇偉 簡易谿谷之古雅瞻博 農淵兄弟之典重蒼茂 俱可入選 敎曰 作家難 選家亦難 南壺谷箕雅 當時亦多有爭鬧云 槩存拔筆削之際 亦係是軒輊長短 予嘗於萬幾之餘 留意於此 而久猶未果者以此)."

125. 「余來南經年 而以時宰之斥 連章乞免 不得巡
行列邑 今將遞歸 漫賦七絕 歷叙一路山川風俗
以替遊覽」 九十二首 李宜顯27)

其十八

良州勝觀亦云多　　양산에는 빼어난 경관도 많아서
雙碧登來梵宇過　　쌍벽루에 올라 보고 절간도 찾노라
別是黃江遊可樂　　따로 황산강 있어 놀며 즐길 만하니
女郎猶唱鄭浦歌　　여인들 아직도 정포의 노래를 부르네

<주석> 【遞】 갈마들다 체 【良州(량주)】 주에 "梁山號良州"라고 되어 있
음 【雙碧(쌍벽)】 주에 "郡有雙碧樓, 通度寺, 黃山江"라고 되어
있음 【梵宇(범우)】 절 【女郎(여랑)】 나이가 젊은 여자 【鄭浦歌
(정포가)】 「黃山歌」로 春心에 마음이 끌린 여인을 유혹하려다
실패한 사공 간의 일을 노래한 것으로, 주에 "鄭浦黃山歌 最爲人
傳誦"이라고 되어 있음

---

27) 李宜顯(1669, 현종 10~1745, 영조 21). 본관은 龍仁. 자는 德哉, 호는 陶谷. 金昌
協의 문인으로, 1694년(숙종 20) 별시문과에 급제하여 검열·정언·부교리·동부승
지·이조참의·황해도관찰사를 거쳐 도승지·경기도관찰사·예조참판 등을 지냈
다. 1720년 경종이 즉위하자 冬至使로 淸나라에 다녀온 뒤 예조판서를 지내던 중
王世弟인 延礽君의 대리청정문제로 소론 金一鏡의 탄핵을 받아 벼슬에서 물러났으
며, 김일경의 사주를 받은 睦虎龍의 告變으로 신임사화가 일어나자 운산으로 유배
되었다. 영조가 즉위한 뒤 형조판서·이조판서를 지내고 왕세자 竹冊(세자빈의 책
봉문을 새긴 簡冊) 製進의 공으로 승문원제조와 비변사유사당상을 겸했다. 예조판
서·양관대제학을 거쳐 1727년 우의정이 되었으나 정미환국으로 파직되었다. 다음
해 戊申亂이 일어나자 판중추부사로 기용되어 관련자들을 다스렸다. 1732년 謝恩
使로 청나라에 다녀오고 1735년 영의정이 되어 金昌集·李頤命의 신원을 요구하
는 노론의 주장을 막으라는 영조의 명을 반대하다 삭직되었으나, 판중추부사로 기용
된 뒤 1739년 영중추부사가 되었다. 저서로 『도곡집』이 있으며, 시호는 文簡이다.

<감상> 이 시는 제목에서 "내가 남쪽으로 내려온 지 몇 년이 지났는데, 당시 재상의 배척을 받아 여러 번 글을 올려 면직을 요청하였기에 여러 고을을 순행할 수 없었다. 이제 벼슬이 갈려 돌아가게 되었기에 부질없이 칠언절구를 지어 도중의 산천과 풍속을 두루 읊조려 유람을 대신한다."에서 보이듯이, 우의정 趙相愚에게 인사하지 않았다는 이유로 경상감사에서 파직되어 서울로 돌아오면서 지은 시이다.

서울로 돌아오는 길에 경치가 빼어난 양산에 들러 쌍벽루에도 올라보고 통도사도 찾아보았다. 따로 시간을 내어 황산강에 이르렀더니 놀며 즐길 만한데, 젊은 여인들이 400년도 지난 정포의 노래를 부르고 있다.

其三

宣川土色白如雪	선천의 흙 색깔은 눈처럼 흰데
御器燔成此第一	임금님 그릇 구워 만든 것은 여기가 제일이네
監司奏罷蠲民役	감사의 주청이 끝나면 백성의 일 줄려나
進上年年多退物	해마다 진상품에 퇴자가 많은데

<주석> 【分院(분원)】 分司饔院의 준말로, 조선시대 司饔院의 관할 밑에 따로 두었던 사옹원. 경기도 楊根에 있었는데, 사옹원에서 쓰는 사기 그릇을 만드는 일을 맡았음 【燔】 굽다 번 【奏】 아뢰다 주 【蠲】 제거하다 견

其五

御供器皿三十種	임금께 바칠 그릇 서른 종류인데
本院人情四百駄	본원의 뇌물은 사백 짐이네
精粗色樣不須論	좋고 나쁜 색과 모양 따질 것 없지
直是無錢便罪過	바로 돈 없는 것이 곧 죄인 것을

<주석> 【皿】 그릇 명 【人情(인정)】 예물로, 뇌물을 의미함 【駄】 짐 태
<감상> 이 시는 20여 일 분원에 머물면서 무료하여 두보의 「기주가」를 모

---

28) 李夏坤(1677~1724). 자는 載大. 호는 湛軒이다. 벼슬에 나아가지 않고 고향 진천에 내려가 학문과 書畵에 힘썼으며, 수많은 책을 소장하여 그의 서재 宛委閣은 萬卷樓라 일컬어졌다. 여행을 좋아하여 조선 팔도를 두루 여행하고 수많은 紀行文을 남겼다. 書畵 비평에도 일가를 이루었으며, 다양한 사물에 관심이 많아 광주 陶窯에 대한 주목할 만한 시를 남겼다.

방하고 잡된 말을 섞어 장난으로 절구시를 지은 것이다.

평안도 선천의 白土를 가져다 임금이 쓸 그릇을 만드는데, 감사의 주청이 들어가면 백성들의 勞役이 조금 줄어들까? 陶工이 힘들여 그릇을 만들어 올려도 관리들이 퇴짜를 놓는 일이 점점 많은데. 임금님께 바칠 그릇의 종류는 서른 종인데, 중간에 뇌물로 바쳐야 할 것이 400짐이나 된다. 그러니 색깔이나 모양이 좋고 나쁜 것을 따질 것도 없다. 돈이 없으면 죄인이 되는 無錢有罪의 세상이니.

松林穿盡路三丫　　솔숲을 다 지나니 세 갈래 길 나와
立馬坡邊訪李家　　언덕 가에 말 세우고 이씨 집을 물었네
田父擧鋤東北指　　농사꾼 호미 들어 동북쪽 가리키는데
鵲巢村裏露榴花　　까치둥지 있는 마음에 석류꽃 드러나네

<주석> 〚穿〛뚫다 천 〚丫〛가닥 아 〚鋤〛호미 서 〚巢〛둥지 소 〚榴〛
석류나무 류

<감상> 이 시는 벗이 있는 시골집을 방문하면서 지은 시이다.

말을 타고 소나무 숲을 지나니 세 갈래 길이 나온다. 어디로 가야
할지 몰라 언덕 가에 말을 세우고 언덕에 올라 친구집을 찾아본
다. 그래도 알 수 없어 주변에 있는 농부에게 물었더니, 농부는 호
미를 들어 친구의 집이 있는 동북쪽을 가리킨다. 시선이 그곳을
향해 따라가니, 까치가 둥지를 틀고 있는 마을에 석류꽃이 핀 그
곳이 친구의 집이다.

---

29) 李用休(1706, 숙종 34～1782, 정조 6). 본관은 여주. 자는 景命, 호는 惠寰. 李沂의
아들이며, 실학의 대가 李家煥의 아버지이다. 일찍이 진사시에 합격했으나, 숙부인
李瀷의 실학사상에 깊은 영향을 받아 다시 과거를 보지 않고 문학에 전념했다. 뒤
에 蔭補로 첨지중추부사에 올랐다. 朱子學의 구속을 그 이전에 있었던 경전에 입
각하여 부정했으며, 문학은 영달을 위한 수단이 아닌 그 자체의 진실을 추구하려는
것으로 보았다. 경전에 모범을 두고 古人之法에 맞는 문장을 이룩하고자 했으나,
자기 노선을 철저하게 다지지는 못했다. 전대의 傳의 전통을 이으면서 逸士와 하
층민의 삶을 긍정적으로 다룬 「海西丐者」 등의 작품을 남겼다. 저서로는 『탄만집』
이 있다. 당대의 문장가로서 초야에 머문 선비였으나 남인계의 문권을 30여 년간
주도했다는 말을 들었을 정도로 추종을 받았다.

128.「送金擢卿(朝潤)之任文州」李用休

失手誤觸刺	실수로 잘못하여 가시에 찔리면
不覺發痛聲	자신도 모르게 아픈 소리를 치지
須念訟庭下	모름지기 생각하게나, 송사하는 자리는
露軆受黃荊	몸을 드러내고 곤장을 맞는 것임을

<주석> 〖刺〗가시 자 〖訟〗송사하다 송 〖黃荊(황형)〗 = 牡荊(모형)으로, 고대에 刑杖으로 사용하였음

蜜蜂喧蕎花	꿀벌이 메밀꽃에 윙윙거리고
茭雞出穤稏	물새가 벼에서 나오면
謂御且徐驅	마부에게 말을 천천히 몰게 하시게
恐傷田畔稼	논농사 상하게 할까 두렵네

<주석> 〖喧〗시끄럽다 훤 〖蕎〗메밀 교 〖茭雞(교계)〗물새의 이름 〖穤稏(파아)〗벼의 한 가지 〖畔〗두둑 반

<감상> 이 시는 문주 사또로 가는 김조윤을 전송하면서 지은 시로, 牧民官의 자세에 대해 읊은 것이다.

사람이 실수로 가시에 찔리면 소리를 지른다. 재판받는 자리에 선 백성은 옷을 벗은 채 곤장을 맞는 것임을 생각해라. 그리고 꿀벌이 메밀꽃에 날아다니고 물새가 벼 사이에서 나오면, 말을 천천히 몰아야 한다. 만약 말을 빨리 몰면 꽃이나 벼가 상할 수 있기 때문이다.

129. 「田家」李用休

婦坐搯兒頭	며느리는 앉아 아이 머리를 땋는데
翁傴掃牛圈	구부정한 노인은 소우리를 쓰네
庭堆田螺殼	뜰에는 우렁이 껍질이 수북하고
廚遺野蒜本	부엌에는 들마늘 대 널려 있네

<주석> 〖搯〗 뽑아내다 도 〖傴〗 구부리다 구 〖圈〗 우리 권 〖堆〗 높이
쌓이다 퇴 〖螺〗 소라 사 〖殼〗 껍질 각 〖廚〗 부엌 주 〖遺〗 버리
다 유 〖蒜〗 마늘 산

<감상> 이 시는 농부의 집을 형상화한 것이다.

며느리는 쭈그리고 앉아 딸의 머리를 예쁘게 땋고 있는데, 허리가
굽은 시아버지는 소 우리의 분뇨를 치우고 있다. 뜰에는 논에서
잡아먹고 남은 우렁이 껍질이 수북하게 쌓여 있고, 부엌에는 마늘
을 따고 남은 대가 널려 있다(우렁이 껍질은 잘게 부수어서 거름
으로 쓰고, 마늘대는 말려서 불 때는 데 쓰인다. 며느리의 남편인
아들은 들일을 나갔는지 보이지 않는다).

130. 「李虞裳挽」李用休

賀年廿七死	이하는 나이 27세에 죽어
志業僅成半	뜻한 일을 겨우 반만 이루었네
再爲李姓人	다시 이씨 성으로 태어나서
又續廿七筭	또 27년을 이었네

<주석> 〖賀〗 李賀로 唐나라 시인임 〖卄〗 =廿 스물 입 〖僅〗 겨우 근 〖筭〗
세다 산

五色非常鳥	오색의 비상한 새가
偶集屋之脊	우연히 지붕의 마루에 모였네
衆人爭來看	사람들이 다투어 와서 보니
驚飛忽無迹	놀라 날아가 갑자기 자취가 사라졌네

<주석> 〖脊〗 등성마루 척

<감상> 이 시는 이우상의 만사 10수 가운데 두 수이다.

첫 번째 시에서는 27세를 살다간 당나라의 大詩人 李賀가 죽어
뜻한 일을 겨우 반만 이루고 죽었다가 다시 이씨인 이우상으로 태
어나 27년을 살았다. 이우상의 詩的 재능을 李賀에게 비기고 있
는 것이다.

두 번째 시는 이우상의 詩가 오색찬란하여 사람들의 시선을 끌었
는데, 사람들이 다투어 보고자 하니, 그것이 싫어 이 세상을 떠났
다. 이우상의 詩的 수준이 학문을 하는 단계인 升堂과 入室의 단
계를 지나 '지붕마루(脊)'까지 올라간 것을 은근히 드높이고 있다.
升堂入室은 『論語』 「先進」에, "由也升堂矣 未入於室也"라는

말에서 나온 것으로, 朱熹의 集注에, "言子路之學 已造乎正大高明之域 特未深入精微之奧耳"라 하여, 후에는 學問의 造詣가 精深함의 비유로 쓰였다.

其六十五

朝天舊事石應知	하늘에 오르던 옛일을 응당 돌은 알겠지
故國滄桑物不移	古都는 桑田碧海 되었지만 사물은 그대로니
城下滿江明月夜	성 아래 온 강 가득 달빛 밝은 밤인데
豈無麟馬往來時	어찌하여 기린마는 다시 올 때가 없는가?

<주석> 〖滄桑(창상)〗 桑田碧海의 줄임말 〖麟馬(린마)〗 永明寺 아래에
기린굴이 있는데, 기린은 朱蒙이 타던 말을 말한다. 그 남쪽에 朝
天石이 있는데, 이곳에서 주몽이 기린을 타고 하늘로 올라갔다는
전설이 있음

<감상> 이 시는 평양감사로 가는 蔡濟恭을 위해 지은 「관서악부」108수

---

30) 申光洙(1712, 숙종 38~1775, 영조 15) 본관은 高靈. 자는 聖淵, 호는 石北·五嶽
山人. 5세 때부터 글을 지어 사람들을 놀라게 했으나, 13세인 1724년 가세가 기울
어 낙향했다. 여러 차례 과거에 응시했으나 낙방하고, 1746년 漢城試에서 「關山戎
馬」로 2등 급제했는데, 이 시는 당시에 널리 읊어졌으며 科詩의 모범이 되었다.
1750년 비로소 진사에 급제했으나, 이후로 다시는 과거에 뜻을 두지 않았다. 그 후
시골에서 침거생활을 했으나, 갈수록 궁핍해져서 가산과 노복들을 청산하고 땅을
빌려 손수 농사를 지었다. 이때 몰락양반의 빈궁과 자신의 처지를 읊은 「西關錄」
을 지었는데, 이 작품이 뒷날 역작인 「關西樂府」를 짓는 계기가 되었다. 蔭補로
寧陵參奉에 임명되었고 이때 벗들과 여강에서 소일하며 「驪江錄」을 지었다. 악부
체 시인 「金馬別歌」도 이 시기에 지어졌다. 1763년 司瓷奉事가 되었고, 다음 해에
금부도사로 제주에 가서 45일간 머물면서 제주민의 고충과 풍물을 노래한 「耽羅錄」
을 지었으며, 1767년 連川 현감이 되었다. 1772년 2월 어머니의 권유로 耆老科에
응시하여 甲科 1등으로 뽑혔다. 3월에 敦寧都正이 되었는데, 영조가 궁핍한 사정
을 알고 가옥과 노비를 하사했다. 1774년 관서지방의 풍속·고적·고사 등을 소재
로 한 「關西樂府」를 지었다. 1775년 우승지에까지 올랐다. 저서인 『石北集』은 시
인으로 일생을 보내면서 지은 많은 시가 실려 있는데, 특히 여행의 경험을 통해서
아름다운 자연과 향토의 풍물에 대한 애착을 느끼고 그 속에서 생활하는 민중의 애
환을 그린 뛰어난 작품집이다.

가운데 65수로, 이색의 「浮碧樓」를 바탕으로 제작한 것이다. 「부벽루」의 全文을 제시하면 다음과 같다.

昨過永明寺	어제 영명사를 지나다가
暫登浮碧樓	잠깐 부벽루에 올랐네
城空月一片	성은 빈 채 달 한 조각 떠 있고
石老雲千秋	돌은 오래되어 구름은 천 년간 흘러가네
麟馬去不返	기린마는 가서 돌아오지 않고
天孫何處遊	천손은 어느 곳에 노니는고
長嘯倚風磴	길게 휘파람 불고 돌계단에 기대자니
山青江水流	산은 푸르고 강물은 흘러가네

其九十八

羊皮褙子壓身輕	양가죽 배자 꼭꼭 묶어 몸이 가벼운데
月下西廂細路明	달빛 아래 서쪽 별채 가는 샛길이 훤하네
暗入冊房知印退	通引 간 후 몰래 책방에 드니
銀燈吹滅閉門聲	문 닫는 소리에 은등불이 꺼지네

<주석> 〖褙〗 배자 배(여자의 겉옷의 하나) 〖廂〗 곁채 상 〖知印(지인)〗 =通引: 수령의 잔심부름을 맡아서 하는 지방 관아에 딸린 吏屬
<감상> 기생이 털을 대어 만든 조끼 모양의 양 가죽으로 만든 배자를 입으니, 몸이 가볍다. 아마 밤길을 가기 위해 가벼운 차림을 한 것이리라. 달빛에 비춰진 서쪽 별채로 책방 도령을 만나러 가는 샛길이 훤하게 밝다. 수령의 잔심부름을 하던 통인이 퇴근을 하자, 기생은 책방 도령이 있는 책방으로 몰래 들어간다. 그런데 문을 닫는 바람에 촛불이 꺼지고 말았다(문에 이는 바람 때문에 촛불이 꺼졌다고 했지만, 사실은 책방 도령이 입으로 은등을 끈 것일 것이다).
이 시에 대해 이덕무는 『청비록』에서, "영월 신광수의 호는 石北

이다. 젊었을 때는 詩歌로 과거를 보는 곳에 이름이 났다. 일찍이
「關西竹枝詞」 1백 80수를 지었는데, 화려하고 폭넓은 기상을 다
하였다(申寧越光洙 號石北 少以詩歌 擅名場屋 嘗作關西竹枝詞
一百八首 極其繁華駘宕之狀)."라는 평을 남기고 있다.

132. 「峽口所見」 申光洙

青裙女出木花田	푸른 치마 입은 여자 목화밭을 나와
見客回身立路邊	객을 보자 몸을 돌려 길가에 서 있네
白犬遠隨黃犬去	흰 개는 멀리서 누런 개를 따라가다가
雙還更走主人前	짝지어 다시 주인 앞으로 달려가네

<주석> 〚峽〛골짜기 협 〚裙〛치마 군 〚女出〛어떤 책에는 扶著으로 되
   어 있음

<감상> 이 시는 골짜기 입구에서 본 광경을 그대로 읊은 것이다.
   푸른 치마를 입은 여자가 목화밭에서 목화를 따다가 나왔는데, 낯
   선 사내가 보이자 男女有別이라 몸을 돌려 길가에 서 있다. 흰 개
   가 멀리서 누런 개와 함께 노닐다가 주인을 보호하기 위한 듯 짝
   지어 다시 주인 앞으로 달려가고 있다.

133. 「路上有見」姜世晃[31)

凌波羅襪去翩翩　　사뿐사뿐 비단 버선 신은 여인네
一入重門便杳然　　한 번 겹문으로 들어가자 자취가 묘연하네
惟有多情殘雪在　　오직 다정한 잔설만 남아 있어
屧痕留印短墻邊　　신발 자국 뚜렷이 낮은 담장 가에 찍혀 있네

<주석> 〖凌波(릉파)〗 미인의 가벼운 발걸음 〖襪〗 버선 말 〖翩〗 나부끼다
편 〖杳〗 묘하다 묘 〖屧〗 나막신 극 〖痕〗 흔적 흔 〖墻〗 담 장
<감상> 이 시는 길을 가다가 어느 여인을 보고 노래한 시이다.

비단 버선을 신은 어느 여인이 밖으로 나들이를 나왔다가 사뿐사
뿐 걸어서 집으로 들어간 뒤로는 자취가 사라져 버렸다. 여인이
다시 나오기를 기다렸지만 대문은 끝내 열리지 않고 무정한 여인
과는 달리, 오직 잔설만은 정이 많아 담장 가 눈 위에 여인의 발자
국이 뚜렷이 찍혀 남아 있다.

---

31) 姜世晃(1713, 숙종 39~1791, 정조 15). 본관은 진주. 자는 光之, 호는 忝齋·山響
齋·樸菴·宜山子·繭菴·露竹·豹菴·豹翁·海山亭·無限景樓·紅葉尙書.
李瀷·沈師正·姜熙彦 등과 사귀었다. 6세부터 글을 짓고 8세 때 숙종 국상에 어
울리는 鳩杖에 대한 시를 짓는 등 재주가 뛰어났으나, 형 世胤이 귀양살이 하는 것
을 보면서 과거에 응시할 생각을 버렸다. 32세 때 처가인 安山으로 옮긴 뒤 약 30
년간을 지내면서 문인으로서 시·서·화를 고루 갖추고 그 깊이를 더해 갔다.
1763년 영조가 그가 서화를 잘한다는 이야기를 듣고 "인심이 좋지 않아서 천한 기
술이라고 업신여길 사람이 있을 터이니 다시는 그림 잘 그린다는 말을 하지 말라."
라고 말하자, 이에 감격하여 이때부터 거의 20년 동안 붓을 놓고 그림을 그리지 않
았다. 1773년 영조의 배려로 61세의 나이에 처음 벼슬길에 올랐다. 1778년(정조 2)
文臣庭試에 수석 합격하여 官階가 嘉善大夫에 이르렀다. 1784년 千秋副使로 북
경에 갔을 때 德保·博明·金簡 등 당시 중국 지식인들과 접촉하면서 자신의 문
화적인 면모와 긍지를 발휘했다.

134. 「叱牛」洪良浩[32]

叱牛上山去　　이라 소야 산을 올라가자
山高逕仄牛喘息　산은 높고 길은 기울어 너도 숨차지
把犁將墢土　　　쟁기 잡고 밭 갈려 하니
土硬人汗犁不入　땅은 단단하고 사람은 땀나며 쟁기는 들어가
　　　　　　　지 않지만
牛兮努力莫退惻　소야 힘을 내고 머뭇거리지 마라
爾喘我汗亦奈何　너는 헐떡이고 나는 땀나나 또한 어찌하랴?
今也不畊時不及　지금 갈지 않으면 농사철 다 놓친다

<주석> 〖叱〗꾸짖다 질 〖仄〗기울다 측 〖喘〗헐떡이다 천 〖犁〗쟁기
려 〖墢〗갈다 발 〖硬〗단단하다 경 〖汗〗땀 한 〖惻〗두려워하
다 겁 〖畊〗 =耕의 古字
<감상> 이 시는 北關의 산촌에서 힘겹게 밭갈이하는 모습을 마치 노래 부
르는 것처럼 형상화하여 그린 것이다. 이 시는 「北塞雜謠」에 들
어 있는 것으로, 「북새잡요」는 洪良浩가 1777년 慶興府使로 있으
면서 北關民의 생활과 풍속을 기록한 것이다.

---

32) 洪良浩(1724, 경종 4~1802, 순조 2). 본관은 豊山. 초명은 良漢. 자는 漢師, 호는
耳溪. 1752년 정시문과에 급제하고 지평 수찬·교리를 지낸 뒤 1777년(정조 1) 홍
국영의 세도정치에 따른 횡포가 심해지자 경흥부사로 있다가, 홍국영이 실각한 뒤
인 1781년 한성부우윤·대사간을 지내고 이듬해 동지사로 청나라에 다녀왔다. 그
뒤 대사헌·평안도관찰사 등을 지냈으며, 1794년 동지 겸 사은사로 청나라에 다녀
온 뒤 이조판서가 되었고, 1799년 양관대제학을 겸임했으며, 1801년(순조 1)에는
판중추부사도 겸했다. 학문과 문장에 뛰어나고, 중국에 다녀오면서 수용한 考證學
을 보급했다. 지방관으로 나갔을 때는 治山과 治水에 힘썼는데, 통신사 일행에게
부탁하여 들여온 일본의 벚나무를 서울 우이동에 심기도 했다. 시호는 文獻이다.

135.「兒旣生」洪良浩

兒旣生矣當洗	아이 태어난 뒤 마땅히 씻어야 할 것이니
盆中貯來淸水	동이에 맑은 물 담아 와라
水雖冷兮兒莫啼	물이 비록 차더라도 아이야 울지 말라
百病消除堅骨理	온갖 질병 없애고 뼈와 피부를 튼튼히 하려는 것이다
北方苦寒又多風	북쪽 지방 너무 춥고 또 바람이 많아
耐寒耐風從今試	추위 바람 참는 것 나서부터 시험일세

<주석> 〚洗〛 씻다 세 〚盆〛 동이 분 〚貯〛 쌓다 저 〚啼〛 울다 제 〚消〛 사라지다 소 〚耐〛 참다 내

<감상> 이 시 역시 「北塞雜徭」의 한 편으로, 北關民들의 특유한 향토 생활을 노래하고 있다. 洪良浩는 「北塞記略」에서, "아이가 배에서 나오자 즉시 동이물에 넣어서 피를 씻어내는데, 이것을 '태열을 제거한다.'고 한다(兒出腹 卽納水盆 以洗血 謂之去胎熱)."라 언급한 적이 있는데, 따뜻한 물이 아닌 차가운 물로 아이를 씻어내는 이 방식은 북관민들의 고유한 생활방식인 것이다.

136. 「松魚」洪良浩

松魚無乃松江來	송어는 바로 쑹화 강에서 오는 것 아니냐?
巨口細鱗兼四鰓	큰 입에 가는 비늘 네 지느러미를 가졌네
大者如箕小盈尺	큰 놈은 키만 하고 작은 놈은 한 자 남짓
一網剩得盤上堆	한 번 그물질에 쟁반 위에 넘치네
其味孔嘉莫先嘗	그 맛 매우 좋다고 먼저 맛보지 말라
于以獻之公堂	관가에 먼저 바쳐야 하니까

<주석> 〚鰓〛아가미 새 〚箕〛키 기 〚剩〛남다 잉 〚堆〛쌓이다 퇴 〚孔〛
매우 공 〚嘉〛훌륭하다 가 〚于〛하다, 가다 우 〚公堂(공당)〛관청

<감상> 이 시도 「北塞雜徭」의 한 편으로, 북관민들의 생활방언을 활용하
여 향토정서를 좀 더 선명하게 형상화하고 있다.

송어는 두만강 변에서 나는 특산 어종인데, 쑹화 강과 두만강 사이
에서 사는 北關 특유의 고기이름이며 方言이다. 洪良浩는 「北塞
記略」에서, "두만강에서 생산되는 송어는 매해 4월에 바람이 화순
해지면 비로소 나온다. 큰 입에 비늘이 매우 가늘고 지느러미가 네
개여서 흡사 쑹화 강의 농어와 비슷하여 송어라 이름하였다(豆滿
江産松魚 每四月風和始出 巨口鱗極細 鰓有四 似松江之鱸 名曰
松魚)."라 하여, 송어에 대해 자세히 기록하고 있다. 洪良浩는 송어
라는 방언을 사용하여 향토색을 배가시키고 있는 것이다.

137. 「曉發延安」李德懋[33]

不已霜鷄郡舍東　　관아 동쪽 새벽 닭 울음 그치지 않고
殘星配月耿垂空　　샛별 달과 함께 하늘에서 반짝이네
蹄聲笠影曈朧野　　삿갓 쓰고 말에 올라 어스름한 들녘 지나면서
行踏閨人片夢中　　임의 꿈속으로 밟으며 가네

<주석> [延安(연안)] 황해도에 있는 지명 [耿] 빛나다 경 [蹄] 발굽 제 [笠]
삿갓 립 [曈] 어둡다 몽 [朧] 흐릿하다 롱

<감상> 이 시는 연안을 떠나며 지은 시이다.

관아의 동편에서 새벽닭 소리가 들린다. 시간을 알리는 소리이자
이제 떠나야 할 시간인 것이다. 방 안에 여인을 두고 밖으로 나오
니, 샛별 하나가 달과 함께 하늘에 드리워 반짝이고 있다(반짝이
는 별은 여인의 눈빛이기도 하다). 삿갓을 쓰고 말에 올라 어스름
한 들녘을 지나가면서 남겨둔 여인을 생각하며 여인의 꿈속으로
들어가 그 꿈을 밟으면서 떠나간다.

正祖는 『弘齋全書』「日得錄」에서 다음과 같이 이덕무를 內閣에
두었던 이유에 대해 말하고 있다.

---

33) 李德懋(1741, 영조 17～1793, 정조 17). 본관은 전주. 자는 懋官, 호는 雅亭·青莊
館·炯庵·嬰處·東方一士. 서자로 태어나 어려서 병약하고 집안이 가난하여 정
규교육을 거의 받지 못했으나, 총명하여 家學으로 文理를 터득했다. 약관의 나이에
朴齊家·柳得恭·李書九와 함께 『巾衍集』이라는 시집을 내어 문명을 중국에까
지 떨쳤다. 이후 朴趾源·박제가·洪大容·徐理修 등 북학파 실학자들과 교유하
면서 많은 영향을 받았다. 또한 顧炎武·朱彝尊·徐乾學 등 중국 고증학파의 학
문에 심취하여, 당대의 고증학자였던 李萬運에게 지도를 받았다. 1778년(정조 2)
서장관으로 청의 燕京에 가서 紀均·唐樂宇 등 당대의 석학들과 교유했다. 돌아올
때 그곳의 산천·道理·궁실·樓臺·초목·蟲魚·鳥獸에 이르는 기록과 함께 많
은 고증학 관계 서적을 가지고 왔는데, 이것은 그의 북학론 발전에 큰 보탬이 되었
다. 1793년 병사했는데, 정조는 그의 공적을 기념하여 장례비와 유고집인 『雅亭遺
稿』의 간행비를 내렸다.

"李德懋, 朴齊家 무리의 문체가 전적으로 稗官과 小品에서 나왔다. 이들을 內閣에 두었다고 해서 내가 그 문장을 좋아하는 줄로 아는데, 이들의 처지가 남들과 다르기 때문에 이로써 스스로 드러내도록 하려는 것일 뿐이니, 나는 실로 이들을 배우로서 기른다. 그러나 成大中의 純正함에 대해서는 일찍이 극도로 장려하지 않은 적이 없다(李德懋朴齊家輩文體 全出於稗官小品 以予置此輩 於內閣 意予好其文 而此輩處地異他 故欲以此自標 予實俳畜之 如成大中之純正 未嘗不亟獎之)."

138.「春日偶題」李德懋

一年春光花萬樹	일 년의 봄빛은 만 나무에 꽃으로 가득 피고
空山流水淨照面	빈 산 흐르는 물 말끔히 얼굴에 비치네
芳草如剪蜨遺粉	향기로운 풀 오려낸 듯 나비는 분을 남기고
靜士心朗無所罥	고요한 선비는 마음씨 밝아 매인 바 없네
煙坨烏牸牟然吼	연기 자욱한 언덕에 검은 암소 "음메-에" 울며
自任其眞蹄自遣	스스로 한껏 천진스레 발굽질을 하네

<주석> 〖蜨〗나비 접 〖粉〗가루 분 〖罥〗얽다 견 〖坨〗언덕 타 〖牸〗
암소 자 〖牟〗소 우는 소리 모 〖吼〗울다 후 〖蹄〗굽 제
<감상> 이 작품은 봄날 우연히 지은 것이다.

봄이 와서 모든 나무에 꽃이 가득 피었고 텅 빈 고요한 산에 흐르
는 맑은 물은 깨끗하여 얼굴을 그대로 비추어 줄 정도이다. 잘라
낸 듯 고르게 자란 풀엔 나비가 날아들고 참한 선비는 밝은 마음
씨를 가지고 매인 곳이 없다. 저 언덕을 보니 안개가 자욱한데, 검
은 암소 한 마리가 소리 내어 울며 천진한 모습으로 발길질을 하
고 있다.

139. 「絶句」二十二首 李德懋

其一

紅葉埋行踪	단풍잎이 발자국을 묻어 버렸으니
山家隨意訪	산중 집을 마음 가는 대로 찾아가네
書聲和織聲	글 읽는 소리 베 짜는 소리와 어울려
落日互低仰	석양녘에 서로 낮았다 높았다 하네

<주석> 〖埋〗묻다 매 〖踪〗자취 종 〖樵〗나무하다 초 〖低〗낮다 저

「其二十二」

石磴樵人細	비탈길엔 나무꾼이 작게 보이고
遙村一火紅	먼 마을엔 한 점 불이 붉네
川原堪入畫	내와 들판이 그림으로 들어올 듯이
都在遠觀中	모두 다 멀리 보이는 광경 속에 있네

<주석> 〖磴〗돌 비탈길 등 〖堪〗＝能

<감상> 이 시는 산속에 거처하는 생활의 한적함과 사물을 바라보는 작가의 초탈한 관점(유가적 현실관을 바탕으로 한 脫俗의 취향에 국한됨)이 담겨 있다.

이 시는 王士禎의 神韻論을 시로써 소개하고 실천해 본 대표적인 시라고 할 수 있다. 이덕무는 왕사정을 '海內詩宗'이라고 높이면서 모방, 변용하고자 하였다. 왕사정의 신운론은

1) 시상의 超脫性(功利를 초월하여 자연의 情을 표현한 것을 高品으로 여기고 세속적인 감정 표현을 낮게 여겼으며, 詩를 禪이라 여겨 禪의 세계로 대표되는 脫俗의 경지를 지향)

2) 창작 방법에 있어서 '入禪'의 경지에 든 '妙悟'(禪家에서 '悟境'에 詩歌의 '化境'을 비유하여 詩禪一致를 주장. 불교에서 眞諦가 언어 문자 밖에 존재하므로 언어 문자의 장애를 초월하여 妙諦를 직접 깨닫는 悟境처럼 시에 있어서도 形相을 脫去하여 언어 문자의 밖에 존재하는 시의 경지에 이른다는 점에서 詩禪一致라 한 것이다)

3) 시적 의미에 있어서의 함축성('言有盡而意無窮', '妙在酸鹹之外' 등 詩에 있어서 함축적인 의미나 餘韻의 아름다움을 강조)

4) 이미지 창조에 있어서의 繪畫性의 중시(시를 그림과 일치시켜 파악하면서 시에 있어서 繪畫的 요소를 중시, '詩中有畵'의 경향을 보인 王維를 가장 높은 시인으로 평가)이다. 後四家는 淸代 문인들과의 교류 속에서 神韻에 입각한 시들을 짓기 시작하는데, 가장 활발하게 신운풍을 추구한 것은 李書九였고, 그 다음은 朴齊家와 柳得恭이었다. 애초 이덕무는 여타의 후사가에 비하여 비교적 신운풍의 시 창작에 소극적이었던 것처럼 보이나, 후사가와의 교유관계 속에서 이덕무도 신운풍을 좀 더 적극적으로 추구해 나간다. 그러나 1778년 중국을 여행하면서 청대 시단에서는 王士禎의 신운론이 퇴조한 이후 袁枚의 性靈說(청나라 袁枚를 宗匠으로 하는 性靈說은 '詩必盛唐'을 주장한 擬古文派에 대해 반격을 가하고, 세련된 기교나 우아한 수식보다도 情感의 진실성을 중시하였음)이 대두되었으며, 당시에는 翁方綱을 중심으로 한 肌理說(옹방강은 자기 詩論이 종지를 肌理라는 말로 표현했는데, 기리설의 요체는 '文理之理'와 '義理之理'가 합치는 理法에 있으며, 理法은 六經에 뿌리를 두고 있다) 및 考證學風이 성행하고 있는 현실을 접하게 되고, 귀국 후에 규장각 검서라는 관료 생활을 하면서 이덕무를 비롯한 후사가는 신운론으로부터 멀어져 가게 된다(이경수, 「이덕무의 신운론 수용과 한시의 문예미」).

140. 「途中雜詩」六首 李德懋

其一

行行摩詰詩裏	마힐의 시 속으로 가고 또 가도
處處倪瓚畫中	곳곳마다 예오의 그림 속일세
煙白禽如渡海	허연 연기 위에 새는 바다 건너는 듯
溪淸魚若乘空	맑은 시내 물고기는 허공을 오르는 듯

<감상> 『摩詰(마힐)』唐나라 王維의 字 『倪瓚(예오)』 난찬예오(嬾瓚倪 瓚)의 준말로 원나라 倪瓚의 호인데, 그는 詩畵에 능하였음

<감상> 이 시는 길을 가다가 지은 것으로, 이덕무는 시의 繪畵的 요소를 매우 중시한 한시 경향을 보여 주고 있다.

마힐의 시 속으로 가고 또 가도 곳곳마다 예오의 그림 속이다(길을 걸으며 눈앞에 펼쳐진 경관이 모두 왕유의 시나 예찬의 그림과 같다). 허연 연기 위에 새는 바다를 건너는 듯하고, 맑은 시내 속의 물고기는 허공을 오르는 듯하다(왕유의 시나 예찬의 그림에 자신의 그림을 추가하여 한 편의 그림을 그리는 방식으로 구성).

141. 「燕巖憶先兄」 朴趾源[34]

我兄顏髮曾誰似	우리 형님 얼굴 수염 누구를 닮았던가?
每憶先君看我兄	돌아가신 아버님 그리울 때마다 우리 형님 쳐다봤지
今日思兄何處見	이제 형님 그리운데 어디에서 볼까?
自將巾袂映溪行	스스로 두건 쓰고 도포 입고 가서 냇물에 비친 나를 보아야겠네

<주석> 〖袂〗 소매 메 〖映〗 비추다 영

<감상> 이 시는 洪國榮의 핍박을 견딜 수 없어 개성 외곽에 있는 연암에 숨어 살 때 선형을 그리워하며 지은 시이다.

---

34) 朴趾源(1737, 영조 13~1805, 순조 5). 호는 燕巖. 장인 李輔天의 아우 亮天에게 서는 司馬遷의 『史記』를 비롯해 주로 역사 서적을 교훈받아 문장 쓰는 법을 터득 하고 많은 논설을 습작하였다. 1780년(정조 4) 처남 이재성의 집에 머물다가 삼종 형 박명원이 청의 고종 70세 진하사절 正使로 북경으로 가자, 수행해 압록강을 거 쳐 북경·열하를 여행하고 돌아왔다. 이때의 견문을 정리해 쓴 책이 『熱河日記』이 며, 이 속에서 평소의 利用厚生에 대한 생각을 구체적으로 표현하였다. 이 저술로 인해 문명이 일시에 드날리기도 했으나 文垣에서 호된 비판을 받기도 하였다. 특 히 『열하일기』에서 강조한 것은 당시 중국 중심의 세계관 속에서 淸나라의 번창한 문물을 받아들여 낙후한 조선의 현실을 개혁하는 일이었다. 이때는 明에 대한 의리 와 결부해 淸나라를 배격하는 풍조가 만연하던 시기였다. 이 속에서 그의 주장은 현실적 수용력이 부족했으나 당시의 위정자나 지식인들에게 강한 자극을 불러일으 키는 결과가 되었다. 北學思想으로 불리는 그의 주장은 비록 청나라에 적대적 감 정이 쌓여 있지만 그들의 문명을 수용해 우리의 현실이 개혁되고 풍요해진다면 과 감하게 받아들여야 한다는 것이었다. 그가 남긴 문학 작품 속에서도 이러한 생각이 잘 나타나고 있다. 곧 당시 주조를 이루는 복고적 풍조에서 벗어나 문학이 갖는 현 실과의 대립적 현상을 잘 조화시켜, 시대의 문제를 가장 첨예하게 수렴할 수 있는 주제와 그 주제를 어떻게 표현할 것인가를 깊이 생각하였다. 法古創新으로 표현되 는 이 말은 時俗文의 인정을 의미하며 그렇다고 文勝質薄한 批評小品을 찬양한 것은 아니다. 초기에 쓴 9편의 단편들은 대체로 당시의 역사적 현실이나 인간의 내 면적인 세계 혹은 민족 문학의 맥을 연결하는 것들로서 강한 풍자성을 내포하고 있다. 박지원은 산문뿐만 아니라 시 또한 뛰어났다.

『過庭錄』卷1에 의하면, 정조 11년(1787) 연암의 형 朴喜源이 향년 58세로 별세하여 燕巖峽의 집 뒤에 있던 부인 이씨 묘에 합장하였는데, 이덕무는 이 시를 읽고 감동하여 극찬한 바 있다.

이덕무는 『淸脾錄』에서, "燕巖은 古文詞에 있어서 才思가 넘치고 고금에도 통달하였다. 당시 지은 平遠한 山水에 깊은 감회를 疏散시키는 듯한 그의 시는 大米[송나라 미불(米芾)을 가리킨다]의 수준에 충분히 도달할 수 있고, 마음이 내킬 때 쓴 그의 行書와 楷書는 뛰어난 자태가 넘치며, 너무도 기묘하여 어떤 물건과도 비교할 수 없다. 일찍이 읊은 시에, '푸른 물 맑은 모래 외로운 섬에, 교청처럼 맑은 신세 티끌 한 점 없다네.' 하였다. 이것으로써도 그의 시 품격이 오묘한 지경에 도달한 것임을 알 수 있으나 다만 矜愼하여 잘 내놓지 않으므로, 마치 河淸에 비유된 包龍圖의 웃음(包龍圖는 곧 宋나라 때 龍圖閣待制를 지낸 包拯을 가리키는데, 성품이 워낙 강직하여 그가 조정에서 벼슬하는 동안에는 貴戚이나 宦官들도 감히 발호하지 못하고 그를 무서워하였으며, 그가 하도 謹嚴하여 웃는 일이 없으므로, 심지어는 사람들이 일컫기를 '그가 웃으면 黃河水가 맑아질 것이다.'고까지 하였다. 당시 包待制 또는 閻羅包老 등으로 불렸다)과 같아서 많이 얻어 볼 수 없으니, 同人들이 못내 아쉬워한다. 일찍이 나에게 五言으로 된 古詩論을 기증하였는데, 폭넓은 문장력이 볼만하였다(燕巖古文詞 才思溢發 橫絶古今 時作平遠山水 疎散幽逈 優入大米之室 其行書小楷 得意時作 逸態橫生 奇奇怪怪 不可方物 嘗有詩曰 水碧沙明島嶼孤 鶄鶒身世一塵無 亦知其詩品入妙 但矜愼不出 如包龍圖之笑比河淸 不得多見 同人慨恨 嘗贈我五言古詩 論文章頗宏肆可觀)."라 말하고 있다.

142.「一鷺」朴趾源

一鷺踏柳根	한 마리 해오라기 버들 뿌리 밟고 섰고
一鷺立水中	또 한 마리 물 가운데 우뚝 서 있네
山腹深靑天黑色	산 중턱은 짙푸르고 하늘은 시커먼데
無數白鷺飛翻空	무수한 흰 해오라기 공중을 빙빙 돌며 나네
頑童騎牛亂溪水	선머슴 소를 타고 시냇물 거슬러 건너는데
隔溪飛上美人虹	시내 너머로 각시 무지개 날아오르네

<주석> 〚鷺〛 해오라기 로 〚翻〛 날다 번 〚頑童(완동)〛 의리를 모르는 완
    악한 아이

<감상> 이 시는 해오라기를 노래한 것으로, 제목 아래에 '一作道中乍晴'
    이라는 주석에서도 알 수 있듯이 길을 가다가 내리던 비가 잠시
    그치고 날씨가 개었을 때 주변의 풍경을 노래한 것이다.
    한 마리 해오라기는 버들의 뿌리를 밟고 섰고, 또 한 마리 해오라
    기는 물 가운데 우뚝 서 있다(靜的인 이미지를 제시하고 있음. 사
    실 뒤에 언급된 무수한 해오라기를 보았을 때 여기서 제시된 것은
    일부분으로, 여백의 미를 제시하고 있음). 시선을 드니, 산 중턱은
    짙푸르고 하늘은 시커멓다. 잠시 비가 갠 것이라 아직도 날씨가
    좋지는 않다. 그런 산과 하늘로 무수한 흰 해오라기 공중을 빙빙
    돌며 난다(靜的인 장면에서 動的으로 전환을 일으킴). 靜的이던
    해오라기가 動的으로 바뀐 것은 선머슴이 소를 타고 시냇물을 첨
    벙대며 건너가기 때문이다. 왜 선머슴이 첨벙대며 시냇물을 건널
    까? 시내 너머로 각시 무지개 날아오르고 있기 때문이다(작가의
    동화적 상상력에 의해 만들어진 발상).

143. 「渡鴨綠江 回望龍灣城」 朴趾源

孤城如掌雨紛紛	손바닥만 한 외론 성에 빗발이 어지럽고
蘆荻茫茫塞日曛	갈대 억새 아득하고 변방 해는 어스름하네
征馬嘶連雙吹角	쌍나팔 소리 속에 길 나선 말 연이어 울고
鄕山渲入萬重雲	만 겹 구름 속으로 고향 산은 점점 희미해지네
龍灣軍吏沙頭返	용만의 군리들은 모래톱에서 돌아가고
鴨綠禽魚水際分	압록강의 새와 물고기도 물 사이에서 나눠지네
家國音書從此斷	집과 나라 소식 담은 편지 예서부터 끊어지니
不堪回首入無垠	차마 머리 돌려 끝없는 저 벌판으로 들어가
	지 못하겠네

<주석> 『渡鴨綠江 回望龍灣城』 龍灣은 義州를 말한다.『열하일기』「渡
江錄」 정조 4년(1780) 6월 24일 조에 의주에서 압록강을 건넌 사
실이 기록되어 있음 『蘆』 갈대 로 『荻』 억새 적 『茫』 아득하다
망 『曛』 어스레하다 훈 『嘶』 울다 시 『角』 뿔피리 각 『渲』 바
림(채색을 점점 엷게 하여 흐리게 하는 일) 선 『垠』 끝 은

<감상> 이 시는 압록강을 건너 용만성을 돌아보며 중국땅에 처음 들어섰
을 때 지은 시이다.
압록강을 건너 두고 온 고국의 손바닥만 한 외로운 용만성은 비가
내려 빗발이 어지럽고, 압록강 이편에는 갈대 억새가 아득하고 변
방 해는 이른 아침이라 아직 어스름하다. 사신의 행차를 알리는
쌍나팔 소리 속에 길을 나선 말이 연이어 울고, 만 겹으로 쌓인 구
름 속으로 고향 산은 점점 희미해진다(청각과 시각의 대비를 이루
고 있음). 압록강까지 호위하던 용만의 군리들은 임무가 끝나 모래
톱에서 돌아가고, 압록강의 새와 물고기도 물 사이에서 나눠진다.
이제부터는 중국이라 집과 나라 소식 담은 편지가 끊어질 것이니,

차마 머리 돌려 끝없는 저 벌판으로 쉽사리 들어가지 못하겠다. 河謙鎭의 『東詩話』에, "그러나 (율시를 좀처럼 짓지 않는 燕巖이 律詩를 짓자 楚亭이 축하하는 시를 지었지만) 초정이 「송윤부사 지연」이란 시에서, '이적이 일찍이 도호부를 열었던 곳에 가을은 황량하기만 하고, 전주가 옛날 숨었던 산에 눈이 뒤덮여 있네.'라 고 한 것은 바로 연암이 요양을 가는 도중에 지은 시 가운데, '이 적이 일찍이 도호부를 열었던 곳에 나무가 이어져 있고, 동명왕이 옛날 살던 궁궐에 구름이 뒤덮였네.'라는 구절을 답습한 것이다. 이로 보건대 초정은 율시조차도 연암에 매우 크게 미치지 못한다 (然楚亭送尹副使之燕詩曰 秋荒李勣曾開府 雪壓田疇舊隱山 乃 襲用燕巖遼陽道中詩 樹連李勣曾開府 雲壓東明舊駐宮之句 此 見楚亭 雖律詩 亦不及燕巖遠甚)."라 하여, 연암이 시에서도 높은 경지에 이르렀음을 말하고 있다.

144. 「遼野曉行」 朴趾源

遼野何時盡	요동 벌판 어느 때나 끝이 날는지?
一旬不見山	열흘 내내 산이라곤 보지 못했네
曉星飛馬首	새벽 별은 말 머리 위로 날아오르고
朝日出田間	아침 해가 논밭에서 솟아나네

<주석> 『曉』 새벽 효 『旬』 열흘 순

<감상> 이 시는 요동 벌판을 새벽에 지나며 지은 시로, 사물의 전형적인
특성을 잘 포착하고 있다.

요동 벌판이 끝없이 펼쳐져 있어 어느 때나 끝이 날는지? 열흘 내
내 가도 가도 산이라곤 보지 못했다(광활한 요동을 단번에 포착해
내고 있다). 일정이 촉박한 사신 행렬이 밤길을 재촉하다 보니, 새
벽 별은 말 머리 위로 날아오르고, 아침 해가 논밭에서 솟아난다.

145. 「馬上口號」朴趾源

翠翎銀頂武夫如　　푸른 깃에 銀頂子 모자 武夫 같은 모습으로
千里遼陽逐使車　　遼陽 천 리 길 사신 수레 뒤따랐네
一入中州三變號　　중국에 한번 들어온 뒤 호칭 세 번 바뀌었
　　　　　　　　　으니
鯫生從古學蟲魚　　좀스런 선비들은 예로부터 물고기 벌레 따
　　　　　　　　　위나 배우는 법

<주석> 〖口號(구호)〗 입에서 나오는 대로 즉흥적으로 읊었다는 뜻이다.
또한 그렇게 지은 시를 '구호'라고 함 〖翎〗 깃 령 〖三變號(삼변
호)〗 연암 자신처럼 아무런 직임을 띠지 않고 사행길을 따라가는
자를 국내에서는 뱀댕이(盤當)와 음이 같은 반당(伴當), 중국에서
는 새우(蝦: 武夫라는 뜻), 가오리(哥吾里: 高麗라는 뜻)라고 부르
는 것을 빗대어서 말한 것임 〖鯫生從古學蟲魚〗 鯫生(鯫 뱅어
추)은 식견이 얕은 사람을 일컫는 말이고, 蟲魚를 배운다는 것은
유교 경전을 연구하면서 벌레나 물고기의 명칭과 같은 자질구레
한 지식들을 추구하는 것을 풍자한 말이다. 이 시에서는 연암 자
신이 사행 길에 뱀댕이, 새우, 가오리 등으로 불린 것을 스스로
풍자한 것임

<감상> 이 시는 47세에 중국을 처음으로 가는 말 위에서 즉흥적으로 노래
한 것으로, 자신의 行色과 心情을 戲畵的으로 읊고 있다.
이 시에 관해서는 『熱河日記』「避暑錄」에 다음과 같은 이야기가
실려 있다.
"사신을 따라서 중국에 들어가는 이는 반드시 칭호 하나씩을 가지
는 법이다. 그리하여 역관을 從事라 하고, 군관을 裨將이라 하며,

놀 양으로 가는 나와 같은 이는 伴當이라 부른다. 우리나라 말에 蘇魚를 盤當이라 하니, 盤과 伴의 음이 같은 까닭이다. 그러나 압록강을 건너면 아까 이른바 반당은 은빛 모자와 정수리에 푸른 깃을 꽂고 짧은 소매에 가뿐한 행장을 차리게 된다. 이를 본 길가의 구경꾼들은 손가락으로 가리키면서 새우라고 부른다. 어째서 새우라 하는지는 모르나, 대체로 武夫의 별호인 듯싶다. 또 지나는 곳마다 어린이들이 떼를 지어 몰렸다가 일제히, '가오리가 온다. 가오리가 오네.' 하고, 또는 말 꼬리에 따라오면서 다투어 가며 지껄인다. 가오리가 온다는 것은 高麗가 온다는 말이다. 나는 일행더러, '이제 세 가지 물고기로 변하는구먼.' 하고는 웃었다. 모든 사람들은, '어째서 세 가지 물고기라 하는가?' 한다. 나는, '길을 떠날 때에는 반당이라 하였으니 이는 소어요, 압록강을 건넌 뒤로는 새우라고 하니 새우도 역시 고기의 한 족속이요, 되놈 애들은 모두 가오리 하고 부르니 이는 洪魚다." 하니, 곧 사람들은 모두 크게 웃었다. 나는 이내 말 위에서 시 한 절을 불렀다(從使者入中國 須有稱號 譯官稱從事 軍官稱裨將 閒遊如余者稱伴當 國言蘇魚稱盤當 盤與伴音同 旣渡鴨綠江 則所謂伴當 銀頂翠羽 短袂輕裝 道傍觀者 指點輒稱蝦 不識爲何稱蝦 而蓋似是武夫之別號也 所過村坊 小兒群聚 齊呼哥吾里來哥吾里來 或隨馬尾 爭唱聒噪 哥吾里來者 高麗來也 余笑謂同行曰 乃變三魚 諸人問何謂三魚 余曰 在道稱伴當 是蘇魚也 渡江以來 稱蝦 蝦亦魚族也 胡兒群呼哥吾里 是洪魚也 人皆大笑 因於馬上口號曰 翠翎銀頂武夫如 千里遼陽逐使車 一入中州三變號 鯫生從古學蟲魚)."

이처럼 연암은 『열하일기』에서 무려 180여 회에 걸쳐 漢詩를 인용하고 있다. 이들 한시는 형식적으로 4언, 5언, 6언, 7언, 잡언시 등이 두루 포함되어 있고, 대부분 중국시들이나 우리나라 한시도 20여 회 인용되어 있다(전재강, 「熱河日記 所載 挿入詩의 성격과 기능」). 이를 통해 연암은 시에 대해서도 관심을 지니고 있었음을 알 수 있다.

146.「山行」朴趾源

叱牛聲出白雲邊　이랴 저랴 소몰이 소리 흰 구름 속에 들리고
危嶂鱗塍翠插天　하늘 찌른 푸른 봉우리엔 비늘같이 밭골 즐
　　　　　　　　비하네
牛女何須烏鵲渡　견우직녀 왜 구태여 까막까치 기다리나
銀河西畔月如船　은하수 서쪽 가에 달이 걸려 배 같은데

<주석> 〚叱〛꾸짖다 질 〚嶂〛높고 가파른 산 장 〚塍〛밭두둑 승 〚插〛
　　꽂다 삽
<감상> 이 시는 산길을 가면서 지은 시이다.
　　하늘을 찌를 듯한 푸른 산길을 가는데, 고기처럼 비늘 같은 계단
　　식 다랑이 논이 즐비하다. 그런데 어디선가 흰 구름 속에서 '이랴
　　저랴' 하는 소몰이 소리가 들려오고 있다(그 소를 모는 것은 牽牛
　　요 직녀는 은하수 건너편에서 견우를 애타게 지켜보고 있다). 견
　　우와 직녀는 왜 구태여 까막까치가 다리를 만들어 주기를 기다리
　　나? 은하수 서쪽 가에 달이 걸려 배 같은데, 그 배를 타고 건너면
　　될 것을.
　　이 작품의 특징은 깊은 산중에서 일어나는 勞動의 현장을 昇華시
　　켜 童話의 세계로 끌어가는 점이라 하겠다.

147. 「田家」朴趾源

翁老守雀坐南陂	늙은 노인 참새 쫓느라 남녘 둑에 앉았는데
粟拖狗尾黃雀垂	개꼬리 같은 조 이삭에 노란 참새 매달렸네
長男中男皆出田	큰아들 작은아들 모두 다 들에 나가니
田家盡日晝掩扉	농삿집 온종일 낮에도 문 닫겼네
鳶蹴鷄兒攫不得	솔개가 병아리를 채려다가 빗나가니
群鷄亂啼飽花籬	호박꽃 울타리에 뭇 닭이 꼬꼬댁거리네
小婦戴棬疑渡溪	젊은 아낙 바구니 이고 시내를 건너려다 주 춤주춤
赤子黃犬相追隨	아이와 누렁이가 줄지어 뒤따르네

<주석> 〖陂〗 둑 피 〖拖〗 드리우다 타 〖掩〗 닫다 엄 〖鳶〗 솔개 연 〖蹴〗 차다 축 〖攫〗 잡아 쥐다 확 〖飽〗 박 포 〖籬〗 울타리 리 〖棬〗 나무그릇 권

<감상> 이 시는 농촌의 풍경을 逼眞하게 그려내고 있다.

연암은 아들 朴宗侃이 「後識」에서, "시는 고체시와 금체시를 합하여 모두 42수이다. 돌아가신 아버지께서는 본래부터 시인으로 자처하지 않으셨을 뿐만 아니라 다른 사람과 화답한 것도 극히 드물었으며, 늘 응부한 작품도 상자 속에 넣어 제대로 보관하지 않았기 때문에 작품 수가 대단히 적다. 게다가 다른 사람이 외우는 것을 얻은 것도 많으므로 누락되거나 확정하지 못한 곳도 더러 있다(詩古今體共四十二首 府君雅不以詩自命 與人唱酬絶罕 尋常應副之作 亦未曾留之巾箱 故篇目甚尠 且因人傳誦而得者多 故頗有斷缺未定處『燕巖集』4권)."라고 말한 기록으로 보아, 시를 많이 짓지 않고 제대로 보관을 하지 않아 남은 漢詩가 많지 않다.

148.「觀魚」五首 柳得恭[35]

其二

潭上看魚處	못 위에 물고기를 구경하는 곳
時時不敢跫	때때로 발자국소리도 못 내겠구나
忽來兒一一	새끼 하나하나 홀연히 왔다가
何去婢雙雙	새끼들은 한 쌍 한 쌍 어디로 가나?
偶觸如相悋	우연히 닿곤 서로 괴이하다는 듯하고
方嬉却自慴	막 노닐다 문득 스스로 두려워하니
濠梁差可樂	해자와 도랑도 조금 즐길 만한데
張翰謾秋江	장한은 부질없이 가을 강을 떠났네

<주석> 〚潭〛못 담 〚跫〛발자국소리 공 〚嬉〛놀다 희 〚慴〛두려워하다 쌍 〚濠梁(호량)〛해자와 도랑으로, 莊子가 여기서 물고기가 노니는 즐거움을 말하면서 惠子와 논변을 했음 〚差〛조금 치 〚張翰(장한)〛晉나라 사람으로 벼슬살이를 하다가 가을바람이 불어오는 것을 보고는 吳中의 순챗국과 농어회 생각이 나서 말하기를 "인생

---

35) 柳得恭(1749, 영조 25～?). 본관은 文化. 자는 惠甫·惠風, 호는 泠齋. 일찍이 진사시에 합격하여 1779년(정조 3) 奎章閣檢書가 되었으며 포천·제천·양근 등의 군수를 지냈다. 외직에 있으면서도 검서의 직함을 가져 李德懋·朴齊家·徐理修 등과 함께 4검서라고 불렸다. 첨지중추부사에 승진한 뒤 만년에 풍천부사를 지낸 바 있으나, 죽은 해는 명확하지 않다. 詩文에 뛰어났으며, 규장각검서로 있었기 때문에 궁중에 비치된 국내외의 자료들을 접할 기회가 많아 다양한 분야에서 괄목할 만한 저서를 남겼다. 그는 한국사의 독자적인 발전과 체계화를 위해 역사연구 대상을 확대했다. 『渤海考』에서 한반도 중심의 역사서술 입장을 벗어나서 고구려의 옛 땅인 遼東과 만주 일대를 민족사의 무대로 파악했으며 고구려의 역사 전통을 강조했다. 또한 「二十一都懷古詩」는 단군조선에서 고려에 이르기까지 우리 민족이 세운 21개 도읍지의 奠都 및 변영을 읊은 43편의 회고시로서 역사의 전개과정에서 민족의 주체의식을 되새겨 보려는 역사의식이 잘 나타나 있다. 「京都雜志」는 조선시대 서울의 생활과 풍속을 전하고 있는 민속학 연구의 필독서이다.

이란 유쾌하게 사는 것이 제일이다." 하고, 벼슬을 버린 채 곧바로
고향에 돌아갔던 고사가 있음(『晉書』 「張翰傳」) 〖謾〗 부질없다 만

<감상> 이 시는 물고기가 노니는 것을 구경하면서 지은 시이다.

못 위에 물고기를 구경할 수 있는 곳에 물고기들이 놀랄까 발소리
도 못 내고 물고기를 구경하고 있다. 어떤 새끼들은 홀연 한 마리
씩 나타나기도 하고, 또 어떤 새끼들은 한 쌍씩 무리지어 오더니
어디론가 가고 있다. 그러다 우연히 서로 부딪히자 서로 괴이한
듯이 쳐다보며 바야흐로 노닐다가 문득 두려워하기도 한다. 여기
서도 물고기의 즐거움을 즐길 만한데, 張翰은 순채와 농어를 찾아
고향으로 떠나야만 했던가?

149.「題中城主人壁上」柳得恭

家住蕪城下	거친 성 아래 집이 있어
時畊殷代田	때때로 은나라 때 밭을 갈다가
柴門共客望	사립문에서 손님과 함께 바라볼 때면
桑柘晚芊芊	뽕나무 숲 해질녘 무성하겠구나

<주석> 〖中城(중성)〗 평양 〖畊〗 耕의 古字 〖柴〗 섶 시 〖柘〗 산뽕나무 자 〖芊〗 풀이 무성하다 천

<감상> 이 시는 평양 주인 吳士賓의 집 벽 위에 쓴 것이다.

평양은 옛날 箕子가 와서 도읍했던 곳으로 백성에게 井田制와 뽕나무를 심게 했던 곳이다. 오사빈의 집은 거칠어진 기자의 도읍인 옛 성터 아래 있어 때때로 理想시대인 殷代의 밭을 갈다가 사립문에서 함께 바라보면 해질녘에 뽕나무 밭이 무성하다.

150. 「歲暮吟」五首 柳得恭

其一

歲暮山中客	세모에 산속에 있는 나그네는
孤裏托桂枝	외로운 회포 계수나무 가지에 의탁해 있네
峯青雨黑際	봉우리 푸르고 비 검게 내릴 즈음
漁白樵紅時	물고기 희고 땔나무 붉은 때
痛飲田間酒	밭 사이에서 거나하게 술을 마셨고
微吟馬上詩	조용히 말 위에서 시를 읊조리네
獨行荒野外	거친 들 밖으로 홀로 가자니
端的我爲誰	마침내 나는 누구인가

<주석> 〖裏〗懷의 古字 〖樵〗땔나무 초 〖痛飲(통음)〗실컷 술을 마심 〖端的(단적)〗마침내

<감상> 이 시는 세모에 자신의 고독한 심정을 노래한 시이다.

한 해가 저물어 가는 산속에서 나그네는 고결한 인격체의 상징인 계수나무에 자신의 외로운 회포를 의탁하고 있다. 산봉우리가 푸르게 변하는 봄, 더위 끝에 쏟아지는 여름비, 눈이 하얗게 내린 강에서 낚시하는 겨울, 붉은 나무를 땔나무 하는 가을. 이 네 계절에 밭 사이에서 거나하게 취했고, 말을 타고 가면서 조용히 시를 읊조리며 산중에서의 삶을 마음껏 누렸다. 이렇듯 산속에서 고독도 모르고 즐겼는데, 지금 세모에 거친 들판 밖으로 홀로 가자니, 나는 누구인가? 고독이 실감난다(이 고독은 서얼출신으로서 겪어야 하는 신분적 한계에서 오는 것일 것이다).

151. 「二十一都懷古詩」四十三首 柳得恭

「高麗(開城府)」九首

其五

指點前朝宰相家	손을 들어 고려 재상의 집을 가리키니
廢園風雨土牆斜	황폐한 정원엔 비바람 치고 흙담은 기울었네
牧丹孔雀凋零盡	모란과 공작이 다 시들어 떨어지고
黃蜨雙雙飛菜花	노랑나비만 쌍쌍이 나물 꽃에 나네

<주석> 〖牧丹孔雀〗『五洲衍文長箋散稿』에, "신종 초에 참지정사 차약
송과 특진 기홍수가 함께 중서성에 들어갔다. 약송이 홍수에게 묻
기를, '공작은 잘 있느냐?' 하니, 대답하기를, '생선을 먹다가 목구
멍에 뼈가 걸려 죽었다.' 하였다. 이내 모란을 키우는 법을 묻자,
약송이 자세히 말해 주었다. 듣는 사람이 그 일을 기롱했다(神宗
初 參知政事車若松與特進奇洪壽 同入中書省 若松問於洪壽曰
孔雀好在乎 答曰 食魚鯁咽而死 因問養牧丹之術 若松具道之
聞者譏之)."라 되어 있음 〖凋〗 시들다 조 〖零〗 떨어지다 령 〖蜨〗
＝蝶 나비 접

<감상> 이 시는 우리나라의 疆域에 存滅했던 21국의 도읍지를 懷古詩로
노래한 것으로, 위의 시는 고려에 대해 노래한 것 가운데 한 수로,
모란과 공작을 통하여 사치와 자기 본분을 잃은 권력자들을 비판
하고, 亡國에 대한 感懷를 읊은 것이다.

유득공은 이 시 외에도『渤海攷』,『四郡志』를 지어 역사지리 분
야에서 위상을 높이고 있다. 그런데 유득공이 이 시를 지은 동기
는 무엇인가? "발해왕조까지는 진취적, 행동적이었던 역사의지가
후대로 내려오면서 점점 약화되어 당시에는 단순한 잠재의식만으

로 남게 된 北方經略의 문제를 겨레 앞에 다시 각성, 인식시키기 위해서 『발해고』를 편술하고 「이십일도회고시」를 읊었다(송준호, 『유득공의 시문학 연구』)."라는 견해도 있고, "애초의 창작의도는 중국 측에 전달하기 위한 것이었고, 그 체제와 내용 또한 중국 문사들의 이해와 공감을 얻기 위한 것이었다(이철희, 「18세기 한중 문학 교류와 유득공」)."라는 견해도 있다.

유득공은 「題二十一都懷古詩」에서, "회상해 보니, 무술(1778)년 무렵 종현(지금의 명동성당 부근) 부근 산턱에 우거하고 있었다. 낡은 집 세 칸에 붓과 벼루, 칼과 자가 뒤섞여 있었는데, 이런 것이 싫증나서 자그만 채마밭에 자주 앉아 있게 되었다. 콩 넝쿨과 무꽃 위에 벌과 나비가 한가로이 날아드니, 비록 밥 짓는 연기가 여러 번 끊겼지만, 의기는 소심하지 않고 그대로였다. 때때로 우리나라의 지지를 열람하면서 한 수의 시를 얻으면 여러 날을 고심하며 읊조리게 되니, 어린 아들과 계집아이 종이 모두 이를 듣고 외울 정도였다. 내 마음 씀이 얕지 않았다는 것을 알 수 있다. 이해에 무관 李德懋와 차수 朴齊家가 연경에 가게 되어, 한 부를 베껴 반향조(반정균) 서상에게 부쳤다. 반향조의 답장을 받아보니, 크게 감탄하고 칭찬을 하면서, '죽기·영사·궁사 등 여러 체의 좋은 점을 겸하여 반드시 후세에 전해질 작품이다.'라고 하였다. 묵장 李鼎元은 절구 한 수를 써 주었고, 祝德麟은 따로 또 한 권을 달라고 하였다. 다른 나라 사람들이 한목소리를 내는 것은 자못 즐거워할 일이며, 후세에 전해지고 전해지지 못하고는 꼭 논하지 않아도 된다(憶戊戌年間 寓居鍾岡 老屋三楹 筆硯與刀尺雜陳 以是爲苦 多坐小圃之傍 荳棚菁花 蜂蝶悠揚 雖炊烟屢絶 意氣自如 時閱東國地誌 得一首 輒苦吟 稚子童婢皆聞而誦之 可知其用心不淺也 是歲懋官次修入燕 手抄一本 寄潘香祖庶常 及見潘書 大加嗟賞 以爲兼竹枝詠史宮詞諸體之勝 必傳之作 李墨莊爲題一絶 祝編修另求一本 異地同聲 差可爲樂 傳不傳不須論也)."라고 하여, 이 시가 당시 중국에 관심을 받았던 것으로 보인다. 이렇게 「이십일도회고시」는 중국에 관심을 받았던 것이며, 詩와 歷史가 공존하고 있어 우리나라에도 반향을 일으켰다. 茶山은 「寄淵兒戊辰冬」에서 다음과 같이 말하고 있다.

"우리나라 사람들은 걸핏하면 중국의 일을 인용하는데, 이 또한 비루한 품격이다. 모름지기 『삼국사』·『고려사』·『국조보감』·『여지승람』·『징비록』·『연려실기술』과 기타 우리나라의 문헌들을 취하여 그 사실을 채집하고 그 지방을 고찰해서 시에 넣어 사용한 뒤에라야 세상에 명성을 얻을 수 있고, 후세에 남길 만한 작품이 될 것이다. 유득공의 「십육도회고시」(「이십일도회고시」를 말함)는 중국 사람이 판각하여 책으로 발행했으니, 이것을 보면 증험할 수 있다(我邦之人 動用中國之事 亦是陋品 須取三國史, 高麗史, 國朝寶鑑, 輿地勝覽, 懲毖錄, 燃藜述(李道甫所輯)及他東方文字 採其事實 考其地方 入於詩用 然後方可以名世而傳後 柳惠風十六國懷古詩 爲中國人所刻 此可驗也)."

「高麗(開城府)」 九首

其一

荒凉二十八王陵	황량도한 스물여덟 고려 왕릉 앞에는
風雨季季暗漆燈	해마다 비바람 속 옻칠한 등만 깜깜한데
進鳳山中紅躑躅	진봉산 속의 붉은 철쭉꽃은
春來猶自發層層	봄이 오면 여전히 층층이 피어나네

<주석> 〖季〗 =年 〖漆〗 검다 칠 〖躑躅(척촉)〗 철쭉

<감상> 이 시는 원래 「松京雜絶」이었으나, 나중에 「이십일도회고시」에 편입되었다. 앞 시에서도 나왔듯이 유득공의 시에서 詠史詩는 가장 큰 비중을 차지한다.

황량도한 스물여덟 고려 왕릉 앞에는 해마다 비바람 속에 옻칠한

등만 깜깜하다(황량한 터만 남은 고려 왕조에 대한 표현. 暗자가 詩眼이다). 開城 동남쪽에 있는 진봉산 속의 붉은 철쭉꽃은 봄이 오면 여전히 층층이 피어난다(인간사의 유한함에 비해 무한한 자연을 대비적으로 제시).

반정균은 이 시를 두고 "唐詩에 핍진해서 읽는 이로 하여금 영탄을 그칠 수 없게 한다(逼眞唐音 令人詠嘆不已)."라 평하고 있다.

152. 「松京雜絶」九首 柳得恭

其一

門千戸萬摠成灰	천만 집들이 모두 잿더미가 되어도
剩水殘山春又來	남은 물과 산에 봄은 또 찾아오네
吹笛橋邊踏靑去	취적교가로 답청을 가고
禮成江上打魚回	예성강 위에서 고기 잡아 돌아가네

<주석> 〖剩〗 남다 잉 〖打〗 치다 타

<감상> 이 시도 앞의 시와 마찬가지로 유한한 人事와 무한한 自然을 대비시키고 있다. 이 시의 詩眼은 春이다.

『청장관전서』에는 유득공의 시에 대해 다음과 같은 평이 있다.

"나는 영재의 시는 근세의 絶品이라고 생각한다. 그는 재주도 있고 학문도 풍부하여 갖추지 않은 體가 없으며, 大家들의 시를 널리 보아 『毛詩』·『離騷』·古歌謠와 漢·魏·六朝·唐·宋·金·元·明·淸에서부터 三國인 신라·고구려·백제·高麗·조선과 널리 日本의 시에 이르기까지 좋은 것은 직접 뽑아서 기록하였는데, 상자가 넘쳤으나 날로 부족하게 여겼다. 그의 재주가 절묘할 뿐 아니라 그 전문적으로 한 것은 지금 세상에서 비교될 사람이 드물다. ……영재의 문장은 文弱하여 마치 처녀 같고 시는 때로 애절함이 있었으니, 그 마음속에 혹시 激情이 있어서 그러한 것인가(泠齋詩 余以爲近世絶品 有才有學 無體不備 博觀詩家 自毛詩離騷古歌謠 漢魏六朝唐宋金元明淸 以至三國高麗本朝 傍及日本 自爲選抄 箱溢几滿 日不暇給 不惟其才妙絶 其爲專門 今世罕比 ……泠齋文弱如處子 而詩有時哀切 其胸中 或有觸激而然歟)?"

153. 「愁洲客詞」七十九首 朴齊家[36]

足凍姑撤尿	언 발에 오줌 누어 무엇하랴?
須臾必倍寒	금방 반드시 배나 추워질 것인데
今秊糴不了	금년에 환곡을 갚지 못했으니
明年知大難	내년은 큰 곤란함 알겠네

<주석> 〚姑〛 잠시 고 〚撤〛 폐하다 철 〚尿〛 오줌 뇨 〚須臾(수유)〛 짧은 시간 〚糴〛 쌀 사들이다 적

曰糴亦無痕	환곡 받아도 흔적 없고
曰糶亦無影	환곡 갚아도 그림자 없네
賦民一桶水	백성에게 물 한 통도 세금 매겨

---

36) 朴齊家(1750, 영조 26~?). 본관은 밀양. 자는 次修·在先·修其, 호는 楚亭·貞
蕤·葦杭道人. 승지 坪의 서자이다. 11세에 아버지를 잃은 뒤 거처를 자주 옮겨
다니며 어머니가 생계를 이어 갈 정도로 생활이 매우 어려웠다. 朴趾源·李德
懋·柳得恭 등 북학파들과 사귀면서 학문의 본령을 經濟之志에 두고 활동했다.
이러한 뜻은 1778년 이덕무와 함께 사은사 蔡濟恭을 따라 燕京에 가는 것을 계기
로 본격화되었다. 당시 중국은 乾隆帝가 통치하던 문화의 전성기로 紀昀·李調
元·潘庭筠 등 청을 대표하던 석학들과 교류할 수 있었을 뿐 아니라 중국의 선진
문물에 감명을 받아 여러 가지 선진기술과 도구를 배우고 연구함으로써 앞으로의
학문적 기초를 세웠다. 중국에서 돌아온 뒤 거기서 보고 들은 것을 정리해『北學議』
내편·외편을 썼다. 이 무렵 정조가 서얼 출신들이 하급관리로 나아갈 수 있는 길
을 열어 놓았다. 이때 박제가는 이덕무·유득공·徐理修 등 서얼 출신 학자들과
더불어 초대 검서관으로 임명되었다. 그 뒤 13년간 규장각의 여러 벼슬을 지내면서
왕명을 받아 많은 책을 교정·간행하는 한편 국내외의 서적과 저명한 학자들을 접
하면서 학문연구에 몰두했다. 1786년 文體反正이라는 사상정화운동에 걸려 규제
를 받기에 이르렀다. 정조의 후원 아래 1790년 5월 2번째 연행길에 올랐다. 1798년
부여현감이 되었으며, 1794년 2월 春塘臺武科에 장원해 五衛將이 되었다가 영평현
령으로 옮겼다. 1801년(순조 1) 이덕무와 함께 4번째로 청나라에 다녀왔으나, 동남
성문 흉서사건의 주모자인 사돈 尹可基 사건에 휘말려 종성에 유배되었다. 1805년
에 풀려났으나 곧 죽었다. 그가 죽은 연대에 관해서는 1805년과 1815년 설이 있다.

官自権官井 관청에서 우물까지 독점한다네

<주석> 〖痕〗흔적 흔 〖糶〗쌀을 내어 팔다 조 〖賦〗조세 부 〖桶〗통
통 〖権〗도거리하다 각

催租未發聲　세금 재촉에도 소리조차 내지 못하지만
見面心先駭　얼굴을 보면 마음 먼저 놀라네
布直姑低昂　베 값이 잠시 오르고 내리는 것이야
一任官門買　관청에서 사기에 달려 있다네

<주석> 〖租〗세금 조 〖駭〗놀라다 해 〖直〗값 치 〖低〗내리다 저 〖昂〗
오르다 앙 〖一任(일임)〗전적으로 맡김

<감상> 이 시는 함경도 종성 지역의 문물과 풍속을 다룬 連作詩의 일부분
이다.

언 발에 오줌을 눈다고 따뜻해질 수 있을까? 잠시 따뜻해질 뿐 금
방 더 추워진다. 올해 還穀을 갚지 못했으니, 내년에는 얼마나 시
련이 닥칠지 보지 않아도 알겠다.

살림이 어려워 환곡을 받아도 금방 먹어 버려 흔적도 없고, 환곡
을 갚아도 형체가 없다. 백성에게 얼마나 苛斂誅求를 하는지 우물
까지 독점하여 물도 세금 내고 먹어야 한다.

세금 내라는 재촉에는 한마디도 못 하는데, 관리의 얼굴을 보면
마음부터 먼저 놀란다. 베를 열심히 짜서 관청에 세금으로 바치지
만, 관청에서는 헐값으로 사들이니, 어찌할 도리가 없다.

이덕무는 『청비록』에서 박제가의 시에 대해 다음과 같이 말하고
있다.

"초정의 시는 재주가 뛰어났을 뿐더러 기운이 강하였고 詞理가 명
백하였으며, 또 事實을 잘 기록하였다. 일찍이 漁洋山人 王士禛

의 懷人絶句의 例를 모방하여, 당세의 보고 들은 名流·賢士를 두고 絶句 50여 句를 지었는데, 각각 장점을 취하였고 찬미함이 정당하였다. 나와 함께 문예에 대하여 낮이 다 가고 밤이 새도록 끝없이 얘기했으나 조금의 어긋남도 없었다. 그의 시는 웅대한 곳은 기상이 장렬하고 섬세한 곳은 아름답고도 미묘하였으며, 글씨를 쓰면 기이하여 아무도 당해 낼 수가 없었으니, 역시 근래에 드문 재주였다(楚亭之詩 才超而氣勁 詞理明白 亦能記實 嘗倣漁洋山人懷人絶句例 爲當世所見聞名流賢士 作五十餘絶句 各取所長 贊美停當 與余談藝 終晝竟夜 滔滔纏纏 如合左契 其爲詩 大處磊落 纖處娟妙 落筆離奇 人不可當 亦近世罕有之才)."

154. 「爲人賦嶺花」 朴齊家

毋將一紅字	'紅'자 한 글자만을 가지고
泛稱滿眼華	널리 눈에 가득 찬 꽃을 일컫지 말라
華鬚有多少	꽃 수염도 많고 적음이 있으니
細心一看過	세심하게 하나하나 살펴보게나

<주석> 〖泛〗넓다 범 〖鬚〗수염 수

<감상> 이 시는 사람들을 위해 고갯마루의 꽃을 시로 지은 것이다.

꽃이라고 하면 '붉다'는 생각만 가지고 눈에 보이는 모든 꽃들을 판단하지 마라. 꽃에는 다양한 빛깔의 꽃이 있고, 또한 꽃에서 잘 보이지 않는 섬세한 부분의 꽃 수염 경우에는 꽃 수염이 많은 것도 있고 적은 것도 있다. 그러니 꽃 수염들부터 세심하게 살펴보라.

이 시는 꽃에 대한 이야기이지만, 확대 해석하면 세상만사와 만물에 대한 사람들의 잘못된 통념을 비판하고자 한 것이다.

155.「登白雲臺絶頂」三首 朴齊家

其二

地水俱纖竟是涯	땅과 물 함께 가늘어져 마침내 끝이 나고
圓蒼所覆界如絲	둥근 하늘 덮인 곳 경계선이 실 같네
浮生不翅微於粟	뜬 인생 좁쌀만도 못한 존재인데
坐念山枯石爛時	산 마르고 돌 문드러질 때를 앉아서 생각하네

<주석> 〖白雲臺(백운대)〗 三角山에 있음 〖纖〗 가늘다 섬 〖涯〗 끝 애 〖翅〗
뿐 시 〖爛〗 문드러지다 란

<감상> 이 시는 백운대의 정상에 올라 아래를 굽어보고서 지은 시이다.
땅과 물이 함께 멀리까지 이어져 가다 가늘어져 마침내 아득한 곳
에서 끝이 나고, 둥근 푸른 하늘과 덮인 땅 사이의 경계선이 실같
이 거의 맞붙어 있다. 이 뜬 인생 좁쌀만도 못한 존재인데, 산이
마르고 돌이 문드러져 없어질 때를 앉아서 생각한다. 전형적인 先
景後情이 나타난 시이다.

156.「紙鳶」朴齊家

野小風微不得意	들이 좁고 바람도 미약하여 뜻을 얻지 못하는데
日光搖曳故相牽	햇빛에 흔들리며 서로가 끌고 있네
削平天下槐花樹	천하의 홰꽃나무 모조리 쳐서 평평하게 하면
鳥沒雲飛乃浩然	새도 없고 구름도 흩어져 마음이 탁 트이리라

<주석> 〖鳶〗연 연 〖搖曳(요예)〗요동침 〖槐〗홰나무 괴(콩과에 속하는 落葉喬木으로, 조정에 이 나무를 세 그루 심어서 三公의 좌석 표지로 하였음)

<감상> 이 시는 종이연을 노래한 것으로, 자신의 이상을 실현할 수 없는 현실적 갈등을 노래하고 있다.

연을 날리기에는 들이 좁고 바람도 미약하여 뜻을 얻지 못하는데(淸國의 광활함에 비해 좁은 조선의 협소함과 고루함을 비유함), 햇빛에 흔들리며 서로 연줄이 설키었다(작은 나라에서 자신만의 이익만을 생각함). 연을 날리기 좋게 하기 위해 천하의 홰꽃나무 모조리 쳐서 평평하게 하면(홰나무는 三公을 상징하며, 이상의 실현을 위해 제거되어야 하는 대상임. 이것은 烏臺詩案[朋萬里가 편찬한 책으로, 蘇軾이 王安石의 新法을 비판하다가 체포되자, 붕만리가 그의 시를 모아서 편찬했다. 章惇·蔡京 등이 蘇東坡를 모함하는데, 그가 지은 詩를 지적하여 이것은 국가의 어느 일을 비방한 시요, 저것은 어느 일을 비방한 것이라고 일일이 지적하여 죄를 만들었는데, 이것을 烏臺詩案이라 한다]에 해당한다고 할 수 있음), 새도 없고 구름도 흩어져 마음이 탁 트일 것이다(자신의 浩然之氣를 펼칠 수 있는 현실적 상황이 이루어질 수 있음).

박제가는 이상이 실현되기 위해서는 현실의 고정관념에서 벗어나야 한다고 하였다. 그는 「詩學論」에서, "우리나라의 시는 송·금·원·명을 배우는 자는 최상이 되고, 당을 배우는 자는 그 다음이 되며, 杜甫를 배우는 자는 가장 못 하여, 배우는 것이 높을수록 그 재주가 더 낮아지는 것은 무엇 때문인가? 두보를 배우는 자는 두보가 있다는 것을 알 뿐이고, 그 외는 보지도 않고 먼저 업신여기므로, 기술이 더욱 서툴다. 당을 배우는 폐단도 똑같으나, 조금 나은 것은 두보 이외에도 오히려 王維·孟浩然·韋應物·柳宗元 등 수십 명의 성명이 가슴속에 있는 까닭에, 낫기를 기약하지 않아도 저절로 낫게 된다. 저 송·금·원·명을 배우는 자는 그 식견이 여기에서 더 나아간 데다, 하물며 수많은 책을 읽어 성정의 참됨을 발휘함에 있어서랴(吾邦之詩 學宋金元明者爲上 學唐者次之 學杜者最下 所學彌高 其才彌下者 何也 學杜者 知有杜而已 其他則不觀 而先侮之 故術益拙也 學唐之弊同然 而小勝焉者 以其杜之外 猶有王孟韋柳數十家之姓字存乎胸中 故不期勝 而自勝也 若夫學宋金元明者 其識又進乎此矣 又況博極群書 發之以性情之眞者哉)?"라 하여, 杜甫의 詩와 王羲之의 筆法만이 萬古不變의 龜鑑이라는 고정관념의 꺼풀을 벗어던지자고 한 것이다.

157.「曉坐書懷」七首 朴齊家

其五

掘地得黃金	땅을 파 황금을 얻어
萬斤空餓死	만근이 되는데도 부질없이 굶어 죽고
入海採明珠	바다에 들어가 명주를 캐어
百斛換狗矢	백 섬이나 되는데도 개똥과 바꾸네
狗矢尙可糞	개똥은 오히려 거름으로 쓸 수 있지만
明珠其奈何	명주는 그 어찌하리오
陸貨不通燕	육지의 재화는 연경과 통하지 않고
海賈不輸倭	바다 장사꾼은 왜의 물건을 실어 오지 않네
譬如野中井	비유하자면 들판의 연못과 같아
不汲將自渴	긷지 않아 장차 말라 버리려 하도다
安貧不在寶	安貧樂道는 보물에 있지 않다고 하여
生理恐日拙	살아가는 이치가 날로 졸렬해질까 두려우니
太儉民不樂	지나친 검소 백성들 즐거워 않고
太窶民多竊	지나친 가난 백성들 훔침이 많아지네

<주석> 〚掘〛파다 굴 〚斤〛근 근 〚明珠(명주)〛광택이 나는 진주 〚斛〛
휘 곡 〚矢〛똥 시 〚汲〛긷다 급 〚渴〛마르다 갈 〚拙〛졸렬하다
졸 〚窶〛가난하다 구

<감상> 이 시는 새벽에 일어나 앉아서 자신의 素懷를 노래한 것으로, 利用
厚生學派의 대표자인 박제가의 實學思想을 엿볼 수 있는 시이다.
박제가는 유통구조를 개선하여 한 지방에 偏在되어 있는 생산물
을 원활하게 유통해야 한다고 생각하여 『北學議』「車」에서, "이
용하는 방법을 모르니 생산하는 방법도 모르고, 생산하는 방법을

모르니 백성은 나날이 궁핍하여지는 것이다. 대저 재물은 우물과
같다. 퍼 쓸수록 자꾸 가득차고 이용하지 않으면 말라 버린다. 그
러므로 수놓은 비단을 입지 않으므로 나라 안에 비단 짜는 사람이
없어져서 여홍이 쇠하였으며, 그릇이 비뚤어지는 것을 개의치 않
고 재주가 뛰어남을 일삼지 않아서 나라에 공장과 도야하는 일이
없어 기예도 사라졌다(不知所以用之 則不知所以生之 不知所以
生之 則民日窮 夫財譬則井也 汲則滿 廢則渴 故不服錦繡 而國
無織錦之人 則女紅衰矣 不嫌窳器 不事機巧 而國無工匠陶冶之
事 則技藝亡矣)."라 강조하고 있는 것이다.

158. 「晩自白雲溪 復至西岡口 少臥松陰下作」
李書九[37)

讀書松根上	솔뿌리 위에서 책을 읽으니
卷中松子落	책 속에 솔방울이 떨어지네
支筇欲歸去	지팡이 짚고 길을 나서려니
半嶺雲氣作	고갯마루에 구름 기운이 일어나네

<주석> 〚支〛 지탱하다 지 〚筇〛 지팡이 공

<감상> 이 시는 이서구가 한때 은거한 곳으로, 포천에서 화천으로 넘어가
는 곳에 있는 개울인 白雲溪에서 저녁에 다시 서강의 입구에 이르
러 잠시 솔 그늘에서 누웠다가 지은 시이다.

길을 가다가 솔뿌리가 돋아난 곳에 잠시 앉아 쉬면서 책을 읽고
있으니, 책 속에 솔방울이 떨어진다. 책 읽는데 정신이 팔려 시간
가는 줄 몰랐다가 지팡이를 짚고 길을 나서려고 하니, 어느새 저

---

37) 李書九(1754, 영조 30~1825, 순조 25). 시에 능해 이덕무·유득공·박제가와 함
께 四家詩人의 한 사람으로 꼽힌다. 본관은 전주. 자는 洛瑞, 호는 惕齋·薑山·素
玩亭·席帽山人. 1774년(영조 50) 정시문과에 급제한 뒤 사관을 거쳐 지평·초계
문신에 선발되었고, 1786년 홍문관에 들어갔다. 모역사건과 천주교도를 옹호한다
는 죄로 한때 유배되었으나, 다시 등용되어 대사성·대사간·이조판서·호조판
서·대사헌·우의정을 지냈고, 1825년 판중추부사로 재직하다가 죽었다. 16세 때
부터 朴趾源의 문하에 들어가 학문과 문장을 배웠는데, 이서구는 사가시인 가운데
유일한 적출이었고 벼슬도 순탄했다. 박지원의 古文觀을 계승하여 한층 발전시켰
는데, 과거의 고문만을 추종하는 데서 벗어나 당대의 문장을 중시하며 그 속에서
古意를 찾았다. 문장은 간단하고 쉬운 것을 귀하게 여기고 복잡한 것은 천하게 여
겼다. 고문은 요약하여 기술했으나 매우 높은 경지에 이르렀고, 지금의 문은 번다
하여 막혀 있다고 했다. 정조가 문제 삼은 문체의 타락은 世道의 타락과 직결된다
고 보고 이를 극복하기 위해서는 理義와 事實을 통해 써야 한다고 주장했다. 그의
시는 혁신적이거나 현실적이기보다는 대개 관조하는 자세로 주위의 사물을 관찰하
며 고요함을 얻으려 한 것들이 많다. 시호는 文簡이다.

녁이 다 되어 산마루에 구름이 일어나고 있다.

後四家는 朴趾源의 직접적인 영향을 받으면서 다 같이 문학으로 實學의 의리를 펼친 공통점이 있기는 하나, 그 문학의 내용 면에서 李書九는 나머지 三家와 다소 성격이 다르다(李德懋의 시는 繪畫性이 짙고, 柳得恭의 시는 소재를 역사 쪽으로 확대했으며, 朴齊家의 시는 사회비판·자기의 北學思想을 담았으며, 李書九의 시는 전통적인 자연시의 정서를 답습). 신분상으로도 三家와는 다른 嫡出이었음으로 해서 활짝 열린 宦路라든지, 燕行을 직접 경험하지 못했던 것 등, 三家의 문학이 보다 실험적이고 혁신적이었던 것에 비해, 오히려 16세기 士林派의 문학에서 즐겨 다루던 江湖와 그 隱居의 양상을 보다 많이 띤다는 점이다. 그만큼 이서구의 시에서는 생생한 현실의 모습과 그 혁신의 의지로서의 비판이 결여된 것으로 보인다. 그것은 신분상 그렇게 절실한 것이 아니었으며, 그 자신의 詩的 진실은 오히려 閑이었기 때문이다(유현숙, 「이서구의 시세계」).

159.「山行」李書九

數棘荒寒堆亂石	가시덤불 황량하며 어지러운 돌무더기 쌓여 있고
斜陽欲盡廢田頭	석양볕이 버려진 밭머리에 지려고 하네
野棠結子珊瑚顆	팥배나무 열매 산호처럼 맺혀 있는데
何處飛來黃褐侯	어디에서 청학이 날아왔나?

<주석> 〖棘〗 가시 극 〖堆〗 쌓이다 퇴 〖野棠(야당)〗 팥배나무 〖珊瑚(산호)〗 산호 〖顆〗 낟알 과 〖黃褐侯(황갈후)〗 靑鶴

<감상> 이 시는 산길을 가다가 보고 느낀 것을 노래한 것으로, 작자 자신의 감정 개입은 전혀 보이지 않고 시각적으로 보인 그대로를 읊고 있다.

산길을 가는데 가시덤불이 황량하게 자라 있고 어지럽게 돌무더기가 쌓여 있다. 해가 지려는데, 햇살이 버려져 묵은 밭머리에 내려 앉았다. 팥배나무 열매가 산호처럼 열매가 알알이 달려 있는데, 청학 한 마리가 어디선가 날아와 앉았다.

160. 「春日雨中小集」 李書九

幽人集小閣	은거한 사람들 작은 누각에 모였는데
疏雨復侵尋	성근 빗방울도 다시 개여 가네
花欲娟娟靜	꽃은 예쁘고 고요하며
山尤漫漫陰	산은 더욱 퍼져 짙어가네
草光明去蝶	풀빛 밝으니 가는 나비 밝히고
林翠膩棲禽	숲 푸르니 깃든 새 살쪄 보이네
向晚微風善	저녁에 미풍이 좋아
冷然有好音	서늘하게 좋은 소리 있구나

<주석> 〖侵尋(침심)〗 점차 발전함 〖娟〗 예쁘다 연 〖漫漫(만만)〗 두루 퍼지는 모양 〖膩〗 살찌다 니

<감상> 이 시는 봄날 비가 오는 중에 작은 누각에 모여서 주변의 정경을 노래한 것으로, 無心하게 景을 읊고 있다.

후사가는 學唐을 하였는데, 그중에서도 王士禎의 영향을 많이 받았다. 『청장관전서』에 기재되어 있는 다음 언급에서 이를 알 수 있다. "『대경당전집』이 우리나라에 들어온 지는 20여 년이 되었으나, 그 책을 소장한 자는 두세 집에 지나지 않으며, 지은이가 어떤 사람인지도 알지 못한다. 내가 어떤 사람에게서 그 책을 빌려 보고, 너무나도 방대한 것이라 눈이 휘둥그레지고 입이 딱 벌어져 진작 보지 못한 것을 매우 한탄하였다. ……드디어 영재·강산·초정 등에게 자랑하였는데, 모두들 몸에 배도록 저작하고 이목에 익혀서 그 영향을 받아 이 천지간에 왕어양이 있음을 아는 자는 차츰 그를 추앙하게 되었다(帶經堂全集之來東 纔二十餘年 而藏之者 不過二三家 亦不識其爲何人 余嘗從人借讀 洋洋巨觀 目瞠舌呿 自恨相見之苦晚 ……遂詑張夸震於冷齋薑山楚亭諸人 擧皆咀嚼濃郁 耳濡

目染 流波所及 能知有王漁洋於天壤間者 亦稍稍相望也)."

王士禎은 宗宋派였던 錢謙益의 제자였으나, 오히려 스승이 맞섰던 嚴羽를 좇아 神韻說을 주장했다. 왕사정은 수식이나 논리 정연한 이론을 반대하고 자연스럽고 청신한 妙境에 드는 경지를 주장하여 '言有盡而意無窮'하는 데서 神韻을 추구하였다. 이것은 또한 詩와 禪, 詩와 畵의 일치를 지향하는 것으로, 후사가의 시에서 繪畵性은 왕사정의 영향과 무관하지 않다. 왕사정이 사용한 神韻은 엄우가 사용한 入神에서 따왔다. 神은 사물의 精氣를 뜻하고, 韻은 시에 있어서의 개인적 文體, 관용어, 韻趣 등으로 추측된다. 다시 말하면 시 속에는 생활의 정신(神)이 구체화되어야 하며, 그래야만 개성적인 운치(韻)를 띨 것이라는 말인데, 결과적으로 왕사정은 情緖를 표현하는 일에 능한했다는 평가를 받았던 것이다. 신운설에 의하면 시란 詩人의 세계와 자기 마음에 대한 觀照의 구체화라는 개념이 설정된다. 따라서 시는 情이 아니라 景(外景)의 반영이라는 견해인 것으로, 직접적인 시술이나 진술방식보다는 암시에 의한 효과를 강조한다(유현숙, 「이서구의 시세계」). 위의 시가 이러한 경향을 띠고 있다고 하겠다.

『청장관전서』에는 이서구에 대해 다음과 같이 간략한 기록을 싣고 있다.

"강산은 소년 秀才로 학문이 날로 풍부해져서, 그가 시를 짓는 데는 모든 經書와 史策에 근거하였으며, 篆書·籀文·八分·隷書로 그 기품을 드러내고 초목금수의 그림으로 그 재주를 나타내어 性靈으로 運用하고 鑑識으로 뜻을 깨달아 古雅하고 幽澹하며 高亮하고 閑遠하므로, 나는 일찍이 감탄하기를, '그의 문장 솜씨는 왕어양 같고, 박식은 朱竹垞(죽타는 淸初의 학자 朱彝尊의 호. 經史를 널리 읽어 통하였고 古文과 詩詞에 능하여, 왕사정과 함께 南北의 두 大家로 칭해졌다) 같으니, 내가 강산에 대해서는 결점을 지적하여 비난할 수 없다.' 하였으니, 이야말로 영재 柳得恭과 초정 박제가 등도 내 말을 정론이라고 하기에 마땅하리라. ……강산은 모든 시의 체재에 능하였는데, 五言古詩에 더욱 능하였다. 그의 시는 陶潛과 謝惠連에 근본하였으나, 때로 儲光羲와 孟郊에서 시작하였으니, 이는 바꿀 수 없는 정론이다. 강산은 오언 고시에 능하고 영재는 歌와 行에 능하니, 비유하자면 코끼리의 한 몸에는 모든 짐승 고기의 맛을 겸하였으나, 그 코만이 오로지 코끼리고기 본래의 맛을 가지고 있는 것과 같다(薑山妙年英才 聞學日富 其爲詩也 根據乎全經全史 篆籒分隷以秀其氣 卉木禽虫以致其才 運之以性靈 會之以鑑識 古澹幽潔 高亮閒遠 余嘗嘆其典裁如王漁洋 淹雅如朱竹垞 余於薑山無間然云爾 則亦不固讓 泠齋楚亭皆推爲鐵論 ……薑山諸體皆工 而尤嫺五古 原本陶謝 而時濫觴於儲孟之間 此可爲不易之論也 薑山嫺五古 泠齋工歌行 譬諸象之一身 各具衆獸之肉味 而其鼻 獨專象之本肉之味焉)."

161. 「夏日田園雜興 效范楊二家體」二十四首
丁若鏞38)

其七

黃犢新生母愛殊	누런 송아지 막 나오니 어미 사랑 남다른데
橫跳竪躍入山廚	가로 뛰고 세로 뛰며 산속의 인가로 들어가네
不知似許便娟質	모르겠다, 이렇게도 고운 본바탕이
何故他年作笨夫	어찌하여 후일엔 거친 것이 되는지

<주석> 〖犢〗송아지 독 〖跳〗뛰다 도 〖竪〗세로 수 〖廚〗부엌 주 〖似 許(사허)〗=如此 〖笨〗거칠다 분

<감상> 이 시는 여름날 전원의 잡다한 흥취를 가지고 송나라 范成大와 楊 萬里의 체를 본받아 지은 것으로, 시골 농가에서 흔히 볼 수 있는 일상적인 풍경의 한 단면을 잘 묘사하고 있다.

누런 송아지가 어미 배 속에서 막 태어나니, 어미 소는 핥아주며 남다른 사랑을 베푼다. 얼마 지나자, 그 송아지는 귀엽게도 天方地軸 이곳저곳 을 뛰어다니다 산속에 있는 농가의 부엌으로 뛰어 들어간다. 그런데 저렇 게도 귀엽던 송아지가 어찌하여 훗날 무지 큰 소가 되는지 모르겠다.

---

38) 丁若鏞(1762, 영조 38~1836, 헌종 2). 호는 茶山·俟菴·與猶堂. 近畿 南人 가 문 출신으로, 청년기에 접했던 西學으로 인해 장기간 유배생활을 하였다. 그는 이 유배 기간 동안 자신의 학문을 더욱 연마해 六經四書에 대한 연구를 비롯해 一表 二書(『經世遺表』·『牧民心書』·『欽欽新書』) 등 모두 500여 권에 이르는 방대한 저술을 남겼고, 이 저술을 통해서 조선 후기 실학사상을 집대성한 인물로 평가되고 있다. 그는 李瀷의 학통을 이어받아 발전시켰으며, 각종 사회 개혁사상을 제시하여 '묵은 나라를 새롭게 하고자' 노력하였다. 정치·경제·사회·문화 등 역사 현상 의 전반에 걸쳐 전개된 그의 사상은 조선왕조의 기존 질서를 전적으로 부정하는 '혁명론'이었다기보다는 파탄에 이른 당시의 사회를 개량하여 조선왕조의 질서를 새롭게 강화시키려는 의도를 가지고 있었다. 그리하여 그는 조선에 왕조적 질서를 확립하고 유교적 사회에서 중시해 오던 王道政治의 이념을 구현함으로써 '國泰民 安'이라는 이상적 상황을 도출해 내고자 하였다.

162. 「老人一快事 六首 效香山體」 丁若鏞

其五

老人一快事	늙은이의 한 가지 즐거운 일은
縱筆寫狂詞	붓 가는 대로 미친 말을 마구 씀일세
競病不必拘	어려운 운자에 반드시 구애할 것이 없고
推敲不必遲	퇴고도 꼭 오래할 것이 없어라

<주석> 〖香山(향산)〗香山居士는 白居易의 만년 別號. 〖競病(경병)〗 險韻을 가지고 시를 짓는 것을 말함. 梁나라 曹景宗이 개선할 때에 梁 武帝가 잔치를 베풀고 聯句를 시험했는데, 험운인 경병 두 자만 남았을 때 조경종이 최후로 참여하여 바로 지어 쓰기를, "떠날 땐 아녀들이 슬퍼하더니, 돌아오매 피리와 북 다투어 울리네. 길가는 사람에게 묻노니, 곽거병 그 사람과 과연 어떤고[去時兒女悲 歸來笳鼓競 借問行路人 何如霍去病]?" 한 데서 온 말임(『南史』 「曹景宗傳」)

興到卽運意	흥이 나면 곧 뜻을 움직이고
意到卽寫之	뜻이 이르면 곧 써내려 간다
我是朝鮮人	나는 조선 사람이니
甘作朝鮮詩	조선시를 즐겨 쓰리

卿當用卿法	그대들은 마땅히 그대들의 법을 따르면 되지
迂哉議者誰	오활하다 말 많은 자 누구인가?
區區格與律	구구한 그대들의 시격과 운율을
遠人何得知	먼 곳의 우리가 어찌 알 수 있으랴?

凌凌李攀龍	염치없고 뻔뻔한 이반룡은
嘲我爲東夷	우리를 동쪽 오랑캐라 조롱했는데
袁尤槌雪樓	원굉도는 오히려 설루를 쳤으나
海內無異辭	천하에 아무도 다른 말이 없었네

<주석> 〖凌凌(릉릉)〗 차가운 모습 〖李攀龍(이반룡)〗 명대의 학자로, 시와
古文에 능함 〖嘲〗 조롱하다 조 〖袁尤槌雪樓〗 袁宏道는 바로 明
나라 때의 시인이고, 雪樓는 역시 명나라 때의 시인 李攀龍의 書
室 이름인 白雪樓의 준말이다. 원굉도는 본디 시문에 뛰어난 사람
으로서 그의 형인 宗道, 아우인 中道와 함께 모두 당대에 명성이
높았는데, 그는 특히 王世貞과 李攀龍의 詩體를 매우 강력히 배격
하고 홀로 一家를 이룸으로써 당대에 많은 학자들이 왕세정·이반
룡을 배제하고 그를 따르면서 그의 시체를 公安體(공안은 원굉도
의 자)라 지목했던 데서 온 말임(『明史』卷二百八十八)

背有挾彈子	뒤에서 총알이 겨누고 있는데
奚暇枯蟬窺	어느 겨를에 마른 매미를 엿보리오?
我慕山石句	나는 산석의 시구를 사모하노니
恐受女郞嗤	여랑의 시라는 비웃음을 받을까 두렵네

<주석> 〖背有挾彈子 奚暇枯蟬窺〗 기는 놈 위에 나는 놈이 있음을 비유
한 말. 莊子가 밤나무 숲에서 이상한 까치를 발견하고 그를 잡기
위해 활에 화살을 끼우고 있었는데, 이때 보니 사마귀(螳螂)는 신
이 나게 울고 있는 매미를 노리고 있었고, 그 뒤에서는 이상한 까
치가 그 사마귀를 노리고 있었으며, 또 그 뒤에서는 장자 자신이
그 이상한 까치를 노리고 있었다는 고사에서 온 말임(『莊子』「山

木」) 〖我慕山石句 恐受女郞嗤〗 산석의 글귀란 바로 韓愈의
「山石」시를 말하고, 女郞의 시란 곧 여인같이 온순한 풍의 시를
뜻한다. 元나라 때의 시인 元好文의 「論詩絶句」에 "정이 있는
작약은 봄 눈물을 머금었고 기력 없는 장미는 저녁 가지가 누웠
다(이상은 송나라 秦觀의 시임) 하니, 이를 한퇴지의 「산석」시에
대조해 보면, 이것이 여랑의 시임을 비로소 알리라(有情芍藥含春
淚 無力薔薇臥晩枝 拈出退之山石句 始知渠女郞詩)" 한 데서
온 말로, 즉 宋나라 秦觀의 시를 한유의 「산석」시와 비유하면 한
유의 시는 장부에 해당하고, 진관의 시는 여랑에 해당한다고 한
데서 온 말임(『韓昌黎集』卷3)

焉能飾悽黯	어찌 구슬픈 말로써 꾸며
辛苦斷腸爲	애간장 끊는 시를 쓰리오?
梨橘各殊味	배와 귤은 맛이 각각 다르니
嗜好唯其宜	오직 자신의 기호에 맞출 뿐이라오

<주석> 〖悽〗 슬퍼하다 처 〖黯〗 슬프다 암 〖橘〗 귤 귤 〖嗜〗 즐기다 기
<감상> 이 시는 노인의 한 가지 즐거운 일에 관한 시 여섯 수를 백향산의
詩體를 본받아 1832년 지은 것으로 所謂 '朝鮮詩宣言'으로 유명
한 시이며, 우리나라의 시를 중국 문학의 예속에서 해방시키려는
茶山의 강한 主體意識의 발로를 드러낸 것이다.
다산은 「拓跋魏論」에, "성인의 법은 중국이면서도 오랑캐의 짓을
하면 오랑캐로 대우하고, 오랑캐이면서도 중국의 짓을 하면 중국
으로 대우하니, 중국과 오랑캐는 그 도와 정치에 있는 것이지 강
토에 있는 것이 아니다(聖人之法 以中國而夷狄 則夷狄之 以夷
狄而中國 則中國之 中國與夷狄 在其道與政 不在乎疆域也)."라
하여, 예전부터 전해 내려오는 華夷의 개념을 달리 적용하여 中華
主義의 절대적 권위로부터 벗어나 있었다. 그리고 「東胡論」에,

"『史記』에 '동이는 어질고 선하다.'고 했는데, 참으로 그럴 만한 이유가 있다. 하물며 조선은 正東의 땅에 위치해 있기 때문에 그 풍속이 禮를 좋아하고 武를 천하게 여겨 차라리 약할지언정 포악하지는 않으니, 군자의 나라이다. 아! 이미 중국에 태어날 수 없었다면 오직 동이뿐이도다(史稱東夷爲仁善 眞有以哉 況朝鮮處正東之地 故其俗好禮而賤武 寧弱 而不暴 君子之邦也 嗟乎 旣不能生乎中國 其唯東夷哉)."라 하여, 우리나라가 우수한 문화를 자진 민족임을 자부하고 있다. 이처럼 다산에게 있어 중국은 열등의식을 느끼게 하는 대상이 아니었으며, 오히려 우리나라의 우수한 문화에 대한 자부심을 지니고 있었기 때문에, 中國詩를 흉내내려하지 않고 朝鮮詩를 짓고자 했던 것이다.

163. 「哀絶陽」 丁若鏞

蘆田少婦哭聲長	갈밭마을 젊은 아낙 통곡소리 그칠 줄 모르고
哭向縣門號穹蒼	관청문을 향해 울부짖다 하늘 보고 호소하네
夫征不復尚可有	정벌 나간 남편은 못 돌아오는 수는 있어도
自古未聞男絶陽	예부터 남자가 생식기를 잘랐단 말 들어 보지 못했네

<주석> 〖蘆〗갈대 로 〖穹〗하늘 궁

舅喪已縞兒未澡	시아버지 상에 이미 상복 입었고 애는 아직 배냇물도 안 말랐는데
三代名簽在軍保	조자손 삼대가 다 군적에 실리다니
薄言往愬虎守閽	급하게 가서 호소해도 문지기는 호랑이요
里正咆哮牛去皁	향관은 으르렁대며 마구간 소 몰아가네

<주석> 〖舅〗시아버지 구 〖縞〗희다 호(縞素는 상복임) 〖澡〗깨끗이 하다 조 〖簽〗쪽지 첨 〖軍保(군보)〗軍籍 〖薄言(박언)〗급박한 모양 〖愬〗하소연하다 소 〖閽〗문지기 혼 〖里正(리정)〗鄕官 〖咆〗으르렁거리다 포 〖哮〗으르렁거리다 효 〖皁〗마구간 조

磨刀入房血滿席	남편 칼을 갈아 방에 들자 자리에는 피가 가득
自恨生兒遭窘厄	자식 낳아 군액당했다고 한스러워 그랬다네
蠶室淫刑豈有辜	무슨 죄가 있어서 잠실 음형당했던가?
閩囝去勢良亦慽	민땅 자식들 거세한 것 진실로 역시 슬픈

일이네

<주석> 〖遭〗 ~을 당하다 조 〖窘〗 고생하다 군 〖蠶室淫刑(잠실음
형)〗 남자는 去勢를 하고 여인은 음부를 봉함하는 형벌. 바람이
통하지 않는 밀실에 불을 계속 지펴 높은 온도를 유지시키는 방
이 蠶室인데, 宮刑에 처한 자는 그 잠실에 있게 하였음(『漢書』「
武帝紀」) 〖辜〗 허물 고 〖閩囝去勢(민건거세)〗 閩나라 사람들은,
자식을 囝, 아버지는 郎罷라고 불렀는데, 唐나라 때에 그곳 자식
들을 宦官으로 썼기 때문에 형세가 부호한 자들이 많아 그곳 사
람들은 자식을 낳으면 곧 去勢를 하여 사내종이나 계집종으로 만
들었다고 함(『靑箱雜記』) 〖慽〗 슬프다 척

生生之理天所予　자식 낳고 사는 건 하늘이 내린 이치기에
乾道成男坤道女　하늘의 도는 아들 되고 땅의 도는 딸이 되지
騸馬豶豕猶云悲　불깐 말 불깐 돼지도 서럽다 할 것인데
況乃生民思繼序　하물며 뒤를 잇는 사람에 있어서랴

<주석> 〖騸馬(편마)〗 거세한 말 〖豶〗 불깐 돼지 분 〖繼序(계서)〗 선후
로 이어 있는 차례

豪家終歲奏管弦　부호들은 일 년 내내 풍악이나 즐기면서
粒米寸帛無所捐　낟알 한 톨 비단 한 치 바치는 일 없는데
均吾赤子何厚薄　같은 백성인데 왜 그리도 차별일까?
客窓重誦鳲鳩篇　객창에서 거듭거듭 시구편을 외워보네

<주석> 〖粒〗 쌀알 립 〖帛〗 비단 백 〖捐〗 바치다 연 〖赤子(적자)〗 백성 〖鳲
鳩篇(시구편)〗 『詩經』의 편명. 통치자가 백성을 고루 사랑해야 한다
는 것을 뻐꾸기에 비유해서 읊은 시.

<감상> 이 시는 1803년 어느 백성이 자신의 陽根을 끊은 것을 슬퍼하며
지은 시로, 당시 심각한 軍政의 문란을 노래한 다산의 대표적인
社會詩 중 한 수이다.

이 시는 『牧民心書』 「簽丁」에 다음과 같이 시를 쓴 동기가 실려 있다.
"이것은 가경 계해년(1803) 가을에 내가 강진에 있으면서 지은 것
이다. 그때 갈밭에 사는 백성이 아이를 낳은 지 사흘 만에 군적에
편입되고 이정이 소를 토색질해 가니, 그 백성이 칼을 뽑아 자신
의 양경을 스스로 베면서 '내가 이것 때문에 이러한 곤액을 받는
다.' 하였다. 그 아내가 양경을 가지고 관청에 나아가니 피가 뚝뚝
떨어지는데, 울기도 하고 하소연하기도 했으나, 문지기가 막아 버
렸다. 내가 듣고 이 시를 지었다(此嘉慶癸亥秋 余在康津作也 時
蘆田民有兒生三日 入於軍保 里正奪牛 民拔刀自割其陽莖曰 我
以此物之故 受此困厄 其妻持其莖 詣官門 血猶淋淋 且哭且訴
閽者拒之 余聞而作此詩)."

茶山은 『牧民心書』 「簽丁」에서, "요즘 피폐한 마을의 가난한 집
에서는 아기를 낳기가 무섭게 홍첩이 이미 와 있다. 음양의 이치
는 하늘이 품부한 것이니 情交하지 않을 수 없고, 정교하면 낳게
되어 있는데 낳기만 하면 반드시 병적에 올려서 이 땅의 부모 된
자로 하여금 천지의 生生하는 이치를 원망하게 하여 집집마다 탄
식하고 울부짖게 하니, 나라의 무법함이 어찌 여기까지 이를 수
있겠는가? 심한 경우에는 배가 불룩한 것만 보고도 이름을 지으며
여자를 남자로 바꾸기도 하고, 그보다 더 심한 경우에는 강아지
이름을 혹 軍案에 올리기도 하는데, 이는 사람의 이름이 아니니
가리키는 것은 진짜 개이며, 절굿공이의 이름이 官帖에 나오기도
하는데, 이도 사람의 이름이 아니니 가리키는 것은 진짜 절굿공이
이다(今殘村下戶 嬰孩落地 呱聲一發 紅帖已到 陰陽之理 天之
所賦 不能無交 交則有生 生則必簽 使域中之爲父母者 怨天地
生生之理 家嗷而戶啜 國之無法 一何至此 甚則指腹而造名 換

女而爲男 又其甚者 狗兒之名 或載軍案 非是人名 所指者眞狗
也 杵臼之名 或出官帖 非是人名 所指者眞杵也)."라 하여, 당시
軍政의 문란에 대해 지적하면서 "이 법을 바꾸지 않으면 백성들
은 모두 죽고야 말 것이다(此法不改 而民盡劉矣)."라 말하고 있다.

164. 「貍奴行」丁若鏞

南山村翁養貍奴　　남산골 늙은이 고양이를 기르는데
歲久妖兇學老狐　　해가 묵자 요사하고 흉악하기 늙은 여우로세
夜夜草堂盜宿肉　　밤마다 초당에서 두었던 고기 훔쳐 먹고
翻甄覆瓿連觴壺　　항아리 단지 뒤집고 잔과 술병까지 뒤진다네

<주석> 〖貍奴(리노)〗 고양이 〖貍＝狸〗 〖兇〗 흉악하다 흉 〖翻〗 뒤집다 번 〖甄〗
항아리 강 〖瓿〗 작은 항아리 부 〖壺〗 병 호

乘時陰黑逞狡獪　　어둠 타고 살금살금 교활한 짓 제멋대로 다
　　　　　　　　　하다가
推戶大喝形影無　　문 열고 소리치면 형체 없이 사라지네
呼燈照見穢跡徧　　등불을 켜고 비춰 보면 더러운 자국 널려
　　　　　　　　　있고
汁滓狼藉齒入膚　　이빨자국 나 있는 찌꺼기만 낭자하네

<주석> 〖逞〗 왕성하다 령 〖狡〗 교활하다 교 〖獪〗 교활하다 회 〖喝〗 외치
다 갈 〖穢〗 더럽다 예 〖跡〗 자취 적 〖徧〗 두루 미치다 편 〖汁〗
국물 즙 〖滓〗 찌끼 재

老夫失睡筋力短　　늙은 주인 잠 못 이뤄 근력은 줄어가고
百慮皎皎徒長吁　　백방으로 생각해도 긴 한숨만 나오네
念此貍奴罪惡極　　이것을 생각하니 고양이 죄 극악하여
直欲奮劍行天誅　　곧 칼을 뽑아 천벌을 내리고 싶네

<주석> 〖睡〗 잠 수 〖筋〗 힘줄 근 〖皎皎(교교)〗 분명한 모양 〖吁〗 탄식
하다 우 〖直〗 곧 직

皇天生汝本何用	하늘이 너를 낼 때 본래 무엇에 쓰렸더냐?
令汝捕鼠除民痛	너에게 쥐를 잡아 백성 피해 없애랬지
田鼠穴田蓄稗穧	들쥐는 들에 구멍 파서 벼를 쌓아두고
家鼠百物靡不偸	집쥐는 이것저것 닥치는 대로 다 가져가네

<주석> 〖痛〗 병 통 〖稗〗 작은 벼 치 〖穧〗 볏단 재 〖偸〗 훔치다 투

民被鼠割日憔悴	백성들 쥐 피해 입어 나날이 초췌하고
膏焦血涸皮骨枯	기름과 피가 말라 피골이 상접했네
是以遣汝爲鼠帥	그래서 너를 보내 쥐잡이 대장 삼았으니
賜汝權力恣碟剒	너에게 권력 주어 마음대로 찢어 죽이게 했네

<주석> 〖割〗 빼앗다 할 〖憔〗 수척하다 초 〖悴〗 파리하다 췌 〖焦〗 타
다 초 〖涸〗 마르다 학 〖碟〗 찢다 책 〖剒〗 도려내다 고

賜汝一雙熒煌黃金眼	너에게 한 쌍의 반짝이는 황금 눈을 주어
漆夜撮蚤如梟雛	칠흑 같은 밤에도 올빼미처럼 벼룩도 잡
	게 했지
賜汝鐵爪如秋隼	너에게 보라매같이 쇠발톱도 주었고
賜汝鋸齒如於菟	너에게 호랑이 같은 톱날 이빨도 주었네

<주석> 〖熒〗 빛나다 형 〖煌〗 빛나다 황 〖漆〗 검다 칠 〖撮〗 취하다 찰 〖蚤〗
벼룩 조 〖梟〗 올빼미 효 〖雛〗 병아리 추 〖隼〗 새매 준 〖鋸〗 톱 거 〖於
菟(오토)〗 호랑이의 별칭

賜汝飛騰博擊驍勇氣	너에게 펄펄 날고 내리치는 날쌘 용기까지 주어
鼠一見之凌兢俯伏恭獻軀	쥐가 너를 한번 보면 벌벌 떨며 엎드려서 공손하게 제 몸을 바쳤다네
日殺百鼠誰禁止	날마다 백 마리 쥐 잡은들 누가 말리랴
但得觀者嘖嘖稱汝毛骨殊	보는 사람 네 털과 골격 뛰어나다 큰소리로 칭찬할 텐데

<주석> 〖騰〗 오르다 등 〖驍〗 날래다 효 〖凌兢(릉긍)〗 두려워 떠는 모양 〖嘖〗 외치다 책

所以八蜡之祭崇報汝	그래서 너의 공로 보답하는 팔사제에도
黃冠酌酒用大觚	누런 갓 쓰고 큰 술잔에 술을 부어 제사 지냈네
汝今一鼠不曾捕	그런데 너는 지금 쥐 한 마리 잡지 않고
顧乃自犯爲穿窬	도리어 이에 스스로 도둑질을 하는구나

<주석> 〖八蜡之祭(팔사지제)〗 매년 농사가 끝나고 농사에 관계되는 여덟 신(神農氏, 后稷, 農, 郵表畷[권농관이 백성을 독려하기 위해 밭 사이에 지었다는 집], 고양이, 제방, 도랑, 곤충)에게 지내는 제사 〖觚〗 술잔 고 〖穿窬(천유)〗 훔치는 행위

鼠本小盜其害小	쥐는 원래 좀도둑이라 그 피해도 적지마는
汝今力雄勢高心計麤	너는 지금 힘도 세고 권세도 높고 마음까지 거칠어
鼠所不能汝唯意	쥐들이 못 하는 짓 너는 맘대로 하니
攀檐撤蓋頹堅塗	처마 타고 뚜껑 열고 담장까지 무너뜨리네

自今群鼠無忌憚	이로부터 쥐떼들이 꺼릴 것 없어
出穴大笑掀其鬚	구멍을 나와서 껄껄대고 수염을 쓰다듬네
聚其盜物重賂汝	훔친 물건 모아다가 너에게 많은 뇌물 주고
泰然與汝行相俱	태연히 너와 함께 돌아다니네

好事往往亦貌汝	호사자들 때때로 너를 그리는데
群鼠擁護如騶徒	많은 쥐떼들이 하인처럼 떠받들고
吹螺擊鼓爲法部	나팔 불고 북치고 떼를 지어서는
樹纛立旗爲先驅	깃발 휘날리며 앞장서 가네

汝乘大轎色天矯	너는 큰가마 타고 거만을 부리면서
但喜群鼠爭奔趨	다만 쥐떼들 떠받듦만 좋아하고 있구나
我今彤弓大箭手射汝	내 이제 붉은활에 큰 화살 메워 네놈 직접 쏴 죽이리
若鼠橫行寧唊盧	만약 쥐들이 행패부리면 차라리 사냥개 부르리라

동하다 수(추) 〚盧〛 개이름(韓나라의 名犬) 로

<감상> 이 시는 1810년에 지은 고양이를 노래한 것으로, 다산의 대표적인 寓話詩이며, 남산골 늙은이는 일반 백성, 쥐는 백성의 재물을 수탈하는 수령과 아전, 고양이는 監司에 각각 비유하여 현실에 대한 날카로운 풍자를 가하고 있다. 표현상의 특징으로 보자면, 고양이를 묘사한 부분, 예컨대 밤에도 잘 보이는 눈, 날카로운 발톱, 톱날 같은 이빨 등 묘사의 寫實性이 뛰어나다 하겠다.

다산은 「監司論」에서, "토호와 간사한 아전들이 印章을 새겨 거짓 문서로 법을 농간하는 자가 있어도 '이것은 연못의 고기이니 살필 것이 못 된다.' 하여 덮어두고, 효도하지 않고 우애하지 않으며 그 아내를 박대하고 음탕한 짓으로 인륜을 어지럽히는 자가 있어도 '이는 말을 전하는 자가 지나친 것이다.' 하여 빙긋 웃고는 모르는 척 넘겨 버리며, 부신 주머니를 차고 인끈을 늘어뜨린 자인 수령이 조곡을 팔아먹고 부세를 도적질하기를 자기가 한 것과 같으면 용서하여 그냥 두며 考課를 제일로 매겨 임금을 속이니, 이와 같은 자가 어찌 큰 도적이 아니리요. 큰 도적이다. 이 도적은 야경꾼도 감히 심문하지 못하고, 집금오도 감히 체포하지 못하며, 어사도 감히 공격하지 못하고, 재상도 감히 성토하는 말을 하지 못하며, 횡포한 짓을 제멋대로 해도 감히 힐책하지 못하며, 엄청난 전토를 차지하여 종신토록 편안함을 누려도 감히 나무라는 논의를 못 하니, 이와 같은 자가 어찌 큰 도적이 아니리요. 큰 도적이다(有土豪姦吏 刻章僞書 舞文弄法者 曰 是淵魚 不足察 則掩匿之 有不孝不弟 薄其妻 淫黷亂倫者 曰 是傳之者過也 褎然爲不知也者而過之 厥有佩符囊鞶印綬者 販穀糶 竊賦稅 如己所爲 則恕而存之 課居最 以欺人主 若是者庸詎非大盜也與哉 大盜也已 是盜也 干揫不敢問 執金吾不敢捕 御史不敢擊 宰相不敢言勦討 橫行暴戾 而莫之敢誰何 置田墅連阡陌 終身逸樂 而莫之敢訾議 若是者庸詎非大盜也與哉 大盜也已)."라 하여, 監司가 당시 행하고 있는 범법행위에 대해 언급하고 있다.

165. 「耽津農歌」十首 丁若鏞

其八

陂澤漫漫不養魚	넓디넓은 연못에도 물고기를 기르지 않고
兒童愼莫種芙蕖	애들더러 삼가 연꽃도 심지를 말란다네
豈惟蓮子輸官裏	연밥 따면 관가에다 바쳐야 할 뿐 아니라
兼怕官人暇日漁	관리들이 한가한 날 고기 잡을까 두려워서네

<주석> 〖耽津(탐진)〗 康津의 古號 〖陂〗 못 피 〖漫漫(만만)〗 끝없이 넓은
모양 〖芙〗 부용 부 〖蕖〗 연꽃 거 〖豈惟(기유)〗 =何止 〖怕〗 두
려워하다 파

<감상> 이 시는 1802년 강진 농민들의 노랫소리를 듣고 지은 것으로, 농
민들의 원망 목소리가 생생하게 들려오는 듯하다.
다산은 「跋耽津農歌」에서, "이 「탐진농가첩」은 내가 유배생활 하
면서 지은 것이다. ……내가 이 지방의 사람들의 농사짓는 것을
살펴보니, 북쪽에 비해서 사뭇 쉽게 한다. 남쪽과 북쪽이 각각 옛
날 습속에 눌러앉아 서로 배우려 하지 않으니 매우 한탄할 만한
일이다. 私家에서 조세를 바치는 일 같은 것은 마땅히 조정에서
북쪽의 습속대로 하게 한다면 강한 자를 억누르고 약한 자를 도와
주는 데 하나의 도움이 될 것이다(右耽津農歌帖 余謫中作也
……余見土人作農 視北方 頗亦簡易 南北各安故俗 不相倣法
甚可歎也 若其私門賦租之法 宜自朝廷飭用北俗 庶亦抑豪扶羸
之一助云爾)."라 하여, 위의 시에서 언급한 租稅 문제에 대한 해
결책을 제시하고 있다.

166.「耽津漁歌」十章 丁若鏞

其一

桂浪春水足鰻鱺　　계량 봄바다에 뱀장어가 많고

樘取弓船漾碧漪　　푸른 물결 헤치며 활선이 떠나간다

高鳥風高齊出港　　높새바람 드높을 때 일제히 출항해서

馬兒風緊足歸時　　마파람 급히 불 때 가득 싣고 돌아올 때라네

<주석> 〖耽津(탐진)〗康津의 古號 〖鰻〗뱀장어 만 〖鱺〗뱀장어 려 〖樘〗배
젓다 탱 〖弓船(궁선)〗활선으로, 배 위에 그물을 편 배를 방언으로 활
선이라 함(原注: 船上張罟者 方言謂之弓船) 〖漾〗띄우다 양 〖漪〗
잔물결 의 〖高鳥風(고조풍)〗높새바람으로, 새는 乙이고 을은 동쪽을
말하므로 동북풍을 일러 높새바람이라고 함(原注: 鳥者乙也 乙者東方
東北風曰高鳥風) 〖馬兒風(마아풍)〗마파람으로, 말은 午이므로 남풍
을 일러 마파람이라고 함(原注: 馬者午也 南風曰馬兒風) 〖緊〗급하
다 긴

<감상> 이 시는 1802년 강진에서 유배생활 하면서 어부들이 고기를 잡으
며 부르는 뱃노래를 듣고 지은 시이다.

다산은 이 시에서 '활선', '높새바람', '마파람' 등 방언을 이용해
朝鮮式 漢字語를 활용함으로써 현장감을 잘 보여 주고 있다. 물
론 이러한 詩語는 정통적인 입장에서는 시의 격이 떨어진다고 할
수 있다. 그러나 다산은 농민들의 실상을 있는 그대로 묘사하고
싶었기 때문에 이러한 표현을 사용하고 있는 것이다.

167.「暮次光陽」丁若鏞

小聚依山坂	작은 마을 산기슭에 의지하였고
荒城逼海潮	황폐한 옛 성 바닷물에 씻기네
漲霾官樹暗	흙비 내려 길 가 숲이 어둡고
含雨島雲驕	비 머금은 섬 구름 더 높이 떴네
烏鵲爭虛市	빈 장터엔 까마귀 까치 요란스럽고
鷹螺疊小橋	작은 다리엔 조개 소라 다닥다닥 붙어 있네
邇來漁稅重	요즈음 고기잡이 세금 무거워
生理日蕭條	사는 것이 날마다 처량하기만

<주석> 〚次〛 이르다 차 〚聚〛 마을 취 〚坂〛 비탈 판 〚逼〛 가까이 다가오다 핍 〚漲〛 성하다 창 〚霾〛 흙비가 오다 매 〚官樹(관수)〛 길가에 심어 놓은 나무 〚驕〛 씩씩하다 교 〚鷹〛 맛과의 조개 비 〚螺〛 소라 라 〚疊〛 포개다 첩 〚邇來(이래)〛 =近來

<감상> 이 시는 1780년 전라도 광양에 이르러 느낀 쓸쓸한 시골의 풍경에 대해 읊은 것이다.

다산이 본 어촌의 풍경은 살기 좋은 평화로운 마을이 아니다. '荒城', '漲霾', '含雨', '烏鵲' 등의 詩語가 풍기는 분위기는 쓸쓸하고 음산하다. 이러한 분위기는 결국 어촌 마을에 매겨지는 무거운 漁稅와 연결되어 있다.

그런데 거의 동시에 살았던 申緯의 시에서는 이와 전혀 다른 분위기를 보여 주고 있다. 그의 시「尋花」에, "어린 제비와 우는 비둘기 마을 풍경 한가로운데(乳燕鳴鳩村景閑), 곽희가 아득히 봄 산을 그렸는가(郭熙平遠畫春山)? 냇가에는 버들, 울 너머에는 살구꽃(臥溪楊柳壓籬杏), 누른 띳집 팔구 칸이 새 단장하고 있네(粧點

黃茅八九間)."라 하여, 申緯는 발랄하고 아름다운 시골 풍경을 묘사하고 있다. 등장하는 사람이 없다. 자연과 완전히 대상화하여 그 속에서 생활하고 있는 사람과는 관계가 없는 것처럼 묘사하고 있다. 자연을 직접 연계를 맺는 것이 아니라 자연과 일정한 거리를 유지하고 있는 것이다. 자연과의 거리를 유지하여 자연 밖에서 자연을 들여다볼 때는 자연은 아름다운 것이다.

自然을 보는 관점은 크게 두 가지로 나뉜다. 첫째는 자연 속에서 자연과 대결하면서 생활을 영위하는 사람들의 관점이고, 둘째는 자연과의 일정한 審美的 관계를 유지하면서 자연을 주로 美的 觀照의 대상으로 생각하는 관점이다. 배를 타고 고기를 잡아서 생활하는 어부들이 보는 강과, 기생들을 태우고 뱃놀이를 하는 자들이 바라보는 강은 위의 두 가지 관점을 대표한다고 볼 수 있다(송재소, 『다산시연구』). 이런 관점이 茶山과 申緯의 自然觀에 차이를 낳고 있는 것이다.

168.「題西湖浮田圖」丁若鏞

下田多水常苦雨　　　낮은 논엔 물이 많아 항상 비가 괴롭고
高田高燥旱更苦　　　높은 논은 건조해서 가뭄이 더욱 괴로운데
西湖浮田兩無憂　　　서호의 부전은 두 쪽 다 걱정 없이
歲歲金穰積高庾　　　해마다 풍년 들어 창고에 곡식 쌓이네

<주석> 〖浮田(부전)〗 물 위에 떠 있는 논 〖燥〗 마르다 조 〖穰〗 풍년 양 〖庾〗
곳집 유

縛木爲筏竹爲舲　　　나무 엮어 뗏목 만들고 대나무로 배를 만들어
上載叟叟尺許土　　　그 위에다 슬슬 흙을 한 자쯤 실으니
不用犁耙撥春泥　　　쟁기질 써레질 이용하여 봄에 땅도 고를 것
　　　　　　　　　　없이
但將樓斗播早稌　　　씨앗통만 들고 이른 찰벼 뿌리면 되네

<주석> 〖縛〗 묶다 박 〖筏〗 뗏목 벌 〖舲〗 배 념 〖叟叟(수수)〗 쌀을 이는
소리 〖犁〗 쟁기 려 〖耙〗 써레 파 〖撥〗 다스리다 발 〖樓斗(루두)〗
씨를 뿌리는 농기구의 일종 〖播〗 뿌리다 파 〖稌〗 찰벼 도

水高則昂低則低　　　물이 차면 떠오르고 물이 줄면 내려앉으니
苗根常與水面齊　　　벼 뿌리가 언제나 수면에 닿아 있네
暴尫無聞桔槹響　　　호되게 가물어도 두레박소리 안 들리고
祭禜不煩黿鼉隄　　　자라 악어 들끓어도 영제 올릴 필요 없네

<주석> 〖昂〗 오르다 앙 〖苗〗 모 묘 〖暴尫(포왕)〗 루魅을 내리는 귀신 〖桔槹

333

(길고)』 한 끝에는 두레박, 한 끝에는 돌을 매달아 물을 퍼내게 만든
기계 『祭禜(제영)』 영제로, 水害・旱災・癘疫 등을 물리치기 위하여
산천의 신에게 비는 제사 『黿』 자라 원 『鼉』 악어 타 『隄』 둑 제

芙蕖菱茨錯雜起　　연이랑 마름이랑 뒤섞어 자라나
朱華綠穗行相迷　　붉은 꽃 푸른 이삭 서로 얽혀 있는데
耘婦朝乘畫船入　　김매는 아낙들은 아침에 그림배로 들어가며
秧歌晚踏紅橋躋　　저물녘엔 모내기 노래하며 붉은 다리 밟고
　　　　　　　　　오르지

<주석> 『芙蕖(부거)』 연 『菱』 마름 릉 『茨』 가시연 감(검) 『穗』 이삭
　　　수 『耘』 김매다 운 『秧』 심다 앙 『躋』 오르다 제

豈唯民殷嫌地窄　　어찌 백성 많고 땅 좁다고 걱정하랴
遂將人智違天厄　　드디어 사람 지혜 하늘의 재앙 벗었는데
龍尾玉衡總多事　　용미 옥형 모두가 다 부질없는 짓들이고
鉗盧白渠皆陳跡　　겸로도 백거도 전부 묵은 자취라네

<주석> 『殷』 많다 은 『嫌』 불평스럽다 혐 『窄』 좁다 착 『龍尾玉衡(용
　　　미옥형)』 흐르는 강물을 높은 지대로 인양하는 龍尾車와 깊은 샘
　　　물을 자아올리는 玉衡車 『鉗盧(겸로)』 중국 鄧州에 있는 방죽
　　　이름. 鉗盧陂와 六門堰과 함께 漢의 循吏 召信臣이 굴착한 것으
　　　로 그 저수량이 5만 頃을 관개할 수 있다고 함(『杜佑通典』) 『白
　　　渠(백거)』 중국 陝西省 경내에 있는 溝渠 이름. 漢의 白公이 만
　　　들었다 하여 붙여진 이름임

殘氓寸土如黃金　　백성의 한 치 땅도 황금과 같은데
況乃膏腴異鹹斥　　더군다나 짠 개펄 아닌 기름진 땅임에랴

銍艾未許輸豪門　　추수하여 지주에게 안 바치거니와
租稅仍當漏玉籍　　조세도 이에 책정 문서에서 빠질 것이 당연
　　　　　　　　　 하지

<주석> 〖殘民(잔맹)〗 다행히 살아남은 백성 〖腴〗 기름지다 유 〖醎〗 소금기
　　　함 〖斥〗 개펄 척 〖銍〗 베다 질 〖艾〗 베다 예 〖豪門(호문)〗 돈이나
　　　세력이 있는 집 〖玉籍(옥적)〗 옥 같은 문서로, 본래 신선의 名簿이
　　　나, 여기서는 관청의 문서로 쓰임

我向野農披丹青　　내가 농부에게 그림을 펴 보이니
冷齒不肯虛心聽　　웃음만 날리며 마음 비워 듣지 않으려네
赭山何處著斤斧　　"민둥산 어디에다 도끼를 댈 것인가?
白澱無地覓泓渟　　수렁에서 깊고 맑은 물 찾는 꼴이네" 하네

<주석> 〖冷齒(냉치)〗 부끄러워 웃거나 좋아서 웃음 〖赭〗 벌거벗다 자 〖澱〗
　　　괴다 전 〖泓〗 깊다 홍 〖渟〗 괴다 정

有田則耕無則已　　"논 있으면 갈고 없으면 그만이지
智力由來安絜瓶　　예로부터 지력이란 한도가 있는 법"이라네
萬人束手仰冥佑　　만인이 속수무책 귀신 도움만 바라면서
鞭龍䐑牲祈山靈　　용을 몰고 짐승 잡아 산신령께 빌기만 하네

<주석> 〖絜〗 헤아리다 혈 〖瓶〗 병 병 〖佑〗 돕다 우 〖鞭〗 매질하다 편
　　　〖䐑〗 副(쪼개다 복)의 籒文 〖牲〗 희생 생
<감상> 이 시는 1807년 누구의 그림인지 알 수 없는 「서호부전도」라는
　　　그림을 보고 쓴 것으로, 자연을 개조해 나가는 인간의 위대한 능
　　　력에 대한 신념이 짙게 배어 있는 시이다.
　　　茶山에게 있어 自然은 자연의 밖에서 자연을 바라보는 觀照의 대

상이 아니라, 자연 속에서 자연을 극복하여 편리하게 이용해야 할 대상이었던 것이다. 위의 시에서도 자연을 정복한 점과 기술의 발달로 생산력이 증대하는 발전적 면모에 중점이 두어져 있다.

茶山은 「孟子要義」에서 『맹자』 「盡心」의 "만물은 모두 나에게 갖추어져 있다(萬物皆備於我)."에 대한 朱子의 해석을 비판하면서, "천지만물의 理는 각기 만물 그 자체에 있는 것인데, 어찌 다 나에게 갖추어져 있을 수 있겠는가? 개에는 개의 理가 있고 소에는 소의 理가 있는 것이다. 이것은 분명히 내가 가지고 있지 않은 것인데, 어찌 억지로 큰소리를 치면서 모두 나에게 갖추어져 있다고 말할 수 있으랴(天地萬物之理 各在萬物身上 安得皆備於我 犬有犬之理 牛有牛之理 此明明我之所無者 安得强爲大談曰 皆備於我乎)."라 하였다. 주자는 "이것은 理의 본연을 말한 것이다. 크게는 군신과 부자간에서, 작게는 미세한 사물에까지 그 當然之理가 性分 안에 갖추어지지 않은 것이 하나도 없다(此言理之本然也 大則君臣父子 小則事物細微 其當然之理 無一不具於性分之內也)."라 하였다. 이에 대해 다산은 인간과 자연과의 동질성을 부인하고 있는 것이다. 이러한 동질성의 부인으로 인해, 인간이 자연을 순응하면서 살 것이 아니라, 개조하고 이용해야 할 대상으로 보게 된 것이다.

이 점에 있어서는 性理學者들이 보는 自然觀과 차이를 보이고 있다. 앞에서 보았던 退溪는 「步自溪上 踰山至書堂」에, "꽃이 가파른 벼랑에 피어 봄은 고요하고(花發巖崖春寂寂), 새가 시내 숲에 울어 시냇물은 잔잔하네(鳥鳴澗樹水潺潺). 우연히 산 뒤에서 제자들을 이끌고(偶從山後攜童冠), 한가히 산 앞에 와 고반을 묻는다(閑到山前問考槃)."라 하여, 자연과의 渾然一體로 天理에 순응함을 노래하고 있다.

其七(麥灘)

舂白趁虛市	흰 것은 찧어서 텅 빈 시장에 나아가고
殺青充夜餐	푸른 것은 베어서 저녁을 때우네
麥嶺斯難過	보릿고개 넘어가기 어려운데
如何又麥灘	어떻게 또 보리여울을 건너갈까?

<주석> 〖灘〗 여울 탄 〖舂〗 찧다 용 〖趁〗 가다 진 〖靑殺(청살)〗 注에,
"熟者舂而賣之市 未熟者擣而炊之 謂之殺靑"라 되어 있음 〖餐〗
먹다 찬 〖麥嶺(맥령)〗 注에, "每歲麥熟之時 民食甚艱 故謂之麥
嶺 言其難過也"라 되어 있음

<감상> 이 시는 61세에 함경도 지역을 유람하면서 그 지역에서 살아가는
백성들의 고단한 생활상과 풍속을 노래한 것이다.
위의 시는 보리여울(麥灘)이라는 곳을 지나면서 地名을 활용하여
목격한 농민들의 힘겨운 생활상을 읊고 있다.
익어서 하얗게 된 보리는 찧어서 살 사람이 없는 텅 빈 시장에 나

---

39) 趙秀三(1762, 영조 38~1849, 헌종 15). 宋石園詩社의 핵심적인 인물로, 본관은
漢陽. 초명은 경유(景濰). 자는 芝園·子翼, 호는 秋齋·경원(景畹). 어려서부터
문학적 재능이 뛰어났으나, 譯科中人이라는 신분 때문에 1844년(헌종 10) 83세 때
에야 진사시에 합격했다. 강진·趙熙龍 등의 委巷詩人과 사귀었으며, 김정희·한
치원 등 당대의 사대부·세도가들과도 친밀히 지냈다. 청나라를 6차례나 다녀왔으
며, 전국 각지를 여행하며 자연과 풍물을 읊은 시를 많이 남겼다. 역사·사회현실
을 사실적으로 묘사하여 장편을 이루는 시도 남겼는데 홍경래의 난을 다룬 장편
오언고시 「西寇擣杌」, 61세에 함경도지방을 여행하면서 민중들의 고난을 담은
「北行百絶」 등이 유명하다. 도시생활인의 생활을 산문으로 쓴 뒤 칠언절구의 시를
덧붙인 『秋齋紀異』, 중국 주변의 여러 나라에 대한 짧은 산문과 시로 구성된 「外
夷竹枝詞」 등은 당대를 살아간 민중의 생활상과 지식인의 의식수준을 잘 반영하
고 있다.

아가 팔고, 아직 익지 않은 푸른 보리는 먹을 것이 없어 그것이나
마 베어서 저녁을 때운다. 보릿고개도 넘어가기 어려운데, 어떻게
또 보리여울을 건너갈까?

조수삼은 많은 여행을 하였는데, 그러한 경험을 통해 풍속 세태에
관심을 가졌으며, 그러한 관심이 紀俗詩를 창작하게 된 것이다.
그의 「북행백절」은 최고의 현실주의적 성과로 인정되는 작품으로,
「北行百絶 幷序」에 다음과 같이 이 시를 쓰게 된 배경에 대한 내
용이 실려 있다.

"나는 장성한 이후로 사방에서 노니는 것을 즐겨하여 지금 머리가
하얗게 셈에 이르러도 그칠 수 없었으니, 이것은 유독 병일 뿐만
아니라 또한 혹시 이른바 운명이라는 것이 존재하고 있는 것이 아
니겠는가? 임오년(1822년)에 관북지방을 여행하였는데, 늦은 봄에
떠나 초겨울에 돌아왔다. 날수로 치면 거의 이백 일이요, 거리는
만여 리를 헤아렸으니, 생각해 보니 내 평생 유람이 이와 같이 멀
고 오래인 적은 없었다. 또 더구나 궁벽한 바다와 산골, 험한 곳을
두루 돌아다니며 교룡·호랑이·표범, 도깨비 귀신·괴물이 있는
곳, 가죽옷 입고 사투리 쓰는 일과 요사한 도적의 일 등을 몸소 가
서 밟아보고 듣고 보지 않은 것이 없다. 또한 때로는 나무 열매를
먹고 풀숲에서 잠을 자기도 하였다. 이것이 더욱이 젊은이들도 해
내지 못할 터인데, 나같이 노쇠한 늙은이가 다행히도 무사히 돌아
온 것이다. 여행 도중에 날마다 듣고 본 사실을 가려서 시 100편
에 담아 「백행백절」이라 이름하였다. ……드디어 한가한 때에 눈
을 감고 생각을 가다듬어 仙家에서 출신한 듯하니, 지난날 여행
중 보고들은 것이 역력히 다시 내 눈과 귀에 되살아났다. 이와 같
이 하기를 몇 날 몇 밤이나 거듭하는 동안 그 기쁘고 슬프고, 놀랍
고 기막히고, 우습고 화나고, 눈물 흘려 통곡할 만하며 길게 탄식
할 만한 일들이 또렷이 내 마음을 움직여서 내가 시 100편을 종이
에 적어냈다. 비록 몸이 다시 관북에 가서 시를 다시 쓰는 것이 불
가능하지는 않다고 하더라도, 나이가 젊고 총명한 사람들도 그렇

게 하기가 어려운데, 하물며 나처럼 노쇠한 자에게 있어서랴. 돌아
보건대 역시 생각을 오로지 하고 마음속에서 찾아내기를 부지런히
한 결과라 하겠다(余自束髮 喜遊四方 訖今白首而未能息 是非獨
有其癖也 抑豈有所謂命數者存焉哉 歲壬午 作關北之行 行以暮
春 歸以初冬 費日殆二百 道里計滿萬 則念余平生之遊之遠之久
無此若也 又況窮絶海山 跋履深險 蛟龍虎豹 魍魅鬼怪之所 皮
服侏音 奸究盜賊之事 無不躬造脚踏 耳聞目擊 而亦有時食其樹
而寢其草 此尤少壯人所不能也 以余衰老者而幸善返也 其在道
日以所聞見者 裁爲小詩百篇 欲命之曰北行百絶 …… 遂於燕坐
之時 閉目凝念 如仙家出神 而往日之經行見聞 歷歷復在吾耳目
如是者累夜彌日 凡其可喜可哀 可驚可愕 可笑可罵 可以痛哭流
涕長太息者 森然動吾心 而吾詩百篇列于紙 雖謂之身再行而詩
再作 未爲不可也 此又年少聰敏之所難能也 況余衰老者乎 顧亦
思之專而求之勤也已)."

其十七

京城十萬戶	서울의 십만 호
富者亦無多	부자 또한 많지 않은데
憐渠已繭足	불쌍한 저들 발이 부르트도록
空踏六稜沙	부질없이 모래 밟아 여섯 모 모래 만드네

<주석> 〖渠〗그 거 〖繭〗＝趼 부르트다 견 〖稜〗모서리 릉 〖六稜(육
　　릉)〗注에, "경성 사람들의 속담에 '세모 모래를 밟아 여섯 모 모래
　　를 만들어도 밥을 먹을 수 있기 어렵다(京城人諺曰 三稜沙踏作六
　　稜 猶難得食)."라 되어 있음. 『성호사설』「백밀모릉」에는, "남쪽
　　지방에서는 이랑을 稜이라 한다(南方以田畝爲稜也)."라 되어 있음
<감상> 이 시는 서울로 가는 유목민들의 모습을 노래하고 있다.
　　서울은 십만 호라는 많은 사람이 사는데, 부자가 많은 것도 아니

다. 하지만 그래도 살림이 좀 나아질까 서울로 향해 가는데, 세모
의 이랑을 만들도록 발이 부르터도 밥을 먹을 수 없다.

其十八

剝松山盡白	소나무 껍질 벗겨 산은 온통 하얗고
挑草野無靑	풀뿌리 캐내어 들엔 푸른빛이 없네
莫道來牟在	곧 보리가 익는다고 말하지 말라
乾黃又蟣螟	누렇게 마른데다 벌레까지 먹었다오

<주석> 〖剝〗 벗기다 박 〖挑〗 후비다 조 〖牟〗 = 麰 보리 모 〖蟣〗 =
蝛 해충 특 〖螟〗 해충 명
<감상> 이 시는 소나무 껍질과 풀뿌리로 延命해 가는 백성들의 비참한 생
활을 노래하고 있다.
먹을 것이 없어 산에 올라가 소나무 껍질을 벗겨 먹은 탓에 산은
온통 하얗고, 그마저 없자 들에 나가 풀뿌리를 캐내어 먹은 탓에
들에는 푸른 풀빛마저 사라지고 없다. 곧 보리가 익을 시기가 다
가오는데, 성급하게 보리가 익는다고 말하지 말라. 보리가 가뭄에
누렇게 마른데다 벌레까지 먹어 수확할 보리가 있을지 모르겠다.

其四十四(大原洲)

躡雪打鼲貂	눈을 밟고 올라가 생쥐 담비 때려잡고
灑鹽罿麋鹿	소금 뿌리고 올가미 놓아 사슴 잡네
寒暑麻布褌	추우나 더우나 삼베 잠방이 걸치고
生長樺皮屋	자작나무 껍질 너와집에서 살아가네

<주석> 〖躡〗 밟다 섭 〖打〗 치다 타 〖鼲〗 생쥐 혜 〖貂〗 담비 초 〖灑〗
뿌리다 쇄 〖灑鹽(쇄염)〗 注에 "以鹽水灑地 埋套索於下 則麋鹿

來舐之 觸機被拘 不能奔 曰足餌"라 되어 있음 〖机〗매개(어떤 사물을 끌어오기 위하여 이용하는 것) 와 〖麋〗큰 사슴 미 〖襌〗 잠방이 곤 〖樺〗자작나무 화

<감상> 눈이 왔는데도 산에 올라가 생쥐며 담비를 잡고, 소금물을 땅에 뿌리고 아래에 올무를 묻어두면 사슴이 와서 그것을 핥다가 올무에 걸린다. 그러면 잡는다. 그런데 사계절에 맞는 옷을 입을 수 없어 일 년 내내 삼베 잠방이를 걸치고 자작나무 껍질로 만든 너와집에서 생활하고 있다.

其五十六

形家大誤人	풍수가들이 사람을 크게 그르치니
江外或埋瘞	간혹 강 너머에 장사를 지내네
歲一乘氷去	해마다 한 번씩 얼음 타고 건너가
乾魚行獺祭	북어 놓고 수달처럼 제사 지내네

<주석> 〖形家(형가)〗=風水家 〖埋〗묻다 매 〖瘞〗묻다 예 〖獺祭(달제)〗 수달이 물고기를 잡아 물가에 진열해 놓는 것이 祭器를 진열한 것과 비슷함. 그리고 수달은 孟春에 물고기를 제사 지낸다고 함(『小學』 注에, "孟春獺祭魚"라 되어 있음). 注에, "彼我國交界 不過一衣帶 水也 人或爲風水說 潛葬於過界 江氷後始往祭墓"라 되어 있음

<감상> 국경 주민들의 풍속에 대해 노래한 것으로, 風水家들에게 현혹되어 간혹 강 너머 국경지역에 장사를 지내는데, 해마다 얼음이 어는 겨울이 되면 한 번씩 얼음 타고 건너가 북어 놓고 수달처럼 제사 지내고 돌아온다.

170. 「司馬唱榜日 口呼七步詩」 趙秀三

腹裏詩書幾百擔	배 안에 시와 글이 거의 백 짐은 되는데
今年方得一襴衫	금년에야 한 난삼을 얻었네
傍人莫問年多少	곁에 있는 사람들아! 나이 많고 적음을 묻지 마라
六十年前二十三	육십 년 전에는 나도 23살이었네

<주석> 〖司馬(사마)〗 司馬試로, 고려와 조선조 때의 과거 제도의 하나.
生員과 進士를 뽑는 小科로, 初試와 覆試로 나뉨 〖唱榜(창방)〗
과거시험 합격자를 발표하는 것 〖七步詩(칠보시)〗 南朝宋 劉義
慶 『世說新語』「文學」에, "文帝嘗令東阿王七步中作詩 不成者
行大法 應聲便爲詩曰 '煮豆持作羹 漉菽以爲汁 其在釜下燃 豆
在釜中泣 本自同根生 相煎何太急' 帝深有慚色"이라 되어 있어,
뒤에 人才가 敏捷함을 뜻함 〖擔〗 짊어지다 담 〖襴衫(란삼)〗 과
거 급제 옷

<감상> 이 시는 작자가 83세에 進士試에 급제하고 지은 시로, 풍자와 해
학이 동시에 들어 있는 시이다.

171. 「尋花」 申緯[40)]

乳燕鳴鳩村景閑	어린 제비와 우는 비둘기 마을 풍경 한가로운데
郭熙平遠畫春山	곽희가 아득히 봄 산을 그렸는가?
臥溪楊柳壓籬杏	냇가에는 버들, 울 너머에는 살구꽃
粧點黃茅八九間	누른 띳집 팔구 칸이 새 단장하고 있네

<주석> 『郭熙(곽희)』 北宋시대 河南 사람으로, 山水畫로 당시 제일인자
였음 『平遠(평원)』 평평하고 遠闊함. 山水畫的一種取景方法 自
近山望遠山 意境綿邈曠遠 『粧點(장점)』 단장함

<감상> 이 시는 꽃을 찾아서 지은 시로, 발랄하고 아름다운 시골 풍경을
묘사하고 있다.

申緯의 自然詩는 대부분 등장인물이 없다. 자연을 완전히 대상화
하여 그 속에서 생활하고 있는 사람과는 관계가 없는 것처럼 묘사
하고 있다. 자연과 직접 연계를 맺는 것이 아니라 자연과 일정한
거리를 유지하고 있는 것이다. 자연과의 거리를 유지하여 자연 밖

---

40) 申緯(1769, 영조 45~1845, 헌종 11). 본관은 平山. 자는 漢叟, 호는 紫霞. 1799년
(정조 23) 문과에 급제하여 벼슬길에 나갔는데, 10여 년간 閑職에 머물거나 파직·복
직을 되풀이하는 등 기복이 많았다. 그 후 이조참판·병조참판을 지냈다. 당시 국
내외의 저명한 예술가·학자와 폭넓은 교유를 했다. 1812년(순조 12) 중국에 가서
翁方綱을 비롯한 그곳의 학자들을 만나고 돌아온 이후 그전에 쓴 자신의 시들을
다 태워 버렸다. 시에 있어서는 우리나라 시인과 그 작품을 칠언절구의 형식으로
논평한 일종의 論詩詩 「東人論詩絶句」, 시조를 한역한 「小樂府」, 그리고 판소리
연행을 한시화한 「觀劇絶句」 등의 작품이 유명하다. 이 외에도 중국 神韻說의 대
표적인 인물인 王士禎의 「秋柳詩」를 본떠 지은 「後秋柳詩」, 신분제도·화폐개혁
등 현실 문제를 다룬 「雜書」 등이 있다. 그의 시는 前時代에 활약했던 李書九 등
의 詩風을 계승하면서 韓末 4대가인 강위·황현·이건창·김택영 등에게 많은 영
향을 미친 것으로 보인다. 19세기 전반에 詩·書·畫의 三絶로 유명했던 문인이
며, 시에 있어서는 金澤榮이 조선 제일의 대가라고 칭할 만큼 당대를 대표하는 시
인 중의 한 사람이었다.

에서 자연을 들여다볼 때 자연은 아름다운 것이다. 자연 속에서 자연과 대결하려는 茶山과는 自然觀에 있어서 차이를 보여 주고 있다.

其三

長嘯牧翁倚風磴	길게 휘파람 불며 돌계단에 기댄 목은
綠波添淚鄭知常	푸른 물결 위에 눈물 보태던 정지상
雄豪艶逸難上下	호방함과 아름다움 우열을 가리기 어려워
偉丈夫前窈窕娘	늠름한 장부 앞에 정숙한 아가씨라 할까

<주석> 〖嘯〗 휘파람 불다 소 〖磴〗 돌계단 등 〖逸〗 뛰어나다 일 〖娘〗
계집 랑(낭)

<감상> 이 시는 우리나라의 시인들을 논한 시 가운데, 李穡과 鄭知常에
관해 논한 부분이다.

이러한 시 형식은 杜甫의 「戲爲六絶」에서 비롯되어 元好問의 「論
詩」 등의 영향을 받은 것으로, 崔致遠으로부터 金尙憲에 이르기
까지 800여 년 동안 51명의 시인과 그들 작품의 특성에 대해 논한
것이다. 위의 시는 李穡이 지은 「浮碧樓」 시의 일부분인 "길게 휘
파람 불고 돌계단에 기대자니(長嘯倚風磴), 산은 푸르고 강물은
흘러가네(山靑江水流)."와 鄭知常이 지은 「送人」 시의 일부분인
"대동강 물은 어느 때 마르려는지(大同江水何時盡), 해마다 이별
눈물 푸른 강물에 더해지네(別淚年年添綠波)."에서 인용한 것이
다. 이색의 豪逸과 정지상의 艶逸은 우열을 가리기 어려우나, 비
유하자면 늠름한 대장부 앞에 요조숙녀가 수줍게 서 있는 것이라
고 평하고 있다.

이 시의 끝에, "내가 일찍이 말하기를, '서경의 고금 제영 중에 다
만 두 사람의 절창을 얻었는데, 목은의 ……와 정지상의 …… 이
두 시뿐이다. 우리 조선에서도 마침내 이어 지을 자가 없다.'라 하

였다(余嘗謂西京古今題詠 只有二絶唱 牧隱長嘯倚風磴 山靑江
自流 鄭知常大同江水何時盡 別淚年年添綠波 此二詩而已 我朝
遂無繼響者)."라 注를 달고 있다.

173.「雜書」五十首 申緯

其四

士本四民之一也	士도 본래 사민 가운데 하나일 뿐
初非貴賤相懸者	처음부터 귀천이 서로 현격했던 것은 아니었네
眼無丁字有虛名	낫 놓고 기역자도 모르는 헛된 이름의 선비 있어
眞賈農工役於假	참된 農工商이 가짜에게 부림을 받네

<주석> 〚懸〛 현격하다 현

<감상> 이 시는 1820년, 紫霞의 나이 52세에 春川府使에서 물러나 경기도 시흥의 紫霞山莊에서 시간을 보내면서 현실세계에 대한 인식을 노래한 것 가운데 한 수이다.

士도 본래 四民인 士農工商 가운데 하나일 뿐 다른 존재가 아니다. 士農工商은 각자의 일이 다르며, 士만 귀하고 나머지는 천하다는 貴賤意識이 처음부터 존재하여 서로 현격한 차이가 있었던 것은 아니었다. 그런데 治國을 담당한 士가 낫 놓고 기역자도 모르는 헛된 이름만 지닌 士가 있어, 참된 農工商을 지배하고 부리고 있다.

174. 「臘十九 兒子命準拜坡有詩 秋史內翰甚激賞 余又和之 以示秋史」九首 申緯

其六

幾人學杜得眞髓	몇 사람이나 두보를 배워 진수를 얻었는가?
貌襲區區剗鍥船	자잘하게 모양만 답습하여 융통성이 없구나
不必粧梳同結束	반드시 화장하고 머리 빗어 똑같이 묶을 필요는 없으니
天然秀色逞婳妍	천연스레 빼어난 빛이 더욱 곱고 어여쁘네

<주석> 〖臘〗섣달 랍 〖髓〗골수 수 〖剗〗둔하다 일 〖鍥〗새기다 계 〖梳〗빗다 소 〖逞〗왕성하다 령 〖婳〗예쁘다 변 〖妍〗곱다 연

<감상> 이 시는 신위의 詩學에 대한 斷想이 드러난 시이다.

正祖는 「文學 一」에서, "지금 사람들은 모두 고문의 체제를 이해하지 못하고, 도리어 명청 여러 사람들 중에 어렵고도 괴이하며 허풍 치는 곳에 나아가서 괴이한 체를 얻어 가지고 곧바로 서로 자랑하며 말하기를, '나는 당을 배웠다. 나는 송을 배웠다. 나는 선진, 양한을 배웠다.'고 하는데, 이것은 거의 잠자리의 잠꼬대에 지나지 않는다(今人都不解古文體裁 却就明淸諸家中艱棘詭誕處 學得怪體來 便自相詡曰 我學唐 我學宋 我先秦兩漢也 此殆一場夢囈之歸矣)."라 언급한 것은 위의 시에서 언급한 것과 같은 맥락에서 이해될 수 있다.

杜甫의 시문집이 우리나라에 통행하게 된 것은 고려 중엽이며(이때는 蘇軾의 영향이 더 컸음), 고려 말 李穡의 「讀杜詩」二首를 비롯하여 學杜에 힘쓰기 시작했다. 조선 초기에 杜甫·蘇軾·黃庭堅을 배웠으며, 成宗朝에 『杜詩諺解』가 간행된 이후로 明의 문학사조를 받아들여 學唐을 기울었다(明의 前後七子들은 '文必秦漢 詩必盛唐'을 주장). 이후 金淨이 學唐을 창시한 이래로 三唐詩人에 의해 고조된다. 그러나 實學이 대두한 英祖 이후 淸의 사조를 받아들여 시풍이 크게 변한다. 李用休·李家煥 父子와 李德懋를 비롯한 後四家에 의해 奇詭하고 尖新한 詩風(神韻說)이 등장한다. 正祖에 이르러 杜甫의 영향을 많이 수용하고 그 위에 道學思想을 잘 반영한 陸游를 階梯로 삼은 '由陸入杜'가 學詩의 正道라 믿었다. 申緯는 후사가의 뒤를 이어 그들의 장점을 계승하는 한편 淸의 詩學思潮도 직수입하여 '由蘇入杜'를 詩學의 正道라 믿었다(이병주 「한국한문학상의 두시연구」, 손팔주 「신위론」).

175. 「悼亡」 金正喜41)

那將月姥訟冥司	어쩌면 월하노인을 데리고 저승에 하소연하여
來世夫妻易地爲	내세에는 부부가 처지를 바꾸어서
我死君生千里外	나 죽고 그대는 천 리 밖에 살아남아
使君知我此心悲	그대로 하여금 나의 이 슬픔을 알게 할까?

<주석> 〖悼〗 슬퍼하다 도 〖將〗 거느리다 장 〖月姥(월모)〗 = 月下老人: 혼인을 관장하는 神人 〖冥司(명사)〗 옥황상제

<감상> 이 시는 아내가 죽었다는 소식을 듣고 슬퍼하며 지은 시로, 絶句 라는 짧은 형식 속에 哀悼의 마음이 含蓄되어 있는 輓詩이다. 김정희는 1840년 제주도로 유배를 갔고 그의 나이 57세인 1842년 11월 13일에 禮山에서 부인이 죽었다. 그 사실도 모르고 부인과 금슬이 좋았던 김정희는 부인에게 편지를 보내(현존하는 諺簡 33 통 가운데 31통이 부인에게 쓴 것이며, 13통은 제주도에서 쓴 것 임) 제주도 음식이 맞지 않음을 투정하여 젓갈 등을 보내달라고 했 던 것이다. 나중에 한 달 뒤인 12월 15일에야 부인이 죽고 난 뒤에

---

41) 金正喜(1786, 정조 10~1856, 철종 7). 본관은 경주. 자는 元春, 호는 阮堂·秋 史·禮堂·詩庵·果坡·老果·寶覃齋·覃硏齋. 北學派의 한 사람으로, 조선의 實學과 청의 학풍을 융화시켜 경학·금석학·불교학 등 다방면에 걸친 학문 체계 를 수립했다. 서예에도 능하여 추사체를 창안했으며, 그림에서는 文氣를 중시하는 문인화풍을 강조하여 조선 말기 화단에 큰 영향을 미쳤다. 1809년(순조 9)에 생원 이 되었고, 1819년 식년문과에 급제한 후 세자시강원설서·예문관검열을 거쳐, 1823년 규장각대교·충청우도암행어사와 의정부의 檢詳을 지냈다. 1830년 생부 노경이 尹尙度의 옥사에 관련된 혐의로 古今島에 유배되었다가 순조의 배려로 풀 려나는 사건이 발생했다. 그 뒤 헌종이 즉위하자 이번에는 자신이 윤상도의 옥사에 연루되어 1840년(헌종 6)에 제주도로 유배되었다. 1848년 만 9년 만에 풀려났으나, 다시 1851년(철종 2)에 헌종의 묘를 옮기는 문제에 대한 영의정 權敦仁의 禮論에 연 루되어 함경도 북청으로 유배되었다가 2년 후 풀려났다. 2차례 12년간의 유배생활을 마친 그는 아버지의 묘소가 있는 과천에 은거하면서 書畵와 禪學에만 몰두했다.

반찬 투정을 했다는 것을 알고 大聲痛哭하며 이 시를 쓴 것이다. 어떻게 하면 혼인을 관장하는 月下老人을 데리고 저승에 가서 내세에는 부부가 서로 다른 처지인 자신은 부인으로, 아내는 남편으로 바꾸어 태어나 자신이 죽고 아내가 천 리 먼 제주도에 살아남아 아내를 잃은 자신의 이 슬픔을 알게 할 수 있을까?

176. 「驟雨」 金正喜

樹樹薰風葉欲齊　　나무 나무 더운 바람 잎들이 나란한데
正濃黑雨數峯西　　몇 봉우리 서쪽에는 비 짙어 새까맣네
小蛙一種靑於艾　　쑥빛보다 새파란 한 마리 청개구리
跳上蕉梢效鵲啼　　파초 잎에 뛰어올라 까치 울음 흉내 내네

<주석> 〖驟〗 갑작스럽다 취 〖薰風(훈풍)〗 초여름에 부는 동남풍 〖濃〗
짙다 농 〖艾〗 쑥 애 〖跳〗 뛰다 도 〖蕉〗 파초 초 〖梢〗 나무 끝
초 〖鵲〗 까치 작

<감상> 이 시는 초여름 소낙비가 내린 情景을 노래한 시이다.
여름이라 나무마다 더운 바람에 잎들이 한쪽으로 쏠려 나란한데,
저 멀리 몇 봉우리 서쪽에는 비를 지닌 짙은 구름이 새까맣다. 비
가 오려고 하니, 쑥빛보다 새파란 한 마리 청개구리가 파초 잎에
뛰어올라 까치 울음 흉내 낸다(視覺과 聽覺이 조화를 이룸).

177. 「蠅」 金正喜

天末蟲飛沸若雷	하늘 끝에 벌레 날아 우레같이 들끓으니
幾時大火聚邊回	어느 때 대화가 모인 가로 돌아갈까?
憐渠浮世多情甚	불쌍한 너는 뜬세상과 너무도 다정해서
抵死驅之抵死來	한사코 몰아내면 한사코 기어드네

<주석> 〖蠅〗 파리 승 〖沸〗 끓다 비 〖大火(대화)〗 大火는 二十八宿 중의 하나인 心星으로, 時候를 주관하는 별임 〖渠〗 그 거 〖抵〗 밀다 저

<감상> 이 시는 秋史가 유배 시절 파리를 보고 읊은 詠物詩로, 托物寓意하여 現世態를 풍자하고 있다.

추사 流配詩의 특징 중에 하나는 시를 통하여 현 세태를 꼬집어 비방하거나 현 세태에 阿諛하는 면은 거의 나타나지 않는다는 것이다. 그런데 위의 시는 이와 다르다. 하늘 끝에 파리가 날아 우레같이 들끓으니(天末은 유배지이면서 天은 임금이며, 많은 파리는 阿諛輩를 비유한 것임), 어느 때 대화가 모인 가로 돌아갈까(阿諛輩가 사라지기를 희망?) 불쌍한 너는 뜬세상과 너무도 다정해서, 한사코 몰아내면 기어코 기어든다(阿諛輩가 사라지기를 희망하지만, 세상과 너무나 잘 맞아 몰아내도 또 이른다는 풍자의 의미).

178. 「別毛羅伯之任」四首 金正喜

其四

聃牟於古亦耽浮	담모가 옛날에는 탐부로도 일렀나니
儋李城空枕海頭	유리왕 성을 비우고 바다 끝을 베었다 한다
要足九韓風土志	구한의 풍토지를 보충해야 하겠는데
魯花遺蹟若爲求	다루가치 유적을 어찌하면 구할까?

<감상> 이 시는 임소에 가는 탐라백을 작별하며 지은 送別詩로, 제주도의
지명을 訓詁學的으로 풀이하고 있다.

承句의 말미에, "『隨書』에 '담모라는 백제 해중에 있다.' 하였고,
韓文에 '해외유수 탐부라의 나라'라고 하였으며, 『唐書』에는 '담
라국 왕 유리도라가 와서 조회하다.' 했으니, 모두 탐라를 가리키
는 것인데 성음이 비슷하여 서로 변한 것이다(隋書 聃牟羅在百濟
海中 韓文 海外流水耽浮羅之國 唐書 儋羅國王儒李都羅來朝 皆
指耽羅 而聲近相變)."라는 주가 달려 있으며, 結句 끝에는 "『風
土記』에 '구한의 목에 탐라가 그 하나를 차지하는데 원나라 때에
다루가치를 두었다.' 하였다(風土記 九韓之目 耽羅則居其一 元
時置達魯花赤)."라는 주가 附記되어 있다.

秋史는 格調, 性靈, 神韻說의 말단적 폐단을 교정하기 위하여 儒
家의 경전에 뿌리를 둔 학문을 중시하고, 宋詩를 직접적인 사법의
대상으로 삼는 등 翁方綱의 肌理說에 적극 동조하였다. 옹방강은
자기 詩論의 종지를 肌理라는 말로 표현했는데, 기리설의 요체는
'文理之理'와 '義理之理'가 합치는 理法에 있으며, 理法은 六經
에 뿌리를 두고 있다고 하였다. 옹방강은 유가의 經術과 學問을
詩論의 본령으로 삼아, 신운·성령·격조설과의 대치국면을 조성

하고 쟁점을 부각시켰던 것이다. 그리고 이러한 맥락에서 宋詩를 提高하였는데, 理學과 經學 등 학문에 근거를 두고 實學을 중시한 宋詩를 '學人之詩'의 전형으로 표방하였던 것이다. 그러나 옹방강 스스로가 '格調가 곧 神韻이며, 神韻이 곧 肌理이다.'라고 선언하고 있듯이, 각 시론의 본지를 부정한 것이 아니라 그 편향성이나 아류들의 폐단을 교정, 보완한다는 취지에서 기리설을 주장한 것이다(이철희, 「추사 김정희의 시문학에 나타난 고증학의 영향」).

179. 「秋庭」 金正喜

老人看黍席	노인이 기장 멍석을 바라보는데
滿屋秋陽明	집안 가득 가을볕이 밝구나
鷄逐草蟲去	닭은 풀벌레를 쫓아가서
菊花深處鳴	국화밭 깊은 곳에서 우네

<감상> 이 시는 가을날 정원에서 벌어지는 광경을 있는 그대로 잘 묘사하고 있다.

노인이 기장으로 짠 멍석을 아무 생각 없이 바라보고 있는데, 온 집안 가득하게 가을볕이 밝게 비치고 있다. 닭은 풀벌레를 잡아먹기 위해 쫓아가서 국화가 피어 있는 밭 깊은 곳에서 울고 있다.

180. 「壽春道中」 姜瑋[42]

襪底江光緣浸天	버선 밑 강 빛은 하늘에 잠겨 푸른데
昭陽芳艸放筇眠	소양강 방초에 지팡이 두고 자네
浮生不及長堤柳	뜬 인생 긴 둑의 버들에 미치지 못하여
過盡東風未脫綿	봄이 다 지나도록 솜옷을 벗지 못하구나

<주석> 〖壽春(수춘)〗春川의 옛 이름 〖襪〗 버선 말 〖筇〗 지팡이 공 〖堤〗
둑 제 〖綿〗 섬 면

<감상> 이 시는 춘천 소양강의 버들 둑에서 길을 가던 도중 所懷를 읊은
것이다.

소양강 발밑 강 빛은 하늘에 잠겨 푸른데, 소양강 가에 피어 있는
방초에 지팡이를 던져두고 잠을 청한다. 부평초 같은 내 인생은
저 긴 둑에 자란 버들에도 미치지 못하여, 봄이 다 지나도록 겨울
옷인 솜옷을 벗지 못하고 있다(때를 만나지 못한 울분의 잠재의식
을 느낄 수 있다).

姜瑋는 武人 집안에서 武人이 되기보다는 文人이기를 바랐지만,

---

42) 姜瑋(1820, 순조 20~1884, 고종 21). 본관은 晉州, 자는 仲武 · 葦玉 · 堯章, 호는
秋琴 · 慈屺 · 聽秋閣 · 古歡堂이다. 부친과 형이 武班으로 무반집안 출신이다. 젊
어서 과거에 뜻을 두고 鄭元容의 집에서 공부하였으나, 武班으로 굳어진 신분상
제약 때문에 과거를 포기하고 학문과 문학에 전념하였고, 생애의 대부분을 방외인
적 행동으로 보낸 奇人이기도 하다. 당시 이단으로 몰려 은거하던 閔魯行의 밑에
서 4년간 경학을 배웠고, 민노행 사망 후에는 제주도에 유배 중이던 金正喜를 찾
아가 약 5년간 배웠다. 김정희의 유배가 풀리자 전국을 방랑하며 개성이 뚜렷하고
관습적 표현을 배제한 참신한 詩를 지어 당대 제일의 시인으로 꼽혔고 金澤榮, 黃
玹과 함께 구한말의 3대 시인으로 불렸다. 1873~1874년 두 번에 걸쳐 중국을 여
행하며 서양에 대한 견문을 넓힌 후 개항론을 주장하였으며, 그 뒤 1880년 金玉均
의 추천으로 일본에 파견되었다. 1882년에도 일본에 파견되었다. 강위는 조선 말엽
의 대표적인 시인이자, 金正喜의 학문을 이은 嫡傳弟子로 조선 후기 실학자 계보
의 마지막에 위치하고 있는 實學者이다.

신분적 한계 때문에 길이 막혔다. 하지만 北學派인 洪大容 · 朴趾源→朴齊家→제자 金正喜→제자 姜瑋, 박지원의 손자인 朴珪壽에 이르러 개화파 형성의 주춧돌이 되었다. 그는 중국인 知己인 黃鈺에게 자신의 심정을 솔직하게 털어놓은 「上黃孝侯侍郞(鈺)書」에서 그의 심정을 읽을 수 있다.

"24세에 아버님의 가르침을 받기 시작한 뒤에 묵은 병이 조금 나은 듯하여 비로소 經書를 부지런히 공부하는 데 마음을 쏟았고 아울러 宋 四子書를 수년간 익혔습니다. 그 뒤 민노행 선생을 뵙게 되어 經書의 바른 뜻을 듣기를 청하였으나, 선생께서는 책상을 어루만지시며 오랫동안 한숨만 쉬다가 말씀하시길, '내가 궁벽한 곳에 살면서 경전의 뜻만 연구한 지가 50년이 되었으나, 남에게는 한마디도 이야기할 수 없는 내용뿐인데, 너는 이를 배워서 무엇하겠느냐?'고 하셨습니다. 저는 그 말씀이 무언가 다른 점이 있으리라 생각되어서 굳이 청하여 스승으로 받들기 4년 만에 선생은 갑자기 돌아가시고 말았습니다. 임종 자리에서 선생님은 저를 김정희 선생께 위촉하여 끝까지 가르쳐 주기를 부탁하고 가셨습니다. 그때 김 선생님께서는 제주도에서 귀양살이를 하고 계셨는데 수륙 이천 리 길을 찾아가 뵈었더니, 역시 한숨만 쉬시고 한 말씀도 없기는 민 선생님과 조금도 다름이 없었습니다. 이윽고 말씀하시길, '너는 나를 보지 못하느냐? 경서를 열심히 공부한 결과가 이 같은데, 이것을 공부해서 무엇을 하겠다는 것이냐?' 저는 더욱 남다른 무엇이 있으리라 생각되어 선생을 모시고 제주도에서 3년간 배웠습니다. 선생께서는 제주도의 귀양이 풀린 지 얼마 되지 않아 또 북쪽으로 귀양 가시게 되었는데, 저는 함께 모시고 가서 1년이 넘도록 계속 배웠습니다. 그리고 나서 스스로 헤아려 보니, 흉중에 전일과 달라진 점이 있음을 분명히 깨달았지만 과연 한마디로 남에게 말할 수 없었고, 설사 말한다 하더라도 아무런 유익한 점이 없을 것 같았습니다(二十四歲 始承親敎 已之快 如貞痼頓愈 始得專意劬經 兼習宋四子書數年 遇閔杞園(魯行)先生 願聞經旨 先

生撫案太息者久之　乃曰　吾窮居治經訓五十餘年　不能以一語告
人　子欲學此何爲　某異其言　固請師之四年　先生殁　臨逝　囑阮堂
金先生(正喜)終敎之　時金先生謫居瀛海中(濟州之大靜縣)　水陸
路二千旣謁　金先生又太息不語　一如閔先生爲者　曰　子不見我乎
治經之効如此　學此究何用　某尤異之　遂居海外三年　先生宥還
不幾何　又竄北塞　某又從往踰年　自查胸中　似有與前日異者　然
果不可以一語告人　雖告之　無益也)."

181. 「老懷有難釋然者 不已于言」 姜瑋

聞道苦難早	도를 듣기 위해 일찍부터 고난을 겪었고
求師走八紘	스승을 찾아 팔방으로 뛰었네
天姿誠暗劣	타고난 바탕이 진실로 용렬하여
見處未分明	견해가 분명하지 못하다네
猶願遵詩禮	그래도 『시경』·『예기』를 따르기를 원했고
粗知畏法程	거칠게나마 법칙의 두려움도 알았네
甘心居汚下	낮은 곳에 삶을 감수할 마음은 있으나
難受異端名	이단이라 명명하는 것은 받아들이기 어렵네

<주석> 〖紘〗 = 宏 넓다 굉 〖姿〗 바탕 자 〖劣〗 못하다 열 〖見處(견처)〗 = 見解 〖遵〗 좇다 준 〖法程(법정)〗 법규, 법칙 〖汚下(오하)〗 비루함

<감상> 이 시는 두 번째 燕行길에 이단으로 몰리는 자신의 답답한 마음을 노래한 것이다.

秋琴은 스승 김정희가 주창한 性靈說(청나라 袁枚를 宗匠으로 하는 性靈說은 '詩必盛唐'을 주장한 擬古文派에 대해 반격을 가하고, 세련된 기교나 우아한 수식보다도 情感의 진실성을 중시하였음)을 계승하였고, 諸子百家에 심취했고 심지어 불교에도 정통했는데, 그의 自序인 「古歡堂收艸詩稿自序」에, "또 내가 일찍이 3일 밤을 서승보 선생과 보낸 일이 있었는데, 때때로 옛 현인들을 꾸짖고 俗學을 뒤집어 놓은 의견을 말하기도 하였다. 이를테면 知는 楊子가 끝까지 구명했고, 行은 墨子가 끝까지 구명했다. 사물의 본질은 告子가 확실히 파악하였고, 法은 荀子에 의하여 완비되었다 ─ 원문 빠짐 ─ . 『주역』의 「십익」과 『예기』는 단연코 한 사

람 손으로 지어진 것이고, 유가의 도를 전하는 책도 한 자도 빠짐
없이 司馬遷의 『사기』에 의하여 집대성되었다(又余嘗三夜 與徐
圭庭(承輔)先生言 往往憤罵古賢 呵斥俗學 力翻成案 必謂知極
於楊子 行極於墨子 體的於告子 法備於荀子(此勾缺) 斷以易大
傳禮記 出於一手 爲孔門傳道之書 無一字遺憾 而集成於史遷)."
라고 하여, 그의 학문이 얼마나 박학했는지 알 수 있다. 그러나 이
러한 박학이 그를 이단으로 만들기도 하였다.

182. 「示金蕙史(頤奎)」 姜瑋

界宋分唐是也非	송이라 경계 짓고 당으로 나뉘어 시비가 분분하지만
尋常笑罵摠天機	나는 늘 시는 오직 천기여야 한다고 웃으며 꾸짖네
欲從滄海橫流地	넓은 詩의 바다에서 멋대로 떠돌고자 하면
獨溯江西一派歸	홀로 강서파로 거슬러 올라가게 될지도 모르네

<주석> 〖尋常(심상)〗늘 〖罵〗꾸짖다 매 〖溯〗거슬러 올라가다 소

<감상> 이 시는 注에, "혜사가 당나라 이후에는 시가 없다는 논의를 하므로 짓는다(蕙史堅持唐以下無詩之論 故云)."라는 표현으로 보아, 의고문파인 김이규에게 자신의 뜻을 보이기 위해 지은 것이다. 秋琴은 學唐이나 學宋에서 벗어나 시는 오직 天機(천기는 性靈論者들이 가장 즐겨 사용하는 용어 가운데 하나로, 꾸밈이 없는 개성이나 자연스럽게 우러나는 情感을 가리킴)를 전달하여야 한다고 주장하고 있는 것이다.

그의 知己인 黃鈺은 「古歡堂收艸詩稿序」에서, "고환의 시는 비록 대기만성형이라고 말하지만, 그 이룬 것을 생각해 보면 장래 기필코 달부(唐대 高適의 자)에게 뒤지지 않을 것이며, 천하에서 고환의 시를 읽는 사람은 그를 李白과 杜甫의 사이에 위치시킬 것이다. 또한 어느 날 풍속을 채집하는 사람이 나타나서 조선의 시인을 열거한다면, 나는 반드시 고환이 첫 번째가 될 것을 알고 있다(古歡之詩 雖曰大器晚成乎 而考所造 就將來必不讓於達夫 行見海內外讀古歡詩者 且位置於李杜間 儻有採風者出 列上東土詩人 吾知其必以古歡爲冠)."라고 평하고 있다.

183. 「卽事(丁丑)」李建昌[43]

一春多病掩茅茨	온 봄 병이 많아 자리를 덮고 있어서
孤負山紅澗碧時	외로이 산꽃이랑 맑은 시냇물을 등졌네
懶往人家猶戀客	남의 집에 가길 게을러 하고 오히려 객을 그리며
疎看書卷未忘詩	책은 대략 보나 시 짓기는 잊지 못하네
新菘露滴侵籬葉	이슬 맞은 새숭채 울타리를 덮치고
老杏風搖過屋枝	바람에 흔들리는 오래된 살구가지 지붕을 넘어가네
睡起開門成獨笑	자다 일어나 문을 열고 홀로 웃자니
小鬟褓負戲嬰兒	어린 종이 갓난아이 강보에 업고 노네

<주석> 〖掩〗 감싸다 엄 〖茨〗 띠 자 〖澗〗 계곡의 시내 간 〖懶〗 게으르다 라 〖菘〗 숭채(겨자과에 속하는 야채로, 잎이 두꺼워 추위에 잘 견딤) 숭 〖滴〗 방울져 떨어지다 적 〖睡〗 자다 수 〖小鬟(소환)〗 어린 계집종 〖褓〗 포대기 강 〖嬰〗 갓난아이 영

<감상> 이 시는 1877년 봄에 午睡를 즐기다 일어나 閑情을 노래한 것이다.

---

43) 李建昌(1852, 철종 3~1898, 대한제국 2). 호는 寧齋. 이조판서 是遠의 손자로, 할아버지가 개성유수로 재직할 때 관아에서 태어나 출생지는 개성이나 선대부터 소외된 少論으로 강화에 살았다. 할아버지로부터 忠義와 문학을 바탕으로 한 家學의 가르침을 받았으며, 姜瑋를 스승으로 삼았다. 그의 문필은 宋代의 대가인 曾鞏·王安石의 영향을 많이 받았다. 그리고 鄭齊斗가 陽明學의 知行合一의 학풍을 세운 이른바 江華學派의 학문태도를 실천하였다. 韓末의 金澤榮이 우리나라 역대의 문장가를 추숭할 때에 麗韓九大家라 하여 아홉 사람을 선정하였다. 그 최후의 사람으로 이건창을 꼽은 것을 보면, 당대의 문장가일 뿐 아니라 우리나라 全代를 통해 몇 안 되는 대문장가의 한 사람이라고 해도 과언이 아니다. 글씨에도 뛰어났으며, 성품이 매우 곧아 병인양요 때에 강화에서 자결한 할아버지의 유지를 받들어 개화를 뿌리치고 철저한 斥洋斥倭 주의자로 일관하였다. 저서로는 『明美堂集』·『黨議通略』 등이 있다.

봄 내내 병이 잦아 자리에서 일어나지 못하여 외로이 산에 핀 꽃이랑 맑은 시냇물을 등지고 지냈다. 남의 집에 가기는 게을러 하고 오히려 손님이 찾아와 주길 바라며, 책은 대략 펼쳐 보지만 시 짓는 일은 잊지 못하고 계속 이어지고 있다. 이슬 맞은 새숭채는 수북이 자라 울타리를 덮치고, 바람에 흔들리는 오래된 살구가지는 지붕을 넘어간다. 자다 일어나 문을 열고 어린 계집종이 갓난 아이를 강보에 업고 노는 것을 보고 홀로 웃는다.

其二

大書深刻競纍纍	다투어 덕지덕지 큰 글씨 깊이 새겨
石泐苔塡誰復知	돌이 부서지고 이끼 덮이면 누가 다시 알랴?
一字不題崔致遠	한 자도 쓰지 않은 최치원
至今人誦七言詩	지금까지 칠언시 외운다네

<주석> 〔纍〕 쌓이다 루 〔泐〕 돌이 갈라지다 륵 〔苔〕 이끼 태 〔塡〕 메우다 전

<감상> 이 시는 崔致遠의 讀書堂이 있는 가야산 홍류동에서 장난삼아 지은 것이다.

다투어 덕지덕지 큰 글씨 깊이 이름을 새겼지만, 새긴 돌이 부서지고 새긴 사이로 이끼가 덮이면 누가 다시 그 이름을 알까? 그런데 한 자도 쓰지 않은 최치원은 명성이 있어, 지금까지 그의 칠언시 「題伽倻山讀書堂」을 외운다(최치원을 예시하여 당시 虛名에 들뜬 소인배들을 嘲笑하고 있다).

185. 「絶命詩」四首 黃玹44)

其三

鳥獸哀鳴海岳嚬	새와 짐승 슬피 울고 산하도 찡그리니
槿花世界已沈淪	무궁화 세계가 이미 망했구나
秋燈掩卷懷千古	가을 등불 아래 책 덮고 천고의 역사를 회고하니
難作人間識字人	글을 아는 인간의 구실이 어렵구나

<주석> 〖嚬〗 찡그리다 빈 〖淪〗 잠기다 륜

<감상> 이 작품은 1910년 한일합병조약이 체결되자, 지식인으로서 책임을 느끼고 스스로 목숨을 끊으면서 지은 시이다. 이러한 絶命은 '士'로서의 양심을 지키기 위한 것이었다.

나라가 망하니 새와 짐승들도 슬피 운다. 나라가 망한 마당에 책을 읽는다고 머리에 들어오지 않아 책을 덮고 천고의 오랜 역사를

---

44) 黃玹(1855, 철종 6~1910). 본관은 長水. 자는 雲卿, 호는 梅泉. 황현은 姜瑋·李建昌·金澤榮과 함께 韓末 四大家의 한 사람으로, 어릴 때부터 총명하고 학문에 대한 열성이 있었으며, 특히 시와 문장에 능통하여 17세 때 順天營의 백일장에 응시하여 문명을 떨쳤다. 1875년(고종 12) 서울에 와서 李建昌에게 시를 추천받아 당시의 문장가이며 명사인 姜瑋·金澤榮·鄭萬朝 등과 교유하게 되었다. 특히 이건창·김택영과는 그 후 스승과 친구 사이로 평생 동안 교유하며 지냈다. 1883년 特設保擧科에 응시하여 初試에서 장원으로 뽑혔으나 試官 韓章錫이 그가 시골사람이라 하여 2등으로 내려놓자 會試·殿試를 보지 않고 귀향했다. 그 뒤 구례군 萬壽洞으로 옮겨 학문에만 전념하다가 아버지의 뜻에 따라 1888년에 성균관 회시에 응시, 장원으로 뽑혀 성균관 생원이 되었다. 그러나 갑신정변 이후 민씨정권의 무능과 부패에 환멸을 느껴 관계진출을 완전히 단념하고 1890년에 다시 귀향했다. 이후 만수산에 苟安室을 짓고, 3,000여 권의 서적에 파묻혀 두문불출하며 학문연구와 후진교육에만 전념했다. 1905년 을사조약이 체결되자 사실상 국가의 주권이 상실되었다고 보고, 중국 淮南 지방에 있던 김택영을 따라 중국으로 망명하려고 했으나 뜻을 이루지 못했다. 1910년 한일합병조약 체결 소식을 듣자 비통함을 이기지 못하고 며칠 동안 식음을 전폐하다가 9월 10일 絶命詩를 남기고 자결했다.

회고한다. 스스로 목숨을 끊어 글을 아는 선비의 구실을 하려고
하니 참으로 어렵다.

「黃玹傳」에, "융희 4년 7월 일본이 드디어 대한을 병합하였다. 8
월 황현이 그것을 듣고 비통해하며 마시거나 먹을 수 없었다. 어
느 날 저녁 「절명시」 4수를 쓰고, 또 자제에게 글을 남기며 말하
기를, '나는 죽어야 할 의리가 없다. 다만 국가가 선비를 기른 지
5백 년 동안인데, 나라가 망하는 날에 한 사람도 난리에 죽는 자가
없다면 어찌 통탄할 일이 아니겠는가? 내가 위로는 황천의 떳떳한
아름다움을 저버리지 않고, 아래로는 평소 읽은 책을 저버리지 않
으려고 조용히 죽는 것이 정말 통쾌한 일임을 깨달았으니, 너희들
은 지나치게 슬퍼하지 말라(隆熙四年七月 日本遂倂韓 八月 玹聞
之悲痛 不能飮食 一夕作絶命詩四章 又爲遺子弟書曰 吾無可死
之義 但國家養士五百年 國亡之日 無一人死難者 寧不痛哉 吾上
不負皇天秉彝之懿 下不負平日所讀之書 冥然長寢 良覺痛快 汝
曹勿過悲)."라 하여, 조선에 벼슬하지 않았기 때문에 자결할 이유
가 없다고 말했듯이, 황현의 絶命은 忠이라는 이유로 자결한 것이
아니라 士로서 양심을 지키기 위한 것이었다.

186. 「發鶴浦 至糖山津」 黃玹

海禁開時國已愚	바다 금지 열렸을 때 나라 이미 어리석었으니
空聞關稅較錙銖	부질없이 관세에 따라 약간 붙인다고 들었네
漆箱磁盌知安用	옻 상자와 자기 사발을 어디에 쓸 것인지 아는가?
擲盡東南萬斛珠	동남쪽으로 만곡의 구슬을 다 던지는구나

<주석> 〖較〗 견주다 교 〖錙銖(치수)〗 약간 〖箱〗 상자 상 〖磁〗 사기그릇 자 〖盌〗 주발 완 〖擲〗 던지다 척 〖斛〗 10말 곡 〖珠〗 구슬 주

<감상> 이 시는 1903년 학포를 출발해 당산진에 이르러 지은 것이다. 문호 개방을 금지했던 바닷길을 개방하여 불평등 조약으로 외세가 들어오게 되었으니, 나라의 정책이 어리석었다. 외국상품에 관세를 붙인다는 소식을 들었는데, 옻 상자와 자기 사발과 같은 사치품을 어디에 쓸 것인가? 사치품에 대한 대가로 동남쪽 외국으로 만곡의 구슬 같은 곡식을 다 던져 주다니.

그렇다고 황현이 개화를 반대하여 衛正斥邪를 고집했던 것은 아니다. 개화를 '開物化民'으로 인식하고 있었던 것이다.

187. 「村居暮春」六首 黃玹

其三

一蝶西來一蝶東	나비 한 마리 서쪽에서 오고 한 마리는 동쪽에서 날아와
偶然群蝶鬪成叢	우연히 뭇 나비들 떼 지어 싸우네
世間戰伐何曾異	세간의 싸움도 어찌 다르겠는가?
倚杖閑看閱始終	지팡이 짚고 한가로이 끝까지 바라본다

<주석> 〚何曾(하증)〛＝何故 〚閱〛 살피다 열

<감상> 이 시는 1904년, 그의 나이 50이 되었을 늦봄 무렵 시골에서 본 것을 읊은 것이다.

봄이라 나비 한 마리가 서쪽에서 오더니, 또 한 마리가 동쪽에서 날아와 우연히 뭇 나비들이 모여 떼를 지어 싸운다. 인간 세상의 싸움도 어찌 이 나비와 다르겠는가(당시 자주 발생했던 국제간의 분쟁을 염두에 둔 말이다)? 지팡이 짚고 한가로이 끝까지 그 싸움을 바라본다.

其五

隨意相尋野屐輕	멋대로 가벼운 발걸음으로 벗을 찾아갔는데
門前厭聽讀書聲	문 앞에선 글 읽는 소리 듣기 싫네
十年湖海看花伴	10년 전 강호에서 꽃을 보던 친구들이
强半人間老舌耕	거지반이 인간세상에서 설경으로 늙어 가는구나

<주석> 〚尋〛 찾다 심 〚屐〛 나막신 섭 〚伴〛 짝 반 〚舌耕(설경)〛 강의의

보수를 받아 생계를 이룸. 훈장으로 살아감

<감상> 친구를 만나고자 멋대로 가벼운 발걸음으로 벗을 찾아가 친구 집
문 앞에 이르자, 학동들의 글 읽는 소리가 들리는데, 그 소리가 듣
기 싫다(학식 있고 뜻이 있던 친구들이 훈장으로 연명하고 살아가
는 모습이 마음 아프고 그렇게 된 현실 또한 서글프다). 10년 전
강호에서 꽃을 보던 친구들이(예전에는 科場에서 포부를 날리던
친구들이) 거지반이 인간세상에서 설경으로 늙어가고 있기 때문이다.

188. 「聞義兵將安(重根)報國儷事」三首 金澤榮[45]

平安壯士目雙張	평안 장사 두 눈을 부릅뜨고
快殺邦讎似殺羊	양을 잡듯 나라 원수 시원하게 죽였네
未死得聞消息好	죽지 않아 좋은 소식 들을 수 있었으니
狂歌亂舞菊花傍	국화 곁에서 미친 듯 노래하고 정신없이 춤추네
海蔘港裏鶻摩空	블라디보스토크 항구 하늘에서 송골매 맴돌다가
哈爾濱頭霹火紅	하얼빈 가에서 벼락불 붉네
多少六洲豪健客	얼마나 많은 육대주 호걸들이
一時匙箸落秋風	가을바람 동시에 수저 떨어뜨렸을까?

<주석> 〖鶻〗송골매 골 〖摩〗가까이하다 마 〖霹〗벼락 벽 〖六洲(륙주)〗
세계의 6대주(亞洲, 歐洲, 非洲, 大洋洲, 北美洲, 南美洲) 〖匙〗
숟가락 시

從古何嘗國不亡	예부터 어찌 일찍이 망하지 않는 나라가 있겠는가?
纖兒一例壞金湯	소인배들이 하나같이 金城湯池 무너뜨렸지

---

45) 金澤榮(1850, 철종 1~1927). 호는 滄江, 당호는 韶濩堂主人. 韓末을 대표하는 문
인으로 詩文에 모두 뛰어났다. 개성 출신으로 가문은 상업에 종사하였으며, 여러
차례 科擧를 치렀으나, 1891년 進士 會試에 급제했다. 42세부터 55세까지 13년간
주로 문헌의 정리와 史書 및 교과서 편찬을 맡았다. 1905년 중국으로 갔으며, 1912
년 중국 국적을 취득했다. 이 시기에 그는 창작활동과 병행해서 한문학에 대한 정
리·평가와 역사 서술에 힘을 기울였다. 김택영은 한문학사의 종막을 장식하는 대
가로서 詩에서의 黃玹과 文에서의 李建昌과 병칭된다. 그는 古文家로서 文章一道
를 주장하였다.

但令得此撑天手　다만 하늘을 떠받칠 수 있는 솜씨로 하여금
却是亡時也有光　도리어 망할 때 빛을 발하게 했네

<주석> 〖纖兒(섬아)〗 어린 아이로, 남에 대한 경멸의 稱號 〖一例(일례)〗
＝一律, 同等 〖撑〗 버티다 탱
<감상> 이 시는 1909년 의병 안중근이 나라의 원수를 갚았다는 소식을 듣
고 쓴 것이다.
　　황해도 평안 출신의 장사 安重根이 두 눈을 부릅뜨고 양을 잡듯 나
라 원수 시원하게 죽였다. 나는 죽지 않아 이렇게 좋은 소식 들을 수
있었으니, 국화 곁에서 미친 듯 노래하고 정신없이 춤을 춘다.
　　블라디보스토크 항구 하늘에서 송골매 맴돌다가 하얼빈 가에서 권
총을 쏘아 벼락불을 터트렸다. 얼마나 많은 육대주 호걸들이 모두
깜짝 놀라 동시에 수저를 떨어뜨렸을까?
　　예부터 어찌 일찍이 망하지 않는 나라가 있겠는가? 어떤 나라이든
다 망했는데, 소인배들이 하나같이 金城湯池와 같은 강건한 나라
를 무너뜨렸다. 다만 하늘을 떠받칠 수 있는 솜씨 있는 사람으로
하여금 도리어 망할 때 빛을 발하게 했다(1, 2수에 일었던 흥분이
세 번째 수에 이르면, 절제된 감정을 통해 '역사는 天運的이다.'라
는 의식을 보여 주고 있다).
　　金澤榮에 대한 평가는 '일제 침략에 반대하고 조선의 반침략 반봉
건 애국투쟁을 적극 지지하는 입장에선 愛國詩人이며, 文章으로
報國하겠다는 憂國一念을 가지고 있다.'는 긍정적 평가와 '동시대
시인들과 역사인식이나 현실인식에 차이가 있고 여타 시인들의 憂
國風의 시와 차이가 있어 憂國詩人이라 하기는 어렵다.'는 비판
적 평가가 공존하고 있다(김택영은 1905년 중국으로 떠났고, 1910
년 조선이 망하고 난 뒤 1912년 중국 국적을 취득한 행적으로 말
미암아 양면의 평가가 발생한 듯함).
　　滄江은 詩뿐만 아니라 文에 있어서도 뛰어난 능력을 갖추고 있었

다. 김택영의 제자인 王性淳이 쓴 「麗韓十家文鈔序」에, "창강 김택영 선생이 개성에서 우뚝이 일어나 古文으로 천하에 이름을 떨치니, 그 깊은 조예와 정밀한 지식은 이른바 '庖丁의 눈에는 온전한 소가 없다(기술의 오묘함을 찬양하는 말이다. 백정이 소를 19년 동안 잡고 나니, 소만 보면 갈라낼 곳이 눈에 환하게 보여 온전한 소가 없다고 한 고사가 있음.『莊子』「養生主」)'는 경지이다. 항상 '우리나라의 古文의 학은 金富軾 공이 고려 때에 제창하여 李齊賢 공이 계승하고, 그 후 3백 년에 張維 공이 조선에서 밝히고, 李植・金昌協・朴趾源・洪奭周・金邁淳・李建昌 공이 서로 계승하여 떨쳤으니, 체재는 다르더라도 모두가 文家의 正宗으로서 후인의 모범이 된다.'고 여겼다. 그래서 손수 그 글을 기록하여 '九家文'을 만들었다가, 光武(대한제국 고종의 연호) 말년쯤에 배를 타고 淮南으로 가면서, 나에게 '구가문'을 주어 간직하도록 했다. 그 후 편지를 보내올 때마다 '구가문'을 말하지 않은 적이 없었다(滄江金先生崛起崧陽 以古文名天下 其造詣之深 識鑑之精 所謂庖丁氏之目無全牛者 嘗以爲本邦古文之學 金公富軾倡之於高麗 而李公齊賢繼之 其後三百年張公維明之於韓 而李公植金公昌協朴公趾源洪公奭周金公邁淳李公建昌相繼而作 雖或體裁之有別 而同爲文家之正宗 可以模楷後人 手錄其文 表爲九家 屬光武末 浮海之淮南 以九家者畀性淳藏之 其後每抵書 未嘗不以九家爲言)."라 언급하고 있다.

189.「聞黃梅泉殉信作」 金澤榮

麥秀歌終引酖巵	맥수 노래 마치고 독 술잔 끌어당기니
五更風雨泣山魖	새벽 비바람에 산도깨비 우네
誰知素定胸中義	누가 본디 정해져 있는 마음속 의리를 알랴?
已在嘐嘐十咏時	이미 큰 뜻이 열 가지 읊을 때에 있었네

<주석> 【麥秀歌(맥수가)】 箕子가 부른 노래로, 나라가 망한 것에 대한 아
      픔의 탄식. 『史記』「宋微子世家」에 "箕子朝周 過故殷虛 感宮室
      毁壞 生禾黍 箕子傷之 欲哭則不可 欲泣爲其近婦人 乃作「麥秀
      之詩」以歌詠之"라는 말이 있음 【酖】 독주 짐 【巵】 잔 치 【魖】
      도깨비 리 【嘐嘐(교교)】 뜻이 크거나 말이 과장됨을 형용(크다 교)

詞垣誰復是眞才	사원에 누가 다시 참재주 있느냐?
璧月無光斗柄摧	구슬 달은 빛이 없고 북두자리 꺾었네
知否賞音人獨在	마음 아는 사람 홀로 있음을 아는지 모르는지
靑楓江畔望魂來	푸른 단풍 강 언덕에 혼령 다시 오기를 바 라네

<주석> 【詞垣(사원)】 翰林院처럼 文을 맡은 관서 【摧】 꺾이다 최 【賞音
      (상음)】 =知音 【靑楓(청풍)】 푸른 단풍, 단풍 숲이 길게 뻗은 물가
<감상> 이 시는 梅泉 黃玹이 순국했다는 소식을 듣고 쓴 시로, 黃玹의 죽
      음에 달빛도 숨을 죽이고 국자 모양의 북두칠성 자루가 부러졌을
      정도여서 김택영의 심정은 한밤중에 우는 산도깨비처럼 처절함을
      노래하고 있다.

원주용

성균관대학교 한문학과 박사과정 졸업(문학박사)
안동대학교, 한림대학교 강사
현) 성균관대학교, 원광대학교, 상지대학교 강사
    성균관대학교 동아시아지역연구소 연구교수

「牧隱李穡의 碑誌文에 관한 고찰」
「陶隱散文의 문예적 특징」
「鄭道傳散文에 관한 일고찰」
『한국 한문학의 이론, 산문』(공저)
『목은 이색 산문 연구』
『고려시대 산문읽기』
『동양의 지혜 그리고 현대인의 삶』
『조선시대 산문읽기』
『천자문 쉽게 알기』
외 다수

조선시대
한시
읽기
下

초 판 인 쇄 | 2010년 11월 5일
초 판 발 행 | 2010년 11월 5일

지 은 이 | 원주용
펴 낸 이 | 채종준
펴 낸 곳 | 한국학술정보㈜
주   소 | 경기도 파주시 교하읍 문발리 파주출판문화정보산업단지 513-5
전   화 | 031) 908-3181(대표)
팩   스 | 031) 908-3189
홈 페 이 지 | http://ebook.kstudy.com
E - m a i l | 출판사업부 publish@kstudy.com
등   록 | 제일산-115호(2000. 6. 19)

ISBN   978-89-268-1598-4 04810 (Paper Book)
          978-89-268-1599-1 08810 (e-Book)